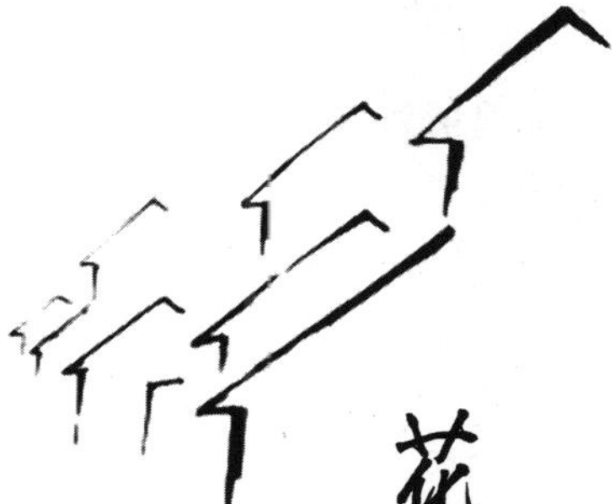

花子镇

刘玉林 著

山东大学出版社
·济南·

图书在版编目(CIP)数据

花子镇/刘玉林著. —济南:山东大学出版社,
2021.6
(琅槐情话三部曲)
ISBN 978-7-5607-7025-3

Ⅰ.①花… Ⅱ.①刘… Ⅲ.①长篇小说—中国—当代
Ⅳ.①I247.5

中国版本图书馆 CIP 数据核字(2021)第 105003 号

策划编辑 李 港
责任编辑 李 港 张铭芳
封面题字 尚小勇
封面绘画 许晓华
封面设计 杜 婕

出版发行 山东大学出版社
社 址 山东省济南市山大南路 20 号
邮政编码 250100
发行热线 (0531)88363008
经 销 新华书店
印 刷 山东和平商务有限公司
规 格 720 毫米×1000 毫米 1/16
21.5 印张 373 千字
版 次 2021 年 6 月第 1 版
印 次 2021 年 6 月第 1 次印刷
定 价 78.00 元

写在前面

1916年，袁世凯病故。北洋军阀分裂成直、皖、奉三系。军阀混战开始，中华大地生灵涂炭，民不聊生。

1920年，中国北方发生特大旱灾，赤地千里，哀鸿遍野。是年，直皖战争爆发，并祸及山东，灾荒兵祸所至，田园荒废，人民流离失所，外出逃荒者十之六七。

1921年，因灾荒兵祸导致直、鲁交界处发生瘟疫。津浦路德州段一度停运。同年，黄河山东段多处决口：2月，利津县崔家楼黄河大堤决口，冲毁村庄20余座；7月，利津宫家坝决口，直隶长垣县决口，鲁西南广大地区被淹，灾民达二三百万之众。

1922年，第一次直奉战争爆发。滨县、蒲台、利津段黄河多次发大水。7月，滨县、蒲台两地连日暴雨倾盆，黄河满溢，溺毙人数众多。入秋，胶济、津浦路两侧发生瘟疫。

1924年，第二次直奉战争爆发。鲁西南东平、东阿及长清各地大水漫漶，鲁中等地春旱秋涝。临沂、巨野、单县等地兵灾匪患严重，全省灾民200余万。是年，已退位的末代皇帝溥仪及清宫皇室被冯玉祥全部赶出紫禁城。

1925年，奉系军阀张宗昌入主山东，开始了对山东人民为期三年的穷兵黩武与横征暴敛的罪恶统治。是年，濮县黄河决口，灾民50余万。并因直隶黄河决口，再次淹没鲁西南，30余县遭受水灾。

1926年，国民革命军开始第一次北伐。山东境内济南、泰安、武定、东昌、临清、德州等多地大旱。7月，雨水连绵，山洪暴发，黄河漫口，黄河利津段八里庄决口。8月，又于东明县刘庄决口。鲁西、胶东等地风灾，胶县大沽河泛滥，潍县流行霍乱，全省几乎无地不灾。

1927年，直鲁联军张宗昌率十万之众南下协孙传芳对抗北伐军，大举镇压工人学生运动，后节节败退，丢失蚌埠、徐州后退回济南。是年元月，鲁西南一带连降暴雨。乡间民居土宅坍塌大半，隆冬季节灾民贫寒交加，冻饿而死者不计其数。因大雨，冬麦无望收获。入夏，全省大部地区亢旱无雨，蝗蝻大起，春禾秋苗，皆受巨灾。于是一场为期三年的饥馑岁月拉开帷幕，史称"山东大饥荒"。据当时《晨报》刊载，鲁灾区灾民多食破毡、棉花、皮革，或自尽、饿毙，铜元5枚可购一女。

1928年，国民革命军二次北伐进入山东，不日攻克济南，张宗昌率部败走山东。随后，日军第六师团登陆青岛，向国民革命军发起进攻，济南"五三惨案"随之发生。自该年5月3日起，我军民被陆续屠杀万余人，后因尸体太多无法掩埋，济南发生瘟疫。同年2月，利津王家院、棘子刘等处黄河决口，广饶、寿光亦被波及，淹没村庄80余座，2000余人冻饿而死，灾民"多折房屋售材料以购粮与燃料"。春夏之际，山东大部地区亢旱无雨。7月，安丘、临朐暴雨连绵，山洪暴发，汶河与弥河河水暴涨，冲毁村庄众多，溺毙18000余人。同时，临沂大旱，蝗蝻骤起，庄稼绿苗被损毁殆尽。山东大地匪患严重，百姓民不聊生。境内全年受灾已达83县，鲁灾民逾600万，外出逃荒或闯关东者不计其数，据当时《晨报》刊载："本年度鲁籍移民，当在四百万人左右。"池子华在《中国流民史》近代卷中记载，1927年至1930年从山东流入关东的移民总数在390万以上。

1929年，山东蝗灾洪水频仍。2月，黄河利津段北岸扈家滩发生决口，冲毁村庄百余座，水患漫延至沾化、无棣、滨县境内。8月，直鲁交界河北东明县刘庄大堤漫口，鲁西南又是一片汪洋。另有数十县饱受蝗灾侵扰，沃野良田减产绝产者不胜枚举。

1930年，阎锡山部傅作义率晋军沿津浦线攻入山东，激战于胶济线与淄河沿岸，祸及曲阜、济宁、兖州。一场中国近代史上规模最大的军阀混战拉开序幕。史称"蒋、阎、冯、李战争"，又称"中原大战"，战火波及20余省，双方共耗军费两亿元以上，死伤30万之众。这场战争造成经济严重衰败、工农业生产受到极大破坏。同时，山东境内黄河多次漫溢，利津扈家滩、范县廖家埝等地皆遭水灾，难民遍野，转徙流离，齐鲁大地惨遭荼毒，田园日益荒芜，外出逃难者络绎不绝。

1931年，江淮及山东皆受水灾，山洪暴发，平地成河，滋阳受灾400余村，金乡受灾900余村，鲁北、鲁西北等县蝗灾肆虐，博山、莱芜等地发生地震，全省灾民逾1000万。同年，“九一八”事变震惊中外，东北军执行“不抵抗”政策，近20万东北军被不足2万日军赶出东三省。闯关东垦荒之难民流离失所，纷纷逃向关内。

1932年，临朐、淄川、乐陵、金乡等地大旱，夏秋季节，博山、临邑、齐河、长清等县雨涝成灾。

1933年，长城抗战爆发，中、日两军签订《塘沽协定》，冀东22县落入敌手，华北门户大开，无险可守。山东发生了20世纪以来最严重的黄河水灾。冀、豫两省多处决口，鲁西22县一片泽国。灾区面积6768平方公里，灾民170多万。

1934年，鲁西黄河继续泛滥，黄河从利津入海处改道。入冬再次改道，出利津、入广饶，绕刘家屋子至南旺口入海。10月，河北长垣黄河再次决口。9月，青岛暴雨成灾。

1935年，山东大旱，受灾县份占全省三分之二。因去年冀豫交界一带黄河决口未堵，范县、阳谷、寿张等地发生凌汛灾害，灾区东西长450余里，灾民不下百万人。7月，鄄城董庄黄河决口，鲁西13县尽成泽国。

1937年，“七七事变”后日军全面侵华。菏泽发生地震。8月，长清宋家桥、寿张黄花寺、利津甘草窝子、垦利三合村等处均发生决口。同月，在黄河下游，博兴正觉寺连同20余座村庄被黄河淹没。

……

以上这段黑暗的历史不属于花子镇的老少爷们，但因为一个写小说的琅槐（注：琅槐，战国时齐国地名，在今山东广饶县境内）人，他们不小心成了历史的一部分……

目录

开篇

太阳悬得越高，田野里越是亮得刺眼，风吹过来，高粱与玉米的叶子在泛着光，于是田野里一片“沙沙”的细语声，果农夫妇最喜欢听的就是庄稼的窃窃私语，感觉膝下就像有一群孩子在喧闹。禾苗起伏，田野里涌动着撩人的波浪，一些彷徨的瞳孔里忽然就闪起了亮光。上半年一场大旱，颗粒无收，伏天里总算下了场大雨，田野披上了绿衣，生机像温和的湖水荡漾起来。

远处那一波波小山起伏着温柔的曲线，一袭袭黛青色连绵得半点脾气都没有。那片果园总算在旱灾里捱了过来。虽然不多，但枝头总算落了些果子，阳光底下正逐渐染上红晕，却因为雨水不足，个头还是明显干瘪了不少，估计收了也换不来多少米。

天旱，处处兵灾闹土匪，人都漂洋过海闯关东走了，地也就荒了下来。看着大片的地在长草，老地主们心也慌了，四处招揽种田的人，若是有人肯种，可以借给种子。心痒痒的还有那个果农，看到这么多地长起了杂草，这心里像生了虫子在爬。他总是嘲笑那些乞讨的人，他拥有一大片果园，有什么是汗水换不来的呢？那个果农太喜欢粮田了，他的劳作多数在沟滩河沿，或者是山坡上。他的地是一点一点开荒开出来的，就像叫花子讨回的干粮一样零碎。他借了多少种子呢？尽量多一些，这样他可以租种很大的一片地，这地租分为“死租”和“活租”，无论怎样，总算计着有自己的一份。那就多租种一点，到收成的那一天，留给他自己的粮食也会多一些，反正他有的是力气。那个果农光着生铁一样的脊梁，扶着耧行走在田野里，前边是他的妻子在卖力地拉着，这本来应该是牲口干的活儿，但果农的妻子却是满眼的丰收，自己身上的力气反正攒不下。耧脚插进泥土，种子顺着耧眼就滚进了泥土。夫妇二人身后的大地被划开了一道道伤口，走到地头，架着耧他们又折了回来。田野是广袤的，他们是渺小的，一趟又一趟地往返，大地却被他们划满了花纹。

那个果农真幸运，他把种子全部播上的时候，老天爷又奖励了他一场雨水，那些高粱种子全都被唤醒了，一棵棵嫩油油的苗儿破土而出，那些叶片儿打着旋儿往上钻，似乎是理解了他迫切的心情。果农夫妇眼睛里全是和悦的色彩。这些宝贝生长得太快了，没几天就没过了他们的小腿，它们长得越快，果农一家离丰收也就越近。

这一垄有点密了，那一垄又有点稀疏，还有的地头拐角没有苗子。一棵苗儿就是一粒活命的粮食，得把那些苗儿一棵棵挖出来补齐，就像在一件旧衣服上小心地补着补丁。针脚越是细密，日子也就不那么难捱。果农的妻子把腰弯成了一张弓，头上的破斗笠老是往下掉。她在农田里一棵棵往外刨，再把它们移到别处的坑里。她的丈夫就从井里一趟趟挑来水。哦，他们有一个儿子已经长成了少年的模样，此时正蹲在田里拔着杂草，他们是舍不得让他动锄头的，小孩子毛手毛脚，一不小心就会用锄头杀死一棵禾苗。但少年的心思往往却是在地里的虫儿身上，看到一条花蛇就没命地追。看到他在没命地跑，果农的妻子生怕他踩倒禾苗，哪怕只有一棵，于是一声呵斥——“蹲下！干活！”

儿子一吐舌头，在农田里重新蹲了下来。

果农夫妇的另一个儿子也来到了田间。那个瘦小的男孩八九岁的样子，正在地头弯腰捉着蚂蚱与小虫，他有一个硕大的脑袋，或许这是因为他拥有一个单薄得无法再单薄的小身板，裸露的肌肤披了一层泥土的褐色。这个生在饥荒岁月里的儿童总算活了下来，因为他的父亲是果农，那是一个对吃很有办法的人。但小男孩似乎还是习惯了饥饿的感觉，总是在田野里寻找吃的东西，哪怕野草上有绿豆大的一点果实也好。但他采到的一些不是麻就是涩，放进口腔，又从舌尖上吐了出来，果农的妻子看了看他想：一个饱尝饥饿滋味的孩子心智发育总是滞后的，但等她的高粱丰收以后就不一样了……

男孩最后还是蹒跚着脚步奔向了自己的母亲——“娘，我饿……”

他走进了农田，踮起脚就去撩自己母亲的衣角。农妇也是毫不顾忌其他劳作在田里的人，把上衣撩起来，一只瘪瘪乳袋就垂下来，任凭儿子的大脑袋一口叼住偎在胸前……

那个一门心思捉蛇的少年一声欢呼，他从高粱地里站起身来，一条小花蛇被他死死地捉住了脑袋，身躯却缠在了他的小臂上，儿子欢呼着向果农跑来……

“嗤啦”一声，蛇皮就被果农扯了下来，蛇身成了一条粉红的鲜肉，于是儿子就在农田里寻找干草。果农用火镰引起了火，那条蛇的身躯被他砍成一截截，少年就用树枝串了在火上烤，热油“嘶嘶”响着滴在火上，那个大脑袋的家伙在一旁吃着手指已经是迫不及待……

两个儿子吃得津津有味，但嘴上都变得黢黑，果农把一块递给妻子，妻子却是连忙摆手，看都不敢看。

田野里一片葱茏，果农与妻子的神色一片晴朗，没有多少天，这片田地将会挤满紫红的高粱穗子，像一位位醉酒的汉子，将有许多饱饭等着他们，他们将会拥有一个不用逃荒的冬天。

几片白云悠闲地缀在蓝天上，燥热的风吹过来，高粱的叶子一片“沙沙”作响，那些戴了斗笠的身影愈发的悠闲，不知是谁的笑声突然就惊了许多飞鸟……

“要下雨……”那个大脑壳的儿子说。

果农的妻子抬头看看天，没有理会自己的儿子。

“娘，要下雨……”小孩又说道。他的母亲依旧没有理会。

但田野里忽然有人一声惊呼，随即捂住了嘴巴——那是什么?!

南边地面上忽然就腾起了股股黑烟，那些黑烟汇聚成一团团乌云，黑压压翻滚着涌动，正气势汹汹向这边卷来，地上陆续有黑烟腾起，那片乌云也越滚越大，最后遮天蔽日，太阳不见了，蓝天也不见了，田野忽然就进入了暗夜，一片漆黑。

那片乌云里似乎挤满了星星点点的闪亮，传来的还有一片喑哑的声响……

“蝗虫……”是谁的喊声未落，成群的蚂蚱就“扑啦啦”掠过，像狂风卷起砂砾风驰电掣。农田里忽然就铺满了蚂蚱，青紫一片，许多沟壑都被填平了。那些东西蹦蹦跳跳像暴雨落在湖面，水花四溅……

头顶那片乌云开始碎裂，一片片往下飘，撕扯着往下落，田野里的绿在消失。

蚂蚱落满了果农和妻子的衣衫，怎么抖都抖不掉。一阵哭声传来，那个大头小子的头顶和身上爬满了蚂蚱，怎么都挥不去。一瞬间，田野里所有人都被蝗虫卷来的巨浪吞没了，暗黑的田野里一片细碎的声响，是昆虫振翅的声音与啮齿咀嚼声在交织，伴随而来的是一种草腥与恶臭。

一株株健壮的禾苗叶片开始残缺，叶片不见了，只剩了绿色的梗儿。一堆堆蚂蚱蹦来跳去，梗儿瞬间也不见了，像又回到了泥土深处。那些农人们忙用衣衫蒙住头顶，末日的惨象突然间就让他们手足无措……

不到半天的空儿，蚂蚱们的乌云开始散去，黑色的妖雾升腾蹦跳着滚向了远处，连露出脸儿的太阳似乎都是惊魂未定。

刚才还葱茏的田野变成了沙漠，像被剃刀剃去了所有的毛发，一丝绿色都找不到了，又像一位老妇褪去了所有衣装，袒露着粗糙松弛的肌肤。那些茁壮生长的禾苗像魔术一样消失得无影无踪，那片果园似乎是经历了一场野火，植株丑陋的躯干像焦炭一样扭曲在田野里。

那些人刚才还在耕作，突然间就没什么可干了，似乎被带入另外一个陌生的世界。是白昼里的阴间，还是贴满画符的鬼门关？他们抱起脑袋不肯相信这两种景色突然间交替，有的人在拼命揉着眼睛希望这是梦境。陆续有些人和农具跌倒在地上，就在刚才，他们的幻想里还全是丰收。果农的妻子失声痛哭……

果农掐着手指算来算去，一场蝗灾竟然让他陷入了赤贫。种子都没什么可偿还了，各种繁多的“捐”和“税”更无着落，就用那片果园顶了吧。于是留在这片土地上等待他们的只有饥饿。果农一家收拾好铺盖和行李准备上路讨饭去，挨过这半年再回来，来年春天，再和土地来一场赌博。

他们的遭遇跟许多人家一样，不同的只是各自路上的遭遇。果农推着小推车，果农的妻子拿了棍儿在后边跟着，她刚成为叫花子的大儿子还在兴奋不已，不停地舞着手中的棍儿。娘缝制的大布袋很实用，搭在肩上两边都能装东西，果农的妻子前后左右找，小儿子去哪里了？她就朝后边喊了声：“冬——！”

那个大脑袋小孩蹒跚着脚步就跟了上来，他刚才在沟底寻找看有什么可吃。踏上这条路，他就不再是个孩子，而是一个小叫花，一个陌生的世界和一群陌生的人正在前方等着他。

大路上三三两两的人在结队，逃荒的人络绎不绝，那条路雨后是如此崎岖，他们的步履看上去是那样艰难。走几步，还不忘回头望一下荒芜的家园。守着土地，吃饭有时是如此昂贵的事情，他们将为此舍弃尊严甚至还有生命。

夕阳西下，那条长路变得朦胧而模糊，仍有人像结队的蚁族在奔向宿命，在这片土地上被人传唱已久的那首《讨饭歌》，不知又被谁哼出了离乡背井的小调：

高粱青青，
麦穗儿黄，
望着炊烟寻米香，
顶着露水数星星，
天做被子地做炕，
娘的小叫花呀，
爹的讨饭郎。
拄着棍儿你就把路上，
别怕狗儿你往前走，
莫要回头望，
娘在这里泪汪汪。
送走小叫花，
回来讨饭郎，
铁脚板儿走天边，
前方大路粮满仓。
娘的小叫花呀，
白白胖胖就回家乡。
……

第一章

1

夜如一潭沉沉的死水，就像大平原上密布的沼泽，旷野里的一切都溶解在它的黢黑当中。在那年月，连风似乎都凄厉得多，一阵疾风掠过，那些芦苇与杂草便匍匐下去，一片肃杀里摇曳出一声声负重的呻吟。没有月光，若不是几声狗吠惊醒几盏灯光，那些埋藏在地平线上的村落更像一堆堆牛粪在错乱堆积。

老马识途，一阵凌乱的马蹄声由远及近地传来，像鼓点迟疑而凌乱地叩问着大地，马脖子底下的铃声也逐渐地清晰起来，模糊的只是马车上堆积的人形。风裹着尘土与落叶袭来，几声牲口的响鼻儿喷起，缀在夜空上的那一把把星星更像惊醒的睡眼，懵懂地打量着这片浸泡在苦难里的人间。

巷子里伸手不见五指，一圈土围墙内，镇子里凌乱的房屋在夜色中泛着诡魅与荒诞。已是子夜时分，沉睡中恐惧像浮尘袭来绕去，门缝后一双双眼睛在惊恐中望着外边，似乎有异样的故事就要上演。在一片歪歪扭扭的街巷里，马蹄声陆续传来，于是狗吠更加密集，起风的日子里，棺材铺那里又传出一个女人恐怖的笑声。须臾，一阵阵急促的敲门声传来，于是一些窗棂上陆续耀出了昏黄的灯光，一间沿街的铺面前堆了许多人影，门脸上“康来药铺”那面布幡儿在风里飘来荡去，但任凭那些人怎样拍得山响，那扇紧闭的铺门却如磐石裂不开丝毫缝隙……

天还没大亮，那座青砖大宅子的轮廓却清晰起来，而周围那些凌乱的屋舍却仍在模糊着。“吱呀”一声，高大的门楼下木门打开了。不一会儿，一个老农模样的人挑着扁担走了出来，看起来他心情不错，鼻腔里哼着曲儿，似乎他挑的不是两个尿罐子，而是满腹的心愿。他甚至很喜欢粪便的味道，要是青砖大院里的人把屎尿屙在别人田里，他会大为光火。他每天都这样，挑着担子冲着东天那一抹还没变幻出色彩的云团，就走向了田野。

麦田里的土搓得比沙子都细，嫩油油的麦苗儿刚出土，他搬起尿罐子沿着麦垄浇出去很远，样子很满足，似乎看到了大把饱满的麦穗，望着大片漾着绿意的田野，他笑容可掬，要是来年是个好年景就好了……

他挑着担子回到街上的时候，却看到许多人脚步匆忙在往一个地方赶，紧接着是阵阵急促的呼号："死人了！死人了！"

镇子上陆续有人涌上街巷，在"康来药铺"门前，一堆人以各种姿势在死去——躺着的，靠墙坐着的，还有的手一直在抓着门环。那扇铺门上密布了血手印，一杆杆铁矛扔在一边，那溅了血的红缨颜色更加深沉了几许。几辆马车上堆满了麻袋，许多人叠在上边，殷红的鲜血把麻袋都染红了，"滴答滴答"，还有鲜血正从一条垂下的手臂上滴下来，在地上凝成一摊。车上仍有人在呻吟，一杆杆红缨枪被压在身下或横在胸前，身下有的麻袋被刀枪划开，高粱米正陆续淌下来……

人越围越多，但那间药铺的大门依然紧闭。"让开让开！别看了。"一个瘦小老头的公鸭嗓音传了过来，镇子上出了大事，镇公所的小老头苟振经瓜皮帽都没戴正，领着两个民团队员背着枪就赶了过来。

2

"老扁叔，你说啥叫中华民国？"

"这你都不懂，你比那两个傻子好不到哪里去，以前这大清是一个人说了算，中华民国就不是一个人说了算喽，孙中山、袁大头、段祺瑞、孙传芳、张宗昌和北伐军都想说了算，所以就天天打，今天你下去，明天我上来……"墙根底下一群人在晒着太阳，暖暖的阳光让老扁眯缝起了眼，他回答着杨三的问题，缺了两颗门牙的嘴巴活像破碗沿儿一开一合，直漏风。他一个劲地揉着自己的老瘸腿，这堆人要饭资历最老的就是他。

"你厉害老扁叔，大清时就要饭，现在都改朝换代了你还在要饭，除了要饭你会别的吗？"听到老扁拿他比那两个傻子，蹲着的杨三不屑地往边上挪了挪，把双手插进了袖筒。

"谁说你老扁叔不会别的，你老扁叔会宰狗，在沧州没要着饭，把人家的狗骗到坡里宰了，他吃不上饭就宰狗。一般的狗闻着他身上那股味都不敢叫，但那次被一条财主家的狗咬瘸了，人家那条狗是外国大狼狗，不怕他……"铁匠铺的牛成接过了杨三的话。

"哈哈哈……"晒太阳的一堆人笑了起来。

初冬的村落就像一位懒汉，慵懒地横躺在大平原上，天空里几声鸟鸣也是那样喑哑，太阳静静地挂在树梢上，懒洋洋地打量着花子镇，光芒就像柔软的须发。虽然有阳光，但空气还是异样的清冷，不远处有花鼓声陆续传来。那些沧桑的面孔上爬满了沟壑，一堆堆褶子里夹着粗鄙。晒着太阳，这些人的嘴巴是闲不住的，尖溜的小风在花子镇的大街小巷里来回地穿，浮土刮起一层层，但总是积蓄的肮脏风吹不走。一些树叶飞着飞着就贴在墙上，停了一会，又飞走了，跟街面上的许多聚在一起。一阵风又过来，一堆叶子就打起旋儿，转几下就散开了。花子镇的街巷里流淌起了破败，像一块埋藏许久的石碑偶尔又被人拂开……

花子镇的财主老半踏在落叶上往前走，脸上堆着笑。他是花子镇最固定的人之一，已经多年不出去讨饭了。但老半财主却从未忘本，在他没成为财主之前，无非也是一个叫花子。所以他与仍在要饭的那些人尽力弥合着距离，仍旧按辈分称呼。花子镇每天都会有叫花子出门去，每天也会有花子从路上讨饭回来。老半看到他们，就像看到了以前的自己。所以总是眯起眼，亲热地打着招呼，这让一些人有时忘了他是一位财主。

在山东齐地北部，曾经有一方土地被称为"琅槐古国"。琅槐古国已经是历史上久远的事情，就像花子镇的历史没几个人说得清。在这里，要饭已是多年的传统。"半年在外当叫花，半年在家种庄稼"已是约定俗成多少辈儿，为什么仍旧选择这样活着，却没几个人说得清。乞讨竟然成了一种习惯，或者是一种基因，血液里淌着这么一种东西，不上路溜达一下对不起这身子骨，对不起故去的祖祖辈辈……

这里的小商小贩出门从不带盘缠，一路要着饭竟然能下了关东，走到塞外。向西，向北，向着中原腹地，向着白山黑水，这一路要着饭走下去，买卖做成了就赚了，做不成无非是回来一个叫花子。

财主王老半每天都走在花子镇的大街上，他总是那副形象，头上一顶破毡帽，身穿一件半新不旧的棉袍，他在遇到花子们的时候总是老远就把招呼打过去，而且在讨饭这门技巧上，他明显一直很专业。

——回来了！
——都去哪地界了？
——路上好嚼果儿多不多？
——去河南别去豫西，土匪比咱们这里还多。
——山西可以去，山西人都是老抠，爱聚财，所以大户就多，那里家家吃大白面，顿顿白条子……
——好好好，下次我们一块去。

有人就说，您别逗了半老爷，您怎么会去要饭？于是老半脸就绷了起来，我怎么不会去要饭？你们以为我家底有多厚？我要饭的时候还没你呢，在花子镇，要饭不丢人……

再往前走，几个小孩的童谣又唱了起来：

张宗昌，坐济南，
一两银子八块钱。
不管百姓生与死，
粮税要到二十年。

（1925—1928年，张宗昌主鲁三年，赋税却征收到1931年。）

王老半看到有人出去要饭就喜形于色，脸上的褶子挤得像只肉包子。有小孩跟着大人出去要饭，他就上前摸摸人家的脑袋，嘱咐道："路上小心点，遇到狗别跑，越跑它越追，狼怕弯腰狗怕蹲，记住喽！"

老半继续往前走，当他看到一群人在墙根晒太阳的时候，脸色立即沉了下来。尤其看到有几个是自己的佃户和长工，神色更是绷得厉害。他一抖自己的棉袍，冷着脸就问："都在这里晒太阳呢？"

"晒太阳暖和呢半老爷。"那群双手插在袖筒里的人连忙作揖。

"你们怎么不出去要饭？"半老爷问。

"这不听人说外边北伐军正打仗吗……"

"哦，这北伐军会怕你们这群叫花子抢了他们的天下？"

"那倒不会，主要是家里还断不了顿……"

"断了顿还有力气走出去吗？我说，要回来吃不着，可以喂猪喂狗嘛，咱祖上就是干这个的。"

"咱们都叫花子，可说好了，有些事不能瞎讲究，更不能瞎打听，有道是祸从口出。"老半摇摇头走远了，又撂下一句："常将有日思无日，莫待无时思有时。"

杨三问："老扁叔，您这一根扁担都挑到大西北，见多识广，您说，咱祖上就是叫花子吗？"皮老扁说："差不多，洪武年间咱们的祖上从河北枣强到这里来垦荒，八成是要着饭来的。"

杨三又问："那这王老半为什么叫老半？"老扁说："嗨，你们可别把他的真名给忘了，王老半原名叫王半山，卖虾酱发了家后都叫他王半善，有些要饭的欠了他的粮没回来，后来这花子镇半条街的房子稀里糊涂就成了他一个人的，所以又都叫他半条街，叫来叫去成了老半，又和镇公所那老小子结为了亲家，这花子镇你老六爷孙来旺慢慢就说了不算了，实际就他们俩人说了算。"

"爱谁谁说了算，一群叫花子，穷操什么心。"杨三又在墙根蹲了下去，手都懒得往袖筒外拿，还往鼻子底下抹了一下。

"听说果园里那俩小叫花子他爹就是在路上扒地瓜扒到地雷了，'轰'的一声，半个人上树顶上了……"

人群里一阵啧啧叹息。有人说："这饭越来越不好要了……"

"不要饭你可以当土匪。别去种地，就是不种地，几十种税在等着你呢，我们哪只是出去要饭，我们还是出去逃税。"

"这几年的老天爷是不是也换人了？不是大旱就是蝗灾，黄河还老决口子发大水，不要饭活不下去，要饭还会死在路上……"边上的吴文贵忽然结束了话茬，"太阳真好，晒晒吧，该走了，该死该活鸡子都朝天……"

"你说咱祖上为啥从枣强来找这么块地呢？到处是荒场和碱场，人种天收，不当叫花子干啥？"

"你还想去金銮殿啊？听说皇帝都被赶出北平城了，这天下真大乱了，当兵的刚走，土匪又来了，混不下去的都去当土匪。刘奴才、崔九、李二狗爪子、电灯头、金牙老六，一窝比一窝厉害，四处祸害老百姓，烧杀抢掠，官府倒是年年剿匪，天天收'剿匪捐'，却是越剿越多。"

"你懂什么，这剿匪大有来历，把匪都剿干净了，那些官老爷从哪来钱？那些土匪就是给官老爷们搞钱的，剿匪只是给老百姓做做样子，苏家庙子有个在崔老九手下干的回来说过，官兵看到土匪放几枪，土匪也朝天放几枪，你攻我就退，你退我就攻，土匪攻过来没子弹了，就把银元埋地里，官兵攻过来把银元挖出来，把子弹再埋进去，土匪攻过来再把子弹取走，这明着是剿匪，暗地里是跟土匪做买卖。"

"原来剿匪是这样子。"人群里一阵啧啧声。

“你们说的这些土匪还挂不上号，蒙山刘黑七有‘三不拿’，碾子不拿，石磨不拿，尿罐子不拿，其余的全拿；还有‘两不抢’，老鼠不抢，麻雀不抢，其余的是谁都抢。”

“唠唠吧，再出去还不知道能不能回来，你看多少出去要饭的没回来，后街冯老五、马立武他兄弟仨，长麻风病的孙长胜和他儿子儿媳还有孙子都埋在要饭路上了，这下好，一家死了个‘绝户’，借了老半的粮，房子也归老半了。许多人要着饭去闯关东一点音讯都没有，我那年准备闯关东，正赶上直奉大战，逃荒的人到处乱窜，子弹贴着头皮‘嗖嗖’地飞，有时一颗炮弹落人群里，俺娘！平地上起个大坑，有些人连尸首都找不到，出去要饭可千万别走远了。”

“近处就行吗？到济南府去要饭的不是很多也没回来吗？日本人把济南祸害得那个惨，大街小巷到处是死尸，大姑娘小媳妇被糟蹋了多少，城墙上的人头挂了一长溜……”

“操，我不要饭了，我也跟皮小七闹革命去。”杨三一拍屁股就站了起来，撸起了袖子。

“就你啊三儿，皮小七要的不是你这样的人，前阵子闹饥荒大家都没的吃，出去要饭都走不动，没办法他组织红枪会那拨人抢官粮，他挑来挑去，看上的没几个。”

“不抢在家也是饿死，横竖是个死，还不如赌一把。”杨三一脸不服气。

“你赌个屁，你连女人毛都没碰过，好好活着，娶个媳妇伺候老娘。”老扁瞪了杨三一眼。皮老扁有点不高兴，因为皮小七是他儿子。

“我还娶媳妇？我连老娘都快养不活了，花子镇多少光棍，差我这一个嘛？”蹲在地上的杨三又往边上挪了挪。

一串铃声响起，于是大家都不吭声了。老六爷孙来旺摇着铃铛从巷子中走来，边走边喊：“铜元一吊，进会入门，刀枪不入，防匪强身……”

于是这堆人就开始沉默。孙来旺走过，都装作没看见。花子镇的大神孙来旺已经成了花子镇的灾星，入会的越来越少，他也快粥米无继了，有些人去抢官粮被害得家破人亡，对他恨得牙根痒痒。

“你们这群驴日的，都晒太阳呢？”老六爷孙来旺现在主动和人打招呼才不像丧家犬。

“你驴日的！”花子镇只有皮老扁不怕孙来旺，两人小时候出去要饭，据说只有一条不露腚的裤子，谁出去要饭谁穿，另外一个在草丛里猫着等饭。

看没人理会，孙来旺摇着他的铃铛走远了，他的道袍明显旧了，再洗恐怕窟窿更多了。现在的老六爷已经不是花子镇的大神，他踩着落叶背影明显有些落寞，一些叶子被风卷起来，直往他身上扑。

有人一声嘟囔："还他娘刀枪不入，多少条命被搭上了。"

"别说了，这刀枪不入一开始都信，红枪会那帮人以前谁都不怕，包括县上的警备队，其实是警备队那帮人枪法不好，打不着，但那天去抢粮，护粮队架着机关枪，人还没围上去，就全给突突了，要不是皮小七手里有枪，根本一个都回不来……"一说起皮小七，他爹皮老扁就不吭声。于是牛成就停下了。

"回来的那些想去药铺找乔郎中治伤，姓乔的㞞包吓得不敢开门，把花子镇的人全给得罪了。"

"他也不敢啊，他治了官府哪会放过他，他祖上就因为治伤吃的亏……"众人七嘴八舌。

"死了三十七口，官府又来抓去那么多，花子镇一半的青壮年没了，唉，到底是谁做的孽……"

"这老小子横竖说入了他的红枪会有神功护体，能避枪弹，结果他的神功遇上洋枪，身上一个个的血窟窿。"

"我为啥要养儿子呢？"皮老扁一声叹气，"我要了一辈子饭，我就指望着有他们在不让我当叫花子了，但一个个鬼迷了心窍，闹什么革命，大儿子要着饭去青岛的纱厂谋了份工，好好地娶了媳妇，可非得领着工人闹罢工，让日本人给祸害死了，小七在外也闯荡了这些年，你就是给我带两块棺材板回来也行啊！啥也没有，自己还落了一身伤，还想把细柳留给我养活，我拿啥养？我欠你们这些王八蛋的……"

"扁叔，你儿子是王八蛋，你知道你是啥不……"

"我是真想死啊，我和你们的二婶要了一辈子饭，我算了，活一天我无非就是多要一天的饭，路上有些人家都认识我了，我和你二婶过年蒸了几个大白馍，我把耗子药掺进去了，我说吃了这几个大白馍，咱老两口要饭就要到头了。"

那些人都不吭声，杨三眨巴着眼盯着老扁问："那你怎么没死啊叔？"

"这不孙来旺个驴日的从青岛把泥蛋和小芸给我找回来了吗，我死了俩孙子怎么活？驴日的孙来旺，白白让我糟蹋了那几个大白馍。"

“哈哈哈……”这群人一阵大笑。

这时老半家的长工腊月走过，杨三就招呼他过来，腊月不理他，挺着脖子往前走，这家伙从小就在老半家干活，连走路的姿势都像老半。杨三就说：“过来儿子，一块晒晒太阳。”

腊月抬起脸冲他一脸憨笑，杨三觍着脸把自己的棉袄从后背掀起半边：“儿子，给你爹挠挠痒痒。”

哑巴腊月笑嘻嘻地把手伸进杨三的棉袄，挠着挠着，杨三说：“用点力儿子，不过瘾。”于是腊月果真用力挠了一下，从杨三后背上挠下许多皮肉和黑泥，杨三疼得跳了起来：“腊月，你这个老半的私孩子……”

一边牛成就骂杨三：“腊月是哑巴不跟你一般见识，老半要是知道了不又得打你的屁股。”

说起了老半，于是许多人都往东看，老半家的青砖大院在一堆横七竖八的土房子中鹤立鸡群。

3

王半山在这条弯弯曲曲的大街上继续往西走，看到人来人往，还是不住地点头哈腰。老半这人面善，行人也都爱跟他打个招呼，不知不觉中，老半就迈进了镇公所。所谓“镇公所”经常的办公地点无非就是一处门脸，平日里门口站着两个背枪的人。门口一杆绣了“苟家米铺”的大旗飘来飘去，上方一块牌匾是标准“赵体”楷书，那正是米铺老板苟振经的字迹。能够在镇公所替县里上传下达的不是大户人家就是乡绅，而且在当地要有一定的名望，同时还要知书达礼。粮食是那年间最紧俏的硬通货，“苟家米铺”就相当于花子镇的银行。老半是种米的，苟振经是卖米的。花子镇实力最雄厚的两个人结为了亲家，也就把花子镇所有的权力和财富集中在了一起。老六爷孙来旺的“红枪会”人多势众，但在花子镇真正说了算的还是苟振经和老半。苟振经正在后院堂屋里“噼里啪啦”打着算盘。老半穿过米铺就迈进了后院，人没进屋，老半已经在门外喊起来：“在家吗亲家公？”小老头苟振经在屋内清了清嗓子：“快请进半山兄。”

后院里这五间房不算宽敞，但正房这一间收拾得窗明几净，苟振经摞摞他的账单，一阵寒暄。一口小火炉炭火通红，没多久，一壶浓浓的老茶就泡了出来，色泽如酱，老半开门见山，就说到那件事上。

“亲家，好多人托我找您去县上讲情呢……”

“又是被县上抓走的那批人是吧，情倒是能讲一些，但警备队刘兆吉是个吃人不吐骨头的家伙，没钱可不行，一个人头二十大洋，拿钱赎人，这帮穷叫花子，谁拿得出钱？”

“唉，你说孙老六这帮红枪会的，被什么迷了心窍，竟然打起了官粮的主意，被打死三十多口子不说，又被抓去这么多老小，这花子镇本来就穷，没了主心骨，家家孩子哭老婆叫，大冬天的一个个都出去要饭去了。”

“这孙老六年轻时在要饭路上加入了义和团，学了一身枪棒武艺和装神弄鬼的玩意儿，硬说自己刀枪不入，我又不是没见他身上的窟窿眼，在天津紫竹林被洋鬼子的洋枪打的。这岁数大了，讨不了饭了，竟然教起了拳，又跟着小清河南边的人组织起了‘红枪会’，平时练武强身，防匪抗捐，还真有人信他这一套，这次抢粮八成是他徒弟皮小七的主意，有这爷俩在，花子镇早晚得乱套。”

“那你说怎么办？被抓去的那些有的是红枪会的，有的不是，大多都没参与抢粮，这不能没个交代啊！”

“交代什么？你也不去县上看看城墙上挂了多少人头，多少没头的死尸扔在护城沟里，城里的野狗什么都不吃了，就吃死人，见了活人也一个劲地往上扑！”

老半听到这里一个激灵：“你得想法子呀亲家公，花子镇老少爷们就指望你呢。”

苟振经冷冷一笑：“我能怎么办？半山兄家底殷实，要不捐点钱出来我去县上活动活动？”

“唉！我就知道进了你苟家的门，没钱就什么没的讲，连我那大姑娘也一样。”

“王老半，你也好不到哪里去，你是光在嘴上行善，从来不为花子镇的老百姓办点实事。”

两人说话声音越来越低，最后戴着毡帽的两个脑袋挤到了一块开始嘀嘀咕咕，最后王半山就问道：“亲家公，有个事你可得给我交个底，这饥荒年月，他们抢回来的那几车粮食到底去哪了？”

“去你的！那些官粮官府也盯着呢，都知道是东北的高粱米，苟家米铺的粮食要是有一粒抢来的官粮，姓苟的改随你们老王家的姓！”

4

杏儿背着二斗又出来了。杏儿已经十五岁，她背上的二斗只有两三岁。街上的人看到杏儿背着二斗出来就会打趣："杏儿，又背着你男人出来玩了？"杏儿很伤心，二斗怎么会是她的男人呢？在杏儿心中，如果自己有男人的话，那一定会是山一样的依靠，怎么会是一个尿炕的小孩？在琅槐这块地面上，那年月小姑娘成亲都早，许多丫头十三四岁就已经许了人家被娶走了，姑娘早晚是别人家里的，兵荒马乱，哪有那么多粮食养在家里？杏儿就像一块抹布被遗弃在了花子镇。二斗在她背上总是不老实，一个劲抓她的小辫，老是往他背上抹鼻涕，还经常把尿撒在她背上。如果说杏儿最想干的一件事情，那就是痛痛快快把二斗打一顿，找个没人的地方拧得他鬼哭狼嚎。但要是让老半他老婆项西吼听见了，那就麻烦了。老半家住街东，青砖大院，西边住的是一群叫花子，老半他老婆的本名叫项袭娇，因平日里防西边那群叫花子像防贼，就喜欢对他们叫，所以就被花子镇的叫花子们喊成了"向西叫"。渐渐地，项袭娇岁数大了，身子圆了，老半的家底也越来越殷实，所以她嗓门也越来越大，于是花子镇的人就干脆叫她"向西吼"，叫来叫去，她娘家是哪里她本人姓甚名谁大家都忘了。

"又来借粮，上一次的还没还！"

"喂！老娘的鸡又少了一只，哪个叫花子王八蛋偷吃了全家噎死！"

"我×你全家的，这青砖大院里的东西，一不是抢的，二不是偷的，你们再怎么眼红，也不会随你们家的姓！"

项西吼的吼声每天都会在花子镇响起，如果没有，花子镇的老少爷们会感觉这天很反常。那年皮小七率领一帮叫花子闹革命，把青砖大院围了，她一个人在门楼前就把他们骂退了。花子镇不乏爱骂街的老婆子，但能与项西吼在骂战中对阵的没有几个，她一拍腿就会跳起来，她能够轻而易举地就把对方归类到牲畜行列当中，而且专门用那些动物的生殖系统来揶揄对方，往往是她把腰在街上一叉，许多人就开始捂耳朵，她的大嗓门一吼，树枝上的许多鸣蝉都哑巴了，鸟儿都惊飞了。青砖大院的威望和威风一部分来自老半的家产，也有相当一部分来自她的骂战。

这威风在她生下二斗这个宝贝疙瘩以后表现得有过之而无不及。项西吼是生过一个儿子的，老半稀罕粮食，取名字叫升，长天花死了。杏儿被卖到老半家第二年，项西吼又生了一个，这次老半给他起名叫二斗。花子镇的人说粮食是老半他爹，大洋是老半他娘，老半心里惦记什么，全在孩子的名字上边。因为他还有两个姑娘，大姑娘叫金环，二姑娘叫银环。也有人说，老半的这俩姑娘就是两条蛇，说话做事都带着毒性。大姑娘金环已经出嫁，是苟振经他儿子苟大富的媳妇。二姑娘银环最有福气，竟然能够去上学识字，而且自小不缠足，项西吼给她缠上，她就扯下来，一双大脚板就像一对镢头，项西吼以前总说她嫁不出去，现在却不敢说了。

杏儿一直在替项西吼哄孩子，二斗要是一哭，老半就会骂杏儿，项西吼就会打杏儿。杏儿的身上天天青一块紫一块的，谁叫她是五块大洋买来的呢？

杏儿总觉得自己像一枚果子，这果子在花子镇早晚会烂掉，即便果核儿落进泥土里发了芽，在这里也是不合时宜，这里不是她的老家，她的老家到处是果树。最好是有个人发现并喜欢上她这个果儿，能够带她离开花子镇，回到适宜她生长的地方。在花子镇，杏儿一眼就看到了自己的结局，就像她一眼就看穿了这条七扭八拐弯弯曲曲的街。

杏儿背着二斗在街上漫无目的地游荡，二斗拽她左边的小辫，她就拐进左边的胡同，拽她右边的小辫，她就拐进右边的巷子，当二斗向后拽她小辫的时候，她就得停下。顺着大街，在二斗的驱使下，杏儿就拐进了自己最不愿进的那处巷子，当她看到那截破烂的红墙，杏儿就不得劲，泪珠儿就开始在眼眶里打转转……

她的老家在哪里呢？那里有个好听的名字，叫栖霞。在春天，那些果树都开花了，真的像一抹抹云霞落在了那些小山上。自从杏儿记事起，就不断地有人离开他们那个村子。有很多人会坐船从海上去闯关东，一个叫“关东”的地方在海的那边，那儿竟然是许多人的天堂。杏儿就觉得那儿一定是一个有金山银山的地方，要不他们村那位富户也不会去。

那位富户的填房是一个好看的女人，一双小脚就像尖尖的菱角。她经常抚摸杏儿的头顶，脸上总是漾着水纹一样的笑容。杏儿的爹在他们家做了大半辈子长工，最后娶了他们家一位很年轻的丫环，就是杏儿的娘。他们家没房子，也没地，吃住都是在富户的家里。听娘说，这位东家奶奶是改嫁过来的，她本来也是一个大户人家的太太，家里做着卖盐的大生意，后来那处人家的老爷被土匪“请了财神”后被撕了票，东家奶奶就从西边辗转改嫁到胶东来了。

那些年胶东那些山旮旯里藏了多少土匪，没人说得清。土匪要什么就得给什么，有的他们要，没有的他们也要，要是搞不到，老百姓这地就种不下去，他们会牵你们家的牛，还会把地里的禾苗全祸害了，甚至会取走你全家的性命。东家奶奶最怕的就是土匪，看到有人又被土匪绑走了，她脸色比蜡都黄，一双小脚在街上颤颤巍巍就乱了方寸。没几天，他们家就把房子和田产全都卖了，要去闯关东。但杏儿一家去哪里呢？他们家没房子，也没地，爹和娘没成亲以前就是富户家里的下人。

东家奶奶把一张地契交给杏儿的爹，让他往西去一个叫花子镇的地方。她说那里有一处祖坟需要照看，在祖坟的周围有一大片地，那片地能养活许多人。“你去花子镇的青砖大院里找一个人，他会带你找到那块地。你种着那片地会一家人衣食无忧，你好好地照看那处祖坟别让人毁了，更不要离开。过几年，自然会有人回去安顿你，把祖坟和地赎回来。”

5

当年爹拖着老寒腿领着杏儿和娘走进这条街的时候，身上背着简单的铺盖卷，他们的生计没了着落，一路上是要着饭来的。杏儿的娘一个劲地自嘲扛米汉竟然变成了叫花子，爹不高兴，他怎么是叫花子呢？他手里还攥着一张昂贵的地契。一听说这里叫“花子镇”的时候，杏儿的娘都笑了，你个要面子的穷鬼，都来到了叫花子的老窝了，不是叫花子是啥？

为什么到处有花子呢？杏儿不明白，为什么不要饭的人要比要饭的人少？杏儿的爹娘也回答不了。弟弟在娘的背上饿得哇哇直哭。那天花子镇是大集，这条街上拥挤而杂乱。杏儿看到许多衣着破烂的身影，就像一张张移动的糯被，这些人让一条街显得尤其破败。街边的地摊上还是摆了些东西的，有一些可以吃的东西摆在路边，有各种果子，南边山区里的黑酸枣和山楂。还有些卖菜的，也有人挑来一担担地瓜和土豆，那些人把扁担放一边，把箩筐在街边一溜儿摆开，扯开喉咙在叫卖。只有剃头匠是不用吆喝的，他们只是在顾客面前打着一个个奇形怪状的手势，然后把一个个脑袋刮得锃亮。吸引杏儿视线最久的是那个卖窝头的，一个比杏儿大不了许多的男孩身上补丁摞着补丁。他蹲在街边，面前篮子里摆了许多窝窝头，那些黢黑的窝头颜色不好，但模样很精致。窝头里夹杂了许多红的绿的东西，杏儿听娘说，那肯定是用地瓜面夹杂着野菜和胡萝卜蒸出来的，竟然要十文钱一个，也太贵了。杏儿当时在想，如果她要嫁人的话，一定是这样一个富足的少年。

卖窝头的少年很警觉，用双腿紧紧地夹着篮子谁也不让碰。但一群叫花子还是围了上来，说是要先尝后买。少年不干，竟然从身后抄起了镰刀，一个叫花子拿起两个就跑，一边跑一边把窝头往嘴里塞，少年气得面红耳赤，举着镰刀就在后边追，等追上，叫花子一吐舌头，舌头上只沾了窝头的残渣，少年骂骂咧咧往回走的时候，发现自己的篮子里一个窝头都没了，一群叫花子拿着窝头一哄而散，少年一屁股坐在地上哭了："你们这群狗日的，俺指望卖了窝窝头买棺材把俺爹葬了……"

杏儿忽然有点高兴，对一个拥有许多窝头的少年，她的确是嫉妒的。这时她听到人群中一阵骚动，有人说："侯五来了！"于是人群纷纷闪开缝隙，杏儿就看到一个黢黑瘦小但挺结实的男人，袒胸露乳横着肩膀在街上走了过来，在他身后，也有一群叫花子拿着棍儿前呼后拥，那人看到边上有人卖鸡蛋，顺手抓起一个，在牙齿上一磕，蛋清蛋黄瞬间就被他吸溜进了嘴里，鸡蛋皮被他顺手往脚下一扔，又被他一脚踩进土里。紧接着他又冲路边摆摊的那些人一抱拳："乡里乡亲的，你们来到花子镇做买卖，就是来到了我侯五的地盘，你们可以打听打听，我侯五可不是一般的叫花子，我讨饭去过的那些地界，认识的那帮人，说出来都吓死你们，在家靠父母，出外靠朋友，侯五头顶的这片天就是祖宗，脚下这片地就是我娘，侯五也不难为你们，你们到了我的地盘，和我到了你们的地盘一个样……"于是杏儿就看到街上摆摊的那些人纷纷给侯五上起了供，他们把白菜萝卜还有地瓜纷纷往侯五怀里塞，侯五把这些东西都交给身后的叫花子，看到卖毡帽的侯五顺手抄起一顶就扣在脑袋上，卖毡帽的小贩还得冲他点头哈腰。侯五来到一家纸草店跟前，看到一个干瘦的老头在摆弄他的香烛和寿衣，那个老头的脸像一只坚硬的核桃布满了纹络。几口大棺材还摆在他门口，侯五于是上前打招呼："老干姜，今天生意咋样？"

"不咋样。"老干姜看到他没好气，"侯五，你姜叔要不要给你交点什么？"侯五说："您这都是死人用的东西，自己留着吧，有捣乱的报我侯五的名号。"

"哼，报你的名号有个屁用，花子镇的主人是米铺的荀振经，人家手里有枪。"那个叫"老干姜"的老头说。

"老干姜，你赚死人的钱不光要积阴德，还得积口德。"侯五从老干姜面前灰溜溜地准备离开。

“侯五，快进来，可好玩了!”侯五看到一个女孩从棺材里坐了起来，气不打一处来：“姜苗子，你个傻子，这口棺材你五叔用不起，给你爷爷老干姜留着吧。”

“侯五，你头上那顶帽子跟我爷爷卖的一个样。”

于是侯五把那顶帽子从脑袋上一把揪下扔在地上，又踩了一脚。摇摇头叹口气：“花子镇够难听的了，还有这么一个傻子。”

继续往前走，杏儿看到一片硕大阔气的门脸上斜插着的一面布幡飘得特别扎眼，上面绣着“苟家”两个小字，下面绣着“米铺”两个大字，门口却挂着“今日无米”的牌子。门口两侧有两个人手里端着枪在警觉地望着四周，那年头怕人抢的东西，一是粮食，二是钱。杏儿看到里边那个小老头在“噼里啪啦”打着算盘，还在跟那些围着买米的人嘟囔：“我也不是神仙，四处找都进不来米，这米铺我也快开不下去了……”杏儿听爹说了句，“既然没米，为什么门口还站着扛枪的呢?”

杏儿肚子越来越饿，就在这时，忽然听到了铃铛声。一群庄稼汉光着膀子列着队伍扛着红缨枪走过来。一边走一边跺着脚喊：“入了红枪会，身能避枪弹，不怕刀剁与斧砍，能抗土匪能抗捐!”这群人走过，一个穿道袍的老头跟在后边，一边摇着铃铛一边喊：“铜钱一吊，入会防妖，无量天尊，保命到老!”

“爹，娘，我饿……”杏儿跟在爹娘的身后说。

但爹娘无动于衷，杏儿跟在爹娘后边继续往前走。远远的杏儿就看见一张梯子高高地竖起来，当杏儿定睛细一看的时候吓了一跳，一个小女孩顺着梯子攀爬的手脚之下都是锋利的刀刃，杏儿不明白，女孩光着的脚底下老茧该多厚才能不出血。女孩表情痛苦地往上爬，下边围的一群人还在叫好，这叫“上刀山”，女孩顺着“刀山”爬到顶端，在顶上一个抱拳又一个亮相，双脚勾着一条绳子，头朝下扎了下来，杏儿赶紧捂住眼睛，但女孩的脑袋眼看就要触到地面的时候，却突然停了下来，于是一个筋斗翻下来，稳稳地在地面站定又一个亮相，人群中又是一片叫好。杏儿那天没看到胸口碎大石，只看到了碎裂的石块，但一个少年将一把宝剑整个吞下去她看到了，只有剑把露在外边。少年把宝剑重新吐出的时候一阵咳嗽，却被边上的师傅狠狠踢了一脚，于是师傅和另外一个壮汉表演起了顶铁枪，一只钢枪两端都有枪头，各自顶在喉咙上，两人齐用力，后来枪杆弯了，直到“咔嚓”一声，木枪杆断成两截跌落在地。

刚有人叫好，不远处有花鼓声传来，人群中忽然有人说：“花鼓皇后上街了！”于是人群“呼啦啦”朝那边涌去，跑得一干二净，那个上刀山的女孩端了铜锣呆愣愣地站在那里，铜锣里只有少得可怜的几个铜板。

鼓声一响，大集上的人群纷纷涌过来，杏儿一家就被围在了里边。那个漂亮的姑娘腰间斜背着一面精致的小红鼓，鼓槌正密密麻麻地落在鼓面上，一声声“叮咚”脆响就如雹子从天上滚落，姑娘纤细的手指轻捏鼓槌，从身前身后击打着鼓面，鼓槌上两条红穗子上下翻飞，把姑娘婀娜的腰身缠绕在一片彩虹和祥云当中，只见她扭动着好看的腰肢，脚下步伐忽紧忽慢，时而闪展腾挪，时而碎步连连，凌空踢出劈叉，落在地上又是柔韧的“一字马”，围观的人群叫好连连，小铜板也纷纷落在她的身下。在这个镇子，杏儿终于看到了一抹好看的颜色，那个姑娘的笑靥就像一盏明月在云朵里忽隐忽现，跳着跳着她唱起来：

打起花鼓转转悠悠，
不洗脸来不梳头，
奴家本是花大姐，
背着花鼓串九州，
初到宝地求碗饭，
残羹剩饭赏一口，
……

只可惜杏儿饿着肚子，无心欣赏这曼妙的舞姿，只能跟着爹娘的步伐。在路过一家包子铺的时候，看到一笼屉一笼屉热气腾腾的包子端上来，娘身后的弟弟哭起来，但爹和娘都没有停下脚步，讨饭能讨到肉包子，那该是多大的恩德？一会包子铺的桌子周围就围了大大小小许多叫花子，有的流着馋涎一个劲地问是什么馅的，那个肥头大耳的汉子瞥了他们一眼没好气地说：“管它什么馅的，你又没钱买。”整条集市上，似乎只有包子铺那个女人对那阵动听的鼓点异常不悦，嘴里嘟囔着：“该死的玉秀，要个饭用得着这样花里胡哨，这不叫花子过年穷开心吗？”

紧接着她却一声惊呼：“苟大富，有人抢包子！”于是那个肥胖的男人从屋里跳了出来，看到一个叫花子抓起两个包子在前边跑，他抄起一根木棒，健步如飞追了上去，对着那个叫花子的后背就是一顿乱打，那个叫花子被打翻在地上，仍不停地往口中塞着包子，但汉子的棒子不停地落在他身上和脑袋上，最后叫花子一声惨叫，嘴中半边包子掉在了地上，一动不动。苟大富丝毫没有理会围观的人群，把那半边包子踢到一边，看到远处有马车过来，拽着叫花子的一条腿拖到了一边，就像拽一条死狗。然后没事似的夹起棒子走进了包子铺。

杏儿毛骨悚然，她终于知道吃包子的代价是什么，娘背上的弟弟也不哭了。跟着爹和娘，杏儿就看到了牲口市，到处是猪仔与牛羊的粪便，许多人家牲口都不要了，想卖掉去逃荒。再往里走，杏儿就看到许多旧门窗和房梁房檩堆在一起，听那些人的话语里说，这边是连年的灾荒，还有发大水。为了出去逃荒换点川资，卖房子没人要，只能扒掉卖这些东西了。再往里走，巷子变得更幽深，出出进进的人神情变得有点神秘不可告人。于是杏儿就看到这堵破庙的红墙，她看到有许多孩子立在红墙下面，多是女孩，个头高矮不一，有的看上去比她大，有的比她小。杏儿觉着，那些女孩子穿着破破烂烂的衣衫肯站在这里，一定是觉着那块斑驳的红墙映的脸蛋比较好看。而站在孩子面前的那些大人，则一个个面无表情，满脸的无奈与麻木，活像庙里的泥胎。

杏儿不明白那些女孩的头上为什么都插了干草，她看到许多小姑娘在红墙根底下站了一溜，陆续有人在她们面前转来转去，还有的男人不怀好意上前来捏捏她们这里，摸摸她们那里。那些大人们还是无动于衷，表情就像僵硬的泥巴，感觉自己的孩子无非就是商品，摆放在集市任人挑来拣去。终于，有几个大人在一边嘀嘀咕咕，最后有人拿出毛笔在舌头上舔了舔，然后在一张纸上写了起来，写好后在众人面前念了出来：

> 因家境困难，常乏口食，今愿将小女秀莲十五岁出于陈立堂，年三十五岁，处配室佳偶，作为箕帚妻妾，议价小米三斗，即日交割，今后不得来往，天高路长，自此富贵各有天命。此系两厢允诺，各无反悔，空口无凭，立字为据，双方具字画押……

如果说刚才杏儿还糊涂着，那么现在的杏儿彻底明白了，这里是卖孩子的地方，那么小的闺女就卖掉给人当老婆了。杏儿吐了一下舌头，一个劲地拍自己的胸口，自己家里虽然穷，但爹娘还没想把她卖掉，爹手里有一张很贵的地契。

终于找到了那处青砖大院子，青砖大院子的主人老半听到爹的来意很高兴，项西吼直打量杏儿，一个劲地夸杏儿好看。听说一家人没吃饭，老半赶快让生火。

吃完饭后，老半就领着杏儿一家来到了那片地。

杏儿的爹无论如何也不相信这就是地契上的那块地。这块地现在是打过仗没多久的阵地，四处是堑壕壁垒，一些壕沟一人多深，还有一些残缺坍塌的碉堡，四处密布的还有一堆堆坟头，一些土坡被雨水冲刷出了一截断崖，几具白骨在里边若隐若现……

"刚打完仗，老百姓都说不清打仗的是哪里的队伍，打了好多天，花子镇许多房子都轰毁了，当时人都跑净了，陆陆续续才回来。"

那天杏儿就看到爹差点瘫了下去。没想到走了几百里路来找的这块地是这样子。好好的一户人家在这么短的时间内忽然就感到没了活路。

老半说，当年那户盐商家被绑了票，把宅子押给了他，这片地也让他种着，后来盐商家里的人就散了，许多佣人也不知去了哪里，盐商的二房夫人领着两个孩子改嫁到了胶东，他们家还有个大少爷，听说为了报仇去南方参加了革命党。老半指着坟堆里一座青砖大坟说，那就是他们家的祖坟，墓室被打开了，里边什么都没了……

最后杏儿的爹和娘对着这片地发起了呆。他们现在能拿这片地干什么呢？这片地现在什么都种不了，高洼不平，有些地方连雨水都存不住。把那些战垒与碉堡扒掉，再把堑壕填死，那不是几个人能做到的，即便做到了，那也不是一片能长庄稼的地，那些坟地里不只是当兵的尸体，现在的花子镇死了人就往这里埋。

"别往里走，有许多炮弹还没响，前不久还炸死一个在里边放牛的。"

爹和娘对着一片千疮百孔的地哭了起来，老半站在一边不停地劝慰他们，脸色也是越来越凝重。

6

杏儿一家赖在老半家不走了。老半和项西吼的脸色越来越难看。大概，项西吼早就想把他们的铺盖卷给扔到门外了。爹想把地契押给老半，让老半给他点上路的川资，他去关东找到他的东家奶奶一切都好说，老半一声叹息，他说他以前也是个叫花子，只是占着这么一个大院子，哪里有钱呢？这边也是连年的灾荒，他这里也是连年的亏空，再说，当初为给盐商赎人，钱债人情债他还欠了一堆。杏儿的爹说，那么大一片地就不值一个去关东的路费吗？老半说真不值，现在能种地的人都逃荒去了，以前这一亩地能卖个百八十块，现在也就是一两块，但那是好地。老半劝杏儿的爹留下来，那座青砖大坟里能住人，再说这地种不了庄稼，可以种果树……

杏儿的爹虽然是胶东人，却不会种果树，再说了，没有两三年，再好的果树也不会结果子，这两三年他们一家吃啥呢？爹还是要去关东，回去买几张小火轮的船票，一张也就是几块钱，老半说拿不出来。

但老半说了，闯关东不一定非得去大连或营口，你们可以坐火车去奉天。从这里到济南步行你们用不了三天，沿途你们还可以要饭，去济南坐火车你们可以从塘沽再上船。或者是，到了北平城走京奉路……

青砖大院里爹和老半那天谈到半夜，然后一家人在他们家小磨屋里住了一宿。第二天早上，杏儿看到爹和娘收拾好东西要上路了。但杏儿的娘最后摸着杏儿的手说：“杏儿啊，你有福气了。前边路上不好走，带着你也不方便，我和爹去前边讨点吃的，回来把你捎上，咱就家去了。你在这财主老爷家先住几天，路上也省得你挨饿了，你在人家里可要听话，让你干啥你就干啥，可别让这户好人家嫌弃咱们……”

杏儿不明白娘是啥意思，只是睁着眼睛看着娘。

杏儿的娘把一把鼻涕擤在了地上。

“你怎么哭了娘……”杏儿不解地问。

“没有，娘被风吹得沙眼犯了，杏儿啊，你在这里慢慢等，好好看着咱家的地。别心急。爹和娘一定会回来接你的，闺女家就这样，都是给别人家养的……”

杏儿似懂非懂，但还是点点头。

老半用包袱包了许多地瓜干递给了杏儿的爹，说这些东西路上就能吃，然后叹了口气：“兄台，世道难啊，咱哥俩也算有缘，我以前也是叫花子，最见不得的是卖孩子，你可得挺住了。不瞒你说，我也不是大户人家，家里也养不起下人，但有一句我可以跟你说，有我在，这孩子饿不死……”

杏儿那天看见爹和娘往花子镇外走，娘几步一回头，她就知道事情有点不对。想去追，但项西吼的手死死地抓住了她的手腕，她挣不脱，手腕都被这个老娘们攥得生疼。她最后一次看到娘的背影的时候，弟弟那双痴痴的大眼在还在不解地盯着她，然后爹和娘转过街角就都不见了……

杏儿就开始哭，使劲在自己手腕上掰项西吼的手指，当她发现这一切都是徒劳的时候，抬头看了一下，她看到了项西吼那张雷婆一样的脸，活像庙里的金刚。

“有没有地契，那地都是花子镇的，这孩子长相不错，五块大洋虽然有点贵，也值。”项西吼拖着杏儿往院里走的时候，鄙夷地说了一句。

现在的杏儿最不愿看到的就是这段破庙的红墙，她虽然不是在这块红墙下被卖的，但是她感觉自己也像大集上的一件物品。不顾二斗在她的背上又扯她的小辫，她气嘟嘟又回到了大街上。

杏儿觉得，在花子镇，自己谁都比不上，甚至比不上那对傻子，看到那对傻子牵着手在街上蹦蹦跳跳走过来，杏儿的脸上也有了笑意。其实杏儿最想的是去果园，找那个叫秋的家伙，但项西吼不太乐意她去果园。杏儿还想去找玉秀，让玉秀教她打花鼓，但二姐银环又会不高兴。这花鼓舞在以前的花子镇有许多人会跳，有人说，这是花子镇要饭的乡亲们从安徽凤阳学来的，也有人说是从京津的打把式卖艺的人那里学来的，叫花子们花鼓舞打得好了，闯江湖就容易得多，也会有很多人打赏。再后来，花子镇跳花鼓舞的回来的越来越少，一些姑娘们也不愿意学了，因为再怎么学，也不如玉秀跳得好看，玉秀的舞姿好，模样更好。那年在县上，听说县上的大人物看了玉秀的花鼓舞连连称赞，还亲口叫她“花鼓皇后”。在玉秀出去要饭的日子里，花子镇最好看的是银环，但玉秀要饭一回来，那些后生就都围着玉秀一块转。二姐跟她说过，她跟玉秀本来是好姐妹，后来却成了仇人。银环真嫁不出去了，眼看就成了老姑娘，她是上学堂读过书的人，识字的姑娘那年月在乡村很稀罕。但银环性子太烈了，谁也不知道她喜欢什么样的男人。

想到这里，杏儿又一声叹息，她在花子镇从没感到过温暖，倒是听人说了不少她看不懂的故事。

银环私底下曾经跟姐姐金环说过，她喜欢的是皮老扁的儿子皮小七，他是孙来旺的徒弟，有武功，敢跟土匪对着干。但姐姐金环说，皮小七是不错，咱爹喜欢他，但他家太穷了，年年出去要饭，你应该找个乔郎中那样的，有学问，还有家业。乔郎中高高的个子，一脸清秀，跟人打个照面，就知道这人什么病。银环每月肚子疼，乔郎中一服药就好了。银环也挺崇拜他，但乔郎中性格太软了，跟他天天在一起，银环会闷死。小七倒是够硬，银环又知道，跟小七在一块，会天天打架。银环在心里说，这两个人要合成一个就好了。

老半也喜欢皮小七，不让皮小七出去要饭。皮小七是孩子的时候就给老半家放牛了。放牛的皮小七弹弓打得特别好，能一弹弓打中老牛的牛角。老半说你可别把老牛的眼睛打瞎了。老半说我和你爹老扁从小一块要饭，不能再让你出去饿死。皮小七说我不能给你放一辈子牛。老半说那你就跟着孙来旺好好学武功。皮小七说学武功有什么用，老半说，有了武功咱可以欺负别人，别人不敢欺负咱。皮小七说我不想学武功，我想学识字。老半说，学识字很贵，要往私塾交很多钱。

但是老半把银环送私塾了，精明的老半让银环学了识字再教给皮小七。皮小七放着牛的时候，银环背着书包就来找皮小七。银环老远就喊："皮小七，你知道牛怎么写吗？"隔了一天，银环又跑来了："小七，你知道羊怎么写吗？"

"皮小七，你知道你的名字怎么写吗？"

银环就拿了树枝在地上教皮小七。她写一遍，皮小七也写一遍，皮小七写得不像，银环就让他伸出手，用树枝在他手上抽。皮小七说你为啥打我，银环说，先生就是这样用戒尺打学生的。

于是皮小七就把手心亮出来，银环用树枝在上边一下一下地抽。

随着日子增长，银环能看的书，皮小七也能看了。银环让皮小七叫她先生。皮小七不干，说先生都是男的。银环说，那你就叫我老师吧！

玉秀那年卖艺要饭回来了，好好的。郎中见到玉秀的时候竟然哭了。大男人会哭，而且又是为了玉秀，这让银环很是不屑，于是银环就考虑嫁给皮小七有什么好，有什么不好。那时皮小七还是个孩子，银环也是。银环跟皮小七说，要是别人欺负你老师怎么办？皮小七说我揍他。银环又问，你没粮食吃了怎么办？皮小七说我去要饭。银环说，你为啥不跟我爹去要，他有的是粮食。皮小七说你爹是老抠，要不出来。银环说，他要不给你，你也揍他。皮小七说这不太好吧。银环说他胆子可小了，你只吓唬他就行。最后银环就撺掇小七去向她爹提亲。银环跟皮小七说，有他在咱俩都饿不死。皮小七上河里捞了两条鱼提着去的，老半听说来意后只是笑，后来哈哈大笑。老半跟皮小七说，小七呀，提亲这可是大事，父母之命媒妁之言，还得讲究个门当户对。你叔我从来不嫌弃穷人，但你怎么着也得牵两头牛来，就你的脑袋瓜子这不难，去吧，等给你媳妇找着不漏雨的地方，盘好天天有饭吃的锅台再说。

小七就这么被打发出来了，那两条鱼老半也没要。他提着鱼往家里走的时候就在想一件事情：他上哪去弄两头牛。他们家房子漏雨好解决，但锅台盘好了天天有饭吃这花子镇很多人都无法解决，花子镇的人很多都在外边要饭，他的几个哥哥姐姐都没回来，死活都不知道。

小七跟娘说，我去要饭了娘。娘做着针线连头都没抬，就说去吧。

杏儿知道，皮小七走的时候不过是个孩子。戴着个破斗笠，身上背着个破草席，里边卷着一条破被子。银环去送他，一直送出去很远，一路上，两侧的“青纱帐”“刷拉拉”作响，把那条土路挤压成了一条窄窄的甬道，皮小七就问银环，老师，这是你们家的地吗？银环点点头。又走出去很远，小七又问，这还是你们家的地？银环还是点点头，皮小七不作声了。后来皮小七说，你爹一个人能养活好多人。银环说你以后就做上门女婿。皮小七说我不干。于是银环就让他把手掌伸出来，银环攥着小七的手用树枝抽。抽着抽着银环问疼嘛？皮小七说不疼。银环不吭声继续用树枝抽，却是越抽越轻。因为皮小七光盯着她看，银环的脸于是就越来越红，脸也低了下去，就问，你乱看什么呀皮小七？皮小七说你领子上有毛毛虫。银环一下慌了，让皮小七给她捉，没想到皮小七手忙脚乱，毛毛虫钻银环领子里了。于是银环就脱衣服，脱的只剩红肚兜，皮小七说来人了，银环抱着衣服就钻进了高粱地。钻进高粱地银环又叫，说到处是毛毛虫，你快进来。皮小七钻进去的时候，银环的裤子也脱了。裤子上爬了几个毛毛虫。皮小七就给她捉。

最后银环哭了：“皮小七，俺什么都让你看见了，你不娶俺俺就嫁不出去了。”

后来皮小七说：“嫁不出去给俺留着，俺娶老师。”

“嫁给你有什么好啊，你那么穷。”

“老师，我一定牵两头牛回来。”

……

那天银环又送皮小七走出去很远，小七最后跟银环说：“我出去不光找牛，我还找出路。”然后小七头也不回就走了，他身后的“青纱帐”在窃窃私语，银环在呆呆地伫立。

小七这一去就是很多年。乔郎中这时已经成家了，再怎么喜欢，他还是没娶成“花鼓皇后”玉秀做老婆，郎中本来就是个孝子，再加上性格软弱，父母坚决反对他娶一个打花鼓卖艺的女人，最后他娶了一家布店的闺女贾新荷做老婆，虽然那家布店最后因为土匪勒索败落了，但总归是阔过的。但这时银环不急，有上门提亲的一律不嫁。为此不惜与老半夫妇发生争吵，寻死觅活。

银环知道有一个男人值得她期待。陆续有要饭的回到花子镇说，皮小七一反常态去了南方，听说跟人闹革命去了，后来参加了北伐军。银环心里暗自窃喜，她无数次去镇子外那条大路上等，有些时候她甚至能感觉皮小七就在眼前，那个家伙穿了威武的军装正从路的那头走过来。她跟金环说，她梦到小七回来了，骑了马，马屁股后边跟着两头牛。

但金环告诉她，梦在很多时候是反的。

皮小七终于回来了，不过没有骑马，回来后的皮小七银环似乎都不认识了，他的半只耳朵被炮弹皮削掉了，半边脸上都有烧伤的痕迹，变得很僵硬，一条腿也有点瘸。他没牵牛回来，倒是娶回了一个媳妇，那个媳妇却是玉秀，怀里抱着他们的孩子小细柳。

银环大哭一场。更可恨的是，皮小七果然听了她的话，要揍她爹老半，而且真是为了粮食。灾民天天出去要饭，而老半家里的粮食成堆，于是皮小七给老半讲革命道理，讲共产主义。老半听不懂，一个劲地说他的粮食不是抢来的。后来皮小七果然向他伸出了拳头。老半一口气上不来，晕了过去。那年闹饥荒，有一天，他竟然率领人把银环家的青砖大院围了，要老半“减租减息”还要给大家借粮度过饥荒，老半气得浑身发抖，要不是苟振经带着县里警备队的人赶到，说不定他们家早被抢个精光。

7

那时老六爷孙来旺那个威风，花子镇这些青壮年没几个不是他徒弟，鹤发童颜的老六爷就像花子镇的神，老头什么都不怕，听人说他早就练成神功护体刀枪不入了，子弹见了他都会绕着走，当年闯关东，老头两个儿子都留在了东北，在张作霖张大帅的队伍上，冲锋陷阵一直跑在前边，却从来没负过伤。老六爷收了徒弟就有了钱去打酒，然后喝得醉醺醺的。有一次醉倒在街边，褂子都脱了，街上的人就看到了他身上到处是伤疤和窟窿眼，有人就感觉他的刀枪不入有问题，老六爷说了，你们要潜心修炼，我也是后来练成的……

每当有人加入红枪会，老六爷就会用朱砂笔在黄表纸上画符，然后点火烧了，把纸灰化入水碗，让徒弟喝下去，这样他就是红枪会的人了。然后在坛屋内参拜祖师，老六爷教给他们密语：

祖师老爷坐莲台，
弟子双膝跪尘埃。
弟子诚心参圣驾，
三六九叩十二拜。

无量佛，

……

皮小七的回归让师傅孙来旺活得不那么洒脱了。红枪会的他那帮徒子徒孙竟然都听起了皮小七的，皮小七告诉他们，听到枪响就赶快趴下，世上没有刀枪不入，洋枪的子弹打在大腿上是个小眼，看后边半边屁股就都没了。那帮人说，我们跟县里的警备队干过，他们就是打不着我们，皮小七说那是他们枪法不好。

皮小七的回归让人觉得孙来旺就是个装神弄鬼的骗子，孙来旺不明白为什么这小子出去呆了几年就变得这样目空一切。

抢官粮后，皮小七跪在了老六爷面前。红枪会死了那么多人，总得跟大家有个说法，皮小七说是自己指挥失当。他把家法戒尺举过头顶，甘愿让老六爷痛打一顿。老六爷半天没吭声，最后从凳子上站起来径直进了家门，把门关上了。皮小七还是跪在那里，有人劝皮小七起来回家的时候，银环从街东边走了过来。她说：“我来，我替老六爷打，我也是他老师。”于是她从小七手上拿过了戒尺。

皮小七趴到那条板凳上，把衣衫撩起来，后背上也是密布伤疤与窟窿眼，有的人一声惊呼，银环也捂了下嘴巴，但那条两指厚四指宽的枣木戒尺还是重重地落在了皮小七的背上……

皮小七背上一会就皮开肉绽了。玉秀跑过来和银环吵，让银环打自己。银环冷冷地问：“你是我学生吗？”

银环继续打。皮小七一声不吭，玉秀跪在了地上。银环问：“皮小七，你疼不疼？”

皮小七说：“不疼。”银环说：“我忘了，你刀枪不入。”于是戒尺抡得更高。

最后银环掐着腰喘起了粗气，就问皮小七：“你还革命不？”

皮小七说：“革命到底。”

银环问：“你革谁家的？”

皮小七说：“你们家的。”

银环的戒尺在皮小七的背上摔断了，皮小七昏了过去。银环把断戒尺一扔，捂着脸哭着跑了……

8

皮老扁不让皮小七进家门，他一个儿子闹革命已经丢了性命。皮老扁就知道，闹革命的儿子都指望不上，而且还会拖累自己。幸好玉秀家要饭的还都没回来，他们暂住在那里。项西吼跑到玉秀家门口骂了一天，嗓子都骂哑了，最后竟然哭了："皮小七，你个没良心的白眼狼，你们家借过我们多少粮没还？生下你来你娘没奶，谁喂的你，是老娘我！你出去呆了几天长能耐了，回来就革我们的命……"

皮小七带人要在路上抢官粮的事不知是谁走漏了风声，被告了密。护粮队增加了警戒，加大了警卫力量。那帮红枪会员看到路上的粮车老远就高声呐喊起来，这是皮小七没料到的，紧接着枪声响起来，皮小七让他们趴下，那帮人竟然无动于衷，还是蜂拥着向前冲，喊着"刀枪不入"。果然，子弹就是打不到他们。但是紧接着机枪响了，这帮人开始成片成片地倒下。要不是皮小七手里有枪打掉了护粮队的机枪手，会死更多人。

皮小七领着玉秀和细柳躲出去了，于是孙来旺从花子镇的神坛上被拉了下来，警备队的洋枪让他刀枪不入的神话彻底变成了谎言，自己都感觉没脸见人，每天喝得烂醉如泥。再也没有人加入他的红枪会了，也断了生活上的来源。抢了粮回来的那帮人没死在乔郎中门口的，也大多被官府抓走了。许多人的脑袋被砍掉，花子镇的灾民们一粒粮食都没见到，反而死了这么多人，这让老少爷们愤恨有加，纷纷问谁出的鬼点子。大家都说是皮小七。当有人议论起到底是谁告的密的时候，青砖大院的二姑娘银环说：

"是我。"

杏儿感觉不到花子镇有令她开心的什么事，在这个地方，杏儿的每一天都是在熬。或者说，在那个年代，杏儿跟许许多多小姑娘一样，活下来本身就是困难的事情。背着二斗继续走在大街上，杏儿不自觉地还是往那片果园望去。看到那里，杏儿的眼神要柔软许多。但在这时，一阵风刮过，她听到棺材铺那里又响起了一个女人淫荡的笑声，杏儿一个激灵……

花子镇似乎是个奇特的地方，虽然收留了杏儿，但杏儿感觉这是个长满了饥渴与贪婪的地方，这里的故事让杏儿感到恐惧与悲凉，杏儿这样想的时候，她就听到项西吼在街的那头喊——"杏儿，吃饭咧！"于是她背着二斗向街东走去。

第二章

1

那间纸草店每天都开张。门口不是摆了纸人纸马，就是大花圈。路过的人都觉得瘆人，这是花子镇每天出现的最不吉祥的诅咒。纸草店老板老干姜总是管不住自己的傻孙女姜苗子。那天大清早杏儿就看到她站在果园后边一个劲地喊："冬，快出来玩！"于是杏儿就看到冬从小茅屋里探头探脑地往外看，头上像顶着个鸟窝，冬向外看了看，又把脑袋缩了回去。姜苗子走上前去，把冬拽了出来，拉着冬的手，两人就走上了花子镇的大街，后边跟着姜苗子的狗，那条狗浑身像裹了一匹黑缎子，姜苗子叫它黑豆。

两个傻子手拉着手走在大街上。花子镇的人就感到了一抹喜感，一对傻子成了花子镇的风景，他们让花子镇有了故事。瞧那两个傻子，一男一女竟然手拉着手，他们怎么一点都不害臊呢？

另外，那个傻子冬跟在姜苗子后边怯生生的，好像感觉花子镇的大街小巷里充满了危险。

有人看到姜苗子就开始打趣："今天吃浆糊了吗姜苗子？"姜苗子一个白眼说："哼，你们家吃不起浆糊！"

"浆糊好吃，一盆子就让姜苗子变成了傻子。"

"你是傻子！"姜苗子最生气别人叫她傻子，"你爹你娘你姐你妹都是傻子。"

有些人见了姜苗子还是很亲热："姜苗子，你们家最近活多吗？"

姜苗子说："老干姜说最近死人太少，活不多，家里的摇钱树金元宝还有大花圈攒了一堆，你们要用就去拿吧。”

“谁稀罕你们家那些死人用的东西！”又一个人被姜苗子气得扭头就走。

“哈哈哈，姜苗子，你是不是装傻？”皮老扁的老婆皮二婶被姜苗子逗得直乐，“怎么谁都说不过你？”

姜苗子翻着眼又想了好久说：“俺不是装的啊，你们看俺是傻子，俺看你们也是傻子啊！”

姜苗子拉着冬一路走把人逗得笑声一浪一浪的。

姜苗子只能找比自己和冬年纪小的小孩去玩。但那些小孩仍然嫌弃她俩是傻子。“咱们和冬一块玩好吗？”

那些小姑娘说：“姜苗子你不害臊，你和男人在街上拉着手，我们不和你一起玩。”

姜苗子问：“你们为什么不跟我和冬玩啊？”

那些小姑娘说：“你们俩是傻子啊！”

还有一个说：“你们身上虱子太多了。”

姜苗子就问冬：“冬，我头上有虱子吗？”冬说：“有，我都看到在你头发里爬了。”

姜苗子说：“那你赶快给我捉。”

于是二人找了个草垛冲着太阳蹲下来，冬就开始给姜苗子捉头上的虱子，冬把手指像箅子一样伸进姜苗子的头发，来回地拨弄着把虱子一个个捉出来，捉出一个，放嘴里一咬，“咔吧”一声，又捉出一个，放嘴里一咬，又是“咔吧”一声，冬把虱子一个一个从姜苗子的头上捉下来，“咔吧咔吧”就像吃瓜子。

冬给姜苗子从头上捉了一阵，累了。姜苗子转过来把冬的脑袋摁起来，冬说：“你干啥？”姜苗子说：“你头上更多。”姜苗子开始把虱子从冬的头上一个个往外捉。捉住一个，姜苗子就用两个指甲一挤，“噗”的一声，捉出一个，再用指甲挤，又是“噗”的一声……两个傻子在草垛旁边晒着太阳边捉虱子，路过的人看到都笑。

冬问：“姜苗子，你到底是不是傻子？”

姜苗子很正经地跟冬说：“你要说姜苗子是傻子，姜苗子就不和你玩了！”

于是冬就说：“人家都说花子镇两个傻子，冬是一个，那个在哪里呢？”

姜苗子说：“爱在哪里在哪里，反正姜苗子不傻。”

冬眼睛直勾勾地说:“那一个傻子是不是苟大富,他每天蒸那么多包子,为什么自己一个也舍不得吃?”

姜苗子说:“蒸包子就得自己吃?我爷爷老干姜扎那么多花圈,自己也不用。”

冬说:“那肯定是老半了,他们家那么多麦子,为什么天天吃地瓜窝头?”

姜苗子说:“可能他就喜欢吃地瓜窝头,他吃了大白馍和擀条子拉不出屎来。”

“冬,你怎么老是说吃……”姜苗子在冬的头顶捉出一个虱子,在指甲上又是“噗”的一声,“我看那一个傻子是你哥哥秋,天天给老半种果树。”

冬想了大半天没想明白。如果那个傻子是秋,那他们哥俩不都是傻子了吗?所以冬说:“秋不是傻子,秋如果是傻子,为什么每天都骂我是傻子呢?”

“我看孙老六、皮老扁、杨三、腊月这些人都是傻子,老半不是傻子,老半不干活,也不出去要饭,他们天天给老半家干活,还得出去要饭。”

冬更糊涂了,让姜苗子这一说,花子镇全成了傻子了。这时他听到姜苗子指着街上说:

“真正的傻子来了。”

2

侯五领着一群叫花子回来了,他刚打了胜仗。在花子镇外的大路上,从一辆路过的马车上掉下一只麻袋,两个叫花子都扑了上去,把手摁在麻袋上互不相让,都说是自己先看到的,谁先看到的归谁。两个叫花子争了大半天,最后大眼对小眼趴在麻袋上谁也不肯离开。他们都觉得这是一只能够改变自己叫花子命运的麻袋,失去了一只麻袋,将失去一辈子咸鱼翻身的机会。虽然麻袋里装的不是什么金银财宝,而是一种被称为肥料的东西——棉饼。棉饼由棉花籽榨油后的残渣压合而成,虽然它也可以吃,但吃多了会麻舌头,所以这东西在当地又叫“麻舌”。

两个叫花子在一只麻袋上互不相让,看到路过的叫花子都招呼:

“快去叫人,西北乡的叫花子在这里受欺负了!”

另外一个也不甘示弱,也让人去通风报信:

“赶快去喊人，有人抢花子镇的东西！”

作为花子镇的一位有影响力的叫花子，当时侯五正在地上跟另外一个叫花子下“五福”棋。当听到花子镇的人在路上受欺负的时候，他把摆在地上的那些石子树枝全踢乱了。他拿起打狗棍儿风风火火就往外走，他身后的叫花子也越聚越多，在叫花子当中他能够一呼百应，他认为自己是一个不一般的叫花子。他领着一群叫花子赶到麻袋前的时候，另一方领着一群叫花子也赶到了。一大群叫花子把一只装满棉饼的麻袋围了里三层外三层，生怕那只麻袋会自己长了翅膀飞走，在一定意义上，这已经不是一只装了棉饼的麻袋，而是关乎花子镇脸面与尊严的麻袋，侯五和花子镇的叫花子必须竭尽全力来捍卫这一只麻袋。如果哪一方想把麻袋据为己有，都将会引起一场叫花子大战，将是一场壮观的场面，打狗棍和鞋底将会一片乱飞，人人都会鼻青脸肿，这将是一场满地都是牙齿的战斗。

属于各自一方的叫花子还在纷纷赶来，为属于与自己一派的叫花子呐喊助威。在一堆林立的打狗棍中间，最后站出来的是侯五，见过大世面的侯五不慌不忙走到麻袋前，一只脚踩在麻袋上。

他在众多叫花子当中脱颖而出，唾沫星子一通乱飞，对着一群叫花子一通白话，外乡的那些叫花子竟然没了脾气。

“在家靠父母，出门靠朋友。叫花子一不偷，二不抢，做了叫花子就是一家人，一袋子麻舌有什么了不起的，我侯五瞧不上这点东西！我要饭到天津吃过大麻花，去北京平吃过萨其马，下关东吃过东北高粱米，山西的白面卷子河南的葱油饼我都吃过！花子镇的花子们也看不上，但这是在花子镇的地面，就应该归花子镇的老少爷们，这东西让人争了去，说明我侯五在江湖上白混了，说明花子镇的人都没本事。你说是你们的，行，有本事就拿走。”

西北乡那帮花子想上来抬那只麻袋，但看到侯五的破鞋子却丝毫没有从麻袋上移开的意思，于是又退回去了。

“虽然说见一面分一半，我侯五今天就做主了，这袋子麻舌就让给你们了，全拿走，一点也别给我们留，花子镇的要是哪个不同意，就是跟我侯五过不去，来，你们先拿，不用照顾花子镇人的脸面。”

侯五的巴掌像把砍刀，有力地挥向了那只麻袋。

西北乡那群叫花子大眼瞪小眼，从来没想到花子镇竟然有这种叫花子，一个个面面相觑，不知如何是好。虽然侯五那只脚已经从麻袋上挪开，但没有一个人敢上前去解麻袋。最后他们还是选出了一个人物，能够跟侯五叫

一下阵。那个叫花子也把脚踏上了那只麻袋，胸脯也贴了上去，鼻尖也顶了过去，但侯五毫不退让，于是那家伙气场明显输给了侯五，他拍拍单薄的小胸脯扯开公鸭子嗓子说：

“我吴二喜上过济南府，到过南临沂，还在河南的地主家坐过席，你们花子镇的要是把这袋子麻舌全拿走，我们不依，我们西北乡那个有名的叫花子头王本九也不干……”

“王本久去河南要饭是跟我去的。”侯五在一边不屑地说。

“我们那里还有个龚老五，那是到兰州吃过拉条子的……”

“龚老五那年扒地主家的地瓜，没我领着他跑，早让人给打个半死了。”

“刘七……”

“刘七那腿咋瘸的，我们一起扒火车，他跳下来摔的。”

“我们那里还有个纪大本事……”

“那是我一个远房的舅。”侯五一脸的不屑。

那群花子无论如何也想不到对方阵营里有这么一个手眼通天的叫花子，一个个全哑火了。侯五见状于是就说：“都是一家人，别看你们人多，麻舌随便你们拿，请，全拿走。”西北乡那帮人物一个个你看我我看你没有一个人敢上来，看来这麻舌要泡汤，相持不下没有结果。西北乡阵营里于是有人开始打退堂鼓。那帮叫花子看了看这棉饼明摆着没自己的份，纷纷离开……

一场大捷就这样在侯五的指挥下干净利索地结束了。侯五也是见过世面的一个叫花子，让人把麻袋解开，抓起一把把麻舌头的玩意扔向了正在离开的那群人，于是那帮叫花子纷纷蹲在地上，脑袋挤在了一块……

侯五为花子镇赢回的不只是半袋子庄稼地里的肥料。重要的是他为花子镇长了威风。第一，他没有引起械斗；第二，他从气势上完全压倒了对方的叫花子。从此花子镇的叫花子再出门将会挺起腰杆，于是他觉着自己成了花子镇的英雄。从此侯五走在街上，有了足够可以挺起胸脯的勇气，他基本是横着回到花子镇的。

侯五这天走在花子镇的大街上，眼里似乎没有别的什么人，虽然王老半走过去连搭理都没搭理他。但他有理由相信，他已经不是一个一般意义上的叫花子。他现在不用主动去跟别人打什么招呼，他领着王二狗走在大街上的时候，似乎谁都没看见。但就在这时他听到有人叫了他一声：

“傻子回来了，嘿嘿嘿……”

侯五一看是两个傻子坐在草垛里捉虱子，占了他晒太阳的地方，冬还叫他“傻子”，他气急败坏地说：

“你个该死的冬，你见过这么厉害的傻子吗？你才是傻子，你和秋都是傻子！”

“哦，连你也说秋是傻子，那他就是傻子了，嘿嘿嘿……”冬木讷地说。

侯五故意离姜苗子和冬远一些，墙根底下他和王二狗在离两个傻子不远的地方蹲了下来。一会儿两人在地上又摆起了“五福”棋，一方用小砖头，一方用柴棍。

3

冬似乎在思考。很多问题他就是想不通。但在他心中，姜苗子是比他聪明很多的，于是他问：“你不傻，为什么别人还是叫你傻子呢？”

“冬！你真是个傻子，咱们是傻子，是别人总拿咱们当傻子呀！”说这句话的时候，姜苗子气哼哼地从冬头上捉下了一个虱子，“噗”的一声在指甲盖上挤出了一摊血，又故意用手指弹向了侯五那边。

“哼，傻子。”姜苗子一努嘴。

侯五不爱搭理她，又和王二狗往边上挪了挪。

“冬到底是傻子还是花子？为什么有人叫冬花子，又有人叫冬傻子？”关于花子和傻子的不同冬一直不太明白，冬知道无论是傻子还是花子自己都会饿肚子，不同的是花子一直在走，而傻子是停了下来。

“冬，你别老是想吃，你老想着吃，就不想别的东西了，你就更傻了，乔郎中说你要饭要到这么大，饿都把你饿傻了。”姜苗子在冬的头上翻来翻去，于是冬的头发一会像刷子，一会像猪鬃，一会又像驴尾巴。

冬眨巴眨巴眼：“嗯，冬不想了，冬不想吃了，就不是傻子了，就是再饿冬也不去想吃的东西。”

姜苗子说：“我和你不一样，冬，我心里不只想着吃，还想着玩，还想着帮爷爷糊纸人纸马，你心里是除了吃就是吃，所以你是傻子我不是。”

冬说：“我明白了姜苗子，只想吃或者只想玩都是傻子，那些人不是傻子是因为除了吃和玩还想别的。”

姜苗子说："就是这样的，冬，其实你也不算太傻，人家那些人除了吃和玩还想别的很多很多，所以人家不是傻子。"

冬又说："那我现在除了吃也想玩，我还想着帮老半看果园，为啥别人还叫我傻子？"

姜苗子也糊涂了，她思考了很久后说："傻子这个东西，就像男人和女人，人家叫你男人你就是男人，人家叫你女人就是女人，就像我爷爷，我叫他爷爷他就是我爷爷，我叫他老干姜他就是老干姜。"

冬反而越来越糊涂了："不管他们叫冬什么，冬还是花子啊。"

姜苗子说："你是个和别的花子不一样的花子，所以我喜欢和你玩。"

冬又不明白了："为什么花子会和花子不一样呢？"

姜苗子也说不明白，她思考了很久以后说："花子和花子当然不一样了，有的花子好，有的花子坏，你的影子也不一样啊冬，你的影子一会儿长了，一会儿又短了，一会儿大了，一会儿又小了……"

冬越来越糊涂："我的影子都是冬吗？早上起来长，中午就短，夜里就不见了。"

"哈哈哈……"边上下棋的侯五和王二狗让一对傻子的话逗得直乐，侯五转过头来对姜苗子挤眉弄眼地说："姜苗子，冬的裤裆里有个东西，也是一会儿长，一会儿短，一会儿大，一会儿小……"

姜苗子说："我不信，冬从来都不会藏东西。"

侯五说："不信你找找看。"

姜苗子站起来掐起腰就问冬："冬，你是不是偷我们家东西了，我爷爷老干姜的皮水袋不见了，到处找没找到，肯定是你偷去了。"

冬说："我没有啊，我只偷吃的。"

姜苗子说我不信，她弯下腰侧身就把手伸进了冬的棉裤里，在里边摸来摸去。侯五和王二狗在边上笑得直捂嘴。姜苗子找不到，把冬的破棉裤一下子给褪到了脚腕，于是姜苗子看到了一个长相奇怪的东西……

冬用手去捂，被姜苗子一个巴掌用手打开了："别动！"姜苗子把手托着下颌看，她感觉这个东西好怪，说不出像个什么，像个舌头，又像个皮水袋，但肯定不是他爷爷的皮水袋。姜苗子歪着脑袋看来看去乐了："冬，你这玩意好丑。"姜苗子就在自己口袋里摸，摸来摸去，摸出半截红头绳，她用手系在了冬的命根子上……

边上的侯五和王二狗于是不下棋了，哈哈笑着站起身围过来，一大群晒太阳的人也围过来，许多媳妇和闺女围过来一看，一声尖叫，捂着脸跑远了。

冬不知所措，想提上裤子，被侯五拦住了：“多好看啊冬，哈哈哈哈，你就这样跑到老半家门口，给项西吼看看，项西吼一定会赏你两个大窝头，去，快去。”

姜苗子说：“猴崽子你骗人，冬的裤裆里没有一会儿长一会儿短的东西。”

侯五就从地上捡起一根柴棍，在冬的命根子上拨拉了几下，于是那玩意儿就挺起来了。一群叫花子笑得前仰后合，侯五说：“看到了吗姜苗子，这玩意你爷爷老干姜的裤裆里也有。”

于是一群人都在撺掇冬：“快去啊冬，你就这样给项西吼看一眼，项西吼一定会夸你是个好孩子的。”

人群里突然就挤进了老干姜，老干姜和姜苗子都姓姜，人们之所以叫他老干姜，是老头的身材模样太像一块老干姜了，所以孙女自然就成了姜苗子。他一看明白了咋回事，又羞又气，往姜苗子的屁股上就是一顿巴掌。姜苗子哭着在地上打起了滚，喊着爷爷的外号一口一个“老干姜”。老干姜揪起她的耳朵把她拖回了纸草店。

“老干姜，你为啥打我，我去冬的裤裆里找你的皮水袋了。”姜苗子被老干姜揪着一边走一边哭。

“快去啊冬，”那些人还在撺掇冬，“你去了项西吼不给窝头我们给你。”

冬将信将疑，提着裤子准备往东走，这时他看到了自己的哥哥挤了进来，冬的哥哥是秋。秋一把把冬的棉裤提上去，往冬的脑袋上就是一巴掌，还要继续抽，手腕被人拉住了。

“干嘛啊秋，大家闹着玩，给大家取个乐子。”

4

“你们这些人都没安好心，你们让他去了，俺东家肯定会把冬一顿打。”秋气哼哼地说。

“谁没安好心啊？”侯五抱着肩膀冷冷地看着秋，“是我的主意，有气冲我撒。”

秋没理他，拽着冬扭头就走。侯五一伸胳膊拦住了。“秋，知道你有老半撑腰，你是他家扛米汉，但你也要知道这花子镇不是他一个人说了算，你一个外乡叫花子来花子镇这么久了，你也得知道还有俺侯五。”

秋站着没动，低着头说：“我一个外乡叫花子，给老半家做牛做马，没有工钱，他就赏我口吃的，没有啥可以孝敬你的。”

“是吗？”侯五也把胸脯贴了上来，“连老半家的长工都这么横，我看这花子镇不想让穷人呆了。”

“你想怎样？”秋毫不示弱，也往前挺了一步。

“你想怎样？”侯五也往前凑了一步，虽然他的个头比秋矮小一些，但两人的鼻尖一上一下眼看也挨到了一块。

“都是叫花子。”秋说。

“对，都是叫花子，谁怕谁？”侯五也毫不示弱。

围着的那群人知道两人要干什么，呼啦一下散开了。有些蹲了下来，把侯五和秋闪在中间。

侯五挽了挽袖子，转着圈冲大家抱了下拳说：“老少爷们都看着点，秋是外乡人，咱不欺负他，我们俩比试一下，我要输了，我就是他儿子，他要输了就得滚出花子镇，我虽然兄弟多，就是被秋打死了，你们也不许上。”

两人的胳膊撑在了一起。侯五说，秋，我能让你个狗搬腿。秋说好，我就来个搬狗腿。两人的胳膊撑成葫芦架就扭了起来，边上的那群人在鼓掌叫着好，这个说：“猴崽子，打他的别腿。”那个说：“秋，你个头大，抱他的腰。”秋看到杏儿背着二斗也在看，一下子来劲了。

侯五输了，被秋压在了身下，于是侯五就喊：“你们这些王八蛋，我成了这个外乡人的儿子，你们不也是，还不一块上！”

侯五那帮叫花子兄弟王二狗等人一块扑上来，拳打脚踢把秋一顿忙活，直到秋爬不起来。有人说了声：“老半来了！”于是众人一哄而散。

秋说：“你们来草鸡，说好了的一个对一个。”他看到杏儿背了二斗在一边，感觉这样很没面子，想爬起来，但又浑身疼。

老半走过来看了一眼，踢了踢躺在地上的秋，气哼哼地说了句：“猴崽子，打狗也得看主人，我跟你没完！”他往侯五家走去。

秋还在躺着，冬上来一个劲地摇他的胳膊，一边摇一边说：“哥，我饿。”

杏儿也上来拉秋，秋一把拨拉开杏儿的手，自己爬起来，领着冬，一瘸一拐往果园走去。

杏儿望着兄弟俩的背影，心中涌起一阵酸楚。

5

杏儿回到家，把二斗交给了项西吼。项西吼已经做好了饭，老半家吃饭，一张小方桌放在炕上，老半的娘和二斗坐在最里侧，老半和项西吼盘腿坐在两边，大姑娘金环早已出嫁，是苟大富的媳妇。二姑娘银环坐在最外侧。一个小碟里边只有咸菜瓜子几小片，老半偶尔给自己的娘捣两瓣蒜，就两瓣。老半咸菜都不让多吃，何况是蒜。冬天又不干活，有咸菜和蒜就会多吃很多饭。当年老半跟爹在路上卖虾酱，让虾酱馋得不得了，就用窝头去虾酱篓中蘸了一点点，结果他爹就骂上了："别齁死你！"老半天天说，日子是过起来的，也是攒起来的。他今天能有这份家业，一是靠干，二是靠省。不能因为现在有饭吃了，就忘了当年要饭的艰辛。

而杏儿是没资格在桌上吃饭的。杏儿往往是坐在锅台边，一边吃着窝头，一边喝着高粱粥。或者，杏儿干脆端了饭碗回自己的小磨坊去吃。

老半看到杏儿和二斗回来，招呼杏儿一块围过来吃，项西吼的脸垂得老长没吭声。杏儿现在还是外人，怎么能上炕来吃饭呢？杏儿也没想与这家人在一起吃饭，就盛了碗粥拿个窝头回到东厢的小磨坊里。吃完饭把碗筷放一边，杏儿就从米缸里挖出两瓢玉米粒倒在那口石磨上。杏儿每天晚上都要给老半家推磨，什么都磨，高粱、玉米、小麦、地瓜干……杏儿不推磨，项西吼第二天做饭就没什么可用，那杏儿就会挨她一顿拧。杏儿把玉米粒子倒在石磨上，就开始推，磨盘吱呦吱呦转起来，玉米粒子就开始往下漏，咯噔咯噔，玉米面就从磨缝里一点一点往外淌，杏儿在花子镇的日子是一天天煎熬出来的，也是磨盘一天天推出来的……

高粱青青，
麦穗儿黄，
望着炊烟寻米香，
顶着露水数星星，
天做被子地做炕，
娘的小叫花呀，
爹的讨饭郎。
拄着棍儿你就把路上，
别怕狗儿你往前走，

莫要回头望，

娘在这里泪汪汪。

……

杏儿没事就是喜欢哼这小曲儿。这小曲儿被她从老家一直带到了这里。推着石磨的杏儿想到这里泪又滴了下来。娘骗了自己，爹和娘再也没有回来。他们不要杏儿了，五块钱就把杏儿给卖了。杏儿想爹想娘的时候就在这间小磨房里哭，眼泪一把把地往下抹，杏儿能跟谁说呢？杏儿只是在花子镇活了下来，就像一棵树，除了默默地生长别的什么也没有。爹和娘现在已经老了很多了吧？弟弟现是不是已经长高了？杏儿每天最盼望的一件事就是爹娘会突然出现在青砖大院里，还给老半五块钱，然后把她带走，即便无法把她带走，来看她一眼也行。杏儿很小就跟着老半和长工们去地里干活了，小小年纪的杏儿已经什么活都会干，更是给项西吼纺起了线，织起了布。那块地还在花子镇，但杏儿的爹娘走了。老半没有地契，但他用五块钱把人家的闺女买了下来，等于那块地还是在他名下。老半用五块钱买来的还是一个活计样样精通的丫环，甚至还会成为儿媳妇，项西吼没看走眼，杏儿模样越来越好看。地里干着活的杏儿想到这里的时候，就从田里直起腰望向远方，远方又走来一群花子，杏儿多希望那群花子里有自己的爹和娘。杏儿不相信自己的爹和娘不要自己了，杏儿最怕的是另外一种结果，自己的爹和娘倒在了逃荒的路上……

推着石磨的杏儿想到这里有点晕眩，玉米粒子哗啦啦往磨孔里漏，咯噔咯噔，被碾碎的金黄在一把把往外淌，这一圈圈的旋转，像极了杏儿每一天的心思，紊乱而又飘忽……

6

高粱青青，

麦穗儿黄，

望着炊烟寻米香，

顶着露水数星星，

天做被子地做炕，

娘的小叫花呀，

爹的讨饭郎。

……

那年的那天杏儿在花子镇听到了有人在唱她的讨饭歌，一阵新奇，又一阵惊喜。纺着线的杏儿扔下纺车就跑了出去。那歌声在大街与巷子里飘飘摇摇，杏儿就一条巷子一条巷子地追，歌声一会儿不见了，一会儿又响起了，杏儿寻着歌声钻来钻去，竟然就跟到了镇南那片乱葬岗。这是她们家的地，歌声竟然在这里消失了，像钻入了地下一样，无影无踪。

有人在大街上惊恐地说闹鬼了，一个女人半夜在那片坟地里连哭带笑，却一个人影也看不到。杏儿更是毛骨悚然。

隔了一天杏儿又听到自己的歌再次被别人唱起。那一定是自己的同乡人，他们或许见过自己的爹和娘，更有可能会知道自己回乡的路。她就寻着歌声追，这次她就看到两个叫花子从一户户人家里失望地出来，杏儿就躲在一边偷偷地看。后来，杏儿看到细瘦个头的那个花子终于从一户人家里兴冲冲地出来，手里捧着一碗地瓜粥，那个花子就开始没命地跑，后边那个小一点的顶着个大脑袋在后边追，他们跑向镇南乱坟岗那地方，但是等杏儿追到这里，一个人影都没看到。一大一小两个身影像青烟儿缕伴随着歌声弥散在了空中。

杏儿感觉不可思议，一片荒凉的坟地让她产生了光怪陆离的感觉，杏儿一声尖叫，跑远了。

每年端午节，老半都是要在这片坟地里祭奠一下他爹的。父亲在东北被土匪绑了票，等老半坐火车连夜赶到的时候已经被撕票了。但是土匪告诉了老半他爹埋在什么地方，老半在一块雪地上找到了他爹，他爹只有一个脑袋露出了地面，只是东北那片冻土老半根本挖不动，就抱着爹的脑袋哭，哭来哭去，他爹的脑袋就掉了下来。老半用一个包袱把自己爹的脑袋带回了花子镇，又让老干姜的儿子姜苗子的爹给做了一个木头身子把爹的脑袋接上，就这么葬了。

但那年端午节上坟的时候，老半和项西吼两人吓得头皮发麻，项西吼说，请老半他爹吃饭把活的请出来了。端午节那天，老半和项西吼老早就来到自己爹的坟前，摆了一条长儿，放上肉包子一盘，再放上大白馍一盘，再摆了琅槐县城桃酥一盘，又摆了大西瓜半只。香炉子内插上三炷香。老半与项西吼趴在地上拜了又叩。项西吼过午就和杏儿来收拾东西。西瓜完好无损，桃酥也完好无损。但项西吼一看包子失声尖叫，她们家的包子还在，但里边的包子馅不见了。那大白馍也是，看起来囫囵完整但明显轻了不少，这不是老半他爹那张神仙嘴谁能这么吃东西？项西吼拿起一个白馍看了看，白馍底下有一个手指粗细的小洞，项西吼一声惊呼领着杏儿就跑回去了。

“老半老半，你爹活了！”

那天晚上，花子镇的人都说看到老半他爹了。老半他爹浑身乌黑干瘦，就像一条黑獾在坟园里钻来钻去，那些人还看到老半的爹两只眼睛忽闪忽闪，眼白就像两只白蝴蝶飞来飞去。还有一只忽闪忽闪的白蝴蝶，那其实是老半他爹的牙齿……

有人说老半两个爹都从坟里出来了，一大一小，在坟地里乱转，老半怎么会有两个爹？这谁说得清楚？

隔了几天，杏儿又听到自己的讨饭歌被人唱起，这次她没敢追出去，想起那片坟地她就毛骨悚然，一头钻进被窝里瑟瑟发抖。

花子镇真闹鬼了。

那天有人就听到一片哭声从坟地里传来，一群老鸹停在坟地一棵枯树上就是不走，望过去又一个人影没有。花子镇的人个个汗毛倒竖。再后来，盐商家的青砖祖坟那里突然就围起了苍蝇，哭声于是更凄厉了，花子镇的人感觉事情不对，有人壮着胆去看了看，然后一声惊呼：“死人了！”

那座青砖老坟的墓室里，一个女人死在里边的一堆乱草里，边上是两个小叫花子在哭哭啼啼。那个女人已是皮包骨头，眼窝早已深深地凹陷了下去，牙床也已经裸露出来，因为脂肪消耗殆尽，脸上的皮肤松松垮垮皱成了一堆，一堆苍蝇在围着她乱飞，但那小点的叫花子还在往她嘴中填着能吃的东西。

听说盐商的祖坟里出事了，老半基本上是小跑着走了过来。

杏儿跟着老半也来到了坟地，那座青砖大坟前已经围了许多人。乔郎中上去看了看，女人身上早就凉透了，死了肯定不止一天。老半招呼人用一领破席把女人卷了，抬出去埋掉，女人露在席子外边的手臂和小腿就像烧焦的木炭。众人看到那两个破破烂烂的小叫花子都不忍直视，身上的衣服比渔网的窟窿还多，不知多久没有洗过澡，浑身裹了一层乌黑的泥垢，头顶的发丝就像刺猬遇到危险时张扬的毛刺。这么两个叫花子晚上在坟地里转，难怪让人感觉是老半他爹又活了。

这两个小叫花子哭得肝肠寸断，让在场的人听了都头皮发紧。那个大一点的扑到席子上哭着死活不下来，最后还是被人拖开了。

外地的花子死在花子镇是不许留坟头的。杏儿就看到那哥俩趴在一摊新土上没命地哭，哭声呜呜咽咽把路过的人们听得那个揪心，杏儿站在哥俩身后最后也哭了，她忽然想起了自己的爹和娘，还有弟弟，他们不会也是这样的下场吧？

死人在那几年虽然已经不是新鲜事，但花子镇的人还是异常可怜这两个小叫花，纷纷拿了吃的东西放在哥俩身后。乔郎中和老半给两个孩子送来许多吃的，又给两人找了几件破衣服和一卷破棉被。老半摸着两个孩子的头顶一个劲地说："不哭了不哭了……"

自己的母亲竟然没有一个坟头。杏儿看到那个少年在地上挖了一个坑，把一棵小树苗放在里边栽好。他一定是怕再回来的时候找不到自己的娘了。最后那个少年在那里磕了几个头，然后拉起了弟弟，拿起东西，拄了棍儿走上大路又要饭去了，那个弟弟顶着一个大脑壳还在哭个不停。他们的身后又留下了一路铃铛一样的讨饭歌：

高粱青青，
麦穗儿黄，
望着炊烟寻米香，
顶着露水数星星，
天做被子地做炕，
……

杏儿知道这两个花子肯定和自己是同一个老家，她一直想追上去跟着两个少年，但被老半死死拉住了。

杏儿在挎着筐子出去割草的时候，在乱坟场里看到一株嫩油油的小桃树长了起来，这让杏儿感觉很是惊奇，她就感觉这棵小桃树来自她的老家，可能是下面埋了女人的尸骨，这棵小桃树竟然生长得异常茁壮，就像一个迫不及待要长大的孩子。看到这棵小桃树，杏儿心里觉着这片乱坟岗不那么凄凉了，这棵小桃树是和她来自同一个地方的少年栽下的，那本来就是杏儿家的地，现在又有了一棵小桃树，杏儿感觉自己枯死的心里也发出了新芽，这样想的时候，杏儿的心里就柔软了许多。杏儿有点喜欢这株小桃树，她觉得这是一位母亲的生命又一次萌发了。或者说，这是两个少年的心思留在了这里。

那几年这片乱葬场每年都会增加许多新坟，大多为饿死鬼。那两个少年还是经常出现在这片坟地里，就像从地里冒出来的一样。两人不时刨着坑，栽着一棵棵小树苗。花子镇的人说，这两个外来的小叫花子栽下树苗，那块地就成他们的了。这让侯五很生气，花子镇的地，怎么会让外人霸占了去呢？看到那两个小叫花子再出现，侯五就带一帮人拿着棍棒去赶，那兄弟俩被赶得围着坟头抱头鼠窜，多少天没出现，许久后又出现了，还是像从地里冒出来的一样。大概，他们一直住在那座青砖大坟里。

冬去春来，杏儿在自己的小磨房里度过了又一个秋冬。老半的媳妇在这一年挺起了大肚子。财主王老半喜形于色，他太盼望有一个儿子来继承自己这片家业了。那片坟地里忽然开出了许多花朵，一些红的粉的花瓣飘飘扬扬就落了下来。悄无声息之间，许多小树苗竟然长成了。一些树枝上竟然缀上了花朵，星星点点，像许多怯生生的眼睛在打量着花子镇。这处阴森的乱葬岗忽然就有了动人的东西，行走在讨饭路上的叫花子们时常驻足观看，忽然就陷入了沉思。同时陷入沉思的还有老半。

那天春风很暖，小桃树上的桃花正如雨一样飘落下来。她又听到了讨饭歌，于是她就往小桃树那里跑。

杏儿看到一个小伙领着一个大脑袋的少年又跪在了小桃树下。看来这棵小桃树长在了花子镇，但桃花却开在了二人的心里。他们走出了多少路程又一路寻找过来？他们可能老远就看到母亲的发髻缀满了花朵。

那哥俩的衣衫愈发破烂，但身材都壮实了不少。杏儿看到那个哥哥在自己的讨饭布袋里翻来拣去，终于找出半块白面馍馍，只是上面已经有了绿色的斑点，他把一张钱粮纸铺在小桃树下，把那块残缺的干粮放在上边，然后他又去弟弟胸前的大布袋里寻找，弟弟布袋里的干粮太细碎了，有的只有核桃大小。终于摸出两块相对完整的窝头，那些东西看起来坚硬得就像砖头，这些东西虽然破碎，却是哥俩的财富。他把烧纸铺好，把那两块坚硬得像砖头一样的东西也放在上边。这些东西虽然颜色不一样，但看上去倒像散碎银两。小伙在树下用火镰点燃了几张烧纸，然后在心中开始念叨：

大爷大娘行行好，
让俺娘在路上吃个饱，
大爷大娘行行好，
让你家的狗儿别再咬，
……

小伙念叨完，纸也烧完了，他抹一把眼角的泪，然后和弟弟跪下去磕了几个头。

杏儿赶紧跑回家，简单收拾了几件衣服用包袱包起来，顺手抄了一根棍儿就往外跑。

哥俩在小桃树底下站起来的时候，头顶上都落了不少花瓣。两人拄着棍儿又上了大路，这时杏儿背着包袱风风火火追上来，杏儿一边追一边喊——等等我，咱们是一个地方的……

杏儿眼看就要追上来，这时花子镇里一阵锣响，身后有好多人拿着红缨枪追了出来，把杏儿摁倒在地，用绳子绑了起来。那些人又追上了那哥俩，也按倒在地一块儿绑回了花子镇。

在花子镇，老半和苟振经还有红枪会的首领孙来旺对哥俩挨个审问，才明白老大叫秋，老二叫冬，是个傻子。

老半眨巴眨巴眼皮问秋："那些小果树是你栽的？"

秋点头说是，那片地是俺家的，俺有地契。

那张地契老半见过，他没吭声，他把地契还给了哥哥秋。

老半笑嘻嘻地问秋家里是干什么的。秋说老家是胶东，自然会种果树。老半的眼珠滴溜溜转，最后说："知道拐卖人口是什么罪吗？"

秋扑通跪下了："您别吓我财主老爷，我要会拐卖人口，哪还用得着要饭？您那闺女俺根本不认识……"

老半说："你到公堂上跟官老爷说吧，我告你是人贩子，先打你四十大板，然后不是杀头就是枪毙。"

秋在地上磕头如捣蒜："老爷老爷，您大人大量，我丢了小命不要紧，我这个傻子弟弟可怎么活……"

老半摇头晃脑捻着下巴上的山羊胡须说："我王半山在这块地面也是出了名的菩萨心肠，倒是想可怜可怜你……"

秋问："怎么个可怜法？"

这时老半身后那个一直不说话的小老头苟振经阴阴地说："你把那块坟地变成果园，要不就告你拐卖人口。"

夜已深，小磨房的小窗上，夜空像一块磨出光泽的青石，一只西垂的月牙儿缀得清晰无比。杏儿伏在磨盘上睡着了。

7

留在花子镇的确对秋和冬是一个不错的选择。那年老半和秋说，这花子镇大片地都是我家的。老半还说，那块地你有地契也没用，没有我，你种多少果树也落不下晃子。你没吃的，也没肥料，连住的地方也没有。这些我都能给你。你们兄弟俩还是给我做长工吧，光种果树活不下去。

于是秋点点头，他和冬太需要个地方安顿一下了。

许多小树苗被老半用马车拉了来，冬开始刨坑。冬年龄还小，刨不动，老半手里就攥了个窝头说："冬啊，能刨坑了窝头就是你的了。"老半在坟地里一步一步地迈，然后抓起一把石灰在地上撒个圆圈，让冬在这里刨一个。又迈几步，再用石灰撒一个圆圈，说再在这里刨一个。冬一个个刨得起劲。老半就说，你刨五个坑，就给你一个窝头吃。冬就一个坑一个坑挨个刨，刨着刨着冬就问："够五个了吗老爷？"老半说："不够。"其实冬都已刨了十几个了。冬刨坑刨得满头大汗，老半看着直乐，一个劲地说："使劲刨啊冬，力气是攒不下的。"冬就问："老爷，中午咱吃啥？"老半说："吃窝头就虾酱。"于是冬的哈喇子就淌下来，手中的镢头就挥舞得更起劲儿，老半也乐得合不拢嘴。

临近正午，冬脚下的影子越来越短了。杏儿用篮子挎着窝头和咸菜来了，老半就招呼，吃饭咧，吃了继续干。秋和冬就围过来，两个叫花子以前在路上极少吃到这样悉心的饭菜，两个窝头冬三下五除二就吃进肚子里，把老半吓了一跳，只得把自己手中的半个窝头再让给他，打趣说："冬，我这个财主早晚被你吃个底朝天。"

冬说："我给你刨坑老爷。"

老半一烟袋敲在冬的脑袋上说："我要那么多坑干啥？"

冬翻着白眼吭哧吭哧想了大半天说："老爷只要一个坑就够了，冬以后在这里给你刨个大的。"

老半气得直翻白眼："滚你娘的冬。"

8

姜苗子把一大堆纸人纸马抱到了一座大场院里，还有一棵棵摇钱树。那天她就感觉阳光特别暖，像银子一样闪亮。她眯着眼睛，大口呼吸着新鲜的空气，尽情地让暖风来回在自己的脸上摩挲。在花子镇，姜苗子似乎从来没见过这么好的天气，白云一会儿是绵羊的形状，一会儿是骏马的形状。姜苗子闭上眼睛开始念老六爷孙来旺那样的咒语，于是她看到那一棵棵摇钱树都活了，一个劲地生长，转瞬间长成了一大片绿荫，紧接着树上结出了一个个大元宝。姜苗子有点烦元宝，她说："你们这些树，要是能结果子就好了”。没想到，树上真的结起了果子，有毛茸茸的大桃子，有大大的苹果，还有的树结出了黄澄澄的杏，姜苗子不喜欢杏，酸的倒牙。姜苗子喜欢甜，她很少品尝到甜的滋味。

让姜苗子意外的是，那些纸人纸马也活了过来，纸人变成了一个个小孩。纸马变成了活马，在场院里到处跑。那些小孩有的很丑，姜苗子说，你看老干姜把你们画得这么丑，我画的都多么俊！姜苗子就和一个很俊的小男孩牵起了手，两个人牵着手在蹦蹦跳跳，这时老干姜蹿了过来，气哼哼地冲姜苗子喊：“你个懒鬼，太阳都爬老高了，就知道玩和睡不干活，早晚把你卖给个疤疤癞老瘸腿……”

姜苗子不理他，和男孩骑上了一匹骏马，一溜烟飞到了天上，两人在追那匹骏马形状的白云，男孩嘴里还一个劲地叫——驾！

“再不起床，我把你卖掉打酒喝！”老干姜一声怒吼。

姜苗子一个激灵醒来，屋顶是黑黢黢的乱草，被烟雾已经熏烤了多少年，还有壁虎在上边爬来爬去。姜苗子很生气却又很无奈，这么好的梦，被爷爷老干姜又打断了。没有场院，她还是在这间破烂纸草店里醒来了。

那时候，花子镇只有一个傻子，就是姜苗子。她手里每天抱着一个布娃娃，头上扎着纸草店里的红纸绿纸，一阵风就从街东跑到了街西，又一阵风从街西就跑到了街东。对傻丫头姜苗子来说，花子镇这条东西街不是很长，而是太短。姜苗子总觉得一个花子镇根本不够自己疯的。而花子镇的大多数人每天都在为吃伤透脑筋，脸色比她家店里的纸人纸马还要难看，谁会搭理一个傻子呢？再说这个傻子家里卖死人才用的东西。

姜苗子是傻子姜苗子，也是孤独的姜苗子。而让傻子姜苗子感到可怕的是，那么多她熟悉的小孩突然就不见了，在破庙外那面红墙下，被陌生人带走了。那些被卖走的小孩的哭声就像一把把破碎的碗碴扎得姜苗子心疼好久。还有的小孩突然间就跟大人上路要饭去了，然后就再也没有回来。有一天，姜苗子看到一个比自己还小的小丫头穿了一身红衣服，吹吹打打就被人用轿子抬走了。姜苗子一问才知道，小姑娘是被人当新娘子娶走的。以后再也不会和姜苗子玩了，姜苗子想到这里，抱着她的布娃娃就哭。边上就有人劝姜苗子：“别哭了姜苗子，说不定哪天还会来一个傻子，那时候你也是新娘子了。”

为什么姜苗子能嫁的不是老头子就是瞎子，要不就是老瘸腿，现在有人还要让她嫁给一个傻子，姜苗子从来不认为自己是傻子，她心里的日子无比

的明媚。

姜苗子的爷爷老干姜是那样不喜欢姜苗子，动不动就指着姜苗子的鼻子骂，说她是个孽种，甚至是个小贱货，跟姜苗子的娘一个样。有几次，老干姜也领着姜苗子站到了破庙那面红墙下。姜苗子知道爷爷要卖掉自己，很害怕，很害怕的姜苗子就想尿尿，这时有人就来问姜苗子的价钱，老干姜说两斗小米。没想到这时姜苗子却突然褪下裤子当街撒起尿来。问价的那人不吭声走远了，连老干姜都感觉臊得慌。于是每当老干姜把姜苗子领到红墙下边，有人向前问价，姜苗子就当街撒尿。于是姜苗子就成了老干姜死活卖不掉的孙女。姜苗子感觉自己真的很贱，才值半口袋小米。老干姜动不动就冲她吹胡子瞪眼，说早晚有一天把你卖了，半斗小米半块窝头都行！

9

忽然间，铁匠铺里的小姑娘巧妮告诉姜苗子："姜苗子，镇子上来了一个和你一样的小孩。"

姜苗子就问："什么叫和我一样的小孩啊？"

巧妮说："和你一样就是和你一样。"

姜苗子问："那他会叠元宝，会糊纸人纸马吗？"

巧妮摇摇头说："他和你一样是因为他也是傻子呀。"

姜苗子说："傻子什么样子啊？"

巧妮说："傻子就是你的样子啊！"

姜苗子又趴到水缸上看了看水上自己的影子说："我的样子很好看啊，为什么傻子不是你的样子，你看你的大呲牙像老虎钳子一样。"

巧妮生气了："姜苗子你真坏，一辈子没人要！"

姜苗子以前并不傻，人家说傻的是姜苗子他爹。那时的姜苗子还小，是个人见人爱的小姑娘。花子镇那年过大兵，一群扛了枪的人晃晃悠悠就进了镇子，他们脑袋上顶了燎壶底一样的帽子，有的用白布包着头，有的用白布缠着腿，但血渍都往外渗。镇子上的人很纳闷，这帮人有枪怎么还这样草鸡？但他们在老百姓面前不草鸡，那些当兵的进了镇子就四处抢粮食，还抓壮丁，养马的做饭的都要。姜苗子家的粮食没藏好，全被搬出来装上了姜苗子家的地排子车，然后又去牵她们家的驴。一看要牵驴姜苗子她爹着急了："老总老总，粮食你们拿走了，车你们也赶走了，驴一定得给俺留下，没了这牲口，俺们家咋种地啊！”姜苗子她爹没说完就被一枪托捣在地上。他爬起来又上当兵的手里去夺驴缰绳，又被一枪托捣在地上。姜苗子他爹爬起来扑到驴身上说：“老总，你们就是把俺爹抢了去俺也不让你们把驴牵走！”

“谁他妈要你爹。”姜苗子他爹又被一枪托捣在地上。

姜苗子的爹被揍得满地打滚。人家就问他：“要驴还是要命？”姜苗子的爹说要驴，于是那群当兵的又是一顿揍。许久后，姜苗子她爹爬起来说：“这样吧几位老总，你们把粮食拉到哪里，俺给你们送过去，然后我把驴和车牵回来行不？”

几位老总面面相觑，一个笑了，说：“这个主意不错，就依你了。”

姜苗子他爹很高兴，他爬起来扑了扑身上的土，就把驴车套好了。拉着一车粮食和一些兵，他站在驴车上挥了一下鞭子，姿势竟然很拉风。驴和车于是就蹿了出去。大军的队伍拖得老长，姜苗子她爹站得老高，这群人在镇子上搜罗了个干净，临走还把盒子炮顶在小老头苟振经脑袋上，让他给写张条子，证明来到此地是“秋毫无犯”，小老头都快哭了。大兵终于开拔，一长溜队伍后边扬起了漫天尘土，一溜烟就消失得无影无踪。姜苗子她爹就这样把自己和驴都送到队伍上，只是从没回来过，无论是他，还是他的驴。

那两年还算风调雨顺，花子镇周边死人太少。姜苗子她爷爷的纸草店生意越来越差。他们家本来是做大生意的，老干姜和儿子本来都是木匠，死人多了，做棺材就是好生意。那年老干姜和儿子就在花子镇开起了一家棺材铺，租的是苟振经的一个大院子。棺材铺开起来，死人就越来越多，不是兵祸就是匪乱，不是荒年就是瘟疫，棺材铺的生意就越来越红火。花子镇的人感觉不吉利，就去苟振经那里告状，说自从棺材铺开起来，花子镇就天天死人，该赶他们走，把棺材铺关了。苟振经也觉得“花子镇”就够难听的了，再多一家棺材铺就更恶心，于是就赶老干姜父子走人。老干姜说：“我们人好说，十几口棺材你让我们怎么带走？”苟振经说：“那是你的事。”老干姜说：“全卖给你们家吧。”苟振经说：“呸，老不死的你骂人。”老干姜说：“反正棺材全是你们家的了。”

苟振经说：“全是你们家的！”

但是姜苗子的爹突然就消失了，无影无踪。没了姜苗子的爹做帮手，老干姜也做不出棺材了，他连根木头都解不了。于是他去找老半，对老半说，你给我两间小点的房子我开纸草店吧。老半说纸草店也不吉利，苟振经肯定还不干。老干姜说，你把我逼得没了活路去你们家门上吊死就吉利了。

老半说，你别胡来，看在姜苗子和她娘份上，就再给你两间房子。

但是姜苗子家没粮食了。死人少了，老干姜卖烧纸寿衣花圈的纸草店生意越来越惨淡。姜苗子的娘每天腋下卷了布口袋，到处借粮食，粮食在那时已经不是简单意义上的粮食，而成了活命的灵丹妙药，姜苗子的娘借到粮食的概率越来越小。最后就借到了老半家里，三天两头跑得多了，姜苗子她娘肚子大了……

但姜苗子的爹已经连人带驴消失了一年多。花子镇爱嚼舌头的那些人说起就笑。有人说是老半的，有人说是包子铺苟大富的，还有人干脆说是老干姜的。

姜苗子的娘在棺材铺自己住的地方上吊死了。穿了一身红色的衣服，连上吊的绳子都是红的，似乎要化作厉鬼报复谁。

县上警备队来勘验了一下，既没说是自杀，也没说是他杀。两张封条贴在大门口，做棺材的那座大院子从此就封了，封条脱落，但字迹却留在了上边，院子里长满了草。没有人再敢去那里，在刮风的日子，那座院子里经常传出一个女人淫荡的笑声，谁听了都感觉瘆得慌。

10

姜苗子看到过自己的娘死的样子，舌头垂在外边老长。聪明伶俐的小姑娘姜苗子想哭，但被吓晕过去，被人救醒后就成了一个哑巴。披头散发瞪着大眼睛活像个野鬼，抱着娘给她缝的布娃娃天天在大街上转，饭都不吃，在很多时候也没的吃。

那时老干姜感觉自己是花子镇最倒霉的，缺心眼的儿子也不知是死是活。一个完整的家就剩了他和一个小孙女相依为命。家里的粮食被搜罗一空，偶有糊纸人纸马的生意，姜苗子的爷爷连盆浆糊都打不出来。一户好人家为死人做七需要好多纸人纸马，还有摇钱树。老干姜跑了许多人家终于搞到点白面，打了一盆子浆糊准备开工。没想到他扎草人的空，回头盆里的浆糊不见了，一旁饿坏的姜苗子把一盆浆糊吃了个精光，还在一个劲舔自己的嘴巴。老干姜把姜苗子倒提起来想让她把浆糊全吐出来，但姜苗子一点都没吐出来。老干姜怕浆糊变质，往里面掺了好多明矾。

吃了明矾浆糊的姜苗子忽然开口说话了，而且一说就没完。从此变得疯疯癫癫，一会儿哭一会儿笑，变成了一个傻子。

姜苗子的娘留给姜苗子一个布娃娃，用几十块小布头缝好的一个小人儿，脖子上挂了一个好看的铜圈圈。布娃娃的每一块布片上都有不同的花样和故事，姜苗子每天都抱着，有布娃娃在，姜苗子想娘的时候就不哭，感觉闷了，就和布娃娃说话。

这两年姜苗子已经十几岁，她比杏儿小。连年的大旱或饥荒，野外的坟冢越来越多，只是死的多是穷人，没有多少人家能请得起老干姜去主持丧事，也没有多少人家买得起棺材和纸人纸马。爷爷有时候很急，他和姜苗子经常没有饭吃。姜苗子就知道自己很快就会被卖掉，会被一个不认识的老头领到一个陌生的地方，那些人揍她将比老干姜要狠得多。有人说，姜苗子慢慢长大或许就不傻了，但姜苗子却还是疯疯癫癫，或者是姜苗子对这种状态很喜欢，姜苗子觉得自己越傻，老干姜越卖不出去。

听说花子镇又来了一个傻子，姜苗子很兴奋，抱着她的布娃娃就在街上游荡，黑豆跟在她身后，摇着尾巴吐着舌头。见了不认识的人姜苗子就问——你是傻子吗？

人家瞪她一眼不理她，然后就走远了。

对面又走过一个姜苗子不认识的人，她就上前去问："你是傻子嘛？"

姜苗子用手指抵着自己的腮喃喃自语："那个傻子在哪里呢？"

姜苗子又问手中的布娃娃："你知道那个傻子在哪里吗？"布娃娃的眼睛是两只圆圆鼓鼓的纽扣儿，看着她不吭声。姜苗子那天低着头就在花子镇的街上慢慢走，盯着自己的脚尖，在街上来回游荡。

这两天纸草店的生意很不好，老干姜闲了下来。冲姜苗子虎着脸，姜苗子知道大事不好，爷爷大概又要领她去破庙那里。难道死人太少了吗？她决定到那片坟地看一看。坟地里有不少新坟，她很纳闷这些人家没有去纸草店找她爷爷。她还看到一个家伙抡着镢头在没命地刨坑，她看到了老半，就问："你是傻子吗？"

"哼！"老半一扭头不搭理她。

姜苗子又看到在忙着往土里插枝育苗的秋："你是傻子吗？"

秋抬头看了看她也没搭理她。

姜苗子这时看到刨坑的那个男孩坐在一棵枯树上休息起来，"呼哧呼哧"喘着粗气，两只眼睛里没有任何神采。她就问："你是傻子吗？"

坐在枯树上的男孩也没搭理她。

姜苗子也在冬身边坐下来，朝天上叹了口气说："那个傻子到底在哪里呢?"

于是冬说："这是老半家里的。"

姜苗子用眼睛白了他一下，看到地上有野花，就去采。

冬说："这是老半家里的。"

姜苗子于是把手了缩回来，她又看到一座新坟，眼睛立即亮了："谁家又死人了，又要做纸人纸马了!"

冬说："这是老半家里的。"

姜苗子吓了一跳，于是就问老半："你们家谁死了?"

老半没搭理她，磕了磕旱烟袋倒背着手走远了。

姜苗子站在冬面前，巴掌在冬面前晃了晃。冬的眼珠一动不动。

姜苗子又问他："你告诉我有没有看到一个傻子。"

冬说："这是老半家里的。"

姜苗子生气了："老半老半，你是老半家的狗吗?"

黑豆一看到姜苗子生气，扑上来对着冬就咬。冬一看到凶凶的黑豆，两眼一翻，歪倒在树上，口里也吐起了白沫。

"冬!"秋一看冬昏过去了，扔下手中的活计就跑了过来。

姜苗子抱起头就跑回花子镇的街上了，一边跑一边喊："找到那个傻子了，比我傻多了!"

11

等到冬刨好坑的时候，秋开始把一棵棵小树苗栽进坑中，杏儿把树苗在坑里一棵棵扶好，秋就把土一铁锹一铁锹埋进去，埋到一半的时候，秋就去河里一趟趟地挑水，把水一桶桶倒进去，杏儿在边上就一铁锹一铁锹把土再填进去……

看看老半不在，杏儿偷偷跟秋说："这地是我家的。"

秋不吭声。他知道他现在是外人，老半一家会欺负他。他有地契，不代表可以把这里变成果园。

"喂，你怎么不说话，这片地是我家的!"

秋还是不吭声，提着水桶走远了。

杏儿冲着他的背影直跺脚，杏儿高兴的是，她家的地有人来种果树了；杏儿着急的是，她不知道这个家伙为什么这么好心来给他们种果树。

12

冬没事的时候，老半就让他坐在那里盯着人点，他告诉冬，如果有人进来糟蹋果树，就告诉他这是老半家里的，就没事了，谁也不敢动，有了果园冬以后就再也不会饿肚子了。

冬似懂非懂地点点头。

老半叼着旱烟袋倒背着手，一边在坟地里溜达来溜达去，一边给秋和杏儿讲着一些道理。他说："做了老百姓，就得认命，你就得拼命地挣，干什么你就得说什么，做什么就得像什么。做叫花子就得正儿八经地做，种地就得正儿八经地种。像侯五那种人，做着叫花子净想些皇帝干的事情，这叫忘了自己姓啥，吃亏在后头，而且是吃大亏。"

"叫花子首先就得想怎么活下去，能活下去了，再想怎么能活出样子，你连叫花子都做不好，不饿死你饿死谁？大丈夫能屈能伸，连戏里的伍子胥都做过叫花子，朱元璋也做过，北平城的很多八旗子弟现在都是叫花子，这叫花子不能小瞧，连叫花子都能做了，还有什么舍不得？还有什么放不下？人穷不过三辈，富也是，这家说败了就败了，说起来也能起来……"

"你们知道我是怎么起的家吗?"老半问道。没人愿听，当然他也不说。

老王家到老半这一辈已经是三辈叫花子了。事不过三，虽然不太识字，但这道理老半懂。老半心里说自己这辈子如果再翻不了身，就是黄鼠狼托生夜猫子，一窝不如一窝。老半是什么人，老半是去外地要饭都能带回好种子的人，就像看到秋这个叫花子会种果树，他就有了灵感，他感觉秋和冬能带来一片果园。老半走南闯北专学人家外地人怎样把地种好，老半由一个叫花子脱胎换骨成了一个种地的好把式。

在老半眼里，叫花子也分个三六九等。他王半山就不是个一般的叫花子，老半自小就跟着爹去讨饭，他去过天津卫，也混过皇城根儿，下关东看到了东北的地大片无人种。他看到了河南人的地怎么种，他看到山西人天天吃白面，明白了大麦产量高。他去过汉中，出过关外，甚至见到了大漠的骆驼怎样强过大骡子大马……

叫花子老半这要饭的一路是在总结的一路，也是在学习的一路。

老半要饭不只要现成能吃的，他是啥也要。种子、粮食、棉花甚至肥料，他们说老半有一次出门什么都没讨到很是灰心，但看到一户人家在扒土炕，那老炕洞是上好的肥料，他就跟人讨，人家说没见过你这样的叫花子，不嫌沉你就装吧。老半果真装了半袋子炕洞带回来。

老半是什么人呢？粮食就是老半的命，老半看到人家在场院晒玉米大豆就来了劲头，他就穿着鞋子在里边走一趟，主人怪怪地看着老半，心说这个叫花子有毛病，放着好好的大路不走，走人家的粮食，老半就说太阳这么好，粮食蹚一蹚干得快。走出人家的场院，看看没人，老半就把自己的鞋子脱下来，把灌进里面的玉米粒子全磕进自己的布袋，老半他爹心说这主意不错，他也学着老半在人家晒在场院里的粮食上蹚一蹚，但这只能蹚一遍。那次人家主人看到老半他爹在自己粮食里来回蹚，就起了疑心，最后人家把他鞋子里的玉米和臭泥全磕了出来，逼着老半他爹一块吃了下去。

老半那年和老爹出去要饭就走到了小清河边上，那时小清河边是一片繁忙的水陆码头，一些客商载着各种货物来往于羊角沟和济南黄台车站之间。一艘商船靠岸了，船家正为自己满载的虾酱犯愁。那年饥荒，粮食大家都吃不上了，谁还有心思吃虾酱？船家看着满船的虾酱卖不掉，回去还是逆风，就把成篓的虾酱往河里倒，老半一看急了，在岸上一个劲地喊——船家船家，我们用玉米换虾酱……

船家很是纳闷老半和他爹的玉米味道有点不对劲，但老半和他爹还是凑了半袋子玉米换了一篓子虾酱。爷俩扛着一篓子虾酱要着饭一路往南走就进了沂蒙山，沂蒙山人要厚道得多，他们的饭是要来吃的，但人家要他们的虾酱却得用粮食换。沂蒙山产粮食不多，产地瓜干是比较多的，地瓜干也行，爷俩用一篓子虾酱换了整整两麻袋地瓜干，爷俩生生把这两麻袋地瓜干从沂蒙山扛回了小清河边，累得老半他爹就像只黄鼠狼，老半就像一只小黄鼠狼。两麻袋地瓜干又换回了好几篓虾酱。这下爷俩犯愁了，老半他爹说你在这里看着虾酱别让人偷了去，我回家推小推车，老半他爹推着小推车回来的时候，老半饿得正在用地瓜干蘸虾酱吃，老半他爹看了很生气，于是就说了句——过日子要省着点，别齁死你！爷俩推着好几桶虾酱又进了沂蒙山，于是换回的地瓜干小推车装不下了，雇马车拉回来的。

熟悉老半的人都这样说老半，他的起家是靠爷俩的鞋窟窿和一篓子虾酱。

爷俩用一种零成本的商业模式掘出了他们的第一桶金，或者说是掘出了第一桶虾酱。他们老王家穷得太久了，被打开财富胃口的老半和他爹越来越不过瘾，终于，老半和他爹在小清河边装了满满一马车虾酱下了关东，这一趟，他们的高粱米是走水路装船运回来的。结果这一年鲁北地区大涝，灾民颗粒无收，在老半家门口借粮的人排起了长队，老半他爹说，高粱米一概不借，可以拿地契来换。

谁家的地也是在那里荒着，一时半会种不出粮食。许多人拿了地契换了老半家的高粱米，于是老半家彻底脱贫。老半他爹跟老半说，你在家种地，我再下一趟东北。

老半他爹拉着一马车虾酱又下了关东。

高粱米又在老半家堆成了山。

老半家又换来了大片的地。

醉心于贸易的老半他爹赶着马车拉着一车车虾酱往返于关东与山东之间。

那年，花子镇一个盐商被土匪崔老九绑票了，琅槐地面上那年间管绑票叫"请财神"。似乎是这位盐商倾尽家底要了几船盐，这盐的来路有问题，被人告了密就被官家扣下了，几经转手卖给了这位盐商，但那批盐的主人是土匪，于是土匪就把盐商绑票了。那位盐商家里人竟然拿不出太多东西，这时他们想起了王老半，用花子镇最气派的那座青砖大院做抵押……

据说那个盐商什么都交出了就是没交出盐，贩私盐在那年间是大罪，他就是从土匪手里活了官府也不会放过他，所以被土匪撕了票，但一座青砖大院就名正言顺归在老半名下。

王老半他爹赶着马车又下了关东，这次不再是虾酱，而是一桶桶的香油。老半家玩大了，所以这次老半他爹没回来，他在那边遇上了土匪。

想到这里王老半是一通唏嘘，看着忙着种果树的秋和杏儿直犯嘀咕，琅槐名言：穷无根，富无苗，今天的叫花子，谁知道是明天的谁……

13

一片果园在坟地里现出了雏形。那些小树苗没多少天就全发芽了。

杏儿感觉花子镇在她心目中颜色变了。她忽然觉得花子镇有了自己老家的影子，这两个来自外乡的小叫花子，竟然在她们家的地上种起了果树，有了果树，她们一家就不用再四处逃荒，杏儿知道，有这块地在，自己的爹娘早晚要回来。当她从秋的口中得知，这两个小叫花子跟她一样是来自一个地方的时候，杏儿的眼睛更亮了。她想自己一定在老半家里装得乖巧伶俐一些，这样老半就会对自己越来越好，那样她就更有机会接近这个叫秋的家伙。秋这家伙竟然是那样的聪明能干，能教她辨认哪些是不开花的枝条，让她修剪掉。两桶水挑在肩上扁担忽闪忽闪，秋的大脚板"扑嗒扑嗒"就进了果园。两个小叫花子终于收拾得干净起来，乍看上去，都是五官端正的后生。老半说，自家的长工不能让人瞧不起。于是杏儿就连夜地织，梭子在手中来回地扔，几匹粗布织出来，杏儿的剪子细心地剪来剪去，手中的针脚密密地缝，两个叫花子竟然有了新衣服。穿上新衣服的秋就不是一个叫花子了，是一个英俊魁梧的小伙。杏儿看得心里怦怦直跳。秋憨笑着说："除了俺娘，还没穿过别的女人给做的衣服。"杏儿说："以后我还给你做，你把我当你娘就行。"秋很生气，就在果园里追杏儿。老半看着两个孩子围着坟头乱跑，脸上叼着旱烟袋笑嘻嘻地不吭声，跟秋说了句："我这个东家不错吧？"然后就背着手离开了。

秋教杏儿给果树捉虫，有各种各样的虫，秋竟然都能叫上名字来，杏儿看着那些花花绿绿的虫子不敢碰，秋就捉了往她头上放，吓得杏儿也是满果园乱窜。两个小叫花子竟然相遇在异乡，在花子镇成为好朋友。两人在凄冷的成长中，总算开始沐浴温暖与阳光。

那天杏儿带了一双新鞋子过来，扔给秋，秋蹬在脚上高兴坏了。看看四周没人，杏儿神秘兮兮地问秋："你为什么要在我们家的地上种果树啊？"

秋沉吟了许久说："这是我家的地。"

杏儿说："这明明是我家的地。"

秋怪怪地看着杏儿："你是老半的女儿？"

杏儿感觉像吃了个苍蝇，白了一眼秋："我是你姑奶奶。"

没想到秋"扑通"一下给她跪在地上："你饶了我吧姑奶奶，你们家大业大，别盯着俺家这块地了，我们家除了这块地啥都没有了！"

杏儿很生气："你哪里来的啊，这块地怎么就成了你的？"

看秋没有反应，杏儿气哼哼地挎起篮子就走："起来吧，你又不是我儿子，不用给我磕头。"

走了的杏儿又走回来跟秋说："把鞋子给我脱下来。"

14

在花子镇，姜苗子由衷感到了冷。她害怕总是和那些纸人纸马窝在纸草店里，那是一些来自神鬼世界里的故事，她不明白人为什么总是让那些虚无轻飘的东西带走许多心愿。就连姜苗子的梦里也都是一些阎王与牛头马面。她总希望果园里那个傻子会跟她玩，但那家伙傻乎乎的只知道刨坑和看果树，只要不动他们家的果树，他一句话都不说。姜苗子领着她的黑狗来到果园里，那个傻子只是在卖力地抡着镢头，就像没看见她一样。姜苗子就凑上前去问："你在干吗？"冬看了看她继续刨。

"你是傻子吗？"

冬又看了看她，低头继续刨坑。

"你是个不会说话的傻子吗？"

……

在姜苗子看来，这个傻子和自己不一样。他是真傻，他为什么那么怕狗呢？无数次姜苗子想找他出去玩，但这个傻子无动于衷。每当老半用石灰在地上画上圆圈，他的镢头就会抡进去，把一堆堆土翻出来。有一次姜苗子看老半不在，就抓起石灰也画起了圆圈，但这次姜苗子把石灰洒在了许多坟头上，于是冬挥舞着镢头把人家的祖坟给平了，老半看了后火冒三丈，用鞋底在冬的屁股上一顿乱抽，姜苗子在一旁乐得咯咯直笑。

冬老是犯错，犯了错的冬总是受到惩罚。把人家的坟头平了这可不是小事，老半得亲自上门给人赔罪，而且还要提着东西。有一个比她傻的傻子让姜苗子很兴奋，她终于可以像别人欺负她一样欺负这个傻子了。姜苗子会领许多小孩把砖头瓦块扔在那个傻子身上，那个傻子一动不动。那时的冬对姜苗子看不懂，对这些小孩也看不懂，往冬的身上扔点砖头瓦块算什么呢？冬来自地狱，他的世界里也全是鬼。

冬就觉得，这不要饭的日子他更难适应，他似乎是一下子由阴间来到了阳间，一下子从地狱飞上了天庭。这里的这些人与要饭路上他遇到的那些大不一样，在路上很多人明明是人，但转眼之间就成了鬼。花子镇这些到底是人还是鬼呢？他们看见冬要和善得多，谁知道他们会不会做鬼一样的事呢？冬早已习惯了磨难，这种日子让他感到由衷的恐惧。秋往往很早就跟着老半出去干活，只有冬一个人在看着果园。于是冬经常在小桃树下陷入沉思，打春的日子，桃花正一片片往下落，一片片漫不经心，在微风里飘来荡去，一些就落在冬的头顶和肩膀，冬痴痴地坐着，这样的冬忽然就开始了思考，他忽然又温习了一遍他走过的要饭路。他又想起了娘，有娘在的时候再苦冬也觉得踏实，娘说，等冬长大了，她就不要饭了，让冬给她要着吃，但娘现在什么都吃不到了，也吃不到秋和冬种出的果子，冬觉着自己太没用了，想着想着冬就开始哭。

姜苗子又抱着布娃娃来到了果园，果然她的爷爷老干姜又领她去了破庙那里，有人前来询价，又被她一泡尿吓跑了。姜苗子来到自己娘的坟前坐了下来，她也想起了有娘的日子，于是就开始哭。

冬在那边哭，她在这边哭。

冬哭一声，姜苗子就哭一声。

冬不哭了，姜苗子也不哭了。

冬不解地望望她，又哭起来，姜苗子也哭了起来。

冬终于开口说话了，他问："你哭什么呀？你也没娘了吗？"

姜苗子哭得更厉害了："原来你会说话呀，俺娘上吊死了，舌头耷拉得老长，你娘是怎么死的啊？"

冬也哭得更厉害了："俺没给娘要到饭，俺娘在那座青砖坟里饿死了。"

冬于是哭哭啼啼说起来，没等冬说完，姜苗子就吓坏了，姜苗子总觉着自己是最苦的，没想到这个傻子比她苦多了，姜苗子都有点不敢相信。她说："原来你不光是个傻子，还是个花子啊。"

冬就问："你是人还是鬼啊？"

姜苗子就说："我当然是人。"

冬就问："那你吃过人吗？"

姜苗子很生气："姜苗子连饭都吃不起了，怎么会吃得起人？"

冬又问："那你吃过屎吗？"

这个傻子竟然如此恶心，姜苗子一翻白眼："那你吃过屎吗？"

冬说："吃过，我看到很多人吃过屎，大雁拉下屎来，人都抢着吃。"

姜苗子一阵哆嗦，拼命抱起了自己的布娃娃。

冬问："你见过鬼没有？"

姜苗子说："庙里的墙上画了很多，有飞在天上的，有瞪着眼珠子的……"

冬说："你有没有见过吃人的？还有的把人的肚子划开，去里边找东西，还有的没有头了，血在地上喷出去老远……”

姜苗子浑身抖如筛糠，一声尖叫从坟前爬起来跑走了：“鬼呀，这个小孩不光是傻子，还是鬼呀！”

冬呆在那儿了，还在喃喃自语：“冬怎么会是鬼呢，冬又没吃人，也没把人的脑袋砍下来……”

姜苗子现在见识到了什么是真正的傻子，也让她更加坚信自己不是一个傻子。现在姜苗子对那个叫冬的男孩很怕，却又充满了好奇，于是她就一趟趟往坟地那里去，那个男孩在拼了命地刨坑，偶尔坐在一棵枯树上发一会儿呆，像是魂飞天外，进入了另外一个世界，他进入了一个什么世界呢？姜苗子在想，他怎么能说出那么稀奇古怪的事情？姜苗子偷偷地躲在墙角或者树干后面，仔细观察这个傻子与自己不一样的举动……

陆续有人领着小孩出去要饭了，那个傻子这时很紧张，对着小孩喊：“有狗，有鬼子……”那个叫冬的傻子脸上一阵惊恐，躲在暗处的姜苗子也跟着瑟瑟发抖。

15

镇子上乔郎中的“康来药铺”每天都开门，叫花子们出出进进络绎不绝。听说，这家药铺已经在花子镇开了三代，也是邪门，他们乔家三代都是单传。乔郎中到现在膝下还无儿无女，他医得好花子镇许多人的病，就是对自己老婆贾新荷的肚子没有任何办法，那张肚皮跟他的钱包一样就是鼓不起来。乔郎中心里急，这世道不好，自己祖上这套“望闻问切”在他这里失传了，他可怎么对得起祖宗。想到这里乔郎中就是一声叹息，莫非是冥冥之中有报应？听人说，他爷爷在给人看病的时候发现了枪伤，于是官府就在花子镇发现了“捻子”，抓了一大批人，砍掉了许多穷叫花子的脑袋，他爷爷的脑袋也差点掉到地上。在花子镇，他们家是有“世仇”的，所以现在的乔郎中一直夹着尾巴做人，那年半夜里一帮人来敲他的门，他的老婆从门缝里就闻到了血腥气，拦住他死活不让他开门。于是第二天早上，许多人就死在了他的门口，淌了满地的血。有什么法子呢，这世道，不知哪里出了差错就会掉脑袋。所以总是有人在他背后指指点点。其实他乔郎中和花子镇那些叫花子一样，面临的最大问题就是活下去。人没办法了，往往就信了邪，老盼着送子观音赏他个一儿半女。无论富人还是穷人，他都一视同仁，都说“医者父母心”，乔郎中总觉着自己该积德，但这世道就是有些事情会损你的阳寿。在乔郎中眼里，无论怎么挣扎推诿，他也感觉自己身上有罪。

有人没吃过老半或苟振经家的米，但绝对没人没有吃过康来药铺的药。在花子镇，都说说话最有分量的是老半和苟振经，但论说话在理、让人服气还是他乔郎中，只不过乔郎中这人一身书生清高傲岸的臭毛病，眼里谁都没有。他是花子镇唯一爱穿长衫的人，哪怕是上边打了补丁。他也是花子镇唯一留大分头的人，脑袋老是一甩再一甩，把额头前盖着眼皮的头发甩到头顶上去。王老半就挺服气这家伙，什么时候都是一副不卑不亢的样子，老半没文化人家有，老半没骨气，人家也有。老半和这苟振经都联姻了，要是再和这乔郎中联了姻，那这偌大的花子镇基本就是他的天下了。孙来旺红枪会人再多，手里还是没钱。老半虽然发了家，但自己这根底，总是太寒酸了。乔郎中妻子的肚子不争气，老半宁愿让自己的二姑娘银环给乔郎中做二房，谁让这闺女不知好歹，过了谈婚论嫁的好年龄。但人家乔郎中谢绝了，花子镇哪个女的乔郎中没号过脉？这样一来就有人觉着银环姑娘有毛病，要不乔郎中不会动不动就到青砖大院出诊，于是人们就开始打听银环姑娘是什么病，老半也不知道什么病，只听乔郎中说是“崩漏带下”……

于是有人就笑着说，八成是堕过胎，那姑娘，没事就往姐夫苟大富的包子铺里跑。姐夫小姨子，隔着一席篾子。

包子铺与康来药铺离得很近，银环恨自己把宝押错了地方，皮小七和玉秀过起了日子。花子镇还有哪个男人能让她看上眼呢？老姑娘银环打扮得花枝招展，来到包子铺，眼睛却直往药铺里瞄，她最希望的是那个清秀高挑的郎中能够看她一眼，但这乔郎中，似乎从来不愿正眼瞧她一下。

所以银环姑娘每个月都会盼望自己肚子疼的那几天，那几天她会大呼小叫，把青砖大院搅个鸡犬不宁，那样老半就会把乔郎中请到家里，给银环号一下脉，银环姑娘就会娇滴滴地伸出自己那只玉臂，嫌自己的胳膊不好看，银环姑娘特意敲了老爹一笔竹杠，买了一只金镯子带在上边……

那天乔郎中刚开了药铺的门。就看到纸草店的姜苗子进来了，乔郎中就往外轰，这孩子说话没谱。姜苗子说：“你为什么撵我？”乔郎中说：“我们不是一条道上的，你们家是伺候死人的，我这里是医活人的，你给我出去。”姜苗子说：“你怎么没把我医好？人家还说我是傻子。”乔郎中最生气人家说他医术不好，就说：“你这以前是八成傻，现在已经被我医好六成了。”姜苗子说："真的？"乔郎中说："真的，没有乔郎中医不好的病。"姜苗子说："镇南坟地里还有有个傻子你给医一下吧。"乔郎中问："你有钱吗？"

姜苗子就把两个金元宝放在乔郎中的柜上。

——姜苗子，这是你们家死人用的纸钱！乔郎中一看火冒三丈。

16

但乔郎中还是被姜苗子拽着来到了坟地。冬还是一个人坐在那棵枯树上，姜苗子不敢上前，乔郎中就一个人凑了过去，冬看到生人竟然害怕，身上又抖了起来。任凭乔郎中怎么在他面前晃手掌，冬毫无反应。乔郎中就用手指去掐冬的人中穴，冬还是没反应。乔郎中挨个捏冬的穴道，姜苗子蹑手蹑脚就走过来："你跟俺家的纸人纸马差不多。"

乔郎中捏开冬的嘴巴看了看舌苔，又翻了翻冬的眼皮，最后给冬号起了脉。

"你是鬼吗？"冬突然开口说话了，吓了乔郎中一跳。姜苗子说："你真是个傻子，郎中怎么会是鬼，他是人。"

"你不懂，人饿极了，就变成了鬼。"

"看来这真是个傻子。"乔郎中说。

没想到冬又说："大爷大娘行行好，冬是个傻子，给口饭吃吧。"

姜苗子就说："原来这个傻子是这样要饭的。"

"狗，狗，快跑，娘，快跑！"一说要饭，冬直勾勾的眼睛里忽然充满了恐惧。

"哪里有狗？"姜苗子看到冬的样子感觉自己的发梢也竖了起来，她四处看了看，一条狗也没看到，黑豆也不在。就问冬："哪里有狗，你在做梦吗？"

冬跟姜苗子说："你不能让你的狗再来这里，狗会从坟里把人拖出来，从肚子当中把肠子掏出来，吃完了那些狗什么都不吃了，就吃人。看到我们路过，黑狗、黄狗、狼狗一起冲上来……"冬愈发地惊恐，眼珠蒙了一层水雾，像被卡住一样停止了转动。乔郎中在他面前晃了晃手，还是不动。

"你看到什么了？"乔郎中问。

"我看到狗在追冬，冬跑得不快，被狗扑地上了，娘就上来撵狗，又来了许多狗，围着娘乱咬，娘的裤子被撕烂了，流了好多血，爹和秋上来拿着棍子打狗，狗跑了，人来了，把爹和秋一顿打……"姜苗子听得瑟瑟发抖，说道：

“要饭原来这么吓人。”

乔郎中一撩长衫就在冬面前坐下来，看到冬盯着坟地里的一棵小树在出神，就问冬：“你从哪里来啊，怎么不会笑？”

“冬不知道，冬只记得那里有很多果树，后来就来了很多蚂蚱，冬就跟着爹娘和秋出来了。碰到很多鬼，还有人叫他们鬼子。鬼会用刀把人的头砍下来，还会去人肚子里找东西，到处是血，很腥很腥……”

“那你爹呢？”

冬忽然不说话了，两眼发起了痴，像走进了什么恐怖的世界，身体陷入了一片痉挛与颤抖当中，最后嗫嚅着说：“肉，肉，冬不吃肉，冬怕血……”

“你爹到底怎么了？”

“轰的一声，爹上天了。”

姜苗子浑身一阵颤栗。冬的胡言乱语完全不是她的智商能够理解的，于是就说：“你你你比我傻多了……”乔郎中打断了她，让她别说话。

乔郎中又问：“冬，你怎么不上街玩啊？”

“哥哥不让啊，说街上的人比狗都坏。”

乔郎中不解，问冬：“人怎么会比狗坏？人又不咬人。”

“人不咬人，但人会吃人。”

“你真是个傻子，人只会吃饭，怎么会吃人呢？”乔郎中有点生气。

“人不光会吃饭，人还会吃长虫吃蛤蟆吃树皮吃树叶吃草根甚至吃土，人什么都能吃，还有的人吃鸟粪，冬在讨饭的路上都看到了。”

“但不会吃人啊……”乔郎中说。

“人是吃人的，冬看到很多人围在一个死人面前，一刀一刀割死人身上的肉。冬还看见一个人被几条狗从坟里拖了出来，狗很快被人打跑了，有人就割死人身上的肉，血淋淋的把冬都快吓死了，一个人用刀砍下一只胳膊，一个人砍下一只脚，装在篮子里，就那么挎着在街上走……”

姜苗子听得头发都立了起来，两眼紧紧地盯着冬说：“我终于知道什么是真正的傻子了。”

乔郎中最后站起身叹了口气说：“冬没毛病，他八成是吓傻的，姜苗子，傻子不欺负傻子，你以后别欺负他。”

17

姜苗子感觉这个傻子身上一定有许多故事，他一定见过许多别人没见过的妖魔鬼怪。想到这里姜苗子叹了一口气，哭了："来了个傻子有什么用呢，他太傻了！"

姜苗子哪里知道当年一个大脑袋小孩是怎样开始要饭的。跟着爹娘和哥哥走进第一户人家讨饭的时候他的身份就变了，他成了一个小乞丐。他们只有靠别人的施舍才能活下去，或者说，他们成了一种只为吃饭活着的生物。人在吃不饱的年代，狗能吃到的东西就可想而知了。所以他们成了每户人家狗们最痛恨的对象，狗向来只对主人忠诚，对外人和敌人更凶恶才是好狗。冬跟着爹娘走进一户院子，首先看到的就是狗都警觉地竖起了耳朵，眼里开始露出凶光，冬第一次看到狗扑上来就尿了裤子。他总是躲在娘身后紧紧拽着娘的衣角，怯生生地露出半边脑袋看看那户人家有没有狗，如果没有，冬就会长出一口气。那些狗看到娘领着秋和冬走进家门，知道有来和它们抢饭的，就呲出了尖尖的狗牙。冬的头皮就开始发紧，等它们往上扑，娘用打狗棍打狗，如果把人家的狗打疼了，狗一声惨叫，有的主人会出来把娘一顿骂，还有的会把娘一把推倒在地，娘手中的破碗会滚出去老远……

冬就觉着，最好吃的饭是自己做的，要来的只是活命的药方，是苦的。冬是被饭养大的，也是被苦喂大的。冬有时拽着娘的衣角不让娘去要饭，但娘摸着冬的头说，现在是娘要着给你吃，把你养大了就是你要着给娘吃了。

冬成了要饭的小叫花子，要饭是为了长大，长大了好给娘要饭吃。冬对花子镇不用要饭的生活很不适应，既然人可以不用要饭，那为什么大路上要饭的叫花子都排成了队呢？冬看不懂。冬很不忍看到花子镇的小孩跟在父母身后踏上要饭的行程，好像又看到了自己要饭的遭遇，想到自己受的那些惊吓、屈辱将在他们身上重演，冬为他们感到痛苦，这种痛在冬身上一时半会痊愈不了。

在姜苗子面前，冬的眼球停止转动好久了。他嘴里不停地在说："娘，狗……"

冬在一处城墙上看到挂了许多笼子，笼子滴着血，娘就去捂冬的眼睛，但冬看到城墙外的壕沟里许多人没了脑袋，一群狗在死人堆里撕扯着什么，冬又看到了肠子，后来那些狗就往活人身上扑，爹和娘领着他和秋扭头就跑，跟在逃难的人群里，但是大街上汇集了一群狗就在街上追他们，他们跑出了村外，那些狗还在追，村外的田野里一片残雪，冬看到大团大团的热气被自己从口中呼出来，跑着跑着，冬摔倒了，娘就上来扶冬，扶起冬，一家人继续跑，冬就看到秋脚上的鞋子跑掉了，腿上血淋淋的。狗终于回到了村子里，娘想把自己的鞋子套在秋的脚上，但自己小脚的鞋子秋哪里穿得上。娘就骂秋，娘越骂越生气，也越来越伤心，看到秋赤着脚走在雪上就开始哭，哭得田野里许多鸟都飞走了……

冬想起娘就哭，杏儿从果园深处走过来了，一边给冬擦着眼泪一边哄冬，跟冬说："这里没狗啊冬，冬再也不出去要饭了，再也不会被狗追被狗咬了。"

冬于是不哭了，一个人坐在果园前静静地望着路上。冬看到有要饭的人回来了，又有人背着布袋拿着棍儿出去了。看到有的小孩跟着爹娘出去要饭，冬又哭了，这是冬心里最痛楚的一幕，他一边哭一边说："有狗，有狗，有狗……"

于是那些人都知道了冬是一个傻子，看到他胡言乱语，没理他，继续要饭去了。

18

花子镇就像一本躺在大平原上的老黄历，民国的风把它一页页地翻起来。从大平原上望过去，它总是笼罩在一片薄薄的暮霭里，沉重而朦胧，这让它的外貌和历史变得一样模糊。偶尔有铜锣响起，惊起一堆飞鸟，那是土匪路过或进入镇子的时刻，于是花子镇里的人一片仓皇奔逃。在一堆凌乱与丑陋的土坯房簇拥下，那座青砖大院凝结了多少叫花子的艳羡与人生幻想。一些叫花子走了，一些叫花子又回来了，还有一些再也没有回来，杳无音讯。花子镇最固定的永远是那座青砖大院的主人。

一阵哇哇啼哭，老半的儿子二斗那年出生了。花子镇的人们都向老半送上了贺礼，五花八门，鸡蛋小米点心红糖什么都有。没什么可送的叫花子，就在老半的青砖门楼前为老半唱曲儿，老半摇头晃脑听得也是心安理得。他终于了却一桩心愿，在门前街中央把一口大铁锅一支，设粥厂三天，玉米面粥一锅一锅地熬。白菜豆腐猪肉炖好了掺进去，这在当地叫"咸粘粥”，这种咸粘粥在琅槐地面是一道著名的花子饭，据说当年洪武皇帝朱元璋讨了一天的饭，晚上回到破庙都饿得快虚脱了，他碗里只剩了点从各家讨来的粥汤，淡的咸的荤的素的掺一块。饿坏了的朱元璋竟然喝得津津有味。后来他得了江山，在皇宫里天天锦衣玉食，山珍海味都吃腻了，于是就想起了这道饭。但御膳房的厨子们就是做不出那种味道，老朱皇帝都快把他们的屁股打烂了，后来他就下诏书从民间找叫花子进宫做这道饭，叫花子们就找了些烂菜叶，熬了一锅玉米糊糊，又弄了些白菜帮子粉条子猪肉炖一炖，嫌那味儿不够，还在太阳里暴晒了一下，结果朱元璋品尝一下还就是那个味道，于是赏了叫花子们许多金银财宝，那几个叫花子也就这么翻身了。

最喜欢这个故事的是老半，所以他认为做人低调很重要，无论世事怎样变，他还是看得清自己。

纸草店里的老干姜领着孙女姜苗子也来送贺礼，这让王老半极其膈应，纸草店就是送给他金枝玉叶那也是从死人身上换回来的。老干姜给王老半扎了两个纸灯笼，用大红纸糊上去，上边再用黑漆倒着写了两个“福”字，送给老半，老半看了觉得也是吉祥如意，挺贴心的，捻着胡子笑而不语。老干姜点头哈腰说：“半老爷，您的福到了。”边上一群人也是随声附和：“对对对，半老爷的福到了。”姜苗子歪着脑袋看了看灯笼上的两个“福”字，用手指抵着腮看了大半天，说了句：

“半老爷，您的福到头了。”

吹胡子瞪眼的老半扯过两只灯笼扔地上踩了个稀巴烂。

花子镇这几年死人太多，有人说就是老干姜那家纸草店招的灾，引来太多孤魂野鬼。老半也觉得不吉利，那两间房子在老半名下，闲着也是闲着，老干姜给他交的那点租金有没有对老半来说都不太重要。老半让人赶老干姜走，老干姜带着孙女在他的青砖门楼前哭了三天三夜。有人就跟傻丫头姜苗子出主意说：“苗子，你不知道吧，你亲爹其实是老半，你娘的肚子也是他搞大的，他这样欺负你爷俩太没良心了……”于是姜苗子信以为真，抱着老半的大腿不撒手，对老半一口一声“爹”，把老半弄得狼狈不堪，他知道晚上项西吼肯定在他脸上又来个满脸花。姜苗子把眼泪鼻涕都抹在老半的棉袍上，但老半还是铁了心，就是要赶爷俩离开花子镇。

最后老干姜和姜苗子把店里的纸人纸马摇钱树还有大花圈全摆在了老半的门口，爷俩哭天嚎地，说夜里要在老半的青砖门楼下面上吊，花子镇的人在老半的门口围了里三层外三层，被姜苗子逗得一个劲地笑。老半没辙了，让老干姜把东西收起来，说只要把东西收走，房子你想住多久就住多久。

19

一条土街就像花子镇的肠子，被一堆土坯房挤得歪歪扭扭。这条街像镰刀的把儿，又像伸不直的狗腿。一阵马蹄声传来，街边墙根的野狗支棱起了耳朵，富人家的马车疾驰而过，卷起满天的尘土远去了，那些野狗又把下颌贴到了地面上，像烂泥伏成一摊。偶尔有骂仗声传来，狗们都无动于衷，那一定是青砖大院的主人项西吼又在骂街，没什么新鲜的。有三三两两的人影走过，一位老妪背着一大堆柴草在蹒跚着脚步，像一棵老树艰难地移动着树影。仍有小贩扯起喉咙在叫卖。

铁匠铺的红炉炭火被风箱呼呼吹起来，通红的烙铁被铁匠牛成从火炉里夹出来，放在铁砧子上，小锤子敲上去，儿子的大锤抡圆了落下来，火花飞溅，叮叮当当，那饱满的肌肉闪出了金属的光泽，大围裙扎在身上，上边布满了炭花儿烧灼的痕迹。铁匠铺子里每天都会传出力量撞击与淬火的声音，花子镇大把的日子在灼热与冰冷之间就变得厚重。那块烧红的铁很快有了镰刀的形状，有时也是马蹄铁的形状。一些铁锹与锄头被重新打磨后扔在了一边，铁匠铺最红火的生意来自农忙的季节。在这条街上，牛成自认为打铁是最正统的行业，药铺的乔郎中是个娘娘腔，包子铺的苟大富只不过是个屠夫，也就是他有条件开得起包子铺。他最瞧不起的是老干姜那个木匠，一个木匠总是有太多花活，把花纹雕刻到棺材板上，连同手下的那些纸人纸马，只是好看一点都不结实。哪像他们铁匠，硬碰硬透着力量，炉火与铁砧子里裹着锋利与阳刚。那些磨剪子抢菜刀的更是那样小儿科，他们扛着板凳穿行在大街小巷当中，叫卖声就像发情的猫在偷偷寻欢。

街上有工匠推着小车一声声吆喝，于是就有人拿出一只只破盆破碗，工匠就拉起钻在那些盆碗上钻出了眼，都有火星儿冒出来，金属的钉角钉进去，再抹上油泥，一只破碗就完整起来，端着出去要饭，正是叫花子最适用的。

还有一群人在街上一溜墙根儿或蹲或立，在等着家里地多的人家前来问询，或者是长工，或者是短工，或者是一天的活计能换来几把粮食与小米。但那几年连年荒旱，蚂蚱铺天盖地地来，兵匪一茬茬地过，在家耕种的人越来越少，庄稼更是生得萎缩与稀疏，那些人等得有点焦躁，陆续站起回了家。

一间包子铺是花子镇最惹眼的明星企业，黑黢黢的一间铺面前，破桌子上摆了一摞笼屉，热气腾腾的笼屉一掀，白白胖胖的热包子上黏满了叫花子们的目光。

在花子镇，小叫花子冬停下了脚步，他开始慢慢打量这个世界，许多人和事他仍然看不懂，他一定在尝试摆脱许多噩梦，这种没了惊吓和饥饿的日子他是如此陌生，在惊魂未定之中，花子镇仍是让他惧怕的一个世界，在街上，他看到金环姐姐在案板上剁肉的时候不知想起了什么，弯腰呕吐不停。那个皮老扁把一只野狗挂在树上，锋利的小刀一会就剥下了狗皮，冬是那样痛恨狗，狗也是那样痛恨冬，但冬看到剥掉皮的狗还是极其难受，等老扁从狗的腹中拽出肠子，冬两眼一黑，昏倒在地上，口吐白沫……

给小叫花子冬带来恐惧的到底是什么呢？无人得知。

冬每天坐在果园前面。这是一种什么日子呢？他突然不用乞讨了，而且每天都有固定的饭吃。依靠半座残存碉楼的两面墙，老半带人在果园里给他和哥哥搭了两间小土屋，盘起了土炕，生起了火，老半会不间断拿些不太好的粮食与地瓜过来，杏儿早早晚晚也过来帮哥俩拆拆洗洗，缝缝补补。哥俩突然间就过上了固定的日子，再也没有狗追着冬咬了，他与哥哥每天晚上再也不用为找地方睡觉而发愁，哥俩睡得异常香甜，傻子冬都有点分不清这是真实的日子还是梦境，他遇到太多妖魔鬼怪一样的故事，忽然间这些都没了，或者是，那些妖魔鬼怪又换了另外一幅慈祥的面孔。

日子可以这样妥帖与稳定吗？只因为有了吃的。冬想不明白，这种日子既然得到的这么容易，那为什么还有人陆续上街乞讨？一直以来，冬最大的梦想是讨到一块大一点的窝头或地瓜，他在梦里梦到的都是暖暖的太阳照在他与哥哥身上，没有雨雪与寒风。现在的他，每天都会躺在哥哥烧的热烘烘的土炕上。

这一切是因为什么而改变了？冬每天都对着果园发呆。看到有人进入果园，他就会喊一声："这是老半家里的。"

那片果树上的鲜花陆续落了，风一来，满林子荡漾着粉的白的雨，一个粗鄙的花子镇从来没有如此浪漫与唯美。那些坟头底下埋藏的都是一些辛酸往事。杏儿一趟一趟地来，钻在林子里四处寻找一个忙碌的身影，寻不见的时候一脸的怅惘。

那棵小桃树渐渐长够了身量，冬就喜欢坐在小桃树底下，他靠在小桃树上，就感觉又依偎在了娘的怀中。那些花瓣在冬的面前飘来荡去，冬感觉自己的身体终于不再紧绷，松弛了下来，他靠在小桃树上睡去了。冬在梦乡里又看到了一圈城墙，城墙里到处是垂柳，那里到处是泉眼，不停地在喷涌，还有一大片镜子面一样的湖水，此时的冬心里也没了任何的涟漪，那天的春风好暖，那片湖水边上开满了鲜花，冬拿着破碗沿着湖水跑，在他身后跟了许多小孩，他们的手中都有破碗，闻到米香冬跑得很快，生怕瓮城里那个漂亮姐姐会把热粥率先盛给他身后那些小孩，那个姐姐身上散发着一种淡淡的香味，她的头上还有一只好看的发卡，这样她那半边齐耳的短发就不会垂下来，从来没有人对小叫花子冬那样好过，看到冬到来总是把破碗给冬盛得满满的，还顺手摸一下冬的大脑壳，冬总是痴痴地望着她，姐姐就对着他笑，还冲着冬做着鬼脸，那个漂亮姐姐太喜欢要饭的小孩了，她教小孩唱各种好听的歌，甚至在瓮城里和一群小叫花子玩老鹰捉小鸡……

傻子冬在小桃树底下睡得是那样香，他的肩头落了许多花瓣。路过的人都不知道这个傻子在梦里遇到了什么好玩的事，姜苗子也不知道，睡着的冬怎么会如此满脸笑意？他的嘴巴里似乎满满是香甜的蜜，以至于许多黏稠的东西从嘴角垂了长长的一条……

姜苗子静静地站在那里看着熟睡的冬，她想，冬一定梦到了自己在娶媳妇。

但傻子忽然惊醒了，额头上冒出了汗。醒来的傻子开始在小桃树下呕吐，继而是哭，丑陋地咧开了大嘴，哭得就像个大叫驴。他的鼻子眼睛都挤到了一块，姜苗子吓坏了，一个劲拍着冬的后背，你怎么了冬，你梦到什么了……

冬梦到什么了？那些噩梦已经在冬的心里盘踞了好久，冬捧着破碗进入瓮城的时候，没找到漂亮姐姐，到处流淌的鲜血和满地黏稠的粥汤汇在一起，正在冒着血腥的气泡。城墙上了挂了许多人头，漂亮姐姐去哪里了呢？他只看到一个女的浑身血污躺在几领破席之间，她身上的衣服不见了，她怎么会把漂亮姐姐的发卡带在头上呢？她的头发是那样凌乱而肮脏，她的身体被划开了，血淋淋的肠子在身边淌成一堆……

冬一个人端着破碗站在瓮城里发起了呆，一只汤勺在饭碗里颤抖着乱响，他的周围全是尸体，有大人的，有孩子的，只有他是站着的。冬看到一圈城墙在转，一块方形的天空也在转，只是一点声音他都听不到。

小桃树下冬哭着哭着就咳嗽起来，他使劲抠自己的喉咙，似乎想把胸中一大团东西吐出来。

姜苗子也发起了呆，她站在花瓣雨里出神了好久，暖风里地上红的粉的花瓣儿在围着她游走，姜苗子感觉这片果园在她梦里出现过，只是她的梦里从来没有一个傻子……

20

果子陆续缀上了枝头。那些果子虽然还泛青，花子镇的那些小孩已经是垂涎欲滴。他们纷纷往果园里钻，有的还试图爬上树去摘果子，秋一波一波地往外赶。冬坐在那里能做的只有告诉他们：“这是老半家里的。”在被许多孩子看出他是一个傻子的时候事情不一样了，那些孩子交头接耳开始商量对付他的策略。

他们试图把冬引开，或是把冬骗到其他地方，但是冬看看天，还没有过午，一动都不敢动。于是砖头瓦块和土坷垃纷纷向他飞来，落在冬的头上和身上。但是冬没动，这么点疼对一个在讨饭路上走了好几年的花子来说算什么？最后看到老半过来，那些孩子就都跑没影了，冬很纳闷，冬怕的是狗，他们怕的是老半。

只有一个小小的的姑娘对冬特别友好，她蹦蹦跳跳行走在大人周围就像一个小蝌蚪。那个小孩头顶总是有个小辫朝天扎着，发丝像高粱穗子那样散开垂下来。大伙都叫她小细柳，她瘦瘦小小可真像个柳枝儿，这是“花鼓皇后”玉秀和皮小七的孩子，看到那些小孩拿了土坷垃往冬身上扔，她就张开手臂拦在冬面前说：“你们不许欺负他，他也是要饭的。”那些孩子生怕伤着小细柳，就把手中的土坷垃放下了。

小细柳也总是抬头望着枝头的果子出神，然后看看冬。冬摇摇头，还是告诉她：“这是老半家里的。”“哼！”于是小细柳就冲着冬一皱鼻梁。

人越是饿了，越经不住诱惑。老半跟冬说：“你不要去偷树上的果子吃。你知道你为啥这么傻吗？是吃果子吃的。我们这里的小孩为什么都不傻？因为没有果子吃。”冬对此很是相信。冬在小时候吃过许多果子，他也经常在野外的野草野树上找果子吃。姜苗子有一次问他饥饿是什么感觉，冬说：“饿就像是病，人饿久了，看什么都不是原来的样子，看人都成了鬼，最后自己也成了鬼。”

姜苗子说：“俺在饿的时候就感觉自己变成了树叶，被风裹着飘来飘去。”

冬说："俺在饿的时候就感觉有个鬼在俺肚子里用刀刮，把俺肚皮上的东西都刮下来收走了，俺有时候看见他在里边动，他把俺的身子刮得就像一张纸，俺整个人都立不起来了，俺看什么都是歪的，俺看到的那些人也变得软绵绵的，就像一缕烟飘来扭去，最后俺感觉自己也变成了一缕烟，一阵风就把俺吹散了……"

姜苗子那天领着黑豆又来到果园。冬老远就开始打摆子，于是姜苗子就跟冬说："你别害怕，你就把黑豆当成你的哥哥秋，我们家黑豆比许多人都好，他是不会咬你的，如果别的狗再咬你，黑豆就会和它们拼命的。"

姜苗子说："黑豆认识你了，不会咬你了，不信你摸摸他。"冬就把手放在黑豆脑袋顶上，黑豆抬起头就去舔冬的手，冬吓得一下子缩了回来。姜苗子笑了。

冬在吃地瓜的时候，黑豆就蹲在那里看着，可怜巴巴的，看到冬的地瓜快吃完了，急得爪子就在地上乱抓，冬就把那块地瓜扔给了黑豆，黑豆吃完了又蹲在那里看冬，眼睛里满满的可怜样，冬就小心翼翼把手伸过去，黑豆就用舌头一个劲地在冬手上舔，舔得冬痒痒的，冬收回手，黑豆就去舔冬的脚，最后歪在冬的脚上睡着了。

冬感觉，自己和狗很像，别看狗咬人，它们也是天天饿肚子的，于是冬就经常给黑豆留点吃的，黑豆竟然帮冬看起了果园，看到有人进了果园，黑豆就支棱起耳朵冲人家叫，于是冬就说了——这是老半家里的！

21

"冬，怎么看不到你娘的坟？"那天姜苗子问冬。冬指了指那棵小桃树说："那就是我娘。"姜苗子乐坏了，说："你娘怎么是棵树？"冬说："小桃树埋地里就活了，我娘埋地里也活了。"

姜苗子突然哭了，她就这样，说哭就哭，说笑就笑："但我娘死了……"姜苗子越哭越伤心，她想起自己娘死的样子哭得更伤心，手中的布娃娃抱得就更紧。姜苗子感觉自己和冬一样，虽然冬是个小叫花子，但小小年纪娘就没了，冬要的是饭，姜苗子要的是让人疼。姜苗子娘的坟离姜苗子不远，坟前光秃秃的，姜苗子哭得抽抽搭搭，许久后姜苗子说：

"冬，你也在我娘坟前栽棵小桃树吧，兴许我娘也能活了。"

“可是秋的小桃树苗都用完了啊，梨树行吗？”

于是姜苗子就又开始哭，哭得越来越厉害。她说她最不喜欢的就是梨树，“梨”就是“离”，割人最疼的就是这个“离”。小桃树是“逃”，能逃到比花子镇好的地方。冬说你别哭了，我上果园外边找找去。

冬于是就拿着镢头从果园里出来往南跑，南边不远处有块空地，长满了荒草。这片空地很大，往里再没有人迹了，因为官兵和土匪经常在这里干仗，有死尸。这里的草也特别茂密，冬来这里捉过蛇，他在一处沟沿上发现过一棵小桃树，当时他还很奇怪，这里竟然长了一棵小桃树。冬拿着镢头跑过来的时候，那棵孤零零的小桃树果然还在，都一人多高了，这么小，移过去就活了。冬举起镢头三下五除二就把那棵小桃树刨了出来，他兴冲冲地跑回了果园。冬在姜苗子娘的坟前刨了一个坑，把小树苗放进去，让姜苗子扶着。冬又把土放进去，小树苗栽好后冬说：“树活了，你娘也就活了。”

22

自从袁大总统上了台起，这琅槐地面就变了，北洋政府连年用兵混乱异常，苛捐杂税多如牛毛，贪官污吏土豪劣绅乘机对老百姓进行压榨和盘剥。天灾频仍，黄河泛滥，一些庄稼汉活不下去，干脆就当了土匪。有些人今天是当兵的，明天就成了土匪，今天是土匪，没几天被招安又成了官兵。军阀混战加上匪患与剿匪战争，老百姓苦不堪言。琅槐地界每天就是刀光剑影枪炮连连……

“哪里有什么小桃树？”大热的天，县警备队的刘兆吉刘队长不停地举着望远镜在花子镇南边那片空地上找着。

这天，琅槐县警备队队长刘兆吉又在花子镇南开始了剿匪，大土匪崔老九就盘踞在这附近。刘队长已经和崔老九这股土匪交手多次，双方是你来我往厮杀个不停，但更多的时候却都是朝天放枪。下边有人没有眼色，一枪打死一个土匪，刘队长就会破口大骂，你把他们都打死了，谁还当土匪？没人当土匪了，咱们不喝西北风吗？

就是没找到那棵小桃树。刘队长越来越气，就问下边崔老九那边人怎么说的？副官把嘴趴在他耳朵上说：“昨天他干儿子李金山说把银元埋到一棵小桃树底下了。让咱们攻过去把银元拿走，再把子弹埋进去，他们再攻过来取走。”

"可是没有小桃树啊!"刘队长把望远镜递给了他的副官。副官望了一圈说的确没有,把望远镜往北转去,那边倒是有许多。

"那是一片果园,到处是桃树,崔老九把银元埋那里就是诚心耍咱们!"刘队长用帽子不停地扇着风,最后气哼哼地说:"娘的,这崔老九是不是觉得自己的队伍越来越大,不把咱们放在眼里了?不行,给他点颜色看看,兄弟们,把本来卖给他们的子弹用枪筒子送给他们!"

官兵又要剿匪了。花子镇里户户大门紧闭,大街上一个人影都没有,小孩子都不敢出声,鸡狗全都不叫了。有谁敢出门碰身晦气?没多久就听到一阵喊杀声,土匪的大队人马冲了过来,紧接着一阵密集的枪响,机关枪也"哒哒哒"响了起来……

在花子镇南边那块空地上,刘兆吉刘队长取得了一场从来没有过的大捷,当崔老九领着一百多号人冲过来进入射程的时候,警备队的枪管子里喷出了火舌,于是那帮土匪成片地倒下,被打死几十号人,据说崔老九负了伤。这样的话,刘队长去县政府领的赏金不一定比他卖子弹少。

警备队临撤离派人到花子镇镇公所里招呼了一声,又让苟振经写了凭证,证明警备队在花子镇"秋毫无犯",另外,让花子镇派人把土匪的尸体就地掩埋。

苟振经去找王老半,让王老半组织人去刨坑埋土匪的尸体,王老半招呼不起来,谁敢给土匪收尸,一个个吓得抱头鼠窜。老半一拍巴掌,幸好咱们有个傻子——冬!

23

冬似乎不会干别的活计,就会刨坑。冬见得死人多了。冬来到那片空地的时候看到死人并没有多少,肯定有些装死的,还有些只是受了伤又跑掉的,还有些家就在附近,被亲人把尸体收走了。冬于是刨起了坑,冬干活实在,他把坑刨得很深,这样把那些死人埋进去,野狗也拖不出来,冬每次把一个人拖进坑里,就冲那个人磕磕头,以前秋在要饭的路上就是这样。冬累得满头大汗,但冬从不喊累,有什么累比他要饭路上的经历更苦呢?来给冬帮忙的几个人都走光后,冬在他刨小桃树的地方刨了最后一个坑,他刨出了一个袋子,抖落泥土里边哗啦哗啦直响,冬说这个袋子不错,蓝莹莹的袋子上绣满了黄色的蝙蝠。这袋子很厚很结实,要饭路上能盛好多东西,冬把袋子放在了一边。费了大半天劲，终于把那些人埋好了，那片空地上又堆起了一片坟头。这时他听到果园里传来了哭声，好像是姜苗子，冬于是扛起镢头，提起那只袋子向果园里跑去。

姜苗子趴在她娘的坟前哭个不停，跟冬说她不想活了，让冬刨个坑把她也埋了。爷爷老干姜今天又去集上卖她了，姜苗子一泡尿又把买主给吓跑了。

“我不活了冬，你把我也埋了吧。”

“你为什么不活了呢?”

“冬，我活够了，想试试死的滋味是不是比活着好。”

这个问题冬又要思考大半天，冬也觉得活着是一件很痛苦的事情，难道死了比活着还痛苦吗？如果不是，那还不如死了呢。冬也很纳闷，冬想不起来活着有什么意思，冬活着的目的仅限于吃。他感觉自己就是为了吃而活着的。

“姜苗子，你说死了还吃饭吗?”冬问。

“死了肯定就不吃饭了。就是吃，肯定也是吃不一样的饭。”姜苗子说。

冬在想，如果不吃饭也就用不着要饭了，人也就不会挨饿了。如果是这样，那还是死了的好。

“姜苗子，那你还是死吧，如果死了好受，你就告诉我，我也死。”姜苗子有点不耐烦地说:“我都死了怎么告诉你啊?”

“哦”，冬想了想说，“你不会走到我梦里吗?”

姜苗子哭了:“梦都是假的，我也梦到果园了，但没梦到一个傻子，我梦到的是个很俊很机灵的小孩，我说什么也不活了，你快刨坑吧!”

于是冬就在姜苗子她娘的坟前刨起了坑。冬一边刨一边思考，刨着刨着冬停下了:“姜苗子，我为啥要刨坑埋你呢？我在要饭的路上看到很多人死了都没人埋。”

“咱俩是好朋友啊冬。”姜苗子说。

“哦。”于是冬又开始刨坑，但刨着刨着冬没觉着姜苗子和自己是好朋友，于是就停下了:“姜苗子，咱们不是好朋友啊，我只给老半刨坑。”

姜苗子说:“你不是让我走到你的梦里吗，能走到你梦里的都是什么人?”

“走到我梦里的只有我娘。”

“那我就是你娘了，快刨坑!”姜苗子吼道。

"哦。"冬于是又开始刨坑，想了想他又停下了，说："可我娘给冬吃奶啊，你又没有。"

"我走到你的梦里就有了，一定让你吃个够，撑死你。"

"哦。"冬又开始刨，刨了一会他又停下了："姜苗子，我想了想还是不行，我把你埋了，你爷爷揍我怎么办？"

"那你就说，姜苗子上那边看日子好过不好过，如果好过把他也接过去。"

"哦，如果那地方好，你把我也接过去吧，还有秋。"

姜苗子说："行啊，我死了找一个好地方，那里有很多很多东西吃，你娘如果在那边，我就告诉你，你也过来。"

"哦。"于是冬又飞快地刨起了坑。坑很快就刨好了。冬说你进去吧姜苗子，姜苗子探头往里看了看说："就这么埋掉我啊？连口棺材也没有，太脏了，你给我在里边铺点花吧。"于是冬就在果园里采起了野花，把一把把野花扔进坑里。铺了厚厚的一层，最后姜苗子跳了进去，躺下了，然后说："冬，你在上边也给我盖一层花吧。"冬说你死得真是太麻烦了。但冬还是在果园里四处乱钻采野花，在姜苗子的身上铺了厚厚的一层。

"冬，我睡在这里，就能天天看到你干活了。"

"哦，每当果园开花的时候，你的坟上就会落厚厚一层花。"

"嗯，就跟下雪似的，可好看了……"躺着的姜苗子看到天特别蓝，云特别白，又看到许多野花落在自己身上，她忽然感觉日子是这样的好，于是哭起来："老干姜是你不让我活的，我到那边告诉俺娘，让俺娘给你抓破脸……"

冬说："我要埋土了姜苗子。"

"埋吧。"姜苗子哭得更厉害了。

于是冬用铁锹往坑里填起了土。姜苗子还在哭，冬突然想起了什么，他提起了身边那只口袋，把口袋的口解开，把里边的东西哗啦哗啦也倒进了坑里。

姜苗子感觉到一些细碎的阳光叮叮当当落在了自己身上，有些还砸得她生疼。她眨了眨眼睛，那些东西闪着金属的光泽不停地落下，堆了她一身，姜苗子抓起一把看了看，眼睛倏地就亮了起来。她从坑里一屁股坐起来，抓起那些金属圆片仔细看了看，又使劲揉了揉眼睛。冬用铁锹铲起土，土又落了下来……

“慢着!”姜苗子冲冬吼了一声。冬怔怔地望着她:“怎么,你不死了吗?”

“不死了,有这么多钱,谁还死!”姜苗子顾不得理会冬,手不停地扒拉那些银元。

“发财了,发财了,钱把姜苗子埋起来了!”

“钱,这是钱?”冬继续怔怔地发愣。

“你真是个傻子,这是钱,你没见过?这是大洋!”

一听说那些铁片一样的东西是钱,冬一下跳进了坑里,把那些银元不停地往自己身前扒拉,一个劲地说:“这是我的,都是我的,谁也不给!”

“怎么能都是你的?你放我坑里的就是我的!”

“不是你的,坑是冬刨的!”

两个傻子在坑里抢起了钱。冬一个劲地还往那只口袋里装。姜苗子急了,“一人一半!”冬不干:“都是我的,有了钱,我和哥哥不用要饭了。”

姜苗子的眼睛转了转:“你可千万别告诉你哥哥你有了钱,那样你一块都落不下,更不要告诉老半,这果园里所有东西都是老半的。”

冬愣了,为啥?

姜苗子说:“你哥哥要是有了钱,他就会娶杏儿当老婆,这些钱就都花光了,你还是去要饭!”于是冬死死地把袋子和钱抱在了胸前。姜苗子眼珠转了转说:“你千万别告诉他。”冬将信将疑,把落在姜苗子脚下的钱又都捡了起来。

“这钱是咱俩的。”姜苗子盯着冬说。

“为啥?”冬把钱抱得更紧了。

“我是你媳妇啊!”姜苗子说。

“你什么时候成我媳妇了,冬自己都吃不饱,要个媳妇干啥?”

“你都让我走到你梦里了,我就是你媳妇了。”姜苗子说。

“你刚才还说你是我娘。”

“我现在不做你娘了,就做你媳妇。”

“你会做棉袄吗?”

姜苗子说我不会。

“你会做棉裤吗?”

姜苗子说我不会。

“你会做鞋子吗?”

姜苗子摇摇头还是说不会。

“那我才不要你做媳妇呢。”

姜苗子说:“我会学的,用剪刀花圈上什么花我都能剪出来。”

冬说:“我不要大花圈,你自己留着吧。”

姜苗子生气了,瞪起眼睛说:“要不我告诉老半,你一点都落不下,而且还会打你一顿。”看到冬在发呆,姜苗子从坑里站起来说:“我现在就去!”冬连忙抱住了姜苗子的腿,哭了:“不要啊姜苗子,我听你的,冬只是不想再要饭了。”

那天花子镇的人看到两个傻子牵着手从果园里走出来,两人一边走一边喊:“我们有钱了!”

“我们是有钱人了!”冬瓮声瓮气地喊了声。

花子镇的人哭笑不得,一个个都说,这两个傻子,每天哪来这么多胡话。

秋每天太累了,他不只给老半种果树,果园里没事,秋就去老半家田里种地。那天秋很晚才回到果园里,做好饭冬吃了后,秋也吃了点在炕上倒下了,一会就响起了鼾声。冬想了好久,决定还是要告诉哥哥,于是把秋晃醒,秋被打扰了好梦,瞪着眼珠子问:“你个傻子干什么?”

冬使劲咽了口唾沫说:“哥,咱有钱了。”秋长舒一口气,劈脸抽了冬一巴掌,然后脑袋一歪,又睡起了觉,许久后咕哝了一声:“净你娘说胡话……”

冬愣住了,他不明白秋为什么说他娘,冬的娘不就是秋的娘吗?于是冬也歪倒在炕上合上了眼,一会就打起了呼噜,还不停地说起了梦话:“哥,咱们有钱了……”秋很烦,踹了他两脚,于是冬的梦话就不说了。

第三章

1

秋和冬留在花子镇已经近三年。财主老半对哥俩还算不错，秋和冬就在果园里修剪捉虫。杏儿没事也来帮忙。果子陆续染上了红晕，掩盖在绿叶之间，就像许多羞答答怯生生的脸儿，就像许多珠儿缀在树影里。姜苗子说："果子是天上的星星落了下来，到晚上就会飞回天上。"一处果园充满了甜美和诱惑，花子镇忽然变得不那么土气与粗陋了，竟然有了一片温柔的东西撩拨那些人心里或身上的伤口。在花子镇历史上从来没有过果园，但两个小叫花子把这一切改变了，这让人们对这哥俩有了好感。

秋越来越壮实了，春天在果园里扛着梯子钻来钻去，小心翼翼地护着那些果子，有时还把许多树枝支起或者绑起来。自从有了果园，杏儿就一个劲地往这边跑。她和秋都长大了，不知为什么，长大了的秋和杏儿却是越来越少说话。现在的杏儿已经确定了童养媳的身份，等二斗长大一点，老半就会让她和二斗成亲。在那年间的琅槐风俗里，好的人家都是小丈夫大媳妇。好人家的男孩不吃奶了家里就会给他娶亲，等男孩彻底长大了，媳妇也就老了，媳妇老了，丈夫还可以再娶"二房"，老婆老死了，还可以再找"填房"。大户人家的公子都是三妻四妾姨太太成群，据说张宗昌张大帅连自己姨太太的名字都记不清。二斗要是和杏儿成了亲，杏儿想跑也跑不掉，她已是有夫之妇。

杏儿感觉自己也是一枚果子，早晚得掉到老半家的篮子里。杏儿想的是，即便自己是一枚果子，那也得自己找篮子。杏儿看四周没人的时候还是向秋打听:“你家是在从这里往东很远的地方吗?”秋说:“是的,那里有许多果树。”杏儿就问:“你还记得回家的路吗?”秋说:“记得。”于是杏儿就问:

“你什么时候逃跑啊?”

秋吓了一跳:“又没有人关咱们,为啥要逃跑?”

秋和冬好不容易找了一个落脚的地方,刚安顿了没几天,可不想再走回家的路。杏儿说:“你走的时候带着我。”秋问:“带着你怎么走?”杏儿说:“要饭走啊!”秋问:“那老半财主让吗?”杏儿看看四周没人说:“咱们偷偷地走!”

秋吓了一跳。扛着梯子又去看其他的果树去了。

杏儿很生气,跟在他身后说:“我不给你和冬做饭吃了。”

秋没理她。

杏儿又说:“我也不给你和冬缝衣服了。”

秋还是不理她。只是扛着梯子四处看他的小果树,杏儿站在下边仰脸望着秋说:“秋,你就是老半喂的一条狗。”秋急了,在梯子上说:“你是二斗他老婆,二斗早晚会吃你的奶。”杏儿气急败坏,哭着说:“我不是二斗的老婆,我就是上吊也不给二斗做老婆!”

“上吊你在这里上就行,这里很多吊死鬼。”

“那你给我根绳。”

秋把一根很细的小绳递到她手里。杏儿在一块小树枝上一边系一边哭着说:“我怎么能给二斗当老婆呢?他每天都尿炕……”

杏儿把自己的脖子伸进小细绳中,看了看秋:“你不领我去要饭我就上吊了秋。”

秋没理她,搬着梯子走远了。

“秋,你个王八蛋,人家都要上吊了你都不管!”没等杏儿把脖子挂在小细绳上,小绳就断了。杏儿蹲在树底下哭起来。

2

秋那天和侯五在街上干了一架,打输了。当着杏儿的面,感觉很没面子。秋领着冬回到果园的茅屋里,躺在炕上浑身疼,不愿意动。冬在一边喊饿,秋没好气地说:“饿死你除了一害,让你个傻子羞死了!”

冬不吭声。

但秋还是起来往锅里添了水,切了几块地瓜扔进去,冬坐在灶膛前往里填着火。开了锅，冬从袋子里挖了点玉米面倒进瓢内，用水搅了搅倒进锅里，地瓜粥一会就做好了。秋盛了一碗端到冬面前说："以后老老实实看果园，别跟那个傻丫头到一块，你要是再到街上去被人打死我可不管……"

秋今天见到了杏儿，杏儿那双失神的大眼老在他眼睛里晃，他已经躲了杏儿好久，杏儿老说那块地是她们家的，秋什么都不说，现在的秋可以给他们家做长工，但他得把一张地契攥好了。

在杏儿眼里，要饭还是件好玩的事情。秋可不这样想。想到这里秋叹了一口气，他想起了一座地狱，那座地狱可能将永远盘踞在他和冬心里。那年腊月里竟然连日暴雨，许多民房在暴雨的浸泡中就坍塌了，多少人在冰冷的雨水里呼喊救命，大雨过后天变得特别冷，遍野里到处是灾民的呼号声，秋不知道这是哪里，爹只是说要去河南转转，半路上听说河南也是饥荒，一家人大冬天冒着雨就往回走。爹和娘把一块破布举在头顶，水从上边哗啦啦淌下来，破布底下秋和冬抖如筛糠，牙齿在不停地上下碰撞，一家人的棉衣不停地滴着水，赤着脚一个踉跄连一个踉跄行走在鲁西南的大地上……

（注：公历一九二七年元月，农历一九二六年腊月鲁西南暴雨成灾。）

那年闹蝗灾，秋一家人就成了要饭的叫花子。这里做点长短工，那里要一段时间饭，转眼一年多过去了，一家还是没去了关东，总在山东境内转转悠悠，觉着还缺不少东西。秋听爹说，那年是民国十六年，秋跟着爹娘在山东就找不到好地界，鲁西先是暴雨连大涝，鲁西北是大旱和蝗灾，胶东"亢旱不雨"。路上逃荒要饭的人成群结队，路毙的灾民比比皆是，讨饭生涯变得愈发艰难，爹本来希望凑点钱买几张渡海去关东的船票，也成了奢望。能填饱肚子的日子屈指可数，土匪遍地多如牛毛。一会是土匪打过来，一会是官兵大军开拔过来"剿匪"，兵有时变成了匪，匪有时也会变成兵。到处枪炮连天，匪兵时常混在逃难的人群中，许多人跟着遭了殃，曝尸荒野的人越来越多，夹杂在要饭队伍里的竟然有许多穿着单衣的伤兵或者散兵，他们的枪不知哪去了，八成是换了东西吃。

那年冬天真冷啊，雪野里到处是灾民扎起的窝铺，几根树杈一支，几捆芦苇或草席子一搭，就成房子了，只是上边堆满了霜雪，这样的房子都能被西北风吹跑了，半夜里一家人睡着睡着忽然就会暴露在寒风里。多少人家白天出去讨饭，黑夜就住在这样的窝铺里。讨来的饭永远是吃不饱的，秋每天都感觉肚子里空空，身上也是凉的。秋那天看到有个老头身上裹满了芦花，他拼了命地扯路边一个死人身上的衣服，那身衣服跟尸体裹在一起早已冻成了石头……

秋感觉，真正的一无所有是乞讨。当那一天开始的时候，他们一家连仅存的半点脸面和尊严都失去了。于是卑贱像藤蔓从心底萌起，继而缠绕整个身心，那是一种密不透风的窒息，人世间竟然有那么多人指望别人施舍残羹剩饭活下去，期盼别人的好脸色就像盼望一个明媚的早晨……

转过年来他们一家没有找到做工的地方，这年大旱。在夏天，一家人转来转去，感觉地下的黄土烫脚，田野里一片浮土飞扬，转遍了大半个山东，基本没遇上过下雨，庄稼地里许多尚存的禾苗也就几寸高。在烈日的炙烤下，到处是正在龟裂的农田，秋似乎都能听到咔嚓咔嚓的断裂声。讨饭路上越来越艰辛，一家人在饥饿的同时还忍受着太阳的炙烤。在青黄不接的日子里，肯施舍的人家拿出的能吃的东西越来越寒碜，他们能讨出来的多是菜团子窝窝，秋看到田野里很多树的皮都没了。他们那天走进一个村子，看到这个村子里很多门口上都糊着白纸。在有气无力的哭声里，不断有黑漆漆的棺材往外抬，那天爹领着他们走进一户院子，院子里的人正守着一块树杈子往下削树皮，一对夫妇围着一棵立着的大树也在削树皮。爹看了看打了声招呼就往外走，但被身后一位女人喊住了，女人端出一块黑乎乎的烙饼，一看就是树皮掺了麦糠烙成的。女人说："不好吃，路上垫巴垫巴，没了树皮，我和他爹领着孩子也要上路了。"

秋听到娘差点哭出来，说："唉，都去要饭了，谁还在家做饭呢？"

灾民都顺着一条铁路走，就是那条胶济线。这条铁路一头连着济南，一头连着青岛。听人说，铁路两头就是全山东最富的地方，都能去了关东。铁路上跑的是火车，那里的街上跑的是汽车。秋那时不知道什么是汽车，他感觉车就是两个轱辘，前边拴着牲口。但火车有很多轱辘，秋和冬看到铁路上跑着大火车感觉特别惊奇。那么长的一节节，像只大蜈蚣在田野间呼呼地跑，呜呜地冒着白烟。秋想，火车头里得有多少头牛拉着才能跑这么快。火车顶上蹲或趴了太多人，有些人会从上边掉下来，掉下来就再也爬不起来。还有些在拦火车，秋看到有些人被卷进了车轱辘底下，车轱辘上就沾满了血污和皮肉……风把车顶那些人的头发和头巾都吹了起来，他们比秋这一家要快得多。但是秋知道，爹和娘领着他们进村子，就是要找饭吃。到处在打仗，许多村子里家家大门紧闭，都不敢开门，或是村子都空了，要不大路上咋那么多逃荒的人呢？

在那年的深秋，爹领着他们选择了胶济线的另一个方向，因为大多数的难民都朝这个方向走。继续往东走回老家去吗？不，听路上的灾民说，东边打仗。秋的爹算了，搞几张火车票去关东，要比走水路搞几张小火轮的船票容易得多。实在搞不到，一路要饭走下去，也能到得了关东。那些人大概跟他们一个想法，这世上，总归有一处地方没有饥饿，总有那么个地方能让人安稳地活下去，有一处能让他们安心做工的地方，或者是能顺顺当当把地种下来的地界，这个地方在哪里？那些逃难的人群和秋的一家都在寻找，逃荒或要饭的路程也是寻找的过程，这一路走下来秋慢慢明白，这地方太遥远了，填饱一张肚皮真是比登天还难的事情，要不道路两侧就不会有那么多尸体，有人把那些尸体拖得离大路远一些，免地吓坏孩子。但他们没有力气再挖个坑把尸体埋掉，一些尸体上开始出现蛆虫，白花花的一片，于是苍蝇一群群飞过来……

秋看到大路前方逃难的队伍排得老长，那些人的背影和他们一样，都是衣衫褴褛弱不禁风，秋就问：“爹，咱这是去哪里？”

“要饭去啊。”

“都去要饭了，谁家还给咱们做饭啊爹？”

“天下总有个地方能让咱吃饭。”

“哪里啊爹？”

“关东。”

3

秋一家跟着难民的队伍一路就到了济南城。秋老远就看到一个帽子似的大圆顶，扣在柱子一样的楼房上，爹说那就是济南火车站。不远处，济南城那圈漆黑的城墙就像锁链，城门楼子无言地高耸在天际。一家四口腹内空空，在济南城内漫无目的地转悠。他们夹杂在难民队伍中，傍晚就来到一处城门楼子下的瓮城中，他们看到了粥厂——一座简易搭起来的席棚。当听说粥厂是免费吃饭的地方时，秋和娘都不相信，冬闻到饭香肚子中一个劲地咕咕叫。只是天色已晚，粥厂的师傅们早已熄火刷洗锅盆，准备打烊歇工。那些人解下围裙的时候忽然发现四周全是饥饿的眼神，一堆衣衫褴褛的难民捧着破碗在瑟瑟发抖。但他们还是用围裙抽打了下身上，疲惫地离开了，失望的灾民们脖颈与手臂都垂了下来，陆续有灾民涌进来，瓮城里就像卖破烂的市场。

在一双双乞怜的眼神中，那个好看的姐姐也准备离开。她留着学生头，穿着黑色的学生裙。看着难民仍在从城外不停地涌进，身形一个比一个凄惨，她抹起了眼角，于是她重新走到露天的锅灶前，单薄的身影吃力地拉起了风箱，于是炉火缓慢地又变红了……

听到风箱声，那些离去的人又陆续回来了，添水的添水，淘米的淘米。烟囱里又升腾起了人间烟火。

几口大锅很快就变得热气腾腾，咕咕地冒着气泡。那些灾民排好队伍，一勺勺米粥就倒入了他们手中的破碗，瓮城内一片急促的喝粥声。

人人都有份，每人两大勺，有了这碗热粥，天也不那么冷了。当冬端着饭碗走过去的时候，那个好看的姐姐爱怜地摸了一下他的大脑壳，把他的破碗盛得满满的，冬不说话，仰起脸一直看着姐姐。

已是深夜，仍陆续有难民走进瓮城，只是炉火烧得愈发通红，丝毫没有熄灭的意思，铁锅后的烟囱里，不时地飘出火花……

每人喝了一碗热粥，这身上忽然就暖和起来。但是住在哪里呢？城门洞子里睡满了难民，想找个下脚的地方都没有。汇波门后大明湖的亭台廊檐下难民比比皆是，秋一家人在海晏门的城门洞子里和难民们挤在一起睡去，一觉醒来天已大亮，济南的大街小巷里到处是难民的身影。这时爹和娘突然听到了胶东口音的乞讨声，那是个穿着更破烂的老叫花子，脚上还穿着草鞋。但爹还是走了过去，两位同乡在异乡相遇，没有激动，却是一脸的凄楚。

内城外圩子墙是一圈不算高大的外城墙。跟着老叫花子来到南圩门外，才看到难民的身影项背相连，一眼都望不到边，在一片垃圾场后的荒野里，到处是灾民的窝铺。爹和秋也在地上刨起了坑，几根木棒或树杈一搭，苇席和茅草蒙在上边，再在里边铺满干草，这就是家了。在好的天气里，窝铺内都能看到夜空里的星星。秋和爹把自家的窝铺搭得很结实，这样就不会被风吹走了。

天亮了，许多灾民像土拨鼠一样从地里钻出来。有的继续进城找工，有的四处讨饭，还有的去了火车站看看有没有运粮的车皮，他们大多是小偷小摸，秋也跟着去了。

爹和娘有时找不到冬。冬肯定又领着一帮小孩去瓮城那里排队去了。

那家粥厂已经撤了，但冬还是经常拿着一个破碗等漂亮姐姐出现。

难民营里多是鲁西南一带的人，所以爹与那位胶东老乡很热络，看到秋一家人时常吃饭没有着落，老乡经常匀出一张粥票给他们。虽然有赈灾的粥厂，但秋的爹尚未证实自己是非赈济不能活的一家人。老乡说，他也是打点了一盒烟卷才领到了领粥证。

那位老乡竟然会编草鞋，北方少有稻草，但有谷草，几把谷草在他的手上编来搓去，就成了一双草鞋。这让秋很纳闷。老叫花子笑着说，这有什么奇怪的，咱们胶东大多是南方来的移民。云南四川，两湖两广的都有，这草鞋他自小就会编，他还答应给秋和秋的爹每人编一双。

爹和老叫花子聊起来的时候才明白，老头本来也是去闯关东，没想到走到这济南城，张宗昌张大帅因为缺军饷，把火车票的价格提高了三成，他原先预计买车票的钱竟然不够了，只能留在济南城。转转悠悠没几天，他那点川资也花光了。一家人没地方住也没的吃，只能沦为叫花子沿街乞讨，这一晃，一家人滞留在济南城已是两年多。

不过老头说，他有一块很大的地，足有几十亩。看看时局好了，不这么乱了，他还回去种他的地。

秋跟爹说，这老叫花子净吹牛，几十亩地，都快成财主了，哪还会出来要饭。

有人说，齐鲁大学那里有救济，爹就领着他们到处找这个地方，找到了，每天天不亮一家人就排队去粥厂领粥，幸运的话，他们每人可以领到两勺粥，还有少许黑乎乎的干粮，但往往眼看排到自己，天却黑了，粥厂的人要下班歇息。一处官家设的粥厂前人头都望不到边，足有上万人，排队领粥的队伍都有好几里，四处涌来的难民就像赶大集，那些人晚上就耗在那里排队，把破被褥都顶在头上。领那么点救济，只是垫巴一下，还是解决不了问题。

爹和娘还是很想去关东，那里真是天堂啊！爹和娘就赶着秋和冬每天在济南的大街小巷里乞讨。唱着讨饭歌，每天能要点吃的就饿不死，要是能要到铜板和纸币，那爹和娘就会喜笑颜开，爹和娘也四处讨饭，娘大白天跪在路边，向着行人不停地磕头作揖，眼前全是城里人的旗袍长衫和大皮鞋。火车票是有点贵，但爹娘算了，他们已经有一张车票钱了，四张车票，兴许哪天碰上位大善人就够了。

但民国十六年那年是大灾，涌进济南城的叫花子和难民太多，他们讨到钱的机会越来越少。就这样，民国十七年来了。

有人说，关东根本就不是天堂，冬天不能去，那边太冷，很多灾民也是冻饿而死，到处也是卖孩子的。爹信，但娘不信，如果关东不是天堂为什么火车站上人山人海，那么多人都奔着那里去呢？

爹和秋在自家窝铺上又搭了好多干草，就这样，风还是不知从哪个角落涌了进来。干草中一家人紧紧地搂在一起，破烂的被褥紧紧裹在身上。秋和冬在垃圾里看到破布条就往回拣，娘就一条条往他们身上缝，他们身上的衣服还不如拖把好看。不知谁的牙齿在咯咯直响，爹说是娘的，娘说是秋的，秋说是冬的……

快过年了。陆续有赈灾的人来到这片垃圾场荒地，带着米面还有烧饼，有穿四个口袋上衣的和穿军装的，还有戴礼帽和穿长衫的，秋见到了大鼻子蓝眼睛的外国人，那是些传教士，一些女学生也来了，看到灾民一个个从地底下钻出来，浑身破破烂烂像开满了花，满脸都是乞怜的神情，都哭了……

要是天天有赈灾的就好了，那天来赈灾的人特别多，秋一家收获也不小。冬不知从哪里捡来许多蜡烛头，晚上，娘在窝铺里把那些蜡烛头点了起来，一家人紧紧地围着，要不外面的风涌进来就吹灭了。娘把小铁锅烧了起来，他们竟然有白馍和火烧，还有年糕和糖三角。娘说，就差饺子了。这时秋听到外面响起了鞭炮，才明白这是过年了。爹说，今天是大年三十，然后就不吭声了。

那圈城墙里绚烂的烟花在夜空里一朵朵地绽开，把城门楼子耀得忽明忽暗。铅灰的天空下雪花忽然就飘了下来，那圈锁链一样的城墙里鞭炮声此起彼伏，在城墙的外面，一堆堆窝铺披满了霜雪，在炸裂声里闪着青幽幽的光。

春天来了。

这个城市要温暖得多，趵突泉边上的玉兰花老早就开了。陆续的，四里山上也变得繁花点点。民国十七年，混世魔王张宗昌要领着他的“太太团”滚蛋了，因为北伐军已经从南面打过来。济南城又涌进了许多饥民，涌进来的还有许多南方口音的士兵，秋很奇怪，那些人有很多脚上也穿着草鞋。

有饥民偷日本人的东西吃了，于是日本人的军队坐着火车也赶到了济南城。

灾民太多。瓮城里，那处粥厂又开了，又盘起了锅灶，搭起了席棚。不过只面向老弱病残和小孩，冬拿着破碗每天都去那里，他又见到那个漂亮姐姐了。

爹说，街上穿灰衣服的那些是北伐军，穿黄皮刺刀下挑着膏药旗的是日本兵，老百姓叫他们鬼子，所以冬觉得，鬼子就是鬼。他们在街上到处拦关设卡，哪里也过不去，一些麻袋被堆在街上，铁丝网后边架着许多枪，有种枪爹说是机关枪，有三条或两条腿支起来。一些难民误打误撞，一声枪响，忽然就躺在地上，血淌出一大片。到处有被麻袋与草席子盖着的尸体。有一天冬又不见了，娘很害怕，到处找，后来又去了那处瓮城中，娘吓得面如死灰。瓮城里的店铺全烧毁了，粥厂的铁锅也被砸烂了，米粥淌了一地。许多人倒在地上，或仰或卧。那个漂亮姐姐身上的衣服不见了，躺在几领破席之间，她的嘴巴里咬着一块皮肉，血淋淋的肠子一团团堆在身边……

冬站在一堆尸体中间一动不动，手中的破碗在微微的颤抖，他紧紧盯着城楼上边，娘抬头一看，失声尖叫，一排血淋淋的脑袋挂在城墙上……

那个老叫花子胶东老乡有一天在窝铺前问爹，有几张火车票了？爹说有两张了。爹问他有几张了，他摇摇头，说准备回去种地。他果真拿出了一张地契，把秋的爹吓了一跳，那是一张贴着官府税花的“红契”，那真是好大一片地，如果不是好地，不值那么多钱。

晚上秋的爹在窝铺里失眠了。他和娘说，老叫花子想用那块地契换咱手中的车票钱，爹怎么算也觉得这笔买卖划算。那老叫花子腿脚不好，咱们行，步行也能到了关东。娘不吭声。爹的身子翻来覆去把干草压得窸窣直响……

老叫花子说，那块地你们可以先种，断然不会这点钱就卖给你们的。我去关东找我们东家，找到了我去那里找你们商量剩下的事情。但不管怎么说，秋的爹帮他们凑齐了三张火车票的钱。

济南城里忽然就响起了连天的枪炮，夜里，枪炮声把那些屋脊耀得忽明忽暗，一处城门楼子在炮火中瞬间就坍塌了，窝铺里的人再也不敢去城墙里边了。

连续几天，枪炮声终于停了。已是春暖花开，两家人告别了睡了好久的窝铺，老叫花子的女人看上去要年轻得多，一个小男孩被她领在身后，他们背着铺盖向火车站走去。一家要北上闯关东，一家要顺着铁路向东，再向北，那里有一大块好地在等着他们耕种，世道再乱，那么大一块地，他们随便种点就够吃的了。他们都在庆幸，两家人似乎都找到了活路……

这济南城忽然到处飘起了许多膏药旗，城门上，楼顶上，商铺的门脸上到处都是，他们走得小心翼翼，一脸懵懂。日本鬼子在楼顶或城楼上高声呼叫，张牙舞爪。一些房屋在炮火中坍塌了，满目是烧焦的痕迹，很多屋脊上都有一个个窟窿，大街小巷里不时传出痛失亲人的哭声。冬感到很可怕，紧紧地依偎在娘的怀里。继续往前走，骇人的场景不断地出现，爹和娘为来到济南城互相埋怨，说这里简直是鬼门关，还不如在乡间转悠呢。

两家几个叫花子往前走，大街上到处是死尸，许多人趴在地上，但脑袋不见了，血在地上喷出去老远，还有一些人被挂在那些垂柳上。有些女人躺在街上，身上的衣服不见了，似乎是有人认为她们肚子里藏了什么东西，要不不会用刀把她们的肚皮划开，任凭肠子流出体外。秋看到一处墙上有许多血手印，顺着墙看向院子，里面横七竖八躺满了死人，发出一阵阵血腥与恶臭。

冬看到被绑着几个人在叫，在喊，但转眼间就被那些穿黄皮的砍去了脑袋。于是他再也没说话，只是死死拉着爹和娘的手不撒，娘不断地捂他的眼睛。他们一路寻找能做工有饭吃的天堂，现在却置身人间地狱，到处是死人和鲜血。在春日煦暖的阳光下，两家人战战兢兢不知所措。

"哒哒哒……"前边忽然一阵枪声响起，秋看到那种机关枪在吐火苗子，还有一排穿黄衣服的手中的枪也在喷着火舌，那领膏药旗在刺刀底下飘来飘去，秋看到一群人就像割下的麦子一片片地倒，既有穿灰衣服的士兵，又有穿着像老百姓的，还有许多是他们这样逃荒的难民。机枪和长枪停止了叫唤，青烟还在从枪管里边往外飘。但不远处，死人已堆成了山，尸山下边一大片血汪出来，又在低洼处汇集成血流，在大路上蜿蜒流淌，像一种在四处寻找出路的爬虫，这些殷红的血流，最后淌到了水沟里边，那里边本来是清清泉水，现在像是染坊里淌出的朱砂，稠得就像打糨被用的浆糊。

快到火车站了，秋忽然听到咿呀哇啦的叫声，一个日本军官的东洋刀冲他们举了起来，几个鬼子向他们冲过来。爹和娘拽着他和冬扭头就跑，老叫花子领着老婆孩子开始往另一个方向跑。紧接着秋听到枪声在他们脑后响起，墙上许多砖头都被打碎了，爹抱起冬拽着娘钻进了一条巷子里，开始没命地跑，秋也甩开了脚板，娘迈着小脚跟在后边。

秋终于明白了什么是逃荒，那就是没命地逃，心里长满了草的"慌"，像没头的苍蝇乱飞乱撞，为的是在头顶找块安全的天，哪怕只有巴掌大小。他们一头扎进的那条青砖巷子异常幽暗狭窄，他们早已没了方向，总觉着这巷子最深处才是安全的地方，生怕离这处人间炼狱不够远。直到身后再也听不到枪声，一家人才气喘吁吁地停了下来。坐在墙根底下，爹和娘都在拍着胸口，感觉终于踏实了一些。

但秋突然感觉脚底下发黏，地上黑漆漆的不知是什么东西，从草鞋底抹了一把，是鲜红的血，秋才明白，原来脚下漆黑的是干涸凝固的血迹。抬头望一眼，娘忽然一声尖叫，在巷子上坡的拐角处，一片鲜血流了出来，再往前看，巷子的深处是看不到尽头的死人堆，那些尸体多数倒在地上，还有的坐在墙根儿，脑袋垂在了胸前。

秋那天感觉爹和娘已经死了，只是仍在立着行走而已。袖子上带着红十字的人抬着担架默默地走来走去，路上许多尸体被蒙了白布，一双双脚露在外边，有许多脚上穿着草鞋，其中一双脚，秋感觉很像是那个老叫花子的。爹忽然明白了什么，脱下脚上的草鞋就扔掉了，让秋赶快脱下来也扔掉。在穿过一条街的时候爹和娘一句话都没有说，这条街被大火烧毁了，他们感觉就像行走在一堆烧炭的窑坑之间。仍有断断续续的明火在若隐若现，一些木炭一样的东西还在灰烬和黢黑的断墙里冒着青烟，当看到这些东西具有人形的时候，秋才明白那些本是鲜活的人。秋已经分不出横躺在街上那些乌黑的东西哪些是房梁房檩，哪些是屈伸着手臂的人，他不敢低头看，只是感觉迈过了一根根烧糊的焦炭……

娘都顾不得去捂冬的眼睛了，她自己都感觉领着的已经是一个死孩子。

爹还是有办法，看着月亮和星星，爹领着他们在巷子里钻来拐去，还是摸出了济南城。爹也不知道哪里是好地界，但爹知道，顺着铁路就能逃离这处地狱，现在他们唯一的去路只有一块地，那块地在一个叫花子镇的地方，就像一缕月光在前方投下温柔的光晕。外边这世道太乱了，还是安安稳稳种地好。他们终于找到了铁路，一家人出了一口气，来了趟济南城，感觉就跟阴曹地府走了一趟差不多。一家人躲在铁路的路基下，这是哪呢？往西看，隐约还能看到那个帽子一样的大圆顶。冬这时已经不说话，任凭爹和娘怎样拍他的脸蛋，他的眼珠总是往上翻，一句话都说不出来。终于逃离了险境，就像从刀刃上跳了下来，娘不住地拍着胸口，这时才想起，一家人已是几天没吃饭。

爹在路基下往外看，月光底下爹看到铁路对面有一块空地，一圈铁丝网扎着，那块空地上似乎是翻起了一堆堆新土，新土上有白花花的东西，在远处，有一片平房，还有许多帐篷。爹把身上的破布兜交给了娘，那里边有一张地契，然后他就摸了出去，爹一会回来了，手里捧着许多碎地瓜，一看就是去年遗留在地里的，不知为什么被人翻了出来。秋和娘就开始嚼，在地里冻了一冬天，这东西早就糠了心，嚼在嘴里就跟棉絮似的。娘也往冬的嘴里填，爹把这堆东西放进秋的怀里，他又摸了回去，秋看到爹钻进了那片铁丝网，开春的季节，秋看到那片地里似乎有土豆苗子长了出来，爹在铁丝网内开始挖，挖来挖去，许多被切成块的地蛋种也被爹挖了出来，爹捧了一捧又回来了，让他们先垫巴点，娘用袄袖子擦那些东西，让秋和冬吃下去，秋吃了，在嘴里麻麻的。爹就又偷偷回去了，在地上继续挖，爹挖着挖着可能挖到一个铁家伙，用石块敲了敲当当直响，没想到就在这时"轰"的一声……

一片火光和烟雾里，爹不见了。紧接着就听到枪声朝这边打过来，娘仨躲在路基下边瑟瑟发抖。一队黄皮的日本兵戴着平底帽子蹿过来，嘴里唔里哇啦说着什么，秋一句也没听懂。娘赶紧拉起秋钻进一片树丛里，娘仨抱着肩膀瑟瑟发抖，惶惶中过了一夜。

天亮了，娘仨站在铁路沿上到处找爹。秋一个劲地喊，就是不见爹的影子，娘痴痴地走了过来，然后摔倒昏了过去。秋和冬看到铁丝网内那片空地上一片片血肉连着爹的破衣裳到处都是，连树上都有，秋在远处的草丛里看到了爹的一条胳膊，冬站在那里一动不动，嘴里不断地说着："肉，肉……"

秋好不容易把娘唤醒，娘和秋都在哭，又不敢哭出声。冬早已是呆头呆脑的一个木偶，连"饿"都不说了。娘仨只能顺着铁路淌着眼泪一直往东跑……跑出去老远，娘踉踉跄跄地被一阵风吹倒了，一头扎在一堆草丛中。秋抱着娘一阵痛哭，冬只是在边上呆呆地站着，还是："肉，肉……"

闯关东没去成，爹反而没了，连尸首都没来得及收，冬也彻底傻了。娘领着哥俩就一路要着饭往东走，垃圾堆里有时也能找到吃的东西，娘都有点疯疯癫癫了，摇摇晃晃地走着，有时哭，有时笑，有时又骂起了爹："你个鳖羔子王八蛋，你把你两个儿子撇给了我一个人，谁给你养啊……"

秋感觉娘的身影越来越单薄，迎着阳光，很多时候好像一身破衣服在风里飘来飘去。但庆幸的是，顺着铁路往东走，逐渐地就没有了战火与枪声。这一路走过来，秋看到大片的田野荒芜了，本来的农田里不是堑壕就是废弃的碉堡，还有大小不一的弹坑。冬还能捡到许多铜炮仗。许多村子都废弃了，满目望去都是烧焦的断壁残垣。他还看到铁路上一批批的难民坐在火车顶上来来往往，沿着铁路还是有许多难民扶老携幼步行着往西走，秋告诉他们，不要往西去，那里是鬼门关。一位难民牵着瘦骨嶙峋的耕牛说："哪里不是鬼门关呢？黄河在利津又决了口子，大冬天的，凌汛在河面上都堆成了冰山，太阳底下像刀堆在一起，大片的房屋农田都被淹了，没逃出来的人大多冻饿而死，河堤上的哀嚎声十几里外都听得到。连牛都没人买了，只有日本人还在收，一头还能卖个一两块钱。”那个灾民没有听秋的建议，牵着他的牛，领着衣衫褴褛的老婆孩子，继续向西去了。

4

这年又是大旱，旱后总是连着蝗灾，秋和冬又看到了蝗虫遮天蔽日的景象，蝗虫过后遍地又是寸草不生。哥俩吃起了蝗虫，但娘不让，娘说，那是神虫。一处田野上刚堆起了许多新坟，一群野狗就从里边把草席子给扒了出来，开始啃食裹在草席子里边的尸体，许多人赶来把野狗们打跑了，却是把尸体大卸八块，装进篮子里挎走了。冬看得痴痴的，秋都想不起他有多久没说话了。顺着铁路，娘四处询问一个叫花子镇的地方，鲜有人听说过。娘领着秋和冬走到张店又向了北，于是他们走进了一片大平原，娘却像是病了。那个成了傻子的冬心里似乎只剩了吃，问他吃饱了没有，他总是只说一句："娘，我饿……"要点饭来娘舍不得吃，全给他吃了，秋有时不让，娘就骂秋。

继续向北走，大平原一望无际。硬着头皮走进一户户院子，讨到东西吃的机会越来越少。走着走着就看到老远有个庄子很大，有一片青砖大瓦房立在一堆堆矮趴趴的土房子里。娘说，那个庄子里有大户，一定能要到好吃的，娘就领着两个孩子往那片庄子走，走一段，娘就在路边靠到树上歇一歇，再走几步就气喘吁吁了，拄着棍儿一个劲在哆嗦，秋蹲在娘的面前，想让娘爬到自己背上来，娘用棍儿把他拨拉到一边，对他吼了一声："走开，娘有的是力气……"但娘往前走了一段还是走不动了，靠在一棵树上再也起不来。秋慌了，他于是背起娘就往那个庄子跑，娘身上哪还有什么东西，只剩了一副骨架子哗啦哗啦响。秋跑了几步，才想起自己还有个弟弟，回头就喊："你快跑啊冬，你个傻子，我和咱娘顾不上你了！"秋背着娘就跑，一边跑一边掉眼泪，这时他听到娘说："秋，你个小王八蛋，你要撇下你弟不管，你到了哪我和你爹都会来找你！"逼得秋只能回过头来，牵着冬的手往前跑。在他的前方，花子镇终于在望。但他们万万没想到，这里却是自己命运的诅咒之地。

花子镇的人对他们的到来投去异样的眼光。在那些人的指引下，他们很快就找到了地契上那块地，一块千疮百孔遍布坟头的乱葬岗，纵横交错着堑壕与工事战垒，还有几座碉堡的残垣断壁依旧伫立在那里。

这就是娘手中地契上的那块价值不菲的好地。无处露宿，娘领着两个孩子就住在那座青砖大坟里，娘一直喋喋不休地骂死去的爹是个二杆子混蛋，这么容易就上了人家的当，被人骗得一干二净，跑了几百里路就是为了给自己找一片坟地。

月光下这片坟地里不时腾起阵阵磷火，一些动物绿幽幽的眼睛在晃来晃去，还有看不清是什么品种的鸟儿伫立在枝头，不时发出一声凄厉的叫声，娘在笑，忽而又哭，继而是一阵阵狂笑……

第二天，娘对着炙热的太阳窝忽然哈哈大笑——老天爷，你个挨千刀的，终于让我们一家知道什么是走投无路了！秋看到娘一口鲜血吐在地上，然后一头扎倒在地。

秋把骨瘦如柴的娘背进了墓室，放在那堆干草上，抹一把眼泪，他抄起棍儿拿起破碗领着冬就向花子镇街里跑去。秋想不管是什么，他得尽快给娘讨到东西吃。但这庄子虽然大，家家却都是叫花子，都是吃了上顿没下顿，哪有多余的口粮给外人呢？一户一户都讨不到，秋都快急哭了，于是他唱起老家人经常传唱的那首讨饭歌。有户人家看到这哥俩太可怜，终于给秋盛了半碗地瓜糊糊，秋和冬跑着回到那片坟地，娘似乎睡着了。秋就用勺子往娘的嘴里抹了些东西，娘没反应，继续睡。娘已好多天没吃东西，她总是说自己不饿，把讨来的东西都让给他和冬吃……

秋一直不相信自己的娘就这么死了，娘似乎是给他留下过一句话的，那就是无论到多难的地步，也不能撇下他的弟弟冬。别的什么都没留下。

想起这些，秋躺在土炕上一直没有睡意，不觉中他已是一片泪眼迷离。这时冬的一条胳膊搭在了自己胸前，秋把那只胳膊又填回了被窝。

杏儿说一块出去讨饭，秋就不爱理她，她哪知道要饭有多苦。秋现在不想离开花子镇，他才吃几天饱饭？

5

秋和冬在花子镇落下了脚，忽然就不用再上路要饭，一日三餐都吃得上，秋对老半从心眼里感激，干起活儿自然是踏实卖力，有活儿抢着干。无论是在果园还是在庄稼地里，秋都拿着当自家的庄稼侍奉，这让老半看在眼里，喜在心里。但这样就显得老半家另外一个长工杨三不那么重要了。有一次，老半在大热天让杨三去玉米地里锄草，结果杨三只给他锄了地的两头，两头的庄稼生长得很旺，但中间的快让草给吃没了，老半把杨三的屁股打得瘸了好几天。

银环和杨三又在街上打了起来，银环经常在街上打杨三，被打的杨三还在觍着脸笑。或者是，光棍子杨三就喜欢在街上被银环打。这似乎是杨三唯一能够近距离接触银环的机会。银环揪着杨三的耳朵从街这头走到那头，甚至像骑牲口一样骑在杨三身上，用树枝抽着杨三的屁股。杨三不生气，还一个劲地乐。银环上学，要过一条小溪，银环都是让杨三把自己背过去，而且还不能湿了自己的衣服，湿了衣服银环就要用树枝抽他。

银环散了学，就在河对面喊杨三，杨三只能蹚水过去，银环就爬到杨三的背上。银环总说杨三就是他们家的一头牲口，杨三听了只是咧着个大嘴直乐。不知为什么，杨三干别的都耍滑，在伺候二姑娘银环这事上，从来不打折扣。

银环长大了就不上私塾了，也不用杨三背她过河了，这让杨三很失落。更让杨三失落的是，银环和杨三不打架了，碰个面连句话都不和杨三说，后来光棍儿杨三知道银环想给乔郎中当二房，这让他更不得劲儿。杨三想过，如果银环姑娘出嫁了，他就该推着自己的老娘去要饭了，如果他出去要饭，银环找他过河找不到怎么办呢？杨三想来想去还是决定熬下去，他在青砖大院不只是为了干活儿有粮食吃，最美好的事情是能天天看到二姑娘。

但这次银环在街上打杨三打得更狠，银环向来性子烈，重要的是银环体格好，没挨过饿，银环用棒槌把瘦骨嶙峋的杨三打得鬼哭狼嚎。杨三挨银环打从来不还手，更不用说金环也上手了，苟大富抱着肩膀在一旁冷冷地看着，如果杨三敢还手，那更是一顿胖揍。最后项西吼也从家里冲了出来，一脑袋就把杨三撞出去老远，磨盘大的屁股在瘦猴子杨三身上一坐就是大半天，这让杨三半天没爬起来。

银环最后把杨三拖到药铺门口，又是一顿拳打脚踢扇耳光。银环往他身上吐了好几口黏痰，不过瘾，又恶狠狠地啐了一口，旁若无人地喊道：

“出来看病疗伤了，钱去青砖大院里取！”最后银环扬起脖子浪笑着走远了。

秋听说，杨三偷看银环洗澡了。夏天里，杨三每天都把那一大木桶水挑得满满的，在太阳底下晒得热热的，晚上银环就在小院里稀里哗啦洗个痛快，有时还叫上杏儿。但那天在月光下，杨三却趴在门缝上往里看，正被杏儿撞见……

银环走后乔郎中费了好大劲才把杨三拖进药铺，乔郎中一边用药酒给杨三擦着身上的伤，一边骂杨三窝囊，让个女人打成这个熊样。杨三笑着说，一点都不疼。乔郎中让秋把杨三扶回家，又跟秋说青砖大院里没好人，凡事留个心眼。

自那次以后，老半不再用杨三当长工了。杨三的老娘年纪太大，无法出去要饭，杨三就没了粮食吃，只能天天在街上晃荡，顺手偷点摸点，有时去人庄稼地里掐点谷穗，掰几个玉米棒子……

秋听到过有人说，是秋和冬把杨三的饭碗给抢了，是秋让花子镇多了一个贼。

杏儿是不是好人呢？秋一直在想，杏儿不应该去告密，那样杨三就不至于成为小偷，所以对杏儿，秋尽量离得远一点。

6

冬从没见过大洋。他对这些东西是不是钱存有疑问，于是那一天在手里抓了一块银元，又把其余的在小桃树下埋好。他拿着那块银元就来到了花子镇的大街上，如果说在花子镇冬最想吃什么的话，那无疑是金环和苟大富的包子。他来到包子铺门前，金环看了他一眼说："不看着果园，你跑出来干吗？"冬说我想吃包子，金环说："你有地瓜吃就知足吧，快回去。"于是冬伸开手掌，手掌里躺着一块银元。金环的眼睛立即变得雪亮，一把抓过来，气哼哼地问冬："你上哪里偷的？"冬说不是偷的。金环立即抄起了擀面杖，冲着冬劈头盖脸就是一顿乱打。

"不是偷的哪来的，从天上掉下来的？快说实话，不说今天打死你……"冬抱起头说："我在果园里刨坑刨出来的。"冬抱着头跑回果园，金环看着手里的银元，慢慢地消气了。

没想到一块银元让自己挨了一顿打，冬想，这钱真不是好东西，还不如全送给姜苗子呢。

清明节到了。这片坟地里飘着一层层红的或粉的雨。姜苗子感觉那是自己的心思在飘来荡去，那些坟头披了一身花瓣儿，忽然就让人感觉不那么阴冷了。地上也铺了软软的一层花瓣，在微风里刮起了好看的漩涡，姜苗子忽然感觉自己的世界改变了。她的脚小心翼翼地踏在那些花瓣上面，生怕把那些娇美柔弱的小身躯碾碎了。看到枝头花朵儿迎风摇曳，姜苗子心头也萌发了许多美好的小心愿。姜苗子想，这个傻子真是一个有本事的傻子，而且现在他那么有钱，有了这些钱和这片好看的果园，姜苗子感觉冬一点都不傻了。这里不再是一片阴森的坟茔。她和冬每天牵着手徜徉在这片果园里，就像走进了姜苗子心底最期盼的那个世界。

每年清明节冬都一阵欢喜，这片坟园里突然出现很多人烧起了纸，扫起了墓，还在坟前摆上了许多祭品，有些祭品就留下了，有些祭品就在纸灰里烧糊了。白馍点心什么都有，冬就在每一个坟头前的纸灰里找，虽然有些已经烧糊了，但冬不嫌弃，啃得满嘴黢黑。姜苗子看着冬哈哈大笑：

"冬，你是不是除了屎什么都吃啊？"

"冬也吃过屎啊姜苗子。"

姜苗子突然不吭声了，傻子冬忽然让姜苗子有点心疼。在她眼里，以前的冬就像一条遍体鳞伤的黑狗。现在的冬已经不是傻子冬了，是一个老半那样的财主，是一个能把她带到天堂里的家伙，姜苗子一下子就看到了希望，看到了大把好看的日子，甚至有了冬这个傻子，她将再也不会站到那堵红墙底下。于是姜苗子就说："冬，你现在是有钱人了，不要吃乱七八糟的东西了，你怎么不去买包子吃？"

"你太坏了姜苗子，去买包子又挨一顿打。"

"冬，你准备怎样花那些钱啊？"

"不知道啊姜苗子，我想买一屋子的窝窝头存起来，但又怕买窝窝头还会有人打我。"

"你真是个傻子，窝窝头会坏的，存不住，你不如去买小米，小米能买媳妇，你再买座宅子，有了宅子，咱俩就能开纸草店卖纸人纸马了。"

"我才不开纸草店，我要买块地，有了地，冬就能种很多粮食，那样冬就不饿了。"

"那你还得买头牛，没有牛你耕不了地。"

"我还得买头驴拉车，再买几只羊，再买犁，买种子……"

姜苗子生气了，直愣愣地盯着冬："你太没良心了冬，你买这么多东西，哪里还有钱买媳妇？"

"为什么要买媳妇啊，媳妇要吃很多窝窝头的。"

"媳妇总有媳妇的好，要不为啥别人都娶媳妇呢？有人还买媳妇，冬，你有了钱就能买媳妇了，你最好买个女傻子做媳妇。"

"冬才不买女傻子做媳妇，冬要买就买会做棉裤棉袄和鞋子的，那样冬就不冷了。"

姜苗子直翻白眼："冬，你真没良心，你不买傻子做媳妇，那谁还买傻子做媳妇呢？那傻子就会被卖掉，去给老头老光棍做媳妇，那傻子多伤心啊……"

冬不吭声了，冬想想被卖掉的姜苗子，还真是可怜。姜苗子也不吭声，姜苗子还在惦记冬的钱，但她发现，冬不傻，起码不比她傻。无论是醒着还是在梦里，姜苗子一直在想一个地方，那个地方不缺吃的，也不会有人买孩子，在那个地方，傻子都是无忧无虑的，天天手拉着手，在阳光底下尽情地玩。

"冬，如果你不缺吃的了，你会想什么？"

冬的黑眼球又不见了，他在使劲思考这个问题。

"冬会种粮食，有了粮食蒸窝头、蒸白馍、蒸包子，冬想吃多少就吃多少……"

"你怎么还是惦记吃！"姜苗子狠狠踢了冬一脚，"你还有没有别的？"

冬说："有，睡！"

"你真是个傻子，你和猪一样，除了吃就是睡！"

"冬还想着喝水，光要饭不要水是不行的，爹有时候把碗拴了去井里打水，打上来的水有蛆，我和秋喝了，拉了好多天肚子，差点就死在路上。"冬说。

"说得太吓人了，那睡呢？"

"天太冷了就睡不着了，娘也睡不着，那一次在人家的祠堂里，爹和娘刚把被窝铺好就让人给赶了出来，就在人家的屋檐下裹着被子睡，天亮了，被子上的霜可厚了，爹和娘的眉毛上都结霜了，还有秋。"

"那你的眉毛上呢？"

"我的眉毛上没有，娘搂着我呢。"

"那你们为啥不去大门底下？"

"有狗，狗光叫。"

"有娘真好啊冬，可以搂着你睡。"

于是冬哭了："姜苗子，现在没有人搂着冬睡了，俺娘已经变成小桃树了。"

姜苗子就一个劲地拍着冬的肩膀，劝着冬："再哭你就更傻了，别哭了，睡觉没有娘搂着你了，以后俺搂着你。"

"冬才不用你搂着呢，你们家是挣死人钱的，驴让你搂着都能变成死驴。”

冬不理姜苗子了，他在坟园里的果树底下捡到好点的白馍点心就摆到那棵桃树底下，又在坟地里找到许多乱飘的烧纸，一张张摞起来。冬想了想感觉少了点什么，就从纸堆里找了根烧糊的树枝，在烧纸上画，冬画了一个圆圈，又在里边点了许多小点，姜苗子看了一头雾水，问冬画的什么，冬说是烧饼。姜苗子问那些黑点是啥，冬说芝麻，他要烧给娘吃。姜苗子笑得快要岔气了，她还以为冬画了个太阳。姜苗子就接过冬的炭条，在纸上画，画了个船一样的东西。冬问姜苗子画的是什么，姜苗子说，元宝啊！冬说他娘不稀罕元宝，让姜苗子光给他娘画吃的……

姜苗子不理冬了，站起来拍拍屁股上的土跑了。

一会儿姜苗子腆着胸脯抱了一大堆东西过来，有纸人纸马，还有一棵摇钱树。她把这些东西摆在小桃树下，冬看了大半天，不明白姜苗子这是要干什么。姜苗子说：“这是摇钱树，给你娘烧了你娘就不缺钱花了。”冬问：“这个男人呢？”姜苗子看了看那个纸糊的马车夫说：“把这个男人烧了，你娘就不缺男人了！”

冬的眼睛眨巴了大半天说：“俺娘不要男人，俺娘稀罕冬，你给俺娘弄个冬烧给她吧。”

于是姜苗子就在纸上画，画了一个人长着两条胳膊伸着两条腿，脑袋上还顶着几根毛，画完了感觉不像，又在小人两腿间画了个棍子一样的东西，推给冬说：“这就是你了。”

冬歪着脑袋看了看将信将疑地说：“冬是这个模样吗？”

虽然没有窝窝头，冬那天还是把这些东西在小桃树底下点着了，对着乱卷的火苗子磕起了头，然后就说：

大爷大娘行行好，
让俺娘在路上吃个饱，
大爷大娘行行好，
让你家的狗儿别再咬，
……

冬磕了头，姜苗子跟着也磕了头。在清明节，姜苗子给了冬很多礼物，让冬烧给了他娘，冬就说：“姜苗子你真是个好人。”姜苗子说：“你不要客气，你娘就是我娘，我是你媳妇。”冬说：“你什么时候成我媳妇了？”姜苗子说：

"我刚才磕头了呀，我还看见了你娘。"

"你看见了我娘？"冬将信将疑，"我娘跟你说啥了？"

"你娘说姜苗子真是个好媳妇，冬的钱就是你的钱，你随便花……"

7

那天姜苗子就和冬说："咱们上街去玩吧冬，你别老想着要饭，玩玩你就不傻了。"

冬说："老半和秋不让，我在看果园。"

姜苗子说："现在又没有果子，你看什么果园？"

冬的眼睛直勾勾地盯着果园说："我不敢，他们会打我。"

但姜苗子还是拽着冬的手走上了花子镇的大街。看着两人拉着手，街上的人都笑，有些小姑娘对姜苗子说："姜苗子你不害臊！"姜苗子就问："我为什么要害臊啊？"

又有人逗姜苗子："今天吃浆糊了吗姜苗子？"

姜苗子还是一个大白眼："你们家吃不起浆糊。"

还有人调侃冬："冬，你的红头绳还在吗？哈哈哈……"

冬走进了花子镇，他现在是花子镇的一员了。一个在要饭路上长大的孩子有了落脚的地方，而且有了朋友，虽然多数是些比他小很多的小孩，但还有姜苗子这个比自己聪明的家伙。吃对冬太重要了，只有解决了吃，冬才有思考的机会，如果冬没有一直饿肚子，没有受到惊吓的话，那冬可能是一个像秋那样聪明的家伙，但冬已经习惯了做一个傻子，这跟花子镇的人习惯了冬是一个傻子一样，在冬简单的思维里，最可怕的已经不是狗，而是人。但花子镇的这些人好像不一样，他们对冬是那样友好，他们看到冬，都会对冬堆着笑脸，一对小叫花子把那片坟地变成了那么好看的果园，镇子上的人都喜欢上了这个小傻子。看到冬和姜苗子牵着手从果园里出来，就会问冬："冬，饿不饿？"

如果冬说饿，有人转身就会回去拿吃的。金环那天拿给冬一个白馍，冬嘴里吃着还不忘说："大爷行行好……"

金环很生气："冬，我是女的！"

冬于是就说："大娘行行好……"

人家更生气了："冬，你别乱叫好不好，你应该叫我姐姐！"

对于冬来说，人多的地方太复杂了，冬做什么都是错的。于是冬感觉自己越来越傻。

那天冬在街上碰上侯五，侯五看了冬也直乐，就问冬："你饿不饿冬？"

冬问："我该叫你啥？"

侯五的眼珠转了转说："你和秋都应该叫我爷爷。"

冬就说："爷爷行行好，给口吃的……"

侯五就指着杨三说："冬，你别跟我要吃的，你跟那个人要，他是你儿子，你叫他一声儿子，他就给你吃的。"

冬于是就走到杨三跟前，叫了声："儿子行行好，给我一口吃的。"

于是气急败坏的杨三就揪起了冬的耳朵："冬，我是你爹，侯五是你孙子你知道不？"

越来越糊涂的冬跟着姜苗子走到了苟大富面前。老半的女婿苟大富正扯起喉咙喊："卖包子喽，刚出锅的热包子！"冬看着刚出锅热气腾腾的包子，就站在笼屉面前一个劲地吃手指，哈喇子拖得老长。苟大富看到冬就笑了："冬出来了？"

"孙子行行好……"

苟大富气坏了："你个该死的冬，想吃包子你就得学三八叫！"

姜苗子说："你先给包子吃，冬再学。"

苟大富就给了冬一个包子，冬三口两口吃没了。苟大富说："你快学王八叫！"

冬就："咕咕咕……"

苟大富说："这不对，你再学。"

冬就："呱呱呱……"

苟大富说："王八不这样叫。"

冬就问："那王八怎么叫啊？"

苟大富喉咙刚要动，又憋回去了。生气地用铲子指指冬："我也不知道，你去问问侯五王八怎么叫。"

冬就去问侯五王八怎么叫，侯五想了想，趴在冬耳朵上说："冬，王八是这样叫的……"

冬一会回到包子铺前，苟大富正在扯着喉咙卖包子。冬说我知道王八怎么叫了。苟大富说："那就快学着叫。"

冬就扯起了喉咙："卖包子喽，刚出锅的热包子！"

于是冬的屁股上就挨了两脚，冬哭了。冬委屈地哭着，跟姜苗子说："姜苗子，我太傻了。"姜苗子抹了抹冬眼角的眼泪说："冬不傻，是那些人太坏了。"

姜苗子领着冬走进了自家的纸草店，冬看到许多纸人纸马立在那里，冬摸摸这个纸人的手，又摸摸那个，街上的人说冬像姜苗子家的纸人，冬没看到一个和自己像的。这些纸人表情怪怪的，而且衣服太新鲜了。不像冬的，冬的衣服上到处是破洞，还露着棉花。再就是这些纸人个头有点小，不如冬高大。老干姜看到冬叹了口气说："又来了个傻子。"冬看到老干姜在案板前坐着。一张金箔纸叠上几叠，一个金元宝就托在手里了，一张银箔纸再叠上几叠，一个银元宝就托在手里了。老干姜把元宝顺手扔进边上的筐里，筐里一堆金元宝银元宝。冬问："你会叠窝窝头吗？"

"死人不吃窝窝头。"老干姜白了他一眼说。

"俺娘一定会吃窝窝头的。"

老干姜没理他。解下围裙抱了柴禾去灶台做饭，又踢了姜苗子一脚："不干活到处乱跑。"姜苗子"哎呦"一声也在案板前坐了下来，她也会叠元宝，一会也一个。冬又问："你会叠窝头吗？"

姜苗子找了一片纸，叠来叠去就叠不出窝头的模样。冬很失望。

冬在纸草店看到一个纸人，这个纸人的眼睛倒是很像冬他娘。那是一个老太婆，老太婆穿得很阔气，身上的衣服是金纸银纸做的。姜苗子不让冬碰这个纸人，说那是一个诰命夫人，给一个大户人家扎的，很贵。冬看到诰命夫人头上顶了一顶好看的帽子，帽子上有许多闪亮的珠珠，冬感觉很稀奇，就碰了一下，没想到纸人一晃荡，冬赶快用手去扶，没想到诰命夫人那顶好看的帽子"哗啦"就掉了下来，许多好看的珠珠也掉了。冬吓坏了，姜苗子赶紧把帽子捡起来往纸人的脑袋上扣，这下纸人的脑袋也掉了下来，姜苗子拿着那顶帽子看来看去，干脆顶在自己头上。冬笑了。姜苗子问冬："好看吗？"

冬说："好看，像个新媳妇。"

老干姜进来了，一看姜苗子头上顶着那顶帽子，眼睛瞪了起来，胡子也立了起来。他一把夺过帽子，揪起了姜苗子的耳朵。姜苗子着急地喊：

——冬，你还不快跑！

梨花落了，桃花也落了，苹果花、杏花都落了。一片片绿像腾起的浪把坟地上这片果园填充得汹涌澎湃，浓荫下那一堆堆坟头掩映在了幽深的暗影里。一些毛绒绒的果子缀上了枝头，风吹过来，颤巍巍地摇。秋在果园里穿来穿去，这棵该施肥了，那棵该浇水了……

果子还都泛着青，连杏都没变黄。一些孩子就围在果园前不愿意走了。冬拿了小板凳坐在那里，看到有谁走进果园，冬就说："这是老半家的，他说谁摘他的果子就打烂他的屁股。"

一场风雨，陆续有果子落在了地上。冬把一个个果子收起来，老半说："你把这些果子送给那些小叫花吧！"冬很兴奋，老半看到冬抱着一大堆落地的果子满大街追小孩也乐了。那些小孩围着个子高高的冬踮着脚，冬把一个个不太烂的果子递到他们手上，冬这个傻子又成了他们的核心。在饥荒的日子里，对于那些孩子来说，果子太好吃了。

8

又闹蚂蚱了。地里的禾苗被啃得精光，到处是蚂蚱留下的屎。这玩意太厉害，门框都能被他们啃去半拉，屋顶的麦秸都被他们啃去厚厚的一层，望着被剥了一层皮的田野，许多人哭着回家了，回到家就收拾东西准备上路，冬拿着落地的果子每天站在果园边，看到有的小孩跟着大人出去要饭，就把果子塞给他们，看到有的小孩跟大人要饭回来，也捧着果子送给他们，花子镇的人越来越喜欢这个傻子，都爱跟冬开玩笑。在那些小孩眼中，冬一下子成了最富有的，因为他的头顶到处是果子，但是叫冬的这个家伙又是死脑筋，那么多果子，在饥荒岁月里粘了那么多馋涎，这个傻子怎么就不多分一点呢？

那些孩子就说："冬，你出来我们和你玩吧！"

冬说："我不敢啊，老半让我看果园。"

有个小孩就问："冬，那些果子好吃吗？"

冬说："不知道，老半不让吃，老半说我就是吃果子吃傻的。"

那些孩子“哧哧”地笑。

冬听到一阵喧闹，看到一群孩子簇拥着姜苗子走了过来，姜苗子的头上顶着那顶好看的纸帽子，那群孩子围着姜苗子一边走一边喊：“新媳妇来了！”

“姜苗子要出嫁了。”

“姜苗子要做新媳妇了。”

果园前那群小孩一哄而上把冬和姜苗子围在了中间。一个仰起脸说，姜苗子，你今天就成亲吧。姜苗子说，和谁成亲啊？那群孩子指着冬说，和冬成亲啊。姜苗子说，为什么要成亲啊？

铁匠铺的巧妮说：“你和冬成了亲就没人笑话你们手拉着手了。”

“那不行，他是个傻子，我怎么能真的嫁给一个傻子呢？”姜苗子噘起了嘴。

老扁的孙女小芸说：“你也是个傻子啊姜苗子，傻子嫁给傻子，是天生的一对，你要嫁晚了，冬就娶别的女傻子了。”

“我不是傻子！我怎么会给冬做媳妇呢？”姜苗子很生气。

巧妮说：“冬如果娶了别的女傻子，就会给别人要饭吃了，姜苗子，你一定要给冬做媳妇。”

“对啊！”姜苗子想了想又在嘟囔，“冬要娶了别的女傻子，人家就会把他的钱全骗走。”

姜苗子想，冬现在是有钱人，不能让他娶别的傻子，冬的钱就是她的钱，于是姜苗子拿定了主意：“我就给他做一次媳妇，就做一天。”

有两个小孩把冬推过来说：“冬，我们玩娶媳妇吧。”

冬说：“我不玩，有人会偷果子。”

小细柳就开始拉蹲在地上的冬：“咱玩娶媳妇吧冬，可好玩了。”

冬说：“我只会要饭，咱们玩要饭吧。”

小细柳说：“冬，你和姜苗子成了亲她们家纸草店就是你的了，你再也不会去要饭了。”

“真的吗？”冬将信将疑。那群小孩把姜苗子推了过来，跟冬说：“你看姜苗子多好看呀！”

冬还是不干，他说：“姜苗子会骗我的钱。”姜苗子说：“你胡说，我今天真的给你做媳妇，你娘的窝头我都做好了。”姜苗子伸开手掌，几片金色在冬的眼睛里一闪，几个用金铂纸叠就的小窝头在闪闪发亮。冬伸手就去抓，姜苗子又攥了起来:“你今天娶了我,就不能娶别人做媳妇了。”

于是冬陷入了沉思。

姜苗子说:“先做一天试试吧。”

冬说:“好吧。”

小细柳说:“怎么玩娶媳妇啊,没有轿子啊。”

另一个小孩说:“咱又不是玩真的,咱把冬和姜苗子转晕了就行了。”

姜苗子头上有好看的帽子,冬头上啥也没有。一个小孩从地上采了两朵野花别在冬的两只耳朵间:“冬已经成新郎官了!”

小细柳说:“冬,你愿意给姜苗子要一辈子饭吃吗?”

冬说:“一辈子,她那么能吃,得吃多少窝头啊?”

小细柳又问:“姜苗子,你愿意给冬生个小孩吗?”

姜苗子就指着自己的布娃娃说:“我已经有小孩了呀。”

于是小孩们就捂着嘴偷笑。

然后几个小孩就把姜苗子和冬的胳膊搭在了一起:“这就是轿子了,你们俩闭上眼睛,我们说睁开你们再睁开。”

冬闭上了眼睛又睁开了:“我闭上眼睛,有人偷果子我就看不见了。”

然后那群抹鼻涕的小孩就围着姜苗子和冬转了起来,高高的姜苗子和高高的冬在中间就像两棵小树,那群小孩蹦蹦跳跳的转,一边蹦跳着还一齐唱:

小叫花,娶媳妇,
没有盖,没有铺,
身上穿着破衣服,
每天还得饿肚肚。
小叫花,娶媳妇,
两人一床花被褥,
摆大席,杀大猪,
还有油炸热豆腐。

“你们俩晕了没有啊,我们都快晕了!”那群小孩问姜苗子和冬。冬说:“没有。”那群小孩就气喘吁吁地停下了。一个小孩说:“姜苗子,花轿坐完了,该让冬背着你入洞房了。”姜苗子说:“哪有洞房啊?”有个孩子指着果园深处说:“里边那个黑影就是洞房了。”

于是他们就让冬蹲下，让姜苗子爬到冬的背上，有个小孩拍了一下冬：“使劲往里跑啊冬，别回头，一回头就不算数了，还得重来。”

于是冬背起姜苗子就跑，那群孩子一个劲地在后边喊：“快跑啊冬，跑慢了姜苗子就是别人的媳妇了……”

看着冬背着姜苗子跑得没了影，那群孩子呼啦一下全上树摘果子去了。

冬背着姜苗子在果园里一阵风似的跑，就像在讨饭的路上一下子捡了许多烧饼，那些烧饼都摞在他的背上，他笑了，冬从来没有这么开心过。姜苗子在冬的背上乐得咯咯笑个不停，一个劲地说：“快跑啊冬，跑慢了姜苗子就是别人的了。”

一个果树枝把姜苗子的帽子弄掉了。姜苗子一头秀发飘了起来，她不停地用手拨拉着头顶的树枝，笑声就像马车上的铃铛响起一串串，她似乎从来没遇到过这样明媚的日子，从她身边掠过的似乎不是一座座坟茔，而是一座座粮仓，那坠弯枝头的，似乎也不再是沉甸甸的果子，而是散发着诱人色泽的金银财宝，姜苗子感觉今天是自己最开心的日子，她和冬面对着满地的银元，都懒得弯腰去捡。在她们的前方，果树上结满了丰硕的果子，姜苗子觉得自己终于走进了幻想中的世界，没有饥饿，没有凄冷，在姜苗子的心底，终于萌发出了一种柔软的东西，怕人听不见，姜苗子伏在冬的背上大笑着说道：

“姜苗子是冬的媳妇了，姜苗子嫁给有钱人了！”

冬背着姜苗子在果园里转了一圈气喘吁吁地回到原地，发现满地的落叶与果子，好像明白了怎么回事，于是俩人都一屁股坐在地上。

冬把姜苗子那几个小窝头摆在那棵桃树底下，冲着桃树磕起了头。心中念念有词还是那几句：

大爷大娘行行好，
让俺娘在路上吃个饱，
大爷大娘行行好，
让你家的狗儿别再咬，
……

冬又在桃树底下念叨说：“娘，冬给你送窝头来了，冬都舍不得吃……”

姜苗子在一旁说：“那是我的小窝头。”

冬说：“你的小窝头我烧给我娘吃了。”

姜苗子说：“咱俩今天结婚了，所以你的就是我的，你娘就是我娘，那些钱呢，你拿出来咱分了吧。”

冬说：“为啥啊，你只给我当一天媳妇……”

姜苗子想了想说：“想让我给你当媳妇，你光有钱不行，还得有两斗小米，你先给我钱，我去给你买小米好不好？”

9

县上的黑皮警察又来花子镇抓了不少人去，其中就有铁匠铺的牛成，罪名是牛成为暴民打造铁枪头，意图谋反。镇公所的苟振经说了，交钱能赎回来，有七八十块银元也就够了，要是交不上，三天之内，必然在集上砍头，以“通匪”论处。但现在这兵荒马乱的年景谁家能拿得出七八十块银元呢？牛成的儿子哭爹喊娘到处借钱。把铁匠铺能变卖的东西全卖了，仍然凑不出多少银元。

巧妮儿抹着眼泪哭着站到了那块红墙底下，在自己的头发上插了个草标。在那里越哭越伤心，姜苗子领着一帮小孩在边上一个劲地劝她：“回去吧巧妮儿，今天又不是大集。”

“我爹要被砍头了，我有什么办法啊，你们回去跟大人说说，赶快找买主把我买了，我给他们家做牛做马都行啊！”

小细柳拽着巧妮的手说：“回家吧巧妮儿，我让我娘跳花鼓舞给你凑钱，也让我爹给你去凑。”

“没用的。”巧妮还是在哭，“我哥哥已经找过他们了，你们家根本没钱……”

姜苗子抱着她的布娃娃说：“巧妮儿，你给冬做媳妇吧，他有钱。”

“姜苗子你真坏，冬有什么钱呢？我才不给他做媳妇呢，他是个傻子。”

没办法，小孩子们陆续散去了。只有巧妮儿独自站在红墙下边抹着眼泪，希望有人前来问津，或者是想办法把自己的爹从县上的监狱里捞出来。

“卖孩子了！有买孩子的吗？巧妮儿自己卖自己了……”巧妮的哭声就像只受了伤的小猫在不停地啜泣。

小细柳来找冬了，她问冬：“我好不好看？”冬点点头。小细柳说：“我卖给你当媳妇要不要？”冬说：“你还这么小，怎么能当媳妇呢？”小细柳噘起了嘴：“哼，我会长大的呀！我长大了比姜苗子好看得多，泥蛋和二虎子想让我给他们当媳妇，我都没答应。你不要可别后悔……”

冬在发呆，他不明白为什么这么多丫头争着要给他做媳妇。

冬想了大半天，实在想不起自己要个媳妇有什么用。再说小细柳骗吃骗喝已经把自己许配给许多光腚小孩了。冬就跟小细柳说："冬要找个能种果树的当媳妇，你太小了，你要钱干什么呢？"

小细柳哭了："巧妮的爹要被砍头了，巧妮想把自己卖掉给人当媳妇，她不好看，没人要……"

冬听了马上拉起小细柳找巧妮去了。

没几天，铁匠被赎回来了。但其余的人没有被领回来，皮小七说他和上级组织正在想办法。先是张宗昌，后是孙殿英，这帮人都被赶出了山东。现在是韩复榘手下的一个旅长暂驻琅槐地面。这个人经常以剿匪为名，随便绑人，有钱匪变好人，没钱好人变匪。就是老半这种财主，他们也是随便绑，然后逼着他们把家底掏空，拿钱赎人，所以那段时间老半也不敢出门，青砖大院天天大门紧闭。而皮小七和红枪会劫张宗昌官粮这档子事，也成了一笔糊涂账。

忽然间，有许多人去玉秀和皮小七的门口借起钱来。尤其是那些没钱赎人的人家，更是赖在玉秀家门口不走。有人说，牛成的赎金是小细柳给的。这说明皮小七和玉秀在外面赚了不少钱，皮小七和玉秀只救了牛成，而不救他们，那他们两口子就不是好人，是另有图谋的。花子镇的人都认为玉秀是远近闻名的"花鼓皇后"，在外闯荡这么多年，家底肯定殷实。玉秀有苦难言，这"跑江湖"卖说唱如果那样风光，那些江湖艺人怎会是一番流落街头的凄凉景象。

皮小七和玉秀还是让那些人失望了。于是有人就说，皮小七天天讲一些大道理，却见死不救。还有人说，皮小七根本就没参加什么革命，他压根就是一个"江洋大盗"。有人去孙来旺那里告皮小七的状，孙来旺没吭声。

这阵生意又太少，老干姜每天都打发姜苗子去果园看有没有新坟。新坟倒是有，但都是穷人家里的，既买不起棺材，也扎不起纸人纸马。老干姜急得直转圈，他的粮食瓮子又见底了。这时他看到了姜苗子，叹了口气说："苗子，别怪爷狠心，这样咱爷俩早晚饿死。"

大集上，姜苗子刚撒完一泡尿，又来了一个买主。这次老干姜终于和人谈成了，一斗半小米，她被卖给了五里地外董家铺子的董老歪家，那老头不笑不要紧，一笑嘴巴都快歪到耳朵根了。他要把姜苗子买了，给自己有麻风病的儿子做老婆。姜苗子知道大事不好，她看到了小细柳，一个劲地跟小细柳说："让冬救我！"

第二天，姜苗子和冬又牵着手走在了大街上，花子镇的人哭笑不得，老干姜吓了一跳，他白赚了一斗半小米。他得想办法尽快把姜苗子再卖出去。

冬那天坐在果园里刚要歇息片刻，黑豆蹿来了，小细柳也跑过来了。冬知道姜苗子要被人买走了，倒有点高兴，终于少了一个惦记他钱的人，想到这里冬嘿嘿嘿地笑出声来。冬傻傻地想，等小细柳长大了，就可以给他做老婆了，姜苗子就没用了。但小细柳却哭了，她说没了姜苗子姐姐，花子镇就不好玩了。这时黑豆也上来叼着冬的裤脚一个劲地拽。冬想了想，花子镇没了姜苗子还真不好玩了，于是冬想要不要把姜苗子再买回来。

冬和小细柳从果园里出来的时候，黑豆在前边跑，他俩就在后边跟，黑豆不停地回头看，那意思让他们快点跑。顶着日头走了大半天，冬和小细柳还有黑豆终于来到一个村子。那个村子里许多人在笑，都围在一处院子前看热闹。

两天的空，姜苗子把那户人家弄得到处是屎尿，不是拉在人家的碗里，就是尿在人家的锅里。还动不动就打摆子翻白眼，说自己是仙姑下凡。看到她的未来公公，一把就把老头的裤腰带扯了下来，缠在额头上一个劲地吆喝："死人了死人了，快去花子镇买纸人纸马！"

那户人家长麻风病的儿子面黄肌瘦，就跟个蜡人似的。他看到姜苗子哭了："爹，你买这么个媳妇给我，我活不过三天。"

他的娘拿着笤帚疙瘩追着老头转着圈地打："人家几个铜板就能买一个闺女，近两斗小米，你买回来一个傻子！"

等看热闹的人都散去，董老歪抱着头就在院子里哭了起来，他感觉真是折了老本。当他抬起头来的时候，看到一个小子站在他面前傻兮兮地笑，边上还有一个小丫头，董老歪就问冬："你笑啥？"

"我们想买那个傻子。"小细柳亮开手掌，手掌里几枚闪亮的银元。

董老歪拿起银元挨个在牙齿上碰了碰，又在耳朵根上听了听，大叫一声站了起来，就把姜苗子和冬推出了门外，把小细柳抱起也扔了出来，又把大门关得死死的。小细柳看到姜苗子，咯咯地笑了。

10

老干姜知道，这个疯疯癫癫的傻丫头是个祸根。给她找个下家，自己也就把纸草店一关上路要饭去了。坏名传千里，这丫头不及早处置，就会砸在他手里，分文不值。上次卖掉姜苗子，结果这丫头竟跑了回来，买主也未曾寻来，这让老干姜很是诧异。

好在老干姜又把姜苗子卖出去了。那天高家店那个老光棍正在跟老干姜砍价，忽然看见姜苗子当街撒了一泡尿，于是他扭头就走。老干姜一把拽住了。老光棍说，这孩子是个傻子。老干姜说不傻我早找户好人家了，哪轮得到你？老光棍说太贵买不起。老干姜说给你便宜点。

最终，老光棍给老干姜扛来半袋子玉米，然后就把姜苗子捆在小推车上推走了。

老光棍觉着捡了个大便宜，推着姜苗子在路上就哼起了小曲儿。但他一边走，就感觉后边有个傻小子在跟着他，还有一条黑狗。老光棍有点发毛，推着小推车就跑了起来，那个傻小子赤着脚在路上也跑了起来。那条黑狗更是一口气蹿起来，在他屁股上来了一口，于是他裤子上裂开一个大窟窿，鲜血也流了下来，老光棍和黑豆扭打在一起。

冬知道自己的银元会越来越少的，他很心疼，这次他只拿了两块。老光棍不干，说八块他也不卖。这时姜苗子坐在车上喊了起来："快来看啊，老光棍买孩子当老婆了！"

于是路上的人纷纷围了过来，一个劲地指责老光棍。还说要扭老光棍去见官，老光棍看事不好，从冬手里接过银元，从车上解下姜苗子，推起车走了，一边走还一边摸自己的屁股。

两个人一条狗往回走的时候，冬跟姜苗子说："俺的钱都让你花了，下次冬不管了。"姜苗子说："你不管我就把你有钱的事告诉老半，让他全拿走，再把你吊到树上打一顿。"

于是冬不再吭声。姜苗子用袖子擦了擦脸上的泪，哭了："冬，没想到你这么坏，一点良心都没有，把俺的小窝头还回来……"

又是大集，这天早上老干姜又笨手笨脚地给姜苗子梳小辫，还给她洗脸。姜苗子知道没好事，于是她喝了满满两大碗凉水。老干姜果然把她领到了那段红墙下边，又在头上给她插了草标。红墙下边今天站的小孩不多，姜苗子就看到一个干瘦的男人肩上搭了一条褡裢在转来转去，他走过来，托起姜苗子的脸蛋看了看，身前身后打量了一下，不吭声就离开了。那人的下颌上有一个黑痣，黑痣上长了一撮毛，姜苗子感觉那个男人的眉毛好像长错了地方，她就揉揉眼睛，原来是那家伙两撇小胡子松松垮垮挂在嘴唇上。这时一个卖耗子药的端着木盘走过来，一边走一边喊："上好的耗子药，低头吃了抬头死，抬头吃了低头死，全家耗子死光光……"

卖耗子药的在红墙下打量起了姜苗子等几个小孩，走到姜苗子面前一个劲地打量。姜苗子想脱裤子，但看这个家伙不像买孩子的。姜苗子白了他一眼："看什么看，你买得起孩子吗？"

卖耗子药的笑了："我知道，你是个傻子值不了几个钱。"

"哼，你才是傻子，给我一包耗子药，我想把买小孩的全闹死。"

"没想到你个傻子这么坏，我听说前几天花子镇一个小女孩买了个孩子，是真的吗？"

"是小细柳。"

"谁是小细柳，她哪来的钱？"

这时姜苗子看到老干姜和那个一撮毛的男人在嘀咕什么，两人一个劲地伸着手指似乎是在砍价，于是就不再搭理卖耗子药的，只惊恐地望着爷爷。一撮毛抖了一下肩上的褡裢哗啦哗啦直响，姜苗子就看到卖耗子药的那个男人机灵地支棱起了耳朵，向一撮毛走过去，仔细打量着他，说了句："你是个人贩子吧？贩卖人口可犯王法！"

"去你娘的，你懂啥？都什么年月了还犯王法，连年灾荒，济南府外一个闺女 5 个铜板，鲁西南许多孩子白送都没人要，晋军已经打进了山东，到处在打仗，范县黄河又决了口，到处都在卖孩子，眼睁睁地看着小孩饿死就他娘不犯王法了吗？爷给她们找个好人家，这是行善呢！"

一撮毛这个人贩子从褡裢里拿出一摞铜板递到老干姜手上，卖耗子药的松了一口气，转身离开了。人贩子向姜苗子走过来，姜苗子于是就蹲了下去，把憋了好久的一泡尿尿了出来，她一泡尿冲毁了一个蚂蚁窝，她的身子下边一片洪流恣肆，她认为这样一泡尿足以吓走任何买孩子的。没想到那个人贩子说了句：

"这孩子不错，卖到窑子里挺合适。"

当被推到马车上一只木笼子里的时候，姜苗子感觉大事不妙。他从笼子里看到爷爷手里托着一摞铜板正掂量来掂量去。她就一个劲冲爷爷招手："爷爷，姜苗子不走，姜苗子再也不惹你生气了，求求你别卖了！"

姜苗子的哭声就像瓷器在街上碎裂开来，但爷爷没有理会姜苗子。冬听到哭声跑到大街上的时候，马车已经拉着木笼走远了，只见木笼里伸出一只可怜的小手，车轮下卷起一片落叶与肮脏。

黑豆来到了果园，不停地叼冬的裤脚。冬无动于衷，他陷入了沉思。姜苗子被拉走的哭声他听到了，他忽然想起了娘的哭声。那哭声让冬的头皮发麻。冬忽然觉得，这世界真吓人，惨的并不只有自己，有些人比自己更惨。冬感到庆幸的是，自己现在已经不惨了，已经有钱了，让别人去惨吧。于是冬就躺在那棵枯树上睡着了。

冬躺在那棵枯树上睡得很香，他的肚皮朝天袒露着，冬满脸的笑意，哈喇子从他口腔里淌出来拖得老长。冬从来没有睡得那么踏实，那个成天惦记他钱的姜苗子已经被买走了，他再也不担心他的钱会飞走了。现在的冬还缺少什么呢？似乎什么都不缺，他的命运被一袋子银元彻底改变了，阳光毫不吝啬地在冬身上铺了一身，冬感到了从没有过的温暖。

冬睡着睡着，突然吓醒了。他一屁股坐了起来，额头上惊出了一层汗。姜苗子果然走到他的梦里了，姜苗子在一个劲地哭，一个劲地说："冬，我是你媳妇啊！"最后她被济南城那群鬼拖走了，说她肚子里藏了东西。紧接着，冬的娘也走进了冬的梦里，冬跟娘说："咱有钱了娘。"娘就说："我也有钱了冬，你媳妇烧给我一棵摇钱树，钱每天从树上哗啦哗啦地掉，我怎么花也花不完。你媳妇的小窝头也很好吃，让她以后多给我烧点，她烧给我的那个男人我可不喜欢，那个男人说他叫老半，抠门不说，还一肚子坏水。"冬就说："那个傻子姜苗子已经被别人买去了，咱以后要啥媳妇有啥媳妇。"没想到冬的娘很生气，说："那你就赶快把她买回来呀！我喜欢吃她的小窝头。"冬说："我已经买回她两遍来了，再买咱的钱就被她花光了。"没想到冬的娘很生气，说："你忘了你是咋活下来的吗冬？"冬问："俺咋活下来的娘？"娘说："你是被千门万户的百家饭养大的，你只要有一口气，就别忘了是那些善良的人从牙缝里抠出一点点饭让你活下来的，所以你要学那些好人，不能光顾自己活，还得尽量救别人的命。别人有饭了喂你，你有钱了自己花，你真是个见死不救的坏蛋。"冬说："可是姜苗子已经被买走了啊。"冬看到娘很生气地说他变坏了，一转身就踏着云彩飘走了……

冬这次没梦到那个漂亮姐姐，冬在想，那个漂亮姐姐是喜欢有钱的冬还是没钱的冬呢？冬要真是变坏了，她还会不会给冬盛粥喝？还会不会摸冬的大脑壳……

小细柳又来果园里拽冬的胳膊，让冬和她一块去买姜苗子，拽来拽去冬无动于衷。小细柳生气了，冲冬一个鬼脸："冬你真是个坏蛋，我才不给你做媳妇!”

“小细柳,你怎么这么快就反悔了,钱我都给你了。”

“哼！我这么好看会给一个傻子做媳妇吗?”小细柳冲冬一个鬼脸,不理冬自己走了。

黑豆看了看冬,冬丝毫没有动弹的意思,还在发呆。于是黑豆起身自己往外走,一边走一边在路边嗅,它走到大街上的时候在地上嗅了嗅,回头又看了看冬,然后低下头转过墙角不见了。

冬忽然明白,在这以前他有两个媳妇,现在一个都没有了。冬开始琢磨,姜苗子被带到哪里了呢？她会遇到什么可怕的事情？冬知道,再跟着黑豆走一趟,自己的钱又会少去一些,姜苗子早晚会把自己的钱花光的,再说他还给了小细柳一些。冬还想给哥哥留一点。万一哥哥再带着自己上路要饭,有了钱就不怕了。但冬老觉着不对劲,哪里不对劲呢？冬一时想不明白。一个人从此不见了,就像一棵小桃树,本来好端端地在那里,忽然没了,让人感觉心里闪得慌。姜苗子去哪里了呢？姜苗子会不会遇到鬼？会不会挨饿？要是有狗追姜苗子怎么办？要是姜苗子遇到打仗怎么办？要是姜苗子遇到杀人怎么办？

冬觉得,他以后想见姜苗子一面都没机会了。姜苗子说给他做媳妇,但没说做到什么时候。姜苗子还说,黑豆比很多人都好,那在她眼里到底是黑豆好还是他好呢？姜苗子说见到自己的娘了,到底是真的还是假的呢？她没说,冬想了想,他应该把姜苗子再买回来问个清楚……

于是他在那棵小桃树底下用手使劲挖起来。

第四章

1

姜苗子又被老干姜卖了。老半听到后把老干姜臭骂了一顿,说老干姜是个老不死的,伤天理。更让老半恼火的是,冬也不见了。老半喜欢冬,干活实在。更着急的是秋,他在果园里、在大街上四处呼喊冬的名字,找不到,有人看见冬和黑豆去找一个人贩子,大概是被人贩子拐走了。秋坐在地上呜呜地哭了,秋哭着说,俺一家人出来,就剩了他和冬两个果子……看着秋这么伤心,杏儿也很难过。

花子镇大街一面墙上突然贴了一张告示,围了一堆人在看,看得大家一头雾水。告示的大意内容是,有人偷了崔老九的银元,如果不尽快连人和银元交出来,花子镇必遭血光之灾,会被杀个鸡犬不留……

花子镇突然来了个卖耗子药的。这人从来没见过,谁也不认识。那天,苟大富在街上卖包子,扯开喉咙喊:“卖包子喽,香着呢,里边是两个和尚碰头,一块肉蛋……”那个卖耗子药的就在边上自己的地摊前喊:“低头吃了抬头死,抬头吃了低头死,上好的耗子药,撒上一包全家耗子死光光……”

“两个和尚碰头,一块肉蛋……”

“低头吃了抬头死,抬头吃了低头死,全家死光光……”

苟大富瞪了那人一眼。继续喊:“两个和尚碰头,一块肉蛋……”

那人又接上了:“低头吃了抬头死,抬头吃了低头死,全家死光光……”

“两个和尚碰头,一块肉蛋……”

“低头吃了抬头死,抬头吃了低头死,全家死光光……”

苟大富咳嗽一声，用蒲扇指了指那人：“卖耗子药的，你能不能挪远一点！”

卖耗子药的连忙点头哈腰把笑脸递上来：“大爷，你先请。”

“两个和尚碰头，一块肉蛋……”

那张告示前围的人越来越多，大家交头接耳七嘴八舌。大家都在问：“谁敢偷土匪崔老九的钱呢，这胆子也太大了，怎么偷的呢？”

“花子镇有这号能人？”

人群中一片叽叽喳喳，一个个又都是神情惶恐，都感觉大祸就要来临。一个人眼神鄙夷地说：“哼！还能有谁，自从他回来，花子镇就没消停过，不是抢官粮，就是偷银元。”

“有他在，这花子镇是没个好。”

卖耗子药的凑到苟大富的包子铺旁，东一句西一句地搭讪。苟大富东一句西一句地扯。最后卖耗子药的竟然递过一根烟卷，烟卷盒上印着“哈德门”。这玩意在花子镇很稀罕，连苟大富都没见过。

“大爷，打听个事，花子镇谁抢过官粮？”

“陈芝麻烂谷子了，你打听这个干什么？”苟大富看着这人一脸警觉。

夜幕西沉，一抹晚霞在西天涂出鬼魅的色彩，破败的花子镇笼罩在一片朦胧之中。世道不好，天还不黑，但花子镇已是户户大门紧闭。连狗都不叫了。只有一阵零落的梆子声传来，偶尔，有几声叫卖断断续续传来：

“上好的耗子药，低头吃了抬头死，抬头吃了低头死……”

又是大集，却是人影稀疏了不少。又有许多人纷纷往外走，继续乞讨的旅程。玉秀在街上跳花鼓舞的时候观众稀稀拉拉，都躲得远远的，玉秀异常地落寞。小细柳在边上端着空空的盘子，呆愣愣地站着。在不远处，项西吼撵起了鸡，一边撵一边指桑骂槐不知骂给谁听：“我让你飞，我让你跳，我让你不下蛋，一身要饭的贱骨头花里胡哨勾人你怎么不去窑子！在花子镇这大街上蹦跶啥？什么是做贼，什么是养汉，你全占了，我让你跑，我让你跳，有脸的走了别回来，回来你是催命的吗，扫帚星！还嫌庄里庄乡遭殃不够，挨千刀的，放干净你的血，拔干净你的毛，大卸你八块，花子镇就没这些鸡飞狗跳了……”

王老半又走在了大街上，不过这次有点匆忙。他一头又扎进了米铺，门帘都呼啦一声被他抛出去老远。

“亲家，是不是你抢崔老九银元了？”

“半山兄，我向天发誓，我手里虽然有枪，但没那本事，也没那胆量。”

“这该怎么办？崔老九要来，谁也挡不住他，到时你我都得遭殃。”

“这是哪路英雄豪杰敢抢杀人不眨眼的大土匪崔老九的东西？”

“指定是皮小七，他有武功，枪法也好，要不崔老九不会找到花子镇头上。”

“我问皮小七了，他说不是他干的。”

“不是他是谁？你没问他哪来的钱赎人？”

“他说不清，也说不出来，只是说大家组织起来，崔老九不可怕。”

“不可怕？他已经屠掉多少村子了，到处烧杀抢掠，听到他的名字，许多小孩都不敢哭了……”

这得怎么办？老半与苟掌柜一筹莫展。

“这事是不是他都得让他担起来，不光是咱们急，崔老九大队人马杀到，大家一块玩完。”

“土匪要来了，土匪要来了！”一些女人脸都吓黄了，在街上连哭带叫。一些人开始收拾家当，推起小推车往外跑。

那一天，老六爷孙来旺来到皮小七家，他知道皮小七在临县搞暴动的时候又受了伤，孙来旺现在在花子镇的情况每况愈下，混得不人不鬼，他对皮小七有恨，但又说不出来。目前的形势不能容许皮小七再呆在花子镇，无论银元是否是他抢了，都会给花子镇带来灾难。没一会儿，皮小七和玉秀的土坯房被花子镇的乡亲们围了。里三层外三层，围得水泄不通。其中一个喊上了：“皮大侠，您武功高，闯江湖见世面广，崔九要来，花子镇老少爷们请您给个出路，大家给您凑了盘缠，要走要留您说句话，您留下，我们就出去躲，您走了，我们就过几天安生日子……”

没多会儿孙来旺虎着脸出来了，大家问：“怎么样老六爷？他同意了？”孙来旺说：“有啥法子呢，让他出去避一避，这样大家都好。”

皮小七披着破棉袄，一瘸一拐走了出来，看来抢官粮时受的伤还没痊愈，又添了新伤。他冲大家一抱拳：“拖累乡亲们了。”

没想到门前那些人全给皮小七跪下了。领头的一个在头顶举起了一个盘子，盘子里有许多铜钱和纸币，跟小七说："委屈您了皮大侠，外边兵荒马乱，花子镇这些人过几天安生日子不容易，再也闹腾不起了，皮大侠移驾花子镇外，等风平浪静，再回花子镇安享天年更好……"

皮小七没动盘子里的一文钱，他都有些站不稳。玉秀背了腰鼓，他背上背了简单的铺盖，后边领着小细柳，上了大街，三张孱弱的身影互相搀扶消失在大路上。

皮小七走后，崔老九果然没来。那张告示也在风中残破不堪地飘摇着。但是有人心里在打鼓，她觉着皮小七还会回来。说这话的人是老半家二姑娘银环。

2

那天冬揣了银元出了花子镇又找到了黑豆，黑豆在一条土路上嗅来嗅去，不时抬起头来四处张望，耳朵也一个劲地变化着方向，看到冬，黑豆很兴奋，跳起来一个劲地往他身上蹭。但这次他和黑豆的运气并不好，走出了几里地，他没找到姜苗子。黑豆趴在路上一个劲地嗅，嗅来嗅去没了方向，也不知姜苗子去了哪里。冬不止一次向回走，都被黑豆叼住了裤腿。于是冬说："找不到了，咱回家吧黑豆。"冬挣脱后往回走，没想到黑豆跳起来扑在他身上，用可怜巴巴的眼神望着他。冬不理它。但黑豆死死叼住了他的裤脚，继而冲他又露出了尖尖的狗牙，眼里露出了凶光，冬忽然又怕了。他很担心黑豆跳起来咬他一口，不得已，他继续跟在黑豆后边往前走。

没找到姜苗子，冬和黑豆在路边一棵树下歇息了起来。姜苗子去哪里了呢？冬忽然有点伤心。一个好端端的人为啥说没就没了呢？为什么钱这东西这么厉害？有了钱想干啥干啥，人都能买走。姜苗子竟然真走到了他的梦里，还有娘，姜苗子真的看到冬的娘了？冬一直很怀疑。

一段路上铺满了石子和碎砖头，被太阳晒得滚烫，冬赤着脚踏上去竟然觉得特别舒服，冬很少穿鞋子。他瞅着自己的这双脚，感觉这是自己最棒的东西，这双脚走过太多路了，脚底的老茧比鞋底都厚。

一辆马车从一个村子里驶了出来，在路上疾驰掠过，马车上蒙了厚厚的黑布，一个干瘦的男人坐在前边赶着马车。黑豆忽然一声狂吠，跟在马车后边狂奔起来。冬感觉马车上一定有事情，于是甩开脚板也跟着马车跑。

马车跑着跑着看到后边有人跟，于是停下了。车把式从车上下来，站在马车后边抱着鞭子望着冬。车把式头戴一个圆圆的毡帽，下颌一边长了一颗黑痣，黑痣上长出了一撮毛。冬气喘吁吁跑上去，车把式问冬："想搭车吗，有钱没有？"但这时黑豆却跳上了马车，用嘴一个劲地扯马车的黑布，冬就听到里边有人在喊："黑豆！"

黑豆把马车上的黑布扯开一角的时候，冬看到了马车上的笼子，笼子里边有人，车把式一鞭子把黑豆抽下来，跳上马车，赶起马儿就往前走，黑豆扑上去一口叼起黑布，马车向前一窜，整块黑布被拽了下来，冬就看到马车上装了几个笼子，笼子里都是小孩。冬看到了姜苗子，姜苗子的样子很凄楚，从笼子里一个劲向冬招手，却说不出话来，黑豆跟着马车一阵狂奔，冬也跟在后边跑起来。

那个人贩子看到冬还在追，于是又把马车停下了，下车问冬干吗。冬说要买孩子。人贩子问买哪个，冬指了指笼子里的姜苗子说那个。人贩子问冬有钱吗，冬于是把怀里的银元掏出来，人贩子很高兴，把银元敲了敲放到耳边挨个听，然后把银元放在肩上的褡裢里。又围着冬转了转，问道："你是她什么人？"冬说："我是她男人。"人贩子说："放屁，她有卖身契在我这里，你买回去干啥？"冬说："买回去做媳妇。"

人贩子仰起脖子哈哈笑了，然后上马车就走，冬说你把人给我，冬就听到空中一声尖啸的脆响，自己的胸前忽然就像着了火，低头一看，皮肉绽开了一个口子，等冬看到血渗出来，马车已经跑远了。后边的黑豆一个劲地追，黑豆后边冬也甩开了大步。

马车又停下了，姜苗子在笼子里扒着缝隙眼巴巴地看着冬。

人贩子抱着鞭子下来问："你跟着干吗？"冬说："俺要俺媳妇。"

那家伙说："你凭啥说是你媳妇？"冬说："那就是俺媳妇。"人贩子说："你有婚柬吗？"冬说："啥是婚柬，俺不知道。"人贩子说："你回去吧，不要再跟着了，我这里有卖身契，我要把他们卖到潍县，那里有好人家等着她们。"冬说："大爷行行好，让俺把姜苗子带回去吧。"人贩子就说："谁是你大爷，我是你爹。"冬就说："爹行行好，让俺把姜苗子带回去吧。"人贩子说："不给，我把孩子交给你算怎么回事？我得回花子镇问清楚……"

冬说："求求你了，把姜苗子放出来吧，傻子求求你了。"

人贩子于是打量了一下冬："你是个傻子？"

冬说："是啊，花子镇两个傻子让你买走了一个。"

人贩子说:“哦,你真是傻子?”

冬说:“俺真的是傻子。”

人贩子说:“我不信,你吃摊屎给我看看,吃了我把你媳妇放了。”

冬有点为难,一个劲地挠头皮。

人贩子哈哈大笑,上马车就要走。

没想到冬说:“俺吃俺吃。”看到姜苗子的笼子下面有屎,冬抓起一把填进了口中。

人贩子哈哈笑了,说:“没想到你真是个傻子。”冬说:“屎俺吃了,你把俺媳妇放了。”人贩子问:“你还有钱吗?”冬说:“俺的钱都给你了啊。”人贩子说:“你那些钱是假的,你拿回去吧。”冬问:“在哪?”人贩子说:“在那只空笼子里。”冬于是就爬上马车钻进了那只空笼子找,找来找去没有。

人贩子于是把笼子上的锁链用锁锁好了。

冬出不来,一个劲地晃笼子。人贩子把那块黑布呼啦一下又在马车上蒙好了。冬就进入了漆黑的夜里,边上笼子里的几个小孩在不停地哭,漆黑里冬什么也看不到,只听到了姜苗子熟悉的声音:

“冬,你可真是个傻子啊。”

在一片黑咕隆咚中,冬感到一阵颠簸,他的腿和脚都麻了,冬在笼子中一点气都透不过来,继而感觉肚子里翻江倒海一般,他开始呕吐……

马蹄声一直没停,冬和姜苗子都不知道走出去了多远,也不知道过去了多长时间,他们的世界没了白天,只剩了黑夜。恍惚中,冬感觉马车不是在向远处跑,而是在向天上飞,冬想,等马车上了天,就明快了,什么都看得见了。但冬还是听到了姜苗子的抽泣声,接着她问:“冬你怎么来了,你现在有钱了,还惦记俺这个傻子干啥?”冬说:“我忽然想起还有话没问你。”姜苗子问:“什么话呀?”冬问:“你真看到俺娘了?”姜苗子说:“真看到了,你娘还说你有了钱谁也不认。”冬问:“真的?俺娘啥模样?”姜苗子哭了,说:“你娘长得很好看,和秋一个模样。”冬说:“你太厉害了,真看到俺娘了。”

“你真是个傻子啊冬,没把俺买回去,把自己也搭上了。”

冬又问:“你说俺好还是黑豆好?”

姜苗子说:“黑豆比你好,俺走多远黑豆都跟着。”

“冬比黑豆好,俺比黑豆好,俺也跟着你,你走到哪里,俺也跟到哪里。”冬听了在那边不停地晃着笼子……

3

呼啦一声，一块黑布被扯掉，炽烈的阳光忽然扑进了笼子，让姜苗子睁不开眼。等姜苗子睁开眼的时候才发现笼子外是一片繁忙的大集，她不知道这是什么地方。她变得异常虚弱，笼子内空间狭小，她站不起身，只能蜷缩在里边，而且大小便都在笼子内。看着集市上熙熙攘攘的人群，姜苗子脑袋一歪又昏了过去，她知道自己很难逃出人贩子的牢笼。大概正是她的尿让黑豆找到了他，也正是因为她的尿，人贩子不再给她喝水。

笼子顶上忽然浇下一瓢水来，姜苗子张开嘴，但没多少淌进她的口中，只是把她的头发浇得湿漉漉的，都打了绺。她听到人贩子说："这孩子是装疯，这样的才是好姑娘，你看，她不难看……"但那人看到姜苗子身子底下的屎尿，捏起了鼻孔。姜苗子身子斜靠在笼内。抬头看着外边的人，姜苗子竟然挤出了一丝笑，冲那些人说："你们买走我吧，我给你们家糊纸人纸马，还有大花圈。"那个买主摇摇头走远了。围观的那些人都笑了，有人问："这个傻子多少钱？"人贩子说："给钱就卖，卖了我好回家。"

有人看到一只笼子里还有个傻小子，于是一阵惊奇："还有卖儿子的？"

"这儿子便宜，给钱就卖，他力气可大呢，很能跑，把他买回去不比头牲口差。"人贩子一个劲地向人们推荐。

傻子冬听到有人一声叹息走远了，"什么世道，连潍县都有卖孩子的了。"

人贩子的生意不错，几个笼子陆续都空了，他肩上的褡裢里哗啦哗啦直响。他看了看笼子里的姜苗子和冬，这两个傻子没人要，冬在笼子里也被晒晕过去，姜苗子想伸手去摸摸冬，无奈冬的笼子离她太远。人贩子不禁往地上啐了一口："晦气，收了你们这两个傻子，看来砸手里了。"

冬和姜苗子又被黑布蒙了起来，他们又听到了马蹄声，又是一段颠簸的路程，在黑暗当中，冬一度失去了知觉，一双柔软的手伸过来在他脸上摸来摸去，冬醒了，听到抽泣声，他感觉那是姜苗子在哭，姜苗子说："冬，咱这是去阎王殿吧？"

过了许久，两人听到了外边一阵吵闹。

"老总老总，我赶着回家，老娘在家快死了。"

"去你妈的，晋军打过来了，你这车被征用了。"

4

黑布呼啦一下被扯掉了。笼子里的姜苗子和冬暴露在了阳光底下。于是马车周围一群当兵的围了上来，冬就看到土路上走过了长长的队伍，那些人的枪有的扛在肩上，有的背在后背，乱糟糟的就像一片移动的庄稼。偶尔有当官的骑在马上跑过，许多烂泥溅到当兵的脸上，那些垂头丧气的人于是就一阵骂娘。

冬还看到了他们的炮车陷进了烂泥里，一群当兵的赤着脚在烂泥中拼了命地推，还有人在前边拽，口中还喊着号子。冬忽然听到了滚雷声，他抬头看了看天，于是冬看到地平线那儿腾起了股股烟雾……

[注：连年的灾荒，民国十九年(1930年)蒋、阎、冯、李中原大战拉开了序幕，晋军傅作义亲率六个军沿着津浦路南下，韩复榘部沿胶济线东撤，与晋军胶着于张店、淄河、潍水、高密一线，山东多地炮火连天，这场规模最大的军阀混战波及22省，正值山东段黄河多次决口，8月，黄河范县段决口成灾，淹没村庄二百余座。]

一帮当兵的把马车围在了中间，都在打量笼子里的冬和姜苗子，有些人捏起了鼻孔。

“求求你们，俺又饿又渴，快把俺买走吧，我给你们糊纸人纸马大花圈……”姜苗子在笼子里气息奄奄地说，于是那些老总都皱起了眉头。

“老总，这孩子是我买来的，这几年卖孩子还是新鲜事吗？我是帮他们找好人家呢，你看我这里有卖身契……”

但冬的卖身契他没拿出来。于是他被一枪托捣在泥窝里，一群当兵的对着他拳打脚踢：“光天化日之下你竟敢贩卖人口，老百姓就够遭殃的了……”人贩子一声惨叫，忽然跳起来，就往一片芦苇丛里跑……

于是枪声响了。一会儿几个当兵的提了一只布褡裢走过来，里边哗啦哗啦直响，那上边在滴着血……

冬被放了出来。姜苗子没有，姜苗子斜躺在笼子里看上去活不长的样子，又睡了过去。冬又看到了黑豆，在远处蹲着不敢过来。有个当官的老总打量了打量冬的身板问他是哪里的，冬说是花子镇。老总跟冬说：“那个丫头是你什么人？”冬说：“是俺媳妇。”老总摇了摇头说：“怎么你们两口子都被卖了？”就去晃笼子里的姜苗子，姜苗子脑袋垂在胸前，不吭声。于是那个当官的就跟冬说:“你现在当兵了,跟我们走吧!”

冬竟然能当兵,这本来是应该高兴的事情。但冬想,那姜苗子怎么办呢?于是他就看着姜苗子发呆。那个当官的就说:“别看了,活不了了,路边多少比她旺祥的都死了。”

有个当兵的说,丫头看样子快不行了,到前边让军医看一下吧!当官的开始犹豫,一群伤兵开始往马车上爬,有个说:“别他娘猫哭耗子了,这狗咬狗的仗打的,祸害了多少老百姓,死在路上的老百姓你们数得过来吗?”于是一个当兵的在前边赶起了马车。冬一下子扑到笼子上:“不行不行,冬不能让你们把姜苗子拉走,拉走了就成了你们的媳妇了。”

老总们哭笑不得。边上一群当兵的在笑,有个说了声:“这小子怎么像个傻子啊。”

不远处,一阵排炮打过来,冬就看到一片树林笼罩在火光与烟雾当中,一些树杈子飞上了天,暗黑的天空中分不出哪是乌云,哪是硝烟在翻滚……笼子中的姜苗子突然被惊醒了,睁着大眼惊恐地看着冬和外边这片骇人的景象。

领头的那个当兵的把一支枪递给了冬,冬害怕这玩意,在济南城,枪口一冒烟就死人。冬像被烫着一样顺手就扔地上,他抱着脑袋就蹲了下去:“冬不当兵,冬不当兵,俺要领着媳妇回家!”

那位老总从腰间掏出了盒子炮走过来:“你再说一遍?韩复榘让你当兵你敢不当?我们连缺了好多弟兄,需要补充……”

“俺不当俺不当,俺当了兵俺媳妇怎么办?”

“那闺女活不了了!”

“那俺也不当,冬是个傻子怎么能当兵呢?”

“我看你是装傻。”

“我真是个傻子啊!”

“我还是个傻子呢,这些人都一样,不为吃粮谁他娘当兵,你这样的我见得多了,一让当兵就装傻,起来跟我们走,不起来我毙了你。”

冬不明白,为什么总有人说他是个傻子,而总有人不相信他是个傻子。

这时姜苗子在笼子里挣扎着跟那些当兵的说:“他真是傻子,他会吃屎,不信你让他吃吃看!”

那些当兵的笑了:“真的吗,你吃摊屎给我们看看。”

冬很生气,盯着姜苗子说:“姜苗子你太坏了。”

但冬还是从姜苗子的笼子里抓起一把屎又填进了嘴里。

围在边上那群当兵的哈哈大笑，一个说，看来这真是个傻子。几颗炮弹又落在了不远处，一片火光闪过，烟雾散去，庄稼地里出现了几个大坑。

姜苗子连人带笼被人一脚蹬了下来，当兵的纷纷往马车上爬去，“驾！”马车从烂泥里蹿了出去，队伍后边又有几个伤兵爬了上去，后边还有几个一瘸一拐在追。

一道闪电“咔啦啦”撕裂了乌云，暴雨如注，队伍走远了，这条泥泞的大路上瞬间只剩了一条黑狗的狂吠，一个傻子仓皇地四处寻找东西盖在笼子上边，他拿木笼子上那条锁链子没有任何办法，只得拖起拴在木笼子上的绳子，搭在肩上，冒着雨吃力地在大路上向北走去，闪电在天空中一道道撕开黑暗，冬的前边是一条黑狗。

几枚炮弹又跟着队伍落在了不远处，于是烟雾腾起，还有许多烂泥溅到了空中。

5

日头似乎打着旋儿在天上蹿，于是阳光像火炭“扑啦啦”往下洒，干热风吹过来，白杨树的叶片就“噼里啪啦”地响，大路上挤满了逃难的人群，大路上走不动，那些人就在田野里惊慌失措地跑，于是大片生长着的禾苗被踏平了，就跟碾子压过一样。那些人跑过去，前边一阵枪炮声，于是又踅了回来，一个个面色惊恐，有的抱着孩子，有的推着小推车，还有的背着老人。有些人赶着牲口坐着地排车，一家人坐在车上，车上有他们的全部家当，听到炮声，许多牲口都受了惊，车把式怎么拽都拽不住。一些散兵与伤兵与大部队失散了，夹杂在人群当中，看到车和牲口就朝天放起了枪，于是大路上处处是骡马的嘶鸣，还有女人的尖叫声与哭声，散兵们把车上的人都赶了下来，夺过鞭子自己坐上了车，说车和牲口都被征用了，有的老总还给写个白条，说是仗打完让他们找韩复榘这个狗日的去讨。于是冬就看到许多人追着马车和地排子车在哭。身后有更多的马车地排子车赶了过来，上边坐着的多是当兵的，车上堆满了他们从逃难的人群中搜刮来的粮食，还有鸭笼与鸡笼。这些当兵的赶着老百姓的骡子和驴拼了命地往东跑，冬别的不知道，但知道这些人跟济南城黄皮的那群不是一伙，他们一定也怕那些鬼，要不跑得不会这么快。这些人为什么要当兵呢？冬不明白，冬感觉当兵和要饭是一样的，都得跑，他们逃的是荒，这些当兵的逃的是命。有个老头赶着自家的老母猪往前走，老母猪嘴馋，老是啃路边的草，走着走着，老头就落在了逃难队伍的后边，听到有枪声，那只老母猪受了惊，就跑到了田野里。老头在后边拼了命地追，冬看到几个当兵的从马车上跳了下来，帮老头在田野里追猪。冬看到老母猪比那些当兵的都灵活，那群当兵的被一头老母猪甩得人仰马翻，就是抓不住，有个领头的被老母猪顶了个四仰八叉。看到当兵的为老百姓追猪老头很激动，点头哈腰一个劲地说："谢谢老总，谢谢长官，这个老母猪已经下了好几窝崽，俺一家人就指着它活着呢。"

那头老母猪终于被一群当兵的压在了地上，声嘶力竭地嚎。这时老头看到那群当兵的挥起了刀，瞬间猪头就血淋淋地被割了下来，被一个当兵的抱着跑了，老母猪瞬间被大卸八块，那些当兵的高兴得就像打了一场胜仗。戴斗笠的老农站在那里一个劲地哭，说老母猪死了，他也不活了……

当看到一些难民从路上跑下来抢地上的猪下水时，老头慌了，一头扎进人群抢了起来，一头猪瞬间不见了，无影无踪。最后老头攥着一截肠子头呆呆地发愣，在半个时辰前，这还是一头完整的猪。

一面黑铁一样的脊梁弯成了一张弓，肩膀上一条绳子都勒进了皮肉里，一只木头笼子在土路上被拖得跌跌撞撞，笼子里一个瘦小的身躯斜倚着，凌乱的发丝把面容遮了个严严实实。一些人看着冬拖着一个笼子在路上走得踉踉跄跄很纳闷，他们还以为笼子里是鸡鸭，等有人发现里边是一个小姑娘在昏睡，就都围过来看。冬很警觉，回过头张开双手抱着笼子生怕再被人抢走，一个劲地说："这是俺媳妇，这是冬的媳妇，俺要带她回家。"看人群不肯散去，冬哭了，黑豆也冲着那些人一阵狂吠。人群这才散去。

姜苗子偶尔会睁开眼，问冬这是在什么地方，冬不知道。这地方大概离一个叫潍县的地方不远，也可能很远，离花子镇到底有多远呢？黑豆可能知道来时的路。冬能做的，只有跟在黑豆后边，拖着一个木笼子一路往前走。笼子在路上被冬拖得磕磕碰碰，姜苗子有时醒过来，看到前面一面黝黑的脊梁和一双赤着的脚，那个傻小子的肩膀已经被绳子磨得血肉模糊。四周的枪炮声和喧哗的逃难人群让姜苗子终于明白了一个小孩是怎样在要饭的路上吓傻的。

那个傻子拖着她一步步在艰难地行进，姜苗子不明白这个傻子是哪来的力气。他一边走一边喊："花子镇就在前边，有窝头吃！"

"有煎饼吃。"

“有地瓜吃。”

“回了花子镇冬就不饿了，也不渴了。”

绳子突然“咔吧”一声被磨断了，傻小子突然一个趔趄就趴在了路上。半天没有起来，但又喃喃了一句：

“花子镇就在前边，有吃的，有秋……”

姜苗子用手晃着笼子哭了，她一个劲地呼喊着冬的名字。逃难的人群从笼子外仓皇地跑过。

跟着黑豆，冬拖着笼子里的姜苗子已经走了一天多。到处是枪炮声，田野里的庄稼大多都已荒芜，到处是炮弹坑和腾起的烟柱。拖着笼子继续往前走，冬的脊梁上再也渗不出汗水来，他又渴又饿。冬在寻找一个能要到饭的村子，冬低着头，眼前似乎出现了一条河，冬恨不得一头扎进去，痛痛快快喝个够，但冬的脚下只是一片泥泞，一些牲畜踩的蹄窝旦有残存的雨水，于是冬赶紧跪下去，用嘴巴把泥窝里的雨水都吸进嘴里。

冬拖着他的木笼子走进了一个村子，没讨到什么吃的，但讨到了水，冬喂姜苗子喝了水，姜苗子又睡了过去。村子里只剩了老人，一个个目光呆滞地坐在那里，身后的家家户户大门四敞八开。看到冬来讨饭，老头喃喃着说了一句：

“什么都没有了，韩复榘的部队刚走，阎老西的晋军又来搜刮了一遍……”

逃难的人群里说天下大乱了，逃荒都没了地方可去。好像全中国都在打仗，往南陇海线在打仗，往西河南在打仗，往北晋军的大部队正在浩浩荡荡地开过来。往东是大海，到底哪里才是老百姓安居生息的地方呢？

怎么哪条路上都有大兵行进的队伍？冬不知道哪是韩复榘的队伍，也不知道哪是阎老西的人马。逃难的人群和他们混在一起，走着走着就响起了枪炮，傻子冬越来越傻了，因为冬看到许多当兵的也要起了饭，不是伤兵，就是被缴了械的散兵。冬始终不明白那些爆炸声是怎样来的，冬只听到天上一阵呼啸，不远处就腾起一片火光与烟雾，碗口粗的树就成排地断，树杈子飞上了天。硝烟弥漫处，房子成片成片地倒，村子里的人没命地往外跑。那些东西是哪来的呢？冬想，还是老天爷的炮仗够大够响，不到过年就随便放。爆炸的巨响和烟雾升腾里血淋淋的皮肉和胳膊大腿四处飞，脚下的地面就成了一张剧烈震动的鼓皮。一群残兵败将枪都不要了抱着头就跑，夹杂在逃难的人群当中。冬拖着他木笼子里的媳妇跟着人群往前走，黑豆有时都不知道去了哪里，冬就听到一种虫子贴着自己的身板和头皮就飞了过去，身后一辆马车上一位老总在朝天放着枪，让逃难的人群给他们让路，突然无缘无故半边脑袋就开了花，脑浆像豆腐渣溅了冬一脸……

看到人群里不断有人扑倒在地，身上一个个的血窟窿，冬浑身发麻，他的病又犯了。

姜苗子一阵阵地尖叫，后来昏了过去。走着走着，冬忽然听到姜苗子在他身后的笼子里叫："冬，把你的手拿开……"

冬不懂，自己的手在死死抓住绳子往前走，松开不就不走了吗？

"冬，把你的手拿开啊，遮着我的太阳了……"

于是冬回头看了一眼，却吓了一跳，不知谁的一条血淋淋的胳膊落在了笼子上边，冬不敢碰，最后拿了根柴棍小心翼翼地拨拉到了地下，冬一声尖叫，拽着笼子跌跌撞撞往前跑去。

6

几天来，他和姜苗子基本没吃什么东西。有逃难的好心人看到姜苗子斜躺在笼子里，偶尔会喂她一丁点东西吃。枪炮声此起彼伏，看到一些人往一处小山坳里走，冬拖着姜苗子也走了进去。

周围是一些不高的小土山，土山上什么也没有，连茅草都长得像羊胡子一样稀疏，冬认识那是一块地瓜地，但这个季节冬知道即便有地瓜也是小得可怜，何况这块地已经被灾民们翻找了多少遍，地瓜蔓都被割得干干净净。冬看到山坡上山沟里有许多尸体，有的已经发了臭，生了蛆，有灾民的，也有当兵的，还有的尸体大腿上的肉不见了，像块枯树枝朝天支棱着，傻子冬感觉浑身越来越木，他似乎又回到了噩梦里……

枪声在远处像爆豆子，远处逃难的人群里一阵阵哭叫，好在这条山沟里没有人，冬拖着姜苗子走进了一个山洞。冬拍拍胸口坐了下来，山洞里一片漆黑，但冬忽然听到了一阵尖叫，冬这时才看清，山洞里坐满了人，都睁着一双双惊恐的眼睛看着满脸血污的冬。

枪炮声终于停了下来。山沟沟里一片寂静。山洞里的人陆续出来，漫山遍野晃荡着找吃的东西，冬也拖着姜苗子出来了，这时他又看到了黑豆，黑豆似乎也到处在找他们，姜苗子低着头还在睡，想必她也饿坏了。

天已是黄昏，周围这些小土丘在晚霞的映衬下一片朦胧，冬看到树上的老鸹在沙哑着嗓子叫，还有一些不停地在空中盘旋，它们在等待人群中哪个人率先倒下来，然后在那些死人身上啄来啄去，冬见到过狗吃人，人吃人，自然也看到过鸟吃人。

冬拖着笼子在走，黑豆在他的前边嗅来嗅去。天已经黑了，山沟沟里冬突然看到前边有些微弱的灯光。冬似乎看到了村子，有了村子冬知道他和姜苗子都饿不死了，起码有水喝。于是他加快了脚步。

山坡下冬没看到房屋，走着走着冬听到后边笼子里姜苗子一声尖叫又昏了过去。这时冬也看到路边有两个死人，死人的上身还穿着衣服，但下半身什么都没有了，只有白骨朝天耸立着。冬也一声尖叫，脚下加快了步伐。四周一个人影都没有，静得出奇。原来那不是村子，冬在山坡上发现了一个个洞穴，有些有灯光或火光闪出来。

走着走着冬就感觉有些人在后边跟，一回头，冬吓了一跳，这些人从哪里冒出来的？那些人看到冬把手都背在了后边，一个劲地冲冬笑。冬也冲他们笑笑。冬在想，那些人要是有吃的就好了，但冬知道他们没有。冬也是一个有经验的叫花子了，这偏僻的地方杳无人烟，不可能是有东西吃的地方。冬就继续往前走，冬很饿，也累了，就坐下来歇息歇息。这时他看到有些人从那些洞里钻了出来，冬忽然明白了。原来这些人把“地窝子”挖在了山坡上，就跟老鼠一样，洞口遮掩得很小。生怕土匪和当兵的找到。于是冬又看到有些人从土坡后边把一只只脑袋探出来，还在冲冬笑，冬也冲他们笑。跟这些人在一起，冬不害怕，他们无非也是一群叫花子。但黑豆看到他们，闻到那些人身上的气味，跑远了。

冬拖着笼子爬上一块土坡的时候，看到一些人也爬了上来，还是背着手，跟在冬后边脸上还是堆着笑。后来他们就不跟在冬身后了。看冬停下来，他们从草丛中又把脑袋伸出来，还是在笑。

走进一处荒山野岭，冬把姜苗子放在了路边，就去找吃的，冬想，早知道这样被人贩子拐到这里，他多带点钱出来就好了，可以买很多东西吃。但这地方前不着村后不着店，到处有逃难的难民在游荡，有钱也买不到吃的。山脚下到处是石头，跟大平原上到处是泥土不一样，冬看到那些人都在找吃的，有的在树上找，有的在地里到处乱翻，傻子冬什么都找不到，而且饿得也走不动了。但他忽然就闻到了肉香,然后他看到一群人在一堆篝火前围在了一起,冬就想去讨点吃。那群人眼神幽幽的,一句话都不说,冬感觉他们就像从坟里刚爬出来的野鬼,看到冬走过来,他们找了只破碗给冬也盛了一点,冬没舍得吃,他用一片叶子包了起来揣进怀里,等姜苗子醒来给姜苗子吃。冬在找蛇窝与老鼠窝,他在土里顺着老鼠和蛇留下的痕迹找,冬知道,老鼠的窝里往往有粮食。但冬没找到老鼠窝,他在一堆草上采了些种子就走到了山坡上,站在山坡上他往下看了一眼:一群人在围着一个死人,死人的腿上已经没肉了,那些人正在用刀剜胸脯……冬吓坏了。这时冬看到他的笼子前围了一堆人,那些人在身后都拿了一把把雪亮的镰刀,冬一时不懂那些人在干什么。当冬明白过来那些人是想把姜苗子当排骨吃掉的时候,冬一声尖叫。那些人一定是看到笼子里的那个死人周围没有苍蝇飞来飞去,身上也没有蛆。这一定是一个味道不错的新鲜的小姑娘。冬疯了,哭叫着就跑了回去。他一下子扑在笼子上,眼里满是惊恐——"你们这是要干什么?"

那些人看到冬回来了,把刀藏在背后倒退着都离去了。

冬很害怕,浑身抖如筛糠。他拖起笼子就没命地往前跑。冬忽然感觉笼子很沉,他拖不动了,一步一步走得异常艰难。

夜已深。冬感觉游荡在漫坡里的都是野鬼,那些人形影单薄,眼神呆滞,像是刚刚从坟地里爬出来,在田野里四处搜寻可入口的东西。那些人看到冬的笼子里拖着东西,就纷纷围上来。看到笼子里是一个快死的人,就跟着冬往前走,冬很害怕,没命地拖着笼子,走得踉踉跄跄。身后的人越围越多,冬看到了闪闪的刀光。

有个人的脸上只剩了皮,眼窝深陷了下去,一说话牙花子都露了出来,他嘶哑着嗓子跟冬说:"已经死了,已经死了,已经死了,放下吧,咱们吃了好上路。"

"已经死了,已经死了,已经死了……"那些人面色惨白果真像鬼,话语就像飘荡在风里的尘烟。

冬惊恐地对那些人说:"我媳妇没死,姜苗子没死,你们不是狗,你们不能吃人。"

冬忽然感觉拉不动那只木笼了,姜苗子在里边也没了动静。冬回头去笼子里晃晃姜苗子,姜苗子一动不动,姜苗子一定是死了,冬恨死了这个笼子和锁链，一个劲地晃，一个劲地拍，但锁链纹丝不动，身后那些人看着冬都在笑。冬最后搬起一个石块，狠狠地砸向笼子，石块弹回来重重地落在冬的脚上，冬抱起脚龇牙咧嘴地叫，一个木笼子让傻子冬无计可施，于是冬开始回过身来使劲拽他的笼子，但冬看到面前围的人越来越多。那些人都亮出了手中的镰刀。冬多希望这是在做噩梦，他吃力地拽着笼子，一步一步往前走，但那些人怎样都不肯离去。紧紧跟在冬身后，最后冬在那些人面前跪了下来："大爷大娘行行好，大爷大娘行行好，别吃姜苗子……"

那些人越围越近。有些人的镰刀已经伸进了笼子，冬一声大叫："姜苗子不好吃，姜苗子味道不好，她身上有屎！"

冬不敢看了，坐在一棵树下边，他把脑袋埋进臂弯里瑟瑟发抖，想起自己辛辛苦苦买回来的姜苗子就要被这些人当野兔给煮了，于是失声痛哭起来……

冬坐在树底下埋着头越哭越伤心。冬哭着哭着就觉着有人在晃动自己的肩膀，冬一抬头吓了一跳。姜苗子扶着树站在他面前。冬一看笼子完好无损，于是更痴更呆，就问姜苗子，你怎么出来的？姜苗子说，自己钻出来的。冬气不打一处来，那你怎么早不往外钻？姜苗子说，以前试过，钻不出来。冬说你就是坏，诚心把俺当傻子耍。

忽然醒来的姜苗子就像诈尸，有些人一扔镰刀抱头鼠窜，有些人则无奈地悻悻离去，他们知道少了一个死人，将有更多人倒下去。

姜苗子变得那么瘦了。她看一眼头顶上的月亮，感觉一些山头旋转起来，忽然晃晃悠悠就到了下去，再也爬不起来。冬急了，把她背在身上，姜苗子软绵绵趴在冬身上就像没了骨头，冬很害怕，拼了命地往前跑。在远处，他又看到了一个村子的灯火，在那个村子，冬能要到吃的，起码有水。但姜苗子在他身上一动不动，冬就知道姜苗子活不长，冬一边跑一边叫姜苗子的名字，姜苗子无动于衷。冬背着姜苗子一边跑一边哭。但这时冬听到姜苗子趴到他的耳边，气若游丝地问："冬，咱们的钱还有吗？"

冬说："还有。"冬又问："你真的给我做媳妇吗姜苗子。"姜苗子把头歪在冬的肩膀上说："真的。"冬问："做多久？"姜苗子说："做到死。"

冬问："为啥？"

姜苗子说："你是一个为俺吃屎的男人。"

7

玉秀和小细柳又出现在了花子镇，玉秀变得面容憔悴异常，她现在很少出门，街上也很少能听到她的花鼓声。但仍有人心存戒备，这家人总会带来不祥的兆头。同时这些人又很纳闷，为什么没见皮小七？如果是皮小七出现在花子镇，那肯定又会招来土匪。

玉秀和细柳的出现让很多人寝食难安。听说土匪崔老九在花子镇南边的那次围剿中受了伤，无奈躲在一个村子里养伤，但这个作恶多端血债累累的大土匪却被老百姓发现了。老百姓们迅速解决掉了他的卫兵，村子的老婆子用剪刀在他身上扎出了无数个血窟窿，最后他爬到大街上。从街西往街东爬，爬一步挨一砖头，再爬一步又挨一棒槌，等他爬到街东已是奄奄一息，一个老农想起自己被他杀掉的儿子，用二齿钩子又在他头上留了两个血窟窿。于是这个村子被他的手下屠掉了，一把火又烧了个精光。据说现在掌握他队伍的是他的干儿子，土匪李金山。

"怎么没见小七啊，去哪了?"老半在街上看到玉秀，表情充满了复杂与尴尬，玉秀与细柳都是好孩子，这大家都知道，花子镇没有理由拒绝他们。但这兵荒马乱盗匪横行的世道，多少人都在战战兢兢如履薄冰，稍不小心就会引来血光之灾，甚至被灭门。

"在临县博兴做工呢。"玉秀回答后匆匆离开。小细柳一脸怯生生地跟在她身后。

银环给乔郎中当二房的事，孙来旺没有给说成，乔郎中一口回绝了。这弄的王半山和项袭娇脸上很是没光，而且这事一传出，就再也没有给银环提亲的了，银环性子本来就烈，不是相夫教子的那一种，再说了，一个黄花大闺女给人当二房人家都不要，这里边肯定有问题，问题不是出在乔郎中身上，只能是银环有问题。项西吼天天在药铺前面指桑骂槐骂个鸡飞狗跳。二姑娘银环陷入了绝望当中，心里越是凄苦，对皮小七越是痛恨。恐怕在这花子镇，最想生剥活吞皮小七的非银环莫属。

乔郎中背着他的小药箱在镇子后那条河的河边转来转去。这条河本是没有的，是光绪年间才挖成的一条与小清河平行入海的泄洪河。河对岸基本是一片蛮荒之地，茅草丛生蛇虫遍布，还有一座报废多年的小土窑，那座小土窑据说常有土匪出没。那天乔郎中在河边转了转，看四周没人，迅速迈上了那座小木桥，匆匆向河对岸走去，身影消失在小土窑和那片杂草之间。约摸有半个时辰的空，乔郎中又匆匆从小木桥那边走过来，走进街口，又气定神闲起来，慢慢悠悠向他的药铺走去。

花子镇发现乔郎中踪迹的大概只有一个人，那就是银环，她已经不止一次发现乔郎中背着他的小药箱去河对岸了。

那天乔郎中从河对岸回来后，银环就迈上了小木桥。银环看四周没人也向河对岸走去，生怕人发现她揣在怀里的刀。

对岸的茅草和灌木之间真的是有太多蛇了，银环拿着刀吓得战战兢兢。好在银环知道当地缺少毒蛇，她看到草丛中被人踩出一条小路通向小土窑，她壮起胆子也向小土窑走去，黑漆漆的窑洞内一些长虫也是一堆堆盘在一起，对银环吐着舌芯子。

银环拿着刀一个窑洞一个窑洞地找，一边找一边喊："皮小七，你在哪里？有种你就别躲，你出来，我知道肯定是你在这里……"

窑洞内传出一阵阵回音。窑顶许多尘土扑簌簌落下来。

"皮小七，你出来！我被你害惨了，今天不是你把我杀了，就是我把你杀了！"

几只耗子被银环惊得到处乱窜，许多蝙蝠也扑啦啦从银环头顶掠过。银环一声尖叫。这时一阵嘶哑的声音传来："银环，我在这里，你走路看着脚下点，有蛇……"

银环循着声音找，就慢慢地闻到了药酒味，她终于看到了一丝光亮，一些光线透过一个窟窿从外边照了进来，她看到许多砖头垒砌起来，上面铺满了杂草，还有一床破烂的被褥，上边躺了一个人。身上缠了很多纱布，殷红的鲜血正从那人的胸前、胳膊和大腿上渗出来，头上也是.银环又一声尖叫。

"别怕银环，我是小七。"

"你这是怎么了？"看着浑身血淋淋的皮小七，银环浑身哆嗦，心里忽然剜心似的疼。

"在南边跟同志们开展工作，土匪到处追杀我，说我抢了他们的钱，在一个村子和他们遭遇了，为了救百姓，我被土匪打伤了，十几个同志就剩了我一个，我这样，你可以报仇了。"

"不要你的命，本姑娘出不来这口恶气！"皮小七躺着动不了，银环把尖刀架在皮小七脖子上。

"皮小七，你告诉我，你的牛呢？"

"老师，我没弄到牛，我比你更失望，我这样的，你教我认了那么多字，又跑到南方去做工，但做了那么久我才发现，我根本买不起牛，连一头都买不起。"

"这就是你的能耐？"

"在这世道一个人光靠能耐是不行的，有墙挡着你呢，除非把墙扒了。银环老师，一出去，我的确是找牛来着，哪怕找到一头也行……"

"你没牵回牛，也不至于领着老婆抱着孩子回来，你说你的心有多毒！"银环的眼睛开始喷火。

"花子镇不要我，但起码是玉秀和细柳的家，她们落落脚你们凭什么不让？"

"你这样的只会祸害人，花子镇所有人都恨你，你怎么就变成了这样？"

"皮小七还是皮小七，是世道把他逼进了枪林弹雨。"

"世道逼你娶打花鼓的做老婆了吗？你忘了你在高粱地说的啥？"

"老师，牛太贵了，于是我就想，我累得跟牛似的，为什么就买不起一头牛呢？"皮小七嘶哑着喉咙咳嗽起来，银环只得去揉他的胸口。皮小七嘶哑着嗓子继续说：

"我就寻思，为什么一头牛竟然比人命贵，买个孩子才几斤小米。我想不通，实在想不通，我在南方碰到一位戴眼镜的先生，他给我讲了许多道理，这些道理就两个字'革命'，为什么有些人活得那么苦，是因为这世道不公，于是我就跟他参加了革命。"

"这就是你找的出路？"

皮小七点了点头。

"那你为什么要革我爹的命？"

"老师，革命不是革哪个人的，革的是一个时代和许多人的意识，不只是你爹的，许多人的都要革。"

"他没罪，他曾经也是那么苦，他只想过好自己的日子，也是那么勤俭操劳，你说他的罪在哪里？"

"老师，很多人都活得不如牲口了，他怎么就没罪？有罪的不只是他，还有你我……"

"那你说我有什么罪？"银环哭了。

"孩子都在大街上买卖了，你我怎么就没罪？我是当兵的保护不了老百姓，你是大小姐只想花前月下，你也读书认字，却不投身革命洪流，甚至跟土匪豪绅欺压盘剥百姓……”

“你是说杨三吗？人家心里本来就有气，这都是被你害的，再说谁让他偷看我洗澡。我一个女人能做什么？我不关心那些大道理，我只想找一个男人嫁了做靠山，这些事让女人来管，要官府干什么，要你们男人干什么？”

“老师，银环，我欠你的，但我觉着我更欠许多人的，我这条命是为了消灭欺负老百姓的人留着的，你可以拿去，但以后你的良心会不安。”

“那你要我的命也行啊，我觉着我比那些要饭的人都苦，我在家等啊等，你却跟玉秀抱着孩子回来了。”银环低下头去，肩膀颤抖着哭起来。

“老师，外边只有死去的人和活下来的人……”皮小七的声音变得低沉而嘶哑，“你是大户人家的小姐，天天守在这花子镇，衣食无忧不问世事，我是放牛的，我们离得再近，心思也是背着的。自从投身革命的那一天，我就发誓要为孩子们打一片好天下出来，不让他们挨饿，不让他们再被买卖。我娶了玉秀，不只是因为我买不起牛，玉秀不光不要牛，还救了我一命，我是个伤兵，军阀队伍给了我几块银元就不管我了，我是爬着在街上要饭，城里的老爷阔太太一口接一口的黏痰往我身上吐。打花鼓乞讨的玉秀和她爹看见了，给我救治。没有她们爷俩，我早就饿死了，为了给我治伤，她和爹四处拼了命的卖唱卖艺，天天被地痞流氓恶霸欺负，于是我们就在一起了，有我在，没那么多欺负他们的人了，我跟她在一起，就是为了活下去。生了小细柳，活不下去我就又当了兵，还参加了革命。玉秀一家几口本来也是好好的，现在兄弟姐妹失散了，爹娘都死在逃荒路上，没我，她活得下去吗？老师，最大的罪你知道是什么吗？”

“什么？”银环看到皮小七浑身的伤，心里刀割般地疼。

“看着多少人饿死扑街都无动于衷，这年头自家的粮仓越满，良心上亏欠的也就越多……”

“我不管，让我空等了那么多年，我就跟你没完，玉秀有啥苦的？她有你，又不是我们害了她。”银环在哭，手中的刀在颤抖。

“是你爹用高粱米换走了他们家的地契。”

“你的意思是我们害了玉秀全家吗？”

“动手吧。”皮小七闭上了眼睛。

银环从土窑出来的时候，满脸泪痕。她把一把尖刀扔进了河里，走得跌跌撞撞。她甚至忘了自己是怎样走进青砖大院的。回到自己房中，她一头扎在床上呜呜痛哭起来，几天没有出门。杏儿端了饭碗在外边叫，死活叫不开。

老半又急匆匆走在大街上，他去的还是苟家米铺。

8

几天后，河对岸那边扬起了漫天尘土，土匪的一大队人马从地平线涌了过来。有的穿了灰布军装，身上扛着洋枪；有的拿着大刀，一身横肉，袒露着胸脯和肩膀；还有的像一群叫花子，扛着锄头镰刀……这帮人把土窑围了个水泄不通。

几个土匪骑着马围着土窑转起了圈，于是尘土把土窑裹了起来。其中一个喊道："皮小七，旧账未了，又添新仇，你抢了我们的银元，现在又打死了我们那么多弟兄，有种你出来，我们单挑！"

"你们是土匪，我没那么多道理跟你们讲，有种你们就进来，我的子弹都是抢的你们的，正好还给你们！"

一个土匪骑着马就闯到了土窑洞口，土窑里传来一声枪响。那个光头土匪的额头就出现了一个窟窿，这家伙应声从马上滚落。于是土匪一哄而散，纷纷退了下去，密集的枪声响起来，打得土窑顶上尘土飞溅。

"看到人再开枪，子弹不花钱啊！"土匪李金山一挥手中的匣子枪，"都给我上！谁抓住皮小七，赏大洋四十块！"

一群土匪弯腰端着枪就往窑洞里攻，窑洞里没有动静，但到了窑洞口枪声又响起，皮小七提着驳壳枪一枪一个，土匪们吓得扭头就蹿，枪都不要了，都被皮小七拽进了窑洞里……

9

"这皮小七也太厉害了，一座土窑，一帮土匪硬是三天没攻下来。"米铺里苟振经说。

"这小子，从小就麻利，干啥像啥，是个好手。"老半咬着旱烟袋说。

"这也不是办法。"苟振经闭着眼睛在躺椅上摇来摇去。

"你得派人去县里警备队搬兵啊！"老半说。

"已经去了，但那帮大爷谁知道能请来不？其实他们是一伙的，互相做买卖。”

“那万一皮小七坚持不住，他们攻进花子镇怎么办？”

“他们找的是皮小七，不是咱们。”

“难说。”

“我有个主意半山兄。”苟振经趴在老半耳朵上说。

“烧桥？这事我不能做，你派人去。”老半说。

“那油你出，你用粮食从县上换来几桶煤油我知道。”

花子镇的人有许多趴在河边和墙顶，偷偷地看一帮土匪围着小土窑无计可施。谁也不敢上，大洋都涨到八十了，也没人敢往上冲，土窑里枪声一响他们就退得屁滚尿流。这时土匪头子李金山冲小土窑里的皮小七喊上了：“皮小七，你再不出来，我们就打花子镇了，杀个鸡犬不留！”

“弟兄们，杀到花子镇，抢皮小七他老婆花鼓皇后，挨个睡，哈哈哈……”李金山一声喝令。

于是一帮土匪蜂拥着向小木桥上跑去，这时皮小七身上背着好几条枪，身上缠着绷带蹿出来，挥舞着驳壳枪对着那群土匪就开了火，几个土匪瞬间就被打死在桥头。那些土匪疯狂向皮小七放枪，但皮小七毫不在乎，一枪一个，土匪们又纷纷被撂倒。土匪们又退了下去，人堆里有人在喊：“皮小七是红枪会的，刀枪不入！”

皮小七站在桥头笑了，冲他们喊道：“就凭你们这帮乌合之众，让你们打也打不到。”

皮小七又收了好几条抢，扔在草丛里，看土匪们退到了射程以外，他站在桥头用嘴吹了下枪口的青烟，朝河这边喊道：“乡亲们别怕，有我在，这帮人过不了河，官兵应该很快就来。”他低头看了眼胸前的伤口，又有血迹渗出来。

一帮土匪把两个橡皮气筏子拖到了河中，皮小七很纳闷，听说北边的海盗才有这玩意，看来琅槐地面这土匪有结成片的迹象，皮小七表情有点凝重。他思索对策的功夫，十几个土匪在河中撑着皮划子向对岸驶去，一个土匪挥舞着大刀狂笑：“哈哈哈，皮小七，你打呀，打不着了吧，我们去花子镇先干你老婆……”

皮小七把驳壳枪插在腰间，举起了一支步枪，他看到土匪们虽然用力用枪托划着水，但气筏子在水流的作用下还是离他近了一些，皮小七调了调枪

上的标尺，把枪管略微向天上举了起来，

“砰！”

皮小七一枪打出去，子弹落下来，没打到土匪身上，却在气筏子上钻了个窟窿，一股气流从河面上喷起一股水柱来，气筏子瞬间就瘪了下去，几个土匪滚落到水里，被湍急的水流卷走了。“砰！”皮小七又朝天放了一枪，于是另外一只皮筏子也毁了，土匪全部落水，在漩涡里哭爹喊娘，两只皮划子被挡在了小木桥的立柱上，瘪成一团。

这时，苟振经的两个人忽然扛了两桶煤油上了桥，把桶盖撬飞，在小木桥上淋起了煤油，其中一个冲皮小七举着枪，皮小七看了一脸的悲怆，他知道自己将永别他的家乡花子镇。银环冲了上去：“你们要干什么？你们这群没良心的是要烧桥吗？我看谁敢点火……”银环从另外一个家伙手中夺过了枪，没想到枪朝天响了，银环一屁股坐在了桥上的煤油里。银环起来和倒煤油的两人扭打在一起。这时苟振经和老半都冲了过来，老半把银环拖到一边。

“爹，让皮小七过来再放火！”银环急得直跺脚。

花子镇的许多人都聚在了大街上，吵个不休。许多人要求赶快烧桥，只有孙来旺几个人不让，孙来旺头上蒙了一块红头巾，身上穿了一件短打排扣红衣衫，老六爷遇到大事亲自上阵都要穿上当年义和团这身衣裳，只见他袒露着半边胸膛，手擎大刀对着他那些昔日弟子们一声高呼：“孩儿们，冲过去，跟土匪拼了！”但这时他身上的枪眼伤疤露了出来，看到那些烂乎乎的窟窿眼，有人哭了：“老六爷，您不是刀枪不入吗？”

“我后来练成的……”老六爷扯了扯衣襟盖住了自己胸前的伤疤。

他招呼红枪会的那一伙往桥那边冲，给皮小七帮忙。但等他举着大刀冲上了桥头才明白，他身后一个人都没有。那伙人早就知道他的刀枪不入能避枪弹是假的，都蹲下来不吭声。再说了，他们都感觉皮小七是个灾星。

“你们这帮屃包，我教你们武功是为了啥？”孙来旺看到他的徒弟们一个个无动于衷，口中骂骂咧咧又从桥头跑了下来。用脚挨个踢他的徒弟们，但那些跟他学过几手武功的人仍然一动不动。有个将信将疑地问孙来旺：“您的刀枪不入是真的吗？”孙老六也泄气了，在他的那些徒弟们面前不停地踱着步，他不得不承认，面对土匪们手中的“汉阳造”，冷兵器毫无作用可言。他不由得想起了庚子年间义和团兄弟们成批倒在马克沁机枪面前的情景。他的神话已经破灭，在花子镇，他将是毫无存在感的一个人，就像一块脱落的墙皮，再也难以掩盖丑陋的缝隙。

“你们这些鼠辈，我真是看错你们了。”生气的老六爷孙来旺最后浑身发抖。

玉秀面色苍白地冲了过来，身后跟着小细柳，玉秀“扑通”一下跪在了众人面前：“求求各位父老乡亲，把皮小七放回来吧，放回来我们就走。”她跪着又爬到苟振经面前苦苦哀求：“苟镇长，放皮小七过来，放他过来，我们出去要饭再不回花子镇了。”这时皮老扁的老婆也跑了过来，跪着爬到苟振经和老半面前：“两位老爷行行好，救救我的儿子吧！”最后老婆子也一把抱起了苟振经的大腿。

苟振经面有难色，看看老半。老半一声叹息，也低头不语。

“抓阄！”苟振经说了句，“砖头是烧，柴棍是不烧，这事关花子镇所有人的性命，大家拿主意。”

10

皮小七坐在了桥头，跷起了二郎腿，胸口的血越渗越多，但他竟然哼起了曲儿。

忽然，皮小七感觉一声枪响，本能中他一扭头，子弹贴着自己的耳边飞过去了。听到桥下草丛里有响动，他举起枪说：“出来，七爷看到你了，说打你鼻子不打你眼睛……”

于是草丛中一个叫花子模样的家伙赤着脚举着枪站了起来，战战兢兢地说：“小七别打，是我，你舅。”

小七一看，果然是自己姥娘家里的一位堂舅，长得干瘦丑陋，姓史，小时候因为挨饿，经常在街上吃屎，大家都叫他屎壳郎。皮小七一看气不打一处来：“舅，你怎么当土匪了，把枪扔上来！”

“给你吧，反正没子弹了。”屎壳郎把枪扔了上来。

“子弹带也扔上来。”皮小七说。

屎壳郎从胸前扯下子弹袋扔上来，皮小七拉开枪栓看了看，又捏了捏子弹袋。果然没子弹了。皮小七说：“舅，你怎么干上土匪了，这不让乡亲们戳咱脊梁骨吗？”

“你个熊孩子，哪有愿意干土匪的，不是饿肚子吗？混口饭吃，李金山知道咱俩的关系，说你不会开枪打我，让我打死你，就给我一百块大洋，打不死你，就连你妗子还有你几个弟弟一块宰了，枪我也放了，我没打死你，你打死我吧。”

“我不会打老百姓的，你去桥那头，我就饶了你。”

“你还是打死我吧小七，我去桥那头，乡亲们不扒了我的皮才怪。”

“你是土匪，我不能就这么放了你。”

“小七啊，这事也不怪李大当家，你说你把崔老九的银元抢了，让他被警备队打死那么多人，连崔老九的命都没了，又在棉花店村打死他那么多弟兄，他说把家底全豁出去也得要你的命！”

“我没抢他银元，在棉花店，他连女人孩子都杀，我哪能坐视不管，他混江湖，也得有个道义，他若有个替天行道杀富济贫的心就不该这么做，你回去告诉他，事情是我皮小七干的，与花子镇老少无关，他做事太过分，我们的队伍绝不会放过他。”

“银元不是你抢的？那我得跟李大当家的说一声，话说清了，也许大家就都没事了。”

“你去吧，跟他说清楚，让他撤兵，我现在手里有这么多枪，还有几十发子弹，他攻不过来，告诉他要留个后路，以后这天下指不定怎样。”

“我不敢回去，土匪把枪看得比命都重，你不把枪给我，他们也得宰了我。”

于是皮小七把那只没子弹的步枪扔给了他。他的堂舅就跳进了桥下的草丛里。

皮小七看了看自己胸前的伤口，知道事情有点不好。他朝河对面喊道："乡亲们不要怕，官兵很快就要来，有我在，他们过不去这座桥，爹，娘，小七对不住你们，一些事情跟你们说你们也不懂，你们只要知道你们的儿子做的都是正事，从没辱没你们……”这时皮小七身后一声枪响。紧接着他一个趔趄，差点倒地，一大团皮肉裹着血迹溅在桥面上，他用枪管撑住身体，回头看了一下，他堂舅那支没子弹的枪管还在冒烟，紧接着那家伙蹦跳着向那堆土匪跑过去，一边跑一边喊："我打中了，我打中了，有赏钱了，我的子弹都是藏在裤裆里，哈哈哈……”

皮小七朝他举起了枪，想了想然后摇了摇头。他没把枪打向他的堂舅，而是把枪管对准了流淌着煤油的桥面。

皮小七朝桥的这头喊了起来："玉秀，匪兵不退，我是不会离开的，万一我要有个闪失，你就带上细柳去要饭，你花鼓打得好，饿不死，不要再坠俺爹娘，他有大哥家两个孩子，已经拖累不动了……”

玉秀在这边哭得肝肠寸断，哭着往桥上爬。一边哭一边说：“他爹，你要撇下我自己，我跳河死给你看……”

但玉秀还是被人拉开了。小细柳哭着往桥上跑，被杏儿抱得死死的。

一帮人手里攥了柴棍和小砖头准备投票。乔郎中似乎从没这么硬气过，他甩着自己的分头在街上转着圈，甚至骂起人来：“愚昧！无知！一群目光短浅的贱民鼠辈……”

他点着苟振经和老半的鼻子骂：“你们这办的什么事？皮小七是谁？他不是花子镇的人吗？他跟土匪对着干为了谁？你们这是抄他的后路！这是人办的事吗？你们做这事前先拍拍自己的良心……”苟振经和老半面面相觑，沉默不语。

“你手上就没人命吗，自己好好想一想。”一个老婆子从他面前走过，不动声色地说了一句话，于是乔郎中一甩分头，气哼哼地蹲了下去。

乡亲们的投票结果出来了。扔在地上的多是砖头，柴棍只有可怜的几根。让谁去放火呢？苟振经让杨三去，杨三扭头跑远了，他说不做这伤天理的事。最后苟振经让秋去，秋这阵为找不到冬还在伤心，于是抱起头不吭声。这时老扁接过了火把，唉，两个孽种，都闹他妈什么革命，老子让你们祸害惨了，早晚会是大祸害，老扁举起火把就要往桥上走，玉秀和小七他娘死死地抱住了他的腿，这时银环用一条绳子把自己拴在桥头，蹲了下去。怒气冲冲地说：“皮小七是我学生，你们谁要放火，连我一块烧了！”这时有些女人不干了，手指头对着银环指指点点：“猪鼻子里插葱你充什么洋相，是谁告的密自己没数吗？”

银环不吭声了，一把一把抹着泪，把头扭向了河对岸。

“姑奶奶，你就别添乱了，这是牵扯着多少人命的事……”老半上去就解绳子拉银环，这时一声枪响。

皮小七的子弹打在了桥面上。一股火苗顿时腾空而起，转眼间，火苗把整个桥面都吞噬了。

玉秀哭着就要往桥上的火苗子里跑，被乔郎中一干人死死地摁住了。玉秀没办法，拿自己的脑袋狠狠往地上撞。小细柳站在桥面上对着火苗不知所措，一个劲地哭着喊：“爹，你快过来啊，爹，你有武功，再不过来桥就塌了，爹……”

但小细柳看到自己的爹一动不动，火苗子离他也越来越近。皮小七就坐在桥的那头，像一尊佛像，在火光的映衬下像生铁铸成，半边身子闪耀着熠熠火光。

木桥逐渐被火苗吞噬，散落的木棍纷纷掉到水中，水面被映红了一大片，像钢水般沸腾起来。看着皮小七的身躯被大火吞噬，土匪们开始散去。皮小七的堂舅伸开手跟李大当家的要银元，李金山马上冲他竖起了大拇指："你比我可坏多了，你现在就要钱吗?"屎壳郎说多谢大当家的开赏。李金山一扭头，几大筒银元被红纸包着递到了他手上，屎壳郎似乎从来没见过这么多钱，抱在怀里都笑岔了气，在草丛里滚来滚去。大当家的说："你现在有钱了，就没必要当土匪了，做点买卖去吧，别跟着我们了。"

说完土匪头子用马鞭抽了一下马屁股，一溜烟蹿了出去，土匪们跟在他后边蜂拥而去，却有几个土匪在队伍后边磨磨蹭蹭，陆续从腰间拔出尖刀与短枪，伏在草丛里，慢慢地向皮小七的堂舅围过去……

整座桥卷着火苗子跌进了水里，一阵滋啦啦的声响伴着热气腾起。皮小七焦黑的身子最后一歪也跌落在河中，玉秀哭着往河里奔去，杨三和秋等人又死死把她摁在河滩上。小细柳跟着河水一个劲地追，最后一个跟头跌倒在河滩上，抬起脸的时候嘴和鼻孔里满满的沙子，小细柳嘤嘤地哭个没完："爹，你说话不算话，你说要送我去上学来着，爹，你个坏蛋……"杏儿赶上来，把小细柳抱起来，看着她哭得那么伤心，杏儿也哭了。

花子镇，脱身皮也得离开。杏儿想。

11

那两年，也算风调雨顺，花子镇出去要饭的人少了一些。花子镇总算保住了，没遭到血光之灾。镇子后边的河面上只是少了一座桥，花子镇似乎没有什么改变。一段惊险与凄惨的经历慢慢地从人们的心头散去了，花子镇只是少了一个人，虽然后来这人让人想起来是那样好，是个大英雄。日子还要继续，花子镇从来就不缺少聚散和离合的故事。

那天夜里，一个黑影艰难地走进了花子镇，他背上似乎驮了一堆东西。在他身后还跟了一条狗，黑影走进花子镇似乎是如释重负，也似乎耗尽了身上所有的力气，一个踉跄，就趴倒在大街上，一动也不动。

那只狗没命地狂吠起来，同时响起的还有嘶哑的哭声。

虽是入夜，但乔郎中这次很快就开了自己药铺的门，他披着衣服打着马灯，在街上寻找，当他寻着哭声走近的时候，马灯耀到一张脸。这张虚脱的脸乔郎中费了很大的劲才认出来。

“姜苗子？你去哪了？”姜苗子继续哭着说：“你快救救冬吧，一路上他跟着黑豆不停地走，基本上没歇过，他大概死了……”

苟振经领着两个扛枪的人就走进了老干姜的纸草店。老干姜“扑通”一声就跪了下去。苟振经铁硬的脸上面无表情：“你卖孙女找亲家，我们权当没看见的，你要是贩卖人口，就抓起你来送县上下大狱。”

老干姜趴在地上连连磕头求饶，他起来的时候，只看到苟镇长和随从的背影。

冬醒过来的时候，天已经大亮。自己的傻弟弟失而复得，秋高兴异常，老半也赶了过来。看到傻小子搬着大海碗仰脸正拼了命地喝地瓜粥，转眼间铁锅就见了底，老半嘿嘿直乐。老半就喜欢冬这样的，除了干活，就知道吃。

药铺里，乔郎中给冬的双脚和双腿上了药。背着姜苗子跟着黑豆走了一百多里，他脚上的老茧成片地脱落，脚指甲都没了好几片，小腿也磕伤了，看着郎中摆弄自己的腿，冬一个劲地傻笑着说自己有钱，乔郎中就感觉事情有点不对劲。冬回来了，丝毫不在意自己跑坏的脚板和腿上的伤，人们纷纷问他上哪了，冬嘿嘿地笑，说自己买媳妇去了。这样一来更有人感觉事情蹊跷。

“傻小子哪来的钱呢？”听到苟大富说起冬近来的反常，苟振经在房里来回踱着步。

从果园出来，冬想去找姜苗子。到了纸草店门口，冬看到老干姜虎着脸没敢进，只站在门口问姜苗子呢？没想到老干姜看到冬脸色和悦了不少，跟他说：“苗子病了养着呢，冬是个好孩子，一百多里路呢，你怎么从潍县把她背回来的？”

“俺跑着跑着就没劲了，于是俺就想吃的，想到花子镇有地瓜、有窝头，还有肉包子，于是就有力气了。”冬说。

姜苗子没出来，冬就准备回果园。这时冬听到有人喊他的名字，回头一看，是平日里对他最好，也对他最狠的那个姐姐金环。金环看到冬，满脸堆着笑向冬不停地招手：“冬，过来，吃包子。”

冬有点不相信金环姐姐会请他吃包子。但他还是走了过去，眼巴巴地望着笼屉里刚出锅的热包子。金环摸着他的脑袋说:“这些天你去哪里了冬？姐姐想死你了。”

冬盯着满笼屉的包子,一时竟然想不起说什么好。

金环把冬拉进了屋里,让冬坐下来,端过几个包子放在冬面前。然后一边忙着一边说:“冬真是好样的,从那么远的地方把姜苗子给背了回来……”转眼的空,金环回头看的时候,桌上盘子里的包子已经不见了。冬鼓着腮帮子眼巴巴地看着他的好姐姐。

金环笑了:“冬,慢点吃,别噎着,还吃吗?”

冬点点头。

金环又端上来几个:“吃吧,今天让你吃个够,想吃多少吃多少。”

冬吃得风卷残云,他一只手里攥一个包子,啃这个一口,再啃那个一口,如果说冬梦里想干的最痛快的事,那就是吃包子。

一笼屉包子很快被冬干掉了。冬打着饱嗝又看着金环,似乎从来没有人对冬这样好过,冬感动得有点不知所措:“姐姐,包子真好吃。”

金环笑了:“冬在果园里很辛苦,吃包子应该的,没钱姐姐也让你吃,还吃吗?”

冬问:“姐姐让冬说真话还是说假话呢?”

“包子很贵……”金环看上去有点为难。

“姐姐,我有钱。”冬说。

“瞧冬说的,什么钱不钱的,吃就行,等姐姐的包子铺转不动了,再跟冬借钱。”

冬低头又吃起了包子,怕冬噎着,金环又给冬端过一碗水。一个劲地拍着冬的后背,拍着拍着说:“冬啊,你上一次给姐姐的钱是假的,在地上一摔摔碎了,瓦片做的。”

冬停止了咀嚼,张大的嘴巴里满满是包子,望着金环不知所措。金环说:“没事的冬,吃你的,吃个够就再也不馋了。”

冬终于吃得弯不下腰了。摸着圆鼓鼓的肚皮,他望着姐姐不知道说什么好。最后冬问姐姐:“多少钱啊姐姐?”

“一共四块,先欠着吧冬。”

“四块是几块呢?”冬一下子难为住了。他的黑眼珠又翻到眼睑上边去了。

“冬,有钱可得放好了,别让人偷了去,有空姐姐教你分什么是真钱什么是假钱。”

姐姐今天对冬真是太好了，能让冬吃这么多包子的人，一定是冬生命里最好的人。冬一溜烟跑回果园，在小桃树底下用手挖了起来。他挖出那只袋子，敞开口看了看，他的钱越来越少了，不过晃荡起来还是哗啦哗啦直响，冬拿起银元挨个用牙咬了一遍，不知道哪个是真是假。四块是几块呢？冬怎么也想不明白四块是几块。于是冬抓起一把往怀里一揣，一瘸一拐又跑回了包子铺。

“好姐姐，这是四块吗？”冬把钱往桌上一放说。

金环的眼珠子立即变得像猫眼一样亮。她数了数那七八块银元说：“还不够四块啊冬，不要紧先欠着。”但是冬已经跑得没了影。这时苟大富从里屋出来，跟着冬向果园走去。

冬趴在小桃树底下，从土堆里挖出自己的钱，翻过来覆过去地看，一边看一边嘟囔：“到底多少块是四块呢？”不管了，姐姐对自己真是太好了。冬抓起两把银元揣进怀里，把钱袋子埋好，一溜烟又往包子铺跑去。

看到冬跑走，苟大富从树影里出来，走到小桃树下，又用脚踢了踢那堆新土。

终于够金环姐姐的四块钱了。姐姐一个劲地嘱咐冬：“冬，一定要把钱藏好了，谁问也别告诉，包括你半老爷，现在这人，都坏着呢，你知道不……”看到苟大富进门对她使了一个眼色，金环一把就把冬推出了门。

12

现在的冬很开心，他又过上了吃得饱睡得着的好日子。而且冬终于知道了钱的好处，原来有了钱他想干什么就干什么，连媳妇都买得到，包子能够随便吃。冬每天晃荡在果园里，甚至都挺起了小胸膛。但那天他看到秋和杨三等许多人在果园里堆起一座新坟，老干姜把一根白纸幡插在坟头上呼啦啦地飘，小细柳穿了一身白和自己的娘趴在坟前没命地哭。边上的人怎么劝也劝不住，小丫头细柳脸上的泥巴被泪水冲出一道道痕迹，看到小细柳哭得上气不接下气，冬也一个劲地哆嗦。冬看到杏儿姐在一个劲地拍打细柳的后背，小细柳终于不哭了，但细柳的娘玉秀还是哭个没完，几个女人把玉秀劝住了，细柳又哭了起来。

看到娘俩儿哭得没了人样，冬的眼泪也要往外淌。冬不敢看了，于是冬就躲到了果园的深处，但小细柳依然在哭。冬于是用手指把耳朵眼堵了起来，冬别的不知道，但冬知道，哭是因为心里疼，小细柳和玉秀那样哭，就知道心里有多疼。于是冬在心里一个劲地念叨，别哭了小细柳，哭坏了长大了给俺做媳妇就不好看了。

冬哪里知道他不在的那些天花子镇经受了什么样的考验？就因为他捡的钱，一座镇子原有的平静被打破了。冬就看到好看的玉秀姐姐两眼天天哭得像烂杏，没事就来到果园里的新坟前，一头扎在土堆里不起来，哭声连姜苗子都惊动了，姜苗子拖着虚弱的病体扶着墙走到果园里，远远地望着玉秀和小细柳，也是一脸的忧伤。姜苗子忽然觉着，人活着喘这口气，就是为了难受。

头七已过，老干姜和姜苗子默默地在纸草店里为皮小七扎起了纸人纸马。姜苗子想，如果她把一棵摇钱树扎得漂漂亮亮，或许小细柳就不哭了。她和爷爷知道，玉秀和细柳没有钱给他们。但爷爷说了，皮小七用命救了花子镇，咱应该的。

那天，姜苗子和冬搬着纸人纸马到皮小七的坟前，姜苗子扎了一棵很大很大的摇钱树。没想到点火一烧小细柳哭得更厉害了，因为她又看到了火。玉秀哭着哭着，一头扎倒在坟前昏了过去，许多人手忙脚乱地把她往药铺那里抬，姜苗子也跟着去了。坟前只剩下了小细柳对着燃烧的纸人纸马，小细柳哭得上气不接下气，鼻涕眼泪都过了河。冬心里说这怎么办呢。冬就给细柳做鬼脸，细柳还是哭。冬在地上给细柳翻跟头，细柳还是抹着眼泪在哭。冬一屁股坐在地上，手托着下颌默默望着伤心欲绝的小细柳无计可施。这时冬看到了头顶的果子，冬爬到树上，摘了一串果子，还夹着几个绿叶。冬知道，让老半看到，他会挨打的。但他现在顾不了这么多了，他把果子递到细柳手上。细柳拿着看了一会，真不哭了，只是对着冬不停地抽泣。

细柳说："冬，我不给你做媳妇了，我和娘要去要饭去了。"

冬一听愣了，小细柳怎么能去要饭呢？她才多大点，要饭路上那些事，冬又不是没经历过。一听细柳要上路要饭，冬吓得哭了。

听说玉秀要上路讨饭，第一个急了的是乔郎中。外边兵荒马乱的，"蒋、阎、冯"大战还在打，陇海线津浦路两侧都已是战场，大半个中国陷入了混战，晋军也已突进到琅槐地面。细柳又还小，这出去凶多吉少。玉秀是乔郎中一辈子的情结，要说乔郎中有什么不好，那就是喜欢玉秀成疯成魔。从多少年前起，乔郎中最想的事情就是玉秀生病了，能够让他号上一次脉。在街上碰到玉秀，乔郎中看看玉秀的脸，就说："你大概病了，玉秀。"气得玉秀一甩辫子："你才有病！"

玉秀跟皮小七抱着细柳回到花子镇那一天，从不饮酒的乔郎中喝醉了。醉里连哭带笑，玉秀一直是他梦里的神灵。

乔郎中在药铺里踱了好多圈，最后他跑去找孙来旺。他告诉孙来旺，最好能说服玉秀给他做二房。虽说世道不好，他两间药铺子也能养活她娘俩，孙来旺许久没吭声，心说玉秀要给人做二房哪轮得到你一个破郎中。乔郎中最后还是找了镇子上两个老媒婆去了。

结果两个老婆子被玉秀给轰出来了，开口闭口就说这姓乔的是欺负她孤儿寡母，皮小七尸骨未寒，他这是羞辱她。最后说，她宁愿饿死在要饭的路上。

真是弄巧成拙，怎么事情会变成这样呢？乔郎中肠子都悔青了。

13

一场风雨后，"花鼓皇后"玉秀那天在花子镇的街上一个人跳起了花鼓舞，"砰砰砰"，鼓点声像雹子落了满地，又像云层里阵阵的响雷，随着鼓点，玉秀的步伐时紧时慢，似嗔似醉。她好看的腰肢又裹进了红穗子的翻飞起舞当中，玉秀似乎忘了自己是在跳花鼓舞，她感觉跟随皮小七上了狼烟四起的战场，她觉得自己的意中人是霸王，而自己成了虞姬。在玉秀眼前浮现的是她在异乡与小七的偶然相会，是她与小七的风餐露宿、相依为命，玉秀怎么能不跳呢？玉秀感觉自己不是在独舞，英姿飒爽的皮小七也在她身边应节而舞。玉秀在花子镇最后的舞蹈没人敢驻足观看，但玉秀却感觉周围全是乌压压的观众，渐渐地，玉秀感觉那翻飞的红穗子成了喷溅的鲜血，那鼓声急促得让人心口发疼，于是阵阵凄厉的唱腔从她胸中吞吐了出来：

几十道坎来几十道沟，
远行人你让奴家愁，
大路上往前你大步迈，
刀光剑影里你就上了城头，
上阵杀敌旌旗裂，
朵朵红花凝在胸口，
别怕那关山万里远，

你把那山河重梳妆，
生生死死奴家跟在身后，
……

鼓声骤停，玉秀一个趔趄跪在了地上。脸上的汗与泪淌在了一起，她大口地喘着粗气，感觉与皮小七完成了一场完美的演出，终于曲终人散。她抬起泪眼看一下空中，风吹来，一片片枯黄的秋叶飘飘扬扬。

玉秀那天背了花鼓和铺盖领着细柳就要上路了，细柳手中拿了小打狗棍儿还没桌子高呢。花子镇是生玉秀养玉秀的地方，但花子镇也是让玉秀最伤心的地方。听人说，玉秀决定再也不回来了。玉秀那天领了细柳路过果园刚踏上大路，冬就追了上来。一边追一边喊："小细柳，你别去要饭，我有钱，我有很多钱……"

玉秀无奈只得和细柳停下来。玉秀看着傻子嘴角闪过一丝凄凉的笑。冬想，细柳怎么能去要饭呢，她还那么小，那些吃人的狗一下子就能把细柳扑倒了，何况路上有那么多可怕的事情。冬跑上来拉着细柳的手就往回拽："别去要饭，狗专门咬小孩，还有人吃人，还有砍头的，我有钱，你们买窝头吃，买包子吃……"玉秀一脸苦涩，打开了冬的手，牵着细柳往路上走去，冬哭了。细柳一边走一边回头说："你别哭了冬，果子熟了的时候我就回来，吃你的果子，给你做媳妇。"

冬一屁股坐在地上哭了："你那么小，怎么能去要饭呢？"

乔郎中瑟缩着身子走到大路上的时候，玉秀和小细柳已经走远了，只有冬坐在那里发呆。乔郎中没搭理冬，瑟缩着身子又回去了。乔郎中忽然明白了，伤人最狠的不是刀子，是人心。有的人一旦有点资本，说话嗓门粗了，架子也大了，居高临下，一脚就把人踩进了烂泥里。

第五章

1

穷人骂街总是把自己放在对方的祖宗行列，在花子镇，老半就从来不这样骂人，因为他的财富与实力明摆着已经把别人踩在了脚下。但项西吼的骂街可不管这一套，她没事经常来女婿家的包子铺帮忙，动不动就把一盆脏水泼在人家药铺的门口，街面上一群鸡鸭被她赶得到处乱飞。她口中还在骂骂咧咧：

“谁家祖上丧了良心，养这么一群不下蛋的鸡，花子镇什么都不稀罕，就稀罕你们这些光吃食不趴窝的！”

乔郎中曾经一口回绝了银环二姑娘做二房，而现在却想找寡妇玉秀做二房，这项西吼对乔郎中的气就越来越大。有人说这是姓乔的喜欢玉秀，还有人说这是故意打青砖大院的脸，人家宁肯要寡妇也不肯要你们老王家的黄花大闺女，这就说明你们家二姑娘有问题。项西吼与老半嘴上不说，这疙瘩却结在了心里。

“什么东西！谁家做贼谁家养汉都清楚，呸！谷谷莠子直起腰也敢愣充蜀黍苗子，也不睁开你的狗眼看看，在花子镇你算哪门子有头脸的人物……”

贾新荷一听就想跳出去对骂，一看郎中的脸色，不得不气呼呼地坐下来。

看到乔郎中坐在药铺里跟没事人一样，项西吼越骂越脏。围的人也就越来越多。这时就怕有人上来劝，谁劝谁的祖宗十八代就会被项西吼掀出来，最后金环姑娘也会上阵。论骂架，项西吼她娘仨在花子镇就没遇上过对手。银环姑娘有时也出来帮着项西吼骂，银环姑娘是识字的，她自然骂得没那么脏，但是够毒，一句话就能噎死一头牛。她最希望的是郎中两口子出来和她痛痛快快干一仗，但任凭你外边天塌了，乔郎中还是在抓他的药，老王家女人骂得再好，他好像没听见。

最后的结局就是，银环都嫌自己的娘骂得难听，生生把她拖回青砖大院里。虽然挨了骂，但每当二姑娘身子不好，老半上门来叫，人家照样背起小药箱就走，仍旧是和颜悦色，这就是乔郎中。

2

听到冬在路上喊，有些人忽然反应过来，土匪崔老九这钱八成是让傻子冬刨去了。冬一下子就阔了。阔了以后的冬，忽然成了花子镇的大明星，人人见了冬都是和蔼可亲的一脸笑。冬甚至都忘了自己是傻子了。他在街上竟然学起了侯五走路。冬想，钱真是好东西啊，想吃啥就吃啥，把姜苗子买回来好几次。许多人对冬都好了起来，人们忽然觉得冬成了能够改变他们命运的菩萨，冬就把姜苗子的命运改变了嘛！于是有人把好吃的都给冬留一点，还有人给冬剃起了头，也有人给冬缝起了衣服，还有的女人说要给冬做鞋子，其实大家想的是，怎样从傻子冬的手里把钱掏出来，这日子确实是太苦了些。

有的说："冬啊，你看叔这房子，挡君子不挡小人，下雨的时候，外边大下，屋里小下，外边不下，屋里还滴答。"还有的说："冬啊，你看俺那几亩薄田都押给老半了，没钱至今赎不回来，眼看全家就要要饭逃荒去了。"

"冬啊，你哥的媳妇定了这么多年了，就是娶不回来，没钱啊！"

"冬，你吃了肉包子了，你这几个哥哥姐姐还没吃过。"

"冬，外边世道不好啊，俺家你哥在外边上学又来信要学费了。"

有几次冬很犹豫要不要把自己的钱贡献出来，但想起金环姐姐的话，冬还是忍住了。

有人开始给冬提亲，有些姑娘亲口说要嫁给冬。冬说自己有媳妇了，就是姜苗子。那些姑娘就说，姜苗子是个傻子，我们可都是正经八百的好姑娘。现在的冬已经不找姜苗子去玩了，因为已经有许多人愿意和冬玩，走到哪里都有人敬着捧着，夸冬心眼好，长得精神，还有的竟然说冬真聪明。这让老半听了怪怪的，老半就回家数数自己的钱，发现一点没少。一次老半把冬叫到一边，烟袋锅子鼓点一样落在冬的脑袋上，问冬的钱在哪。冬只是傻笑不说话，现在的冬终于知道了钱的好处，有了钱，傻子也不是傻子了。同时感觉不对劲的还有秋，晚上秋小心翼翼地问冬："你真有钱了吗冬？你有了钱咱就走，买房子，买地，给你娶媳妇……"

冬早就告诉秋自己有钱了，但秋不信，还打他。现在他想把钱的事告诉秋，一听说秋要带他走，他就知道又要去要饭，在花子镇，冬太舒服了，冬才不出去要饭呢。秋问冬的钱在哪里，冬在炕上一歪就打起了呼噜，秋一脚把他踢到了炕下边，嘴里骂骂咧咧：

"你个傻子，我要和你分家！"

看到那么多好姑娘把冬围住，姜苗子哭了，她说："冬，你就是个王八蛋，你把俺背回来干啥？还不如卖给别人呢。"

那天，冬看到有人家娶媳妇，新娘子穿了红彤彤的一身，新郎官戴着瓜皮帽，胸前扎着大红花。有些人看冬来了，就跟冬说，冬很快也要有媳妇了。冬忽然觉得，自己很快也会成为新郎官。但新娘子是谁呢？是姜苗子那个傻子吗？

这个问题冬要好好考虑一下。

有个姑娘扎了一条大辫子，端起半碗水跟冬说："冬，你喝了这碗东西，我就嫁给你。"边上一帮姑娘哈哈直笑。冬端起来就喝，却被味道冲得龇牙咧嘴，冬问这是什么？姑娘们说，这是酒，一碗就顶好多饭呢。于是冬咕咚咕咚喝了下去，喝下去冬感觉坏了事，天转了起来，地也转了起来。他一头就扎进了草垛里。这时他听到有人在他耳边问，冬，你的钱藏在哪里了？

冬说在小桃树下边。

一帮人跟着冬就来到果园，头昏脑涨的冬就在小桃树下边挖了起来。他刚挖出那只口袋就被人抢了过去，这时项西吼冲进人群，把口袋夺了过去压在身子底下："冬是我们家的人，这钱是我们家的。"秋不干了："这钱是冬的，这地也是我们家的。"

"是我们家的！"

"凭什么是你们家的，写你们家名字了吗？"

"这钱是花子镇的，人人有份。"

……

口袋被这个抢过去，又被那个抢过来。一帮人把钱袋子拽来拽去，谁也不撒手，老半一路小跑过来，都快把喉咙喊哑了："真是穷乡僻壤出刁民，你们这是要抢吗，你们见过钱吗？一群叫花子……"秋这时抄起了铁锨，要和那帮人拼命，就看着一帮人把钱袋子拽来拽去，忽然吱拉一声，钱袋子底下裂开了一条大缝。只听到哗啦一声响，一些瓦片碗片掉在了地上。

一帮人都惊呆了。项西吼趴下去，把瓦片和碗块一片片捡起来，看了又看，然后气急败坏地扔在冬的脸上。冬使劲眨巴眨巴眼睛看着自己的钱："我的钱，我的钱……"

一直在人群外看热闹的姜苗子这时抱着自己的布娃娃笑了起来，指着冬说："哈哈哈，你的钱没了，傻子也不给你当媳妇了。"

冬头一歪，昏了过去。

一帮人纷纷往冬身上吐黏痰。

"傻子。"

"不光是傻子，还是骗子！"

人们纷纷离去了。秋狠狠地踢了冬一脚，冬睡得像头死狗。

杨三拿着那条结实的布袋子看来看去，这真是一条好袋子，蓝盈盈的底上绣满了黄色的蝙蝠。杨三把两条腿伸了进去，把绳子扎在了腰间，像穿了件花裙子。他想回家让老娘改一改，在中间缝一道，就是一条不错的裤衩，一群人抢来抢去，收获最大的还是他杨三，杨三手舞足蹈地跟在人群后面走了。

3

被冬背回来后，姜苗子不说话了。她现在完全相信了冬说的那些鬼故事，外边是一个比纸人纸马更加玄奥的地方，老干姜说的阴间的阎王殿是什么样子，外边就是什么样子。躺在床上养病，姜苗子盯着屋顶，她忽然分不清自己到底是活着还是死了。现在的姜苗子很怕黑，老干姜只要把油灯给她吹灭，她就一阵尖叫，仿佛又走进了马车上那个黑暗的世界，她周围除了黑什么都没有，她用手四处摩挲冬在哪里……

姜苗子的傻才真正开始。她忽然睡不着了，现在的她有点错乱，她分不清哪些事情是真的，哪些事情是梦里的，花子镇与外边是截然不同的两个世界，在黑暗中她似乎又看到了连天的炮火，又看到了乱飞的皮肉，还有一群饿得要吃人的鬼。她在被窝里瑟瑟发抖，黑暗里姜苗子的手还在乱摸，她感觉自己仍未逃离那片恐怖的世界，冬去哪里了呢？姜苗子不愿给冬做媳妇，但黑夜里冬不在她身边，她竟然一刻都受不了，要是冬在她身边就好了，那样她会睡得很香。

姜苗子现在最盼的是天亮，天亮了，她抱着她的布娃娃就去找冬。她在街上走得恍恍惚惚，有人看到了痴痴的姜苗子，就问："姜苗子出来了？你要去哪里啊？"

姜苗子回答："我要跟冬睡觉去！"

果园里，姜苗子的身上铺满了鲜花。她缠着冬睡觉，冬在她身下铺满了鲜花，她躺在鲜花上，把脑袋枕在了冬的怀中，像一只猫那样温驯地进入了梦乡……

花子镇的人那天看见两个傻子在街边那个草垛里睡在了一起，姜苗子枕着冬的大腿，乱草中两人各自进入了梦乡，脸上洋溢着满意的笑容。草垛那里的阳光真好啊，许多人围在两个熟睡的傻子面前，感觉是那样不可思议，这两个傻子在被拐卖的路上到底有什么样的故事呢？

那天冬又一个人坐在果园里静静地发呆，秋已经早起帮老半干活去了。果园里蒙了一层淡淡的雾。阳光柔和的就像一缕缕纱。冬感觉自己就像做了一场梦，自从他的钱变成碎瓦片以后，在花子镇他还是一个傻子，一个有也行没有也行，没人愿意搭理的傻子。冬的黑眼珠又翻到了上眼皮底下，他在琢磨，为什么自己昨天还很富有，今天怎么就又成了叫花子呢？

为什么有钱的冬和没钱的冬在别人眼里不一样呢？冬是不会明白的，一个有钱的冬才是一个迷失的傻子，他的本质是一个小叫花，一个一无所有却又纯得像水的傻子。

姜苗子抱着她的布娃娃又来了，她知道，现在的冬又只剩了她这一个朋友。

"为啥吃了一顿包子，俺的钱就变成瓦片了呢？"冬嘟囔着，他想不明白。

"哈哈哈，因为你天生就是一个叫花子。"姜苗子说。

冬像一头叫驴一样哭起来。

姜苗子还在笑。

"姜苗子，你还给冬做媳妇吗？"。

姜苗子对着冬说："你滚吧。"

冬说："俺可是为你吃过屎的。"

姜苗子说："两斗小米拿来。"

4

果树陆续长成了，但冬还是那个傻子。看到有果子陆续落下来，冬总是挑最大最红的果子偷偷放在草丛里。冬想，说不定明天小细柳要饭就回来了。但是小细柳一直没回来，冬经常踮起脚望向镇子外那条大路，没有小细柳的影子。冬爬到树上看，还是没有小细柳的影子。

冬就对着那堆果子呆呆地发愣。姜苗子站在一边呆呆地看着他，看了许久，姜苗子哭了，姜苗子越哭越伤心，冬和黑豆都抬头看她，不明白她在哭什么。姜苗子哭着说："俺比小细柳还苦，小细柳有娘，俺没有，怎么就没人给俺果子吃呢？"

于是冬把果子递给姜苗子，姜苗子都打到了地上，领着黑豆跑回纸草店了。

高粱青青，
麦穗儿黄，
望着炊烟寻米香，
顶着露水数星星，
天做被子地做炕，
娘的小叫花呀，
爹的讨饭郎。
拄着棍儿你就把路上，
别怕狗儿你往前走，
莫要回头望，
娘在这里泪汪汪。

那天，秋听到那首长在自己生命里的《讨饭歌》。在果园里扛着梯子钻来钻去的秋心里一阵异样的甜，他知道那是杏儿，寻着歌声在浓荫里到处找，等寻过去，却又消失了，一会又在自己的背后唱起来，秋只能回头再去寻，寻来寻去，歌声突然又没了。他站在浓荫底下喊了声："谁在偷果子？再不出来放狗咬人了。"

忽然一只果子砸在了自己的头上，上面不知被谁咬了一口，他抬头一看，果然是那个不好惹的童养媳坐在高高的树杈上，而且手里又摘了一个果子，咬了一口，又扔下来。

"你这是糟蹋。"秋生气了。

没想到那姑娘把一个个果子又扔了下来，砸得秋到处乱躲。

"你下来，别把天理伤了。"

果子一个个又被杏儿摔进烂泥里。

秋连忙弯下腰去一个个地捡，于是一个个果子砸在他的背上。

"你走不走？你不走我一个人出去要饭了。"杏儿在果树上说。

"没你这样的，在老半面前嘴甜得跟蜂蜜似的，马上就少奶奶了，暗地里却想着当叫花子！"

"秋，你个王八蛋再叫我少奶奶我死给你看！"

"好啊，赶快抽下自己的裤腰带在树上吊死，这里很多吊死鬼。"

杏儿果真去解裤腰带，但想了想那样裤子会掉。于是她颤颤巍巍扶着树杈在树上站了起来："死就死，活着也没啥意思。"

"你要干嘛，掉下来摔死你！"秋急了。

树上的杏儿闭上了眼睛，飞身就跃了下来。

杏儿睁开眼睛，发现自己果然落在一个男人结实的臂弯里。

"让老半看见你抱着少奶奶会打死你。"杏儿躺在秋的臂弯里感觉很享受，但嘴上仍不饶人。秋一松手，杏儿一个腚蹲儿掉在了地上。

"秋，你摔死你亲娘了。"杏儿在地上咧着嘴扶着腰站了起来。

秋真生气了，向她晃起了拳头。杏儿说："你现在又多了一条罪状，调戏少奶奶。"

秋故作糊涂："我还有什么罪状攥在你手里？"

"老半家的饺子没撑死你……"杏儿说。

秋一下子捂住了杏儿的嘴，赶紧看看四周有没有人。

"秋偷吃老半家饺……"秋刚一松开手杏儿就开始高声喊，秋赶紧又把她的嘴捂上了。

"你仗着是财主家的老婆欺负人是吧？"秋火了。

"你是财主家的乖儿子，这果园果树是你们家的吗？"一个个果子又被气哼哼的杏儿从树上往下摘，摘下来往秋头上扔。

"不是我们家的难道是你们家的，你们家有地契吗？"

"地契在我爹那里，这片地明明是我们家的，为了这块地，我爹都把我卖给了老半家。"

秋的脑袋忽然嗡的一声，他有点明白了。沉吟了许久，于是就问："你爹是不是会编草鞋?”

杏儿也愣了:“你怎么知道?”

秋一屁股在果树底下坐了下来。许多痛苦的回忆又在他的脑海里浮现出来。

杏儿从树上跳了下来,开始摇晃秋的肩膀:“你快说啊秋,你在哪见到我爹了?”

秋又问:“你是不是还有个弟弟?”

杏儿的眼泪忽然就淌成了线:“秋,你快说,你在哪里见到他们了?”

“你爹是不是腿脚不太好,个头也不高?”

杏儿点了点头。泪眼迷离地看着秋:“我爹的老寒腿就是穿草鞋穿的,求求你,你快说啊秋!”

秋忽的一下站了起来:“你爹是个骗子,就是他把我们骗到这里的!”

“你胡说,你爹才是骗子,秋,你这个王八蛋,我对你多好,给你做衣服做饭……”杏儿抓起一块土坷垃扔在秋的身上。

“你爹是骗子!”

“你爹!”

杏儿哭着扑上来在秋的身上乱抓乱咬。秋一把推开了她。

“这块地是我家的,地契在我手上。”

“你怎么会有地契,告诉我谁给你的?”

秋不理她走远了,他无法启齿一段惨痛的记忆,他担心杏儿不能承受,更担心他的地契。杏儿哭得更厉害了,最后她对着秋的背影恶狠狠地说:“秋,你个王八蛋,你不告诉我,我把你偷饺子吃的事情告诉老半。”

第六章

1

关于那年偷饺子吃这件事，秋一直觉得除了杨三没人知道，没想到杏儿竟然也知道。老半过日子抠门是出了名的，农忙家里雇着那么多长工短工，跟人家一样天天清汤寡水自己心里才踏实，要不这么多人天天油饼白馍加肉炒菜，那得花费多少？就是吃得起老半也会心疼死。但自己的老娘那天突然就嚎了起来，哭她死在东北的老头子。老半就问："你这是哭啥娘？"老娘就说了："孩啊，我想起你爹在时三天两头就给我包顿饺子，就想他想得哭。"老半说："你这是想俺爹呢还是想吃饺子呢？"老娘想了想说："你就给娘包顿饺子吃吧，你娘也吃不了几顿饺子了。"老半说："你开玩笑呢娘，要是光给你一个人包饺子，就得闹得孩子哭老婆叫的，家里这么多人，包一院子饺子才够吃，得浪费多少白面，再说还得上集割肉，那得正儿八经花钱啊！"老半他娘就说："我知道了孩，老娘不吃了。"但老半他娘还是继续窝在炕角掉泪。连续掉了三天。

老半就让杏儿放下手中的活计，在小磨房推起了磨，磨麦子。麦子最难磨，得磨细，还得一遍遍用细箩筛，杏儿磨了半天也没磨出多少，正好秋牵了牲口犁地回来，老半就让秋去帮杏儿推磨，秋犁了大半天地正累着，又要帮杏儿推磨磨麦子，心里一兜气，冬一个人还在果园。秋卖力地推着磨，一个劲地嘟囔："老半今天是怎么了，不过年不过节，磨什么白面？"杏儿在一边晃着细箩也在纳闷："谁说不是呢，又不是八月十五又不是过年，磨什么白面？"老半家五冬六夏从来就是窝头地瓜，跟普通人家没什么两样。过年是能包

一两顿饺子的。

杏儿出去解了个手回来后对秋一个鬼脸，说：“你有口福了秋，八成是要包饺子，东家奶奶在择菜，老半割了一大块肉回来。”一说饺子，秋来劲了，把石磨推得滴溜飞转，上一次吃饺子时他还不太懂事，那东西太好吃了，简直是天堂里的日子才有，冬还一次都没吃过。

那天老半老早就让家里的长工短工歇工了，杨三也在给老半干零活，老半让他停下了。项西吼还是把窝头咸菜端上来，招呼大家一块吃，然后就让他们回家歇着，明早过来，包括满头大汗推磨的秋。

秋站在果园里都隐约能听到青砖大院里剁肉的声音，他心里倒是没有什么不平，但想起饺子，他就可劲回忆是种什么味道，这时杨三鬼鬼祟祟走了过来，问秋想不想吃饺子……

老半派人把大闺女金环也叫了回来。然后老早就把大门关得严严实实。一家人包起了饺子，杏儿也跟着他们忙活得热火朝天，一会饺子就包了满满的几大箅子。听到外边似乎有动静，老半还蹑手蹑脚走出去看了看，回来后嘱咐家里的人，轻一点，别让人听见咱们在包饺子。

项西吼卖力地拉起了风箱，一大锅水烧开，饺子吧嗒吧嗒就入了锅。

2

花子镇镇公所是安排值守的，却突然响起了锣。花子镇的人都知道，一响锣就说明土匪进了镇子，老半家里乱作一团。项西吼抱起二斗就往后院跑，老半背起老娘，大姑娘金环二姑娘银环连滚带爬也往后院跑，后院有个地窖，藏进去，神仙也找不到。转眼的空，就撇下了还在收拾东西的杏儿，杏儿知道那堆腌菜缸里边有一个是空的，就钻了进去，然后把盖子轻轻地盖上。

一听锣响，花子镇的灯火成片地灭，瞬间就变成了漆黑的染缸，所有灯火都熄了。一片死寂当中，躲在缸里的杏儿似乎都听到树叶落在地上的声音。

没多久，杏儿就听到南墙根扑通两声，好像有什么东西掉在地上。杏儿把缸盖顶开一条缝，偷偷往外瞄，就看到一个熟悉的身影蹑手蹑脚走了过来，迈上了老半家瓦房前的台阶，后边跟着的那个她也熟悉。杏儿不禁哑然失笑，那不是秋吗？还有杨三。秋腋下还夹着一面小铜锣。

于是屋里的油灯被重新点了起来，杨三和秋蹑手蹑脚走到灶台前，秋掀开锅盖，锅里咕嘟咕嘟的，饺子正好都朝上翻起了肚皮，秋就用笊篱捞出一碗，用筷子夹出一个尝了尝，有点烫，秋吸溜吸溜没尝出什么味道就咽下去了，吃第二个的时候秋吧嗒了吧嗒嘴，于是三下五除二风卷残云，一会一大海碗就吃了个精光，杨三更是吃得狼吞虎咽，这可能是秋这个叫花子吃过的最好的饭，甚至让秋坚定了活下去的念头。没多会儿，秋和杨三的肚皮吃得就像一面小鼓一样圆，秋弯腰拿地上那面小铜锣的时候好费劲，两人摇摇晃晃出了门走到台阶的时候，杨三想起什么，又蹑手蹑脚回去了。他看了看锅里剩的饺子，就往灶膛里添了一把柴，一会锅里剩下的饺子咕嘟咕嘟就全成了一锅粥，这样老半就没数了。秋一个鬼脸，又回来把那只海碗用自己的袖子擦了擦放回了原地，杨三于是也开始擦自己的。

秋蹑手蹑脚走到南墙根，一向利索矫健的他死活爬不上墙头了，杏儿在缸里都听到一个响屁。最后杏儿听到他俩好像两麻袋粮食"吧唧"就掉到了墙外，还有一声锣响……

秋打着饱嗝回到果园，冬正在啃一块生地瓜，秋就让冬拿盆，冬把盆拿过来，秋踢了他一脚说——这是尿盆。冬拿过盆后，秋就抖自己的袄袖子，于是一只只饺子掉了出来，冬问这是什么东西啊？秋说你吃就行了，冬吃了一个后然后就把整个脑袋扎进了盆里，像头猪吃得吧唧吧唧直响。

秋看着冬说："慢点吃冬，跟着哥饿不死。"他打着饱嗝把自己放倒在炕上，感觉不得劲，又爬起来，在果树底下背着手一个劲地踱。

3

果子熟了，杏儿站在果树上摘着果子，脸蛋被阳光耀得红彤彤的，被绿叶衬着，也像一枚好看的果子，想起秋偷饺子吃她就想笑，于是又唱起了《讨饭歌》，秋这家伙似乎对什么都有办法，只是带了一个傻子弟弟。现在的杏儿基本可以确认，爹把地契卖给了秋家，这样秋和冬跟着娘才来到了花子镇。爹和娘怎样了呢？还有自己的弟弟，她总是找机会问秋。一说这事秋就不吭声，一句话都不愿意和杏儿说，默默走开。杏儿没事总是站在果树底下仰望，阳光从果树的罅隙中一缕缕洒下来，这让杏儿感觉自己的前程有了些许明亮。这片果园让杏儿看到了日子本来的样子，她的家乡在好的年景下应该也是这番景象，这多半来自那个叫秋的长工，杏儿知道她的回乡路将是苦难的流亡，但她感觉有了这个长工就有了开始，她无论如何也不会跟爱尿炕的二斗厮守一辈子。

收获的果园流淌着一种动人的色彩，老半的长工们和秋每天都在果园里忙碌。老半给花子镇的人分掉许多果子，有的不要果子，老半就许诺给他们粮食。果树都还小，等果树长大了，果子产量就高了。

姜苗子的日子没了白天与黑夜。她时常坐在纸草店的门口，对着街上来来往往的人发呆，恍恍惚惚中，她甚至分不出眼前转动的哪些是真实的人，哪些是她们家的纸人纸马。反正这一切都是光怪陆离的，也是她看不懂的，包括发生在他们身上的那些事情。

有些人看到姜苗子坐在门口，脸庞枯瘦憔悴，深陷的大眼睛被遮挡在凌乱的发丝后边，不由得让人一阵心疼，有些上前有意地跟姜苗子搭讪。姜苗子一脸恹恹的倦容，不时打着哈欠。那天，一个脑后扎着辫子的外乡男人在她面前驻足停下了，一个劲地打量她，还捻着颌下的胡须不停地摇头晃脑，最后眼神停在姜苗子那双脚上，姜苗子没有缠足，一双脚板就像炝锅铲子，这让那家伙直蹙眉。姜苗子瞅瞅自己的脚丫子不知何故，很不自在。

姜苗子忽然很惊恐，她感觉好像又站在了红墙下面，那些不三不四的人上前来询价。她总觉得这条街上的人都是不怀好意的，总想把她卖掉，她还会被装到黑咕隆咚的马车上，被送到很远很远的地方，然后看到一幕幕恐怖的事情，到处是杀人吃人的妖魔鬼怪……

想到这里姜苗子一声尖叫，起身跑回屋里，躲在门后看着那些人们，浑身颤抖。

那些人一声叹息，被冬背回来的姜苗子变得越来越傻，很明显受到了惊吓。他们开始替姜老头犯愁：可怜的老干姜，拉巴着这样一个傻丫头，这日子该怎么过？

“还是尽快找人家把姜苗子嫁出去吧。”有人出主意说，“那样姜苗子和老干姜都能活下去。”

可是什么样的人家会娶一个傻子呢？

那些人都无语，躲在门后的姜苗子怯生生地看着他们，撩一把面前的发丝，苍白的脸蛋倒是不失俊俏。

秋那天回到果园跟冬说：“以后不要跟那个傻闺女在一起玩了。人家被林家庄老秀才龚大辫子看上了，老秀才用地契做抵押，从老半家里借了两斗小米，去老干姜家提亲去了。”

秋跟冬接着说：“有些事情不是咱哥俩想的，咱们是叫花子，能活下来就全靠爹娘佑着，那丫头虽然傻，但有些男人就喜欢傻的，哪轮得到你？你要是再跟她搅和到一块，我就揍你。”

在媒婆的带领下，龚大辫子扛着大半袋子小米走进了纸草店，姜苗子知道，自己最怕的事情来了。她将再次被卖掉。

龚大辫子的辫子没那么大，垂在脑后就像半截枯黄的草绳。说起来，龚老秀才是阔过的，在年轻时家境殷实，据他自己说，当年他们家也是大骡子大马深宅大院，后来被兵匪搜刮了几次也是破落了。有人说，他只不过是一个童生，还不是秀才。对此，龚大辫子怒目相斥，说他是参加过乡试的，要不是康梁变法和袁世凯废科举兴学堂，他早就是举人老爷了。说起来，老先生总是对前朝大清依依不舍，对康梁二位和袁大总统总是颇有微词，这就是他依然在脑后留一条辫子的原因。

“世道变了，那些白话文章人人都能写，真个是礼崩乐坏，天下不安，人臣篡逆，纲常失纪……”说到这里，老秀才总是摇头叹息。

那天，龚大辫子翻箱子底把珍藏多年的那身行头穿上了，据说，这是当年他参加乡试时置办的一身行头。不是婚丧嫁娶重大的日子，他根本舍不得穿。他是有过两任老婆的，一个死了，一个跑了，还有过一个“妾”，等娶进家门他才知道，他纳的那位“妾”是在城里的“花柳巷”干过的，自然把花柳病给他带了回来。有人说龚大辫子的钱不是花在嘴上，都是花在“腚”上，四处寻医问药，这些年也不知治好了没有。眼下已近五旬，并无子嗣，为了躲家里的肮脏病，两个女儿上完学堂后也不知去了哪里，据说在外“闹革命”。家道中落，他这日子一天比一天惨，无钱续娶，也没有像样的女人肯嫁给他。那天，花子镇的财主王半山托人来说，有一桩好姻缘在等着兄台。龚大辫子将信将疑，于是特意去花子镇看了一眼，那丫头正坐在纸草店发呆，虽然是满脸憔悴，却也不失玲珑秀气。只是那双大脚板让他感到美中不足。也有人告诉他，这丫头是个傻子。龚大辫子想的无非是传宗接代，还有就是快活。眼下老爹老娘身体已日渐衰老，眼看就下不了田种不了地，家里需要人手。再说了，自己已经多年没有尝过女人的滋味，哪还顾这些。无非是两斗小米，他手里还有几亩地契，王半山答应借给他。

来到纸草店这天，龚大辫子彬彬有礼，满口之乎者也，只让老干姜听得瞠目结舌，心想这读书人礼数就是周到，姜苗子能有这样一个下家，也是前世修来的福分。

“只是我们家苗子有点傻，秀才老爷可不要嫌弃。”

“哪里哪里，老先生言过了，不通文理自然愚氓，小生自当悉心调教便是。”

在里屋的姜苗子听得浑身发凉，她听到这家伙和老干姜讨价还价，她一会儿是丫环，一会儿是使女，接下来又成了妻妾，最后老干姜跟他说，“苗子成了你媳妇就是你们家人了，这边我一个糟老头子，可没啥陪送……”果不其然，老干姜又把自己给卖了。

姜苗子从里屋走出来，龚大辫子还在摇头晃脑，夸夸其谈，看到姜苗子出来，不禁又是一番仔细打量。最后目光盯到了姜苗子那双大脚，又是一阵蹙眉……

“你会种果树吗？”姜苗子不敢相信自己会是这样一个老头的媳妇。

老秀才说：“管子曰一年之计，莫如树谷；十年之计，莫如树木；终身之计，莫如树人。一树一获者，谷也；一树十获者，木也；一树百获者，人也。我苟种之，如神用之，举事如神，唯王之门……”

他的话姜苗子听不懂。姜苗子心里想的是，如果做媳妇，这个老家伙和冬那个傻子到底哪个好，于是她又问：“你有大洋吗？”

“书中自有黄金屋，书中自有颜如玉……”龚大辫子捻着山羊胡须还在摇头晃脑。

姜苗子有点不耐烦：“你会吃屎吗？”

龚老秀才被噎得一口气好长时间没上来。脸顿时涨得通红，忽地站了起来：“岂有此理，成何体统？士可杀，不可辱！”他一拂衣袖扬长而去，全然不顾媒婆和他的小米。

冬不理姜苗子了。冬由衷地感到有钱的傻子和没钱的傻子是不一样的。钱这东西真是太好了，真可惜，冬的钱只属于冬那么短的时间，他看到了自己的另外一种生活，有了钱的冬竟然有那么多人对他好，让冬感到了从没有过的温暖。没了钱的冬现在又成了一个叫花子。他用自己的钱把姜苗子买了回来，姜苗子却不给他做媳妇了，要嫁给林家庄那个扎辫子的老秀才，冬赔了个血本无归，于是越想越气。

那天冬气哼哼地在果园里翻着地，姜苗子在他身后叫，冬不理她。看着冬那张光着的脊梁在太阳底下泛着亮光，姜苗子有点失神。

——冬，你怎么不理我了？

冬就是不理她，呼哧呼哧在翻地，镢头抡得老高。

“冬，我哪里惹着你了？”

冬没反应，继续干着自己的活计。姜苗子呆呆地站在了那里，眼泪哗啦就在脸颊上淌成了河。姜苗子转身往回走，洒下了一路哭声：“冬，你太狠心了。”

纸草店里姜苗子在夜晚更加无法入睡，她感觉在暗黑里连冬都摸不到了。她似乎堕入了一湾漆黑的泥潭，四周除了冰冷的黑什么也没有，她是一条窒息的小鱼在拼命地往外游，希望看到一丝光亮，但她只是听到了碎裂的马蹄声……

姜苗子终于明白了什么是真正的傻，那就是被无边的恐惧与暗黑包围，没有任何其余的心思。她恍恍惚惚走在大街上，感觉自己变成了一块任意飘荡的云彩，不由自主，她还是来到了果园，看着那张生铁一样的脊梁在拼命地翻地。冬没有丝毫搭理她的想法。

但就是这样，姜苗子看着冬后背，倚着果树也能简单地睡上一会。她知道，爷爷既然收下了那人的小米，她就又被卖了，等待她的，或许会是人贩子马车上那样的黑暗，或许会是更加恐怖的神鬼世界。

姜苗子睁开眼睛的时候，冬不见了，姜苗子喊冬的名字。没有冬的影子，姜苗子失声尖叫，然后就哭，冬拿着镢头从果树的暗影里出来了，于是姜苗子一阵欣慰，靠在果树上歪起脑袋又睡了过去。等她再次睁开眼睛，冬又不见了，于是姜苗子又继续叫，继续喊，冬现身后，姜苗子又笑了，撩一下脸庞上的发丝，又睡去了……

冬很生气，说：“姜苗子，你别来果园了。”

姜苗子从来不在冬面前服软：“我为什么不能来果园啊，果园又不是你家的。”

“姜苗子，你是个骗子，你到底给冬做媳妇不？”

“不做。”

“那你就别叫冬了。”

“我不给你做媳妇，但是我要看到你，看不到我怕黑，睡不着。”

“姜苗子，你太坏了，你把冬的钱都骗光了，又不给冬做媳妇了。”

接下来姜苗子不知冬说了什么，她昏昏沉沉歪倒在果树上，又睡了过去。她醒来的时候已是夜晚，果园在一弯残月下一片漆黑，姜苗子于是又失声尖叫，她站起来却在果树下摔倒了，脚底下树影在变幻着恐怖的形状，她不停地呼喊着冬的名字，冬不知去哪了，姜苗子失声尖叫，于是姜苗子哭着往果园外跑。

"冬，你在哪里啊，姜苗子不给你做媳妇，但没有你会害怕，冬，你出来啊！"

四周一片静悄悄，果树顶上孤零零的一只猫头鹰在静静地看着姜苗子，四周一个人影也没有，姜苗子跌跌撞撞往外跑，脚下不知被什么绊倒了，傻姑娘的嘴巴里塞满了泥土。姜苗子哭起来："你在哪里啊冬？"

果园里姜苗子的哭声失神落魄："冬，我很快就被卖掉了，怎么给你做媳妇啊？姜苗子都不知道自己是谁的媳妇，姜苗子只知道自己还会被卖到马车上，还会被关进笼子，在黑屋子里再去阎王殿一趟，那时就再也见不到你了……"

冬从树影里跑了过来，姜苗子费了好大劲终于看清了那是冬，于是一头扎进冬的怀里，放声大哭："冬，你别找傻子做媳妇，你要找个会给你做鞋子做衣服的，那样你就不冷了，姜苗子被卖得再远，也就放心了。"

于是冬低下头去用自己的手指给姜苗子擦眼泪，却是越擦越脏。冬在想一个问题，姜苗子和自己有什么关系呢，为什么看到姜苗子伤心，自己也这么难受？

姜苗子趴在冬的怀里，颤抖得像只兔子，她和冬都知道，两人在一起睡在阳光下的温暖日子，越来越少了。

"冬，你种小米，买个好闺女做媳妇。"姜苗子仰起脸看着冬说。

4

那两个傻子又手拉着手走在了花子镇的大街上。这让人感觉花子镇的日子一直没变。肚皮填饱一天算一天。就像侯五说的，该死该活鸡子都朝天。

但那些小孩还是跟姜苗子说："姜苗子你不害臊！"

姜苗子说："你们不是说我和冬成了亲就可以手拉手了吗？"

那些小孩笑得前仰后合。那些大人都围了过来："怪不得你们这两个傻子天天在一起睡觉，原来你们成亲了，怎么没请俺们吃花红啊？"姜苗子就说:“请你吃浆糊行吗?”

杨三就问:“你和冬入洞房了没有啊姜苗子?”

姜苗子就说:“入了,冬背着我入的。”

杨三问:“你是不是要给冬生个大胖儿子啊?”

姜苗子说:“儿子不都是捡来的吗?”

杨三说:“谁说的,儿子都是生出来的。”

姜苗子就问:“怎么生啊?”

侯五笑了笑说:“这只有你爷爷老干姜知道,你快去问问他。”

姜苗子松开冬的手一溜烟跑回家了。没一会就听到纸草店那边姜苗子杀猪似的嚎:“救命啊,快来人啊,老干姜要杀人了……”

冬一个劲地挠头皮,感觉莫名其妙。这时侯五就问:“冬,你把姜苗子睡了?”

冬说:“睡了,我们经常在一块睡觉。”

于是一帮男人一阵哄笑。一个个冲冬竖起了大拇指:“你太了不起了冬,花子镇这么多光棍娶不上媳妇,你已经是有家室的人了。”

侯五又问:“冬,你和姜苗子入洞房了? 在哪入的?”

冬就说:“在果园入的,我背着姜苗子。”

侯五睁大了眼珠就问:“然后呢?”

冬睁着眼睛不明白侯五的意思。

“然后呢?”侯五有点急,跺着脚追问冬。

“……”傻子冬有点摸不着头脑。

侯五急了:“入了洞房没做那个吗?”

冬还是不明白,发痴的脸上呆愣愣。

侯五说:“你和姜苗子亲嘴了没有?”

冬说:“亲嘴是啥?”

杨三说:“亲嘴就是你尝尝姜苗子的嘴啥味道,姜苗子尝尝你的嘴啥味道。”

侯五说:“我让你气死了冬,入了洞房姜苗子就是你的人了,你又那么远把她背回来,你们在路上就没那个?”

冬越来越像根木头。侯五一把把冬的裤子褪掉了，指着冬的命根子说："你这玩意用了没有？"

冬低头自己看着说："天天尿尿啊。"

几个人一阵坏笑。

"冬，你吃大亏了，姜苗子在骗你，她眼看就要伺候龚老秀才去了，你把她背回来，却让人家捡了便宜。"侯五跟冬说。

侯五对着冬一顿手势加比划，说了一大堆，冬似懂非懂。最后侯五指着冬的鸡鸡对冬说："你这是个榫，姜苗子那里有个卯，你们俩就应该合在一起。姜苗子就有小孩了，听到了吗冬，你有了小孩我们就给你送贺礼，买很多好东西吃。"

"姜苗子有小孩了呀，她天天抱着。"冬说。

"你太傻了冬，她那个是假的，你要给她弄个真的，像那些骗你果子吃的孩子一样"。

那几个人笑着跑远了，冬迟疑着提上了棉裤。

5

最后一筐果子被杏儿和秋抬着装上了马车，果园里变得空荡荡的。落叶满地狼藉，果树的叶子变得稀疏起来，就像老半荒芜的头顶。风一吹，一些叶子飘飘摇摇就往下落。听着远处果园里杏儿和那些人的笑声，姜苗子和冬并排坐在枯树上发起了呆，两个傻子又开始思考人生。冬和姜苗子都感觉，他们的钱就像果子一样被人收走了，只剩了满地的落叶。两人的富人梦破灭后，这片果园注定要迎来寒冷，就像他们可以躲避外边的悲惨，却无法躲避内心的恐惧。

"冬，外边果然有很多鬼。"

"姜苗子，你能分得出哪些是人哪些是鬼吗？"

"买小孩的那些人是鬼。"

"才不是，是砍掉人脑袋的那些人是鬼，还有吃人的。"

"有些人转眼就变成了鬼，有些鬼也会变成人。"

接下来，两个傻子都沉默了。又一阵风掠过，地上的落叶打起了旋儿。冬忽然说："姜苗子我要和你亲嘴。"姜苗子就问："啥是亲嘴啊？"冬说："就是我尝尝你的嘴啥味道，你尝尝我的嘴啥味道。"姜苗子扭过脸来说："你尝吧。”

冬就趴到姜苗子嘴上尝了尝，说：“你的嘴和葱一个味道。”

姜苗子说：“我和爷爷吃的煎饼卷大葱。”

冬总觉着自己很亏：“俺的钱都让你花了，又把你从那么远的地方背回来，你又不给俺做媳妇了，俺娘知道会伤心的。”

然后冬一句话都不愿意和姜苗子说了，他还在生姜苗子的气。姜苗子用胳膊肘碰碰冬，冬不理她。姜苗子叹了一口气说：“俺爷爷又把俺卖了，你买不回来了，你有钱的时候怎么不多买点小米？”姜苗子一噘嘴。

“冬还没想明白钱怎么花，就又变成穷光蛋了，俺的钱怎么就变成瓦片了呢？”冬想不通，哭丧的脸越来越像吊死鬼。

“肯定是你娘看你太喜欢钱，并不喜欢姜苗子，就把你的钱变成瓦块了。”

“我也是喜欢你的姜苗子，你就像窝窝头。”

“为啥不像肉包子呢冬？”

“窝窝头是饭啊，肉包子梦里才有，解馋……”

“俺要当就当肉包子，姜苗子才不当窝窝头。”

“姜苗子，人家小细柳和巧妮儿也不会让俺一遍遍地买，你是剃头的吗？逮着一个脑瓜一遍遍地剃，剃得光溜溜的就像老半的头顶，跟个猪尿泡似的……”冬说完就不吭声了，姜苗子也陷入了沉默。她忽然明白，自己真的欠这个傻子很多。

“冬，我不给你做媳妇，但我上哪也得带着你，我跟老干姜说说，那个扎辫子的男人想娶我，就得连冬一块带走。”

冬眨巴眨巴眼，但他老觉着哪里不对劲，思考了很久冬说：“你的意思是让人家买走一个再白搭一个？”

姜苗子也哭丧起了脸：“那你说怎么办啊冬，俺爷爷要是再把俺卖掉，你有什么办法？”

再卖掉怎么办呢？冬啥办法也不会有了。

姜苗子说：“冬，你要有粮食就好了，一堆堆的粮食，看到破庙那里卖孩子，你就专挑傻的买，见一个你就买一个，还有卖的，你就再买一个，你想有多少媳妇，就有多少媳妇。”

冬噘起了嘴：“要那么多媳妇干啥呢？姜苗子你都差点把冬累死。”

“男人活着就是为了要媳妇，男人都不要媳妇了，那女人怎么活？外边那么吓人，人活得还不如黑豆，难怪你成了傻子。”

“不对啊姜苗子，那么多女人都死了，是因为没有男人吗？济南的漂亮姐姐要是有男人就不会死了吗？现在的很多男人都不如黑豆，也不如傻子。”说起漂亮姐姐，冬的脸又哭丧起来。

“冬，男人可以不需要媳妇，但男人一定要护着女人，男人都不管女人了，那女人就是活在阎王殿里，还会被卖。”

“那么多人卖孩子，冬能买几个呢？”

“冬，怎么没人买你？”这个问题姜苗子想不通。

对啊，怎么冬就不会一遍遍地被卖呢？冬也是个傻子，而且冬很有力气，能干活。姜苗子也无语了，姜苗子被卖怕了，她真希望冬是个有钱人，有很多很多的粮食，就像老半一样是个什么事都难不住的人。姜苗子越想越心酸，为什么小姑娘会被卖掉而男小子们不会？她希望冬永远是她的救世主。于是她就跟冬说：“冬，种小米。”

“种小米得有种子，你有小米做种子吗？”冬气哼哼地对她说。

于是姜苗子开始抠布娃娃的屁股，一会她手心里有了一把黄灿灿的东西，冬一看，是小米，这些小米一定是扎辫子男人买姜苗子的那些。于是冬就乐了。

“种小米喽！”姜苗子兴奋地叫起来，在姜苗子的眼里，冬有了小米，就能买很多孩子，包括她，看到即将被卖掉的小孩他们俩就把她买回来，大家再在一起种小米，冬兴冲冲地就在地上挖起了沟，姜苗子把小米洒进去，姜苗子知道，她和冬在这里种上一把小米，就会收获一斗小米，她种上一斗小米，就会收获一布袋小米，有了小米她还怕什么呢？

姜苗子眼里看到的不是黄灿灿的小米，她看到的是一大片黄澄澄的谷子地……

没想到两人被回到果园的秋和杏儿打了一顿。秋一脚一脚踢在冬的屁股上。杏儿急了，弯下腰去土里捡小米，捡不起来，杏儿很心疼，看到姜苗子这样糟蹋粮食，她就一个劲地拧姜苗子，这是小米啊！现在很多女人坐月子都没得吃，拧得姜苗子“哎呦哎呦”直叫。秋对着他俩吼：

“你们这对傻子，种小米就能长出小米吗？那得是谷子！种小米就长出小米，你们种窝头多好？把你们这俩傻子埋地里，会长出一堆傻子吗？把小孩埋地里会长出小孩吗？”

杏儿和秋打雷似的向两人发了一顿脾气，又抬着东西走远了。两个傻子又呆愣愣地坐在那里，他们面临一个新问题：小孩不是种出来的到底是从哪里来的？

“人到底是哪来的？”冬问。

“俺娘说俺是捡来的。”姜苗子说。

“俺娘说俺是果树上结出来的果子，俺种了这么多果树，没见结出一个孩子……”

“就是啊，孩子是捡来的，那为什么有人还买孩子？”姜苗子也糊涂。

“杨三说孩子是生出来的，怎么生呢？侯五说媳妇就是给男人生孩子的。”

“不会跟生豆芽一样吧？把豆子放水里，就变成豆芽菜了。”

两个傻子越来越糊涂。他们竟然有那么多东西不懂，冬的活着只限于吃，姜苗子的活着只限于留在花子镇，她再也不愿意离开花子镇，但那么多人都离开了，姜苗子怎样才能留下呢？她觉得，只有花子镇是能让她活下去的地方，在这里等着，自己的爹或许哪天会回来。

为什么卖孩子光卖小姑娘，不卖老婆子呢？街上那些抱着孩子的老婆子怎么就没人要？姜苗子在考虑这个问题。冬没钱了，姜苗子很怕又会钻进那个笼子，连水都喝不上。想来想去，姜苗子说：“我一定要个小孩，我抱着真小孩就没人买了，小孩在哪里呢？”

“侯五说我是榫，你是卯，你肚子下边有个窟窿，我的榫到你的卯里就有小孩了。”冬照着侯五的话跟姜苗子说了一大堆，姜苗子越听越糊涂。

“他放屁，我那里有个窟窿不往里灌风吗，还漏气……”

两人无语，继续呆愣愣地坐着，他们面前的果树一片绿影起伏摇动，树影的罅隙里，阳光正像瀑布泼洒下来。谁能拯救自己，怎样拯救自己，包括以后那些不确定的日子，两个傻子都没有答案。

冬说：“有了小孩给他吃啥呢？俺娘胸前有一对布袋，里边有吃的，可你那里什么也没有。”

姜苗子说：“冬，我会有的。”

6

姜苗子好多天没来果园了。秋说，老秀才和老半还有老干姜商量好了，过些日子准备一下，老秀才就要娶姜苗子过门了。冬觉得，姜苗子给人家做媳妇也好，那样她起码不会像冬一样去要饭，也不会再被卖到马车上，但冬又觉得，不见了姜苗子，这片果园又变成了坟地，让他心里堵得慌，于是他就想去看姜苗子现在什么样，几次去纸草店，老干姜都把他轰了出来，甚至要揍他。老干姜说，姜苗子已经许配给人家做媳妇了，你以后就不要来找姜苗子玩了，再看到你们两个在一起，就揍你。

冬只好一个人在街上游荡，他忽然感觉有姜苗子和他牵着手的日子，阳光要灿烂得多。他只得往果园走。这时他看到了侯五他们。一帮无聊的人蹲在了墙角，看到冬，他们都站了起来，侯五冲冬招手："冬，过来。"

冬走过去，一帮人把他围在中间。侯五就问："冬，你和姜苗子那个了没有？"

冬懵懵懂懂地摇了摇头，说没有。没想到侯五踢了他一脚，"冬，你真是个傻子，教都教不会，你再不抓紧，姜苗子就被老秀才娶走了，那男人有花柳病，姜苗子身上会烂出一个个坑，就像一堆烂地蛋。"

冬听着很恐怖，侯五还在不停地说，他有点明白侯五的意思了。一群人都在笑。冬又一头雾水。

"冬，你知道人活着是为了什么？"侯五又问。

"人活着是为了吃。"冬说。

"你傻到家了冬，姜苗子那里有比吃还过瘾的东西，照我教你的做你就不再只想着吃了，记住，你把她的衣服脱下来，然后……哈哈哈……"看着侯五仰天大笑领着一群人离去，冬一个人站在那里发起了呆。

姜苗子那里到底有什么好东西冬没见过呢？冬搞不懂，冬太简单了，而那些人是那样复杂。

已是过去好多天，冬没有见到姜苗子。冬现在才觉得，姜苗子似乎从他这里拿走了比大洋更重要的东西，冬很想去要回来，但他又见不到姜苗子。他总是不由自主地走到纸草店门口，看到老干姜虎着脸在瞪他，他只得乖乖地退回来。再回到果园，冬垂着脑袋坐在枯树上发呆的时候，才明白了边上已经没了傻丫头。他感觉天上的乌云像城堡一样崩塌了，很快，他被埋在了黑暗深处。

丢了魂一样的冬走在街上的时候，又看到老干姜虎着脸坐在纸草店门口。看到他还是恶狠狠地瞪了他一眼，冬一个激灵。当他看到乔郎中背着药箱匆匆走进纸草店的时候，就知道事情不好。他躲在一边等乔郎中出来，就走上前去问，乔郎中有点不耐烦地说："姜苗子病了，这孩子，眼看就要出嫁了。"

冬很伤心，他回到果园在果树底下哭了起来，姜苗子到底怎样了，她会不会死呢？冬想了许久，他去一块草丛里找，终于找出了两个又红又大的苹果。那是他偷偷留给小细柳的，小细柳没回来，就送给姜苗子吃吧。但他想了想，要是被老干姜和老半打怎么办？于是他又把苹果放回草丛。

傻子冬没了主意，在果树底下来回转着圈。

姜苗子这些天来一直恍恍惚惚。老干姜不让她出门，更不让她去果园找冬玩。那个扎辫子的男人已经来过纸草店好多趟。盯着她的眼神就像一只老猫发现了一条小鱼。甚至趁老干姜看不见，还偷偷地摸摸她这里掐掐她那里。于是姜苗子又像看到了梦里的鬼，她感觉一阵晕眩，跌倒了。

梦中她昏昏沉沉，感觉自己又被放到了马车的笼子里，四周一片漆黑，她偶尔能够听到一个人的狞笑，细一看，那人的下颌上没了一撮毛，脑后却多了一条辫子，于是她开始四处摸，希望摸到一个傻子，但她什么也没摸到，最后她哭了，一个劲地喊："冬……"

后来，她昏昏沉沉地被扶起来，口中被灌入一碗汤药，好苦好苦。

姜苗子醒来的时候，不知过去了几天。忽然感觉床头有一些诱人的色彩。当她发现那是两只苹果的时候喜出望外。是冬来过了？一定是冬来过了！

她从床上下来，抓起苹果跌跌撞撞往外走，当喊出冬的名字的时候才感觉自己的嗓音已是变得嘶哑异常。

"冬，你去哪里了？"她听到有人在街上喊冬的名字，那是冬的哥哥秋的声音。

"冬，你去哪里了？你快出来，老干姜不打你了，再打你我揍他！"秋的声音逐渐变得气急败坏。

老干姜不在纸草店里，或许是怕秋的拳头，或许是他也去找冬了。姜苗子扶着墙走出门口，把虚弱的身子靠在墙上，这时她听街上的人说，老干姜太不像话了，冬来给姜苗子送苹果，被老干姜发现了，老干姜急了，追着冬打，从街上打到果园，再从果园里打出来，然后冬不见了。

"可能是被窝里的姜苗子什么都没穿，被冬都看到了，哈哈……"

“冬——”秋还在街上喊，依然不见冬的影子。姜苗子坐下来，她想，冬能藏哪里去呢？除了那座青砖大坟，姜苗子还想到了一个地方。

穿好衣服，姜苗子扶着墙走出来。被郎中的草药刚发了一身大汗的姜苗子在街上走得跌跌撞撞。走了一会儿，老半家马厩前的那个大草垛去现在她眼前。

那个大草垛早被一群孩子掏了几个大窟窿，和小孩们玩躲猫猫时她和冬进去玩过。姜苗子找到那个大草垛，就钻进了那个大窟窿，顺着往上爬，爬到草垛的顶部，姜苗子果然就摸到了一个人，她叫了一声：“冬。”

“姜苗子？”躲在草垛里的冬紧紧地把姜苗子抱在了怀里，两人滚来滚去。冬说：“姜苗子，我要和你亲嘴。”

于是姜苗子和冬的嘴就紧紧贴在了一起。两个傻子越抱越紧，许久不愿分开。没想到，傻子冬竟然脱起了姜苗子的衣服。姜苗子就问：“你要干嘛啊冬？”冬说：“要小孩。”姜苗子说：“俺娘说不让男人看女孩的身子。”但是冬的手不停，于是姜苗子就在冬的脸上来了一巴掌。冬停住了，似乎在哭。

于是两人都在草堆里躺了下来，有冬在，姜苗子竟然不怕黑。手在冬的脸上不停地摩挲，她摸到冬的脸上有泪珠的时候，自己也抽泣起来。

两人在草垛里呆了许久，这时冬听到草垛外面有响动，还有牲口的响鼻，于是掰开许多麦草往外看，看来看去，他愣住了，一动不动。于是姜苗子也爬过来，也拨开麦草往外看。

从姜苗子和冬的这个角度往外看，墙内老半家马厩里所有都一览无余，包括石槽子后面那一溜牲口的脑袋，在那些牲口的后边，敞棚下一角上有一堆牲口能吃的秫秸，等着用铡刀铡碎，但接下来的一幕姜苗子看到也愣了。

冬和姜苗子就看到敞棚的一角上，一个男人光着身子趴在乱草里。一头大骡子的屁股晃来晃去，那个男人的屁股也时隐时现。再一看男人的身子下边还有两条腿，那两条腿上是两个粽子一样的小脚，还套着小鞋和袜子，那个男人身上还搭着两条胳膊，男人在气喘吁吁地乱动。姜苗子轻轻地说：“这是在干什么？”

没一会儿的空，男人站了起来。于是姜苗子就看到一个东西和冬裤裆里那个差不多，但是比冬那个要难看，甚至很恶心，姜苗子于是就闭上了眼睛。等那个男人把头上的毡帽整理正当开始穿衣服，冬和姜苗子才看清那个男人是老半，草堆里那个女人也站起身穿起了衣服，女人穿好衣服姜苗子也看清了那是镇子上的马寡妇，她们家小姑娘和小儿子还经常和姜苗子玩。

等马寡妇把头发弄好，老半开始大声说话：

“他二嫂，家里本来是还有些粮食，都被借出去了，这里还有些豆子，牲口离了也不行，我给你点你先和孩子们对付几天吧。”

老半打开马厩东侧一扇小门走进去，进去以后又掩上了。没一会儿的空，端了满满一簸箕黄豆出来，倒进了马寡妇的布口袋里。马寡妇说了满嘴感谢财主老爷的话，那意思是两个孩子能活下去全指望半老爷您接济了。老半说都是一个镇子上的不说客套话，于是老半就把马寡妇领到了门口，抽开门闩，放马寡妇出去了，没多会老半也走出了门，把马厩锁好，看看没人还故意咳嗽两声，倒背着手走远了。

从草垛顶上钻下来，姜苗子和冬在草垛前都发起了呆。阳光扫过来，姜苗子和冬的身体上披了金黄的铠甲，只是脸色更加捉摸不定，两人顶了满脑袋的麦草都一脸疑惑，姜苗子嘴里还叼着几根……

姜苗子百思不得其解，纳闷地说：“老半和马寡妇到底在干什么呢？”

冬痴痴地低着脑袋说：“好像在打架。”

“不像，打架应该是鼻青脸肿的。”姜苗子说。

“老半肯定是饿了，在吃马寡妇的奶。”

“不对，老半怎么会饿，看起来他和马寡妇好像在扭秧歌。”

“小细柳的娘扭秧歌都是穿着衣服，哪有光着屁股扭秧歌的？”冬翻着眼珠又开始了思考。

“冬，你裤裆里那玩意是干啥的？”姜苗子问。

“尿尿的啊。”冬说。

“不对，俺好像明白咧……”姜苗子说。

草堆里姜苗子呼地爬起来就解开了冬的裤裆往里看，看了看抬头说：“冬，你这玩意不会是要小孩的吧？”

冬说：“我也不知道啊，侯五说咱俩入了洞房就是两口子了，让我脱你的衣服。然后我骑在你身上。我这是榫，你那里有卯……”

姜苗子的神情一脸抹不开：“但马寡妇和老半不是两口子啊？”

冬也糊涂了，翻着眼皮一个劲地在想：“不是两口子他们在干什么？”

姜苗子的白眼珠也在不停地往上翻：“我有点懂了，难道他们也是在要小孩？”

冬的眼球又停止了转动:“侯五说的要小孩好像就是这样的。”

姜苗子陷入了沉思,她感觉自己周围许多东西都转了起来,房屋、树木、来来往往的行人,还有街角胡同里几条在接尾巴的狗,这是一个什么样的人世呢?太怪了,也这么荒诞,一桩桩往事与情景从姜苗子眼前划过,姜苗子似乎懂了,她开始解衣服上的扣子……

“冬,咱要小孩……”

第七章

1

出事了，花子镇出事了。

在一个麦草垛里发生了一件从来都没有过的事情，冬和姜苗子摞在了一起，而且衣服都脱了，把一群女人臊得满脸通红。一些大闺女小媳妇一声声尖叫，四处奔逃。等冬和姜苗子穿上衣服，一群女人拿着擀面杖疯了似的把两个人一顿乱打，冬也被打得鼻青脸肿。

这真是一件让人尴尬的事情，这对本来让人笑的傻子现在让人一点都笑不出来了，包括侯五和杨三。侯五和杨三面面相觑，杨三跟侯五说："你看你干的好事侯五，这也太难看了。"侯五说："放你娘的屁杨三，好像没你事似的，咱们不就是逗着冬玩，谁想到他们来真的，而且还是大白天在大街上……"

这算什么事呢？花子镇的老少爷们站在大街上一个个面面相觑。有些人本来想装得没事似的，但一对脸还是直摇头叹息。嗨，你说这叫什么事！两个傻子办的这种事情都让人说不出嘴。这在花子镇的历史上绝无仅有。无非是两个傻子，权当没发生过？有人说不行，这事不能就这么算了，要是这么算了，就等于说咱们也是傻子那样的人了！花子镇的人是穷了点，但还都是要脸面的，姜苗子和冬在光天化日之下干出这种事情，简直是对他们的侮辱，这事不能就这么算了，冬是老半家里的扛米汉，得找老半讨个说法。

秋牵着老半家的牛从地里回来，他走在大街上就感觉有点怪，有些人见了他捂嘴吃吃地笑，有些人在背后指点他，还有些不搭理他。秋纳着闷就回到老半家拴牲口，杏儿见了他，恶狠狠白了他一眼，没搭理他，端着东西红着脸低头走开了。秋就往堂屋里去跟老半说一声，还没进门口，就看到几个老头在堂屋里跟老半诉苦：

“半老爷，冬和姜苗子两个傻子都十几岁，个子都那么高了。这大白天的在大街上摞一块，这这这也太难看了。”

“哈哈哈……”没想到老半笑了，“笑死了，这对傻子，真是傻出样子来了。”

老半越想这事越好笑，笑起来没完，恐怕他笑的还有老秀才押在自己这里的那几张地契。屋里那些人没办法也跟着干笑起来。

2

老半没看见秋，决定到果园去看看，他走在大街上，有些女人就围上来：“老半，你可得给我们做主啊，让这对傻子闹的，这花子镇没法呆了，我们哪还有脸见人……”

老半说：“不要说了不要说了，这有啥，你们权当看到狗接尾巴了。”

又一帮人围上来：“半老爷，姜苗子和冬这对傻子绝对是丧门星，不能再让他们呆在花子镇了。”

老半半天没吭声，昂着头往前走了几步，又回过头笑着说：“我说爷们儿，不让他们呆在花子镇，你说两个傻子能上哪去呢？”

老半推开挡住他的人继续往前走，走了几步回过头来：“我说，你们平时不都是好人吗？背地里都骂我贪财心黑，你们怎么连对傻子都容不下？”

更让老半可气的是，老干姜竟然跑过来揪着他不放，哭喊着说自己没法活了，让老半赔他两斗小米，老半气急败坏：“你自己的孙女看不好，折了价竟然来找起我来了！”

老干姜说：“冬就是个畜生！”

“老干姜，说话要摸摸自己的良心，不是我们家冬把姜苗子找回来，她现在咋样了？”

果园里，秋在用绳子抽冬，把冬抽得阵阵惨叫，满地打滚，滚得跟个土驴似的。秋用绳子抽累了，就用脚踢，踢得冬鬼哭狼嚎，眼泪鼻涕在脸上涂了个乱七八糟，秋一边打，还在一边骂：“让你个不要脸的傻子丢死人了，我要和你分家……”

“住手!”老半风风火火走过来,对秋大喝一声:“你要把冬打死吗?”

秋停住了,老半就去地上扶冬,冬缩到一个角落里。

“东家,我没脸在花子镇呆了,我还是走吧。”

“你要脸干什么?你就是个叫花子,你走吧,外边兵荒马乱,在这花子镇有吃有喝有什么不好?”

老半在果园里转了一圈,看了看满园的果树枝枝杈杈,几年就长够了身量,今年他已经收了不少果子,老半很满意。老半心里说:“一亩园,十亩田。”回来看秋坐在那里生闷气,老半火了:“看你个×样,多大点事,赶快做饭,丑话说在前头,你把冬打坏了我跟你没完,先把他在家拴两天。”

老半出来走在大街上,还是有人上来问出了这事怎么办?老半很生气:“还能怎么办啊,我去跟老干姜说说,把姜苗子看紧点不就行了。”

“多大点事,瞧你们这帮人到这事上来劲了,一群叫花子在外边都露半边屁股,你们哪来这么多假正经……”老半的嗓门提高了八度。

3

纸草店也翻天了,不知谁告诉了老秀才,姜苗子破没破身不知道,反正做出了很丑的事情。龚大辫子把姜苗子的“婚柬”退了回来,还让媒婆来讨要那大半袋子小米。小米早已被老干姜和姜苗子吃了个差不多。一桩亲事就这么泡了汤。老干姜抄起笤帚疙瘩对姜苗子一顿乱抽,又对着姜苗子指指点点,说苗子跟她的娘一样不要脸。姜苗子不明白自己错哪里了,一个劲地顶嘴。老干姜抄起笤帚疙瘩上来就是一顿胖揍,然后又把她反绑在床腿上。老干姜就开始坐在那里垂泪:“这好好一个家,怎么就到了这么个地步?”

几天过去了,姜苗子坐在那里动弹不得。她一个劲地喊着爷爷的外号:“老干姜,你放了我!”老干姜在一旁伤心得老泪纵横:“这世道这么难,我一大把年纪还得带着你这么个傻子,怎么才能活下去?”姜苗子也心疼了,跟爷爷说:“你生啥气爷爷,我给你赚多少粮食了?我就想跟冬要个小孩……”

一听姜苗子说出如此不着调的话,老干姜站起来不停地在房子里转圈,又开始骂，这次连自己那“二货”儿子也没逃掉，说自己怎么养了这么个缺心眼的二杆子。老干姜最后哭出声来了：“老天爷，你饶了我，我就是个打棺材糊纸人的，这管教孩子真是不行啊！”

姜苗子开始哭，看看哭对老干姜没效果，一会又哈哈地笑，一个劲地说冬是个傻子，哪里有小孩，小孩在哪里呢？黑豆蹲在那里可怜兮兮地看着自己的主人，一个劲把脑袋歪过来歪过去哼唧乱叫。

老干姜端着一碗地瓜粥走进屋里，解开了绑着姜苗子的绳子，绳子把姜苗子的手都勒麻了。姜苗子胡乱扒了几口地瓜粥，夺门就往外跑，却被老干姜扯着小辫一把揪了回来，又绑在了床腿上。姜苗子无计可施，就把剩下的那碗地瓜粥用脚送到黑豆面前，黑豆吃完后把碗舔得精光。最后趴在姜苗子的腿上可怜兮兮地望着她。

姜苗子叹了口气说：“黑豆，你要不是一只狗该多好。”

黑豆趴了一会就围着姜苗子转，转来转去，它看到了绑着姜苗子手的那团绳扣儿，于是开始在那团巨大的绳扣上乱咬，姜苗子的手也在乱动。

4

秋又去老半家干活了，临走前他把冬绑在了一棵果树上，冬已经被他打得鼻青脸肿。被绑在果树上的冬痴痴地发呆，冬在想一个问题，为什么老半和马寡妇滚在乱草里就没事，自己和姜苗子就会挨一顿打呢？在花子镇已经明白了很多事情的冬又开始糊涂了。难道这要小孩只有老半能要，他和姜苗子要就不行？被绑在树上的冬不能动，但脑子一直在动，为啥呢这是，不是怪冬太傻，而是怪花子镇太复杂。

看到有人走进果园，冬还是吆喝了一声：

“这是老半家里的。”

杏儿还是来给冬送饭了，杏儿现在一点都不喜欢冬。秋牵着牛下地了，老半让杏儿给冬送饭，杏儿说：“现在我想那个畜生都脸红，我不去。”老半让银环去送，银环抱着脑袋跑走了，一个劲地说羞死了。最后老半抄起棒槌说：“你们不去送难道让我去送？”杏儿不得已只得来了，杏儿现在连看冬一眼都不敢，她在想这个家伙会不会也把她摁草垛里。她把饭篮子放在冬的面前扭头就走，走了几步才想起冬被绑着，回过头来叉起腰站在冬面前，气哼哼地骂起来：“你个不要脸的冬，我都让你羞死了！”

5

姜苗子和黑豆忽然来到了果园，她把冬从树上解开了。姜苗子看着冬脸上的伤，心疼地哭起来："冬，他们太狠了，这些人心太狠了。"

街上没了那对傻子好像也没了风景，没了故事，但那天花子镇有人一声尖叫，那两个傻子是怎么出来的？姜苗子拉着冬的手又走在了大街上……

姜苗子一边走嘴里一边骂："你们这些人都是坏人，你们连黑豆都不如，你们欺负姜苗子和冬，你们没良心……"

花子镇上的人都沿街站着看老干姜怎样打自己的孙女，老干姜把姜苗子从大街上拖着走，姜苗子死活不肯走，老干姜的巴掌就一个个扇在姜苗子脸上，姜苗子的嘴角和鼻孔都流出了血，两只脚把鞋子都蹬掉了。冬哭着在后边追，秋追上来一个别腿把他绊倒在地，五花大绑押着他就回到了果园。老干姜又把姜苗子绑了起来。他实在不明白姜苗子是咋跑出去的……

令人不可思议的是，姜苗子又跑出来了，后边跟着黑豆。这次她跑到果园的时候，发现冬被锁在了屋里，姜苗子扒着门缝往里看，秋和冬这两间小茅屋太简陋了，那两扇破门缝太大，黑豆很轻易地就钻了进去，没多会黑豆就把冬松绑了，被松绑了的冬趴在门缝上就和姜苗子对上了脸，然后是嘴巴透过门缝挤在了一起……

6

花子镇想阻止一对傻子在一起是极其困难的事情。姜苗子和冬又拉着手走在了花子镇的大街上，冬的脖子上还挂着铜锁的另一把钥匙，但这次姜苗子没有骂街，她径直拉着冬走到了那个草垛里，姜苗子的两手和冬的搭在一起，她的眼睛里闪着一堆火，姜苗子静静地对冬说："你怕挨打吗冬？"

冬说："怕。"

姜苗子说："你怕啥，屎你都吃了，还怕打？姜苗子不怕，让他们打死了俺就能见到娘了。"

冬也痴痴地盯着姜苗子说："你要干啥？"

那天的太阳好暖，姜苗子的脸上一片淤青，嘴角上还挂着血迹，但她开始解衣襟上的扣儿，然后义无反顾地在草堆里倒下去：

“冬，要小孩真好玩，咱们继续要。”

那天姜苗子感觉太阳像一堆浇了油的干柴在燃烧，阳光涂了姜苗子一脸闪亮的蜡，这让姜苗子看上去安详了许多。她看到冬漆黑的身影像一座山一样压了下来……

两个傻子又在草垛里摞一块了。

怎么搞的？怎么就拴不住那两个傻子？姜苗子这次明显是跟花子镇的人斗气。许多姑娘媳妇再也不敢出门。只要一提冬，杏儿和银环就一声尖叫在院子里抱着脑袋乱躲。许多人都围在了老半家门前，杏儿抱着膝盖坐在一个角落里，她再也不肯到果园去，她怀疑秋是不是跟冬一样是个淫贼配种大牲口，想起这种后果杏儿身上就一个激灵。

老半佝偻着腰走到门外说：“你们要干啥？秋和冬都是我家的人，老干姜和姜苗子也是租的我的房子，你们要闹事吗？你们应该去官府和我打官司。”

“半老爷，我们不是这个意思，但让两个傻子老这样胡搞也不是个事，您总得想个办法……”

“要不你们这些人是叫花子呢，你说我王半山会拿两个傻子没办法吗？”

7

没人绑姜苗子了，姜苗子和黑豆可以自由行走在花子镇的街上。姜苗子现在每天都会披散着头发在花子镇的大街上乱蹿，脸都不洗，像个疯女人。她找不到冬了。

姜苗子每一次去果园，都见不到冬的踪影。只有秋抱着肩膀对她横眉冷对，姜苗子气哼哼地在秋和冬的屋里翻了个底朝天，炕上找了，被窝里也找了，米瓮里也找了，姜苗子把秋和冬的小茅屋翻得乱七八糟，最后弯下腰去看灶膛里有没有，秋被她气乐了：“灶膛里能盛得下你的野男人吗？”

姜苗子气哼哼地领着黑豆走了，走出去好久又想起了什么，回去冲着秋说：“杏儿说你是老半的一条狗，可你还不如俺家小黑豆。”

找不到冬，姜苗子越来越疯，她和黑豆在花子镇的大街小巷里钻来钻去，一口一个“冬”满街乱喊，但是连冬的影子都没有，姜苗子最后一屁股坐在草垛里哇哇哭起来：“冬，你在哪里啊，姜苗子给你做一辈子媳妇啊，不是一天……”看到有人走过，姜苗子就骂：“你们这些人都不如黑豆好。”于是那些一脸人苦笑，摇摇头走了。

“冬，你在哪里啊？”姜苗子的哭一声长一声短，就像破风箱。

那天，姜苗子又坐在那堆草里的时候。黑豆跑来一个劲地叼她的裤脚，姜苗子站起来，黑豆往果园那边跑，姜苗子也跟着往果园那边跑……

黑豆领着姜苗子在果园里钻来钻去，来到了那座青砖大坟前，走进墓道，就看到墓室门口立着一块铁栅栏，冬正站在铁栅栏里边呆呆地往外看。“冬——”姜苗子哭着就扑到了铁栅栏上。

“姜苗子，你瘦了。”冬从铁栅栏里伸出手来，摸着姜苗子的脸说。

“冬，他们又打你了吗？”姜苗子心疼地隔着栅栏摸冬脸上的伤。

“没有，哥哥来给我送饭。”

“冬，他们把你当死人，怎么把你放坟里了。”

“没事，我和娘以前就住在这里边。”

8

不得了！姜苗子在扒以前那位盐商的祖坟。花子镇上的人乱作一团，纷纷往果园那边跑。老半听说后也忙往果园那边跑。

姜苗子拿了冬挖坑用的镢头在那个包着青砖的坟顶上挖，已经有许多青砖被她掀了下来。姜苗子没有多少力气，但她要在这个坟上挖个窟窿，把冬拉出来！

秋和老半领着一群人跑来，把姜苗子从坟头顶上抱了下来。姜苗子低下头一脑袋撞在老半的小腹上，把老半顶了个四仰八叉。

两个傻子又摞一块了，还是在老半家马厩前那个草垛里，老半让人把草垛扒了。

这如何是好，花子镇这么多人竟然拿两个傻子没办法。孙来旺、老扁、苟振经等人聚在了一起，老干姜坐在墙角哭哭啼啼，愣说是秋和冬弟兄俩欺负他一个糟老头子。老半在花子镇一群人面前转起了圈。

“半山兄，你妇人之仁啊，秋和冬这两个小孩虽然能干，但不能再这样下去了，把他俩赶走，花子镇这么多叫花子，也能挑出两个来。”

“不好吧苟兄，这两个花子为花子镇做了什么你可都看到了，还有大片的地等他们种果树，再说，果园那块地，人家有地契攥着呢，咱凭什么赶人家?”苟振经于是不吭声了，陷入了沉思。

“我看也是，花子镇这么多花子都吃不上饭了，凭什么让两个外乡人来抢饭碗，要依仁义，那这么多叫花子都不用上路要饭了。”孙来旺又说。

“老六叔，自小跟着你要饭，你想什么我可是清清楚楚。你的打算我还不清楚？我把秋和冬赶走，你还让我雇杨三扛米是吧，你说杨三是什么料咱哪个没数？就他干活那个吊儿郎当，这些年我跟他生过多少气？还有就是，他都偷看银环洗澡……”

“半山，杨三是有毛病，确实有耍滑的地方，但你要说他有多坏我可不认，从小跟你干，跟牲口似的没日没夜，你打也打了，你老婆骂也骂了，说不用就不用了。他怎么活？一没媳妇，二没地，老光棍一个还有老娘拖累着也没法出去要饭，他天天为吃饭发愁，不是偷就是摸，这样下去他也废了，花子镇更乱套。”

“你爱怎么说怎么说，杨三我没法再用，再用，家里姑娘们也不干。”

“半山，我只想告诉你一个理儿，做事不能绝，你现在是乡绅，在花子镇，日子就你过得不难，做事招人恨了，这些人早晚会看你的洋相。”

“这么说，是有人想造反了?”苟振经在边上不动声色地说：“老六，都说叫花子的头儿不是侯五，而是你，如果出了民变，我可报县上拿你是问。”

“你这么说我就不爱听了苟镇长，我是红枪会的头，什么时候成了叫花子的头儿？有没有民变这全在您的治下，常言说民以食为天，几年连续灾荒，上边到底给不给花子镇赈灾粮？您倒是给大伙个明白话。”

“孙老六，上边给不给赈灾粮不是你说了算的，也不是我说了算的。这山东现在是韩复榘韩主席说了算，一切都在他老人家运筹之中，如果有人站出来挑事，我报告县里保安队，第一个先用锁链子拿他……”

“姓苟的，你是什么人爷我心里明镜似的，今天既然挑明了，我就问你一句话，你把我红枪会兄弟舍命抢来的那批官粮藏哪去了?”

没想到苟振经呼地站了起来：“姓孙的，你还有脸提那批官粮，你这辈子地无半垄，身无一技之长，就知道装神弄鬼骗那帮刁民的钱财，没有你妖言惑众那些蠢货哪会去抢官粮？你身上背了多少条人命？要不是为了你东北军里那两个儿子，还要你镇住这些刁民我才懒得去县上替你求情遮掩，我苟某上下打点欠了多少人情银元债？没我在加上张宗昌又倒了台，你的脑袋早搬家了!”孙来旺就像一条蛇被苟振经打中了七寸，憋得双颊通红一声不吭蹲在了一边。

“我说，扯远了你们两位，咱们今天是为啥商量，为了两个傻子，为了花子镇面上一切祥和安稳。”老半看两人要激出火花，连忙把话题岔开。

“瞧你们这帮人.多简单的事情。”为银环号完脉的乔郎中在杏儿的陪同下从后院走了出来。

“好，姓乔的，你也是明白人，你来看病诊金我该怎么付怎么付，你就说说，这两个傻子怎么办？”老半与乔郎中心存芥蒂，对他说话也是不冷不热。

“成亲。”乔郎中淡淡地说了一句。

“成亲？”几个人忽然没了言语沉默下来，都盯着乔郎中看。

“这事出在什么上边？出在你们嫌难看上，出在你们非得把两个傻子拆开，人家小两口正当的事儿被你们看到了，成了亲这事就更正当了。再说，成了亲人家住都住一块了，两个傻子也没必要在大街上，呵呵……”

几个人面面相觑，皮老扁说了句：“那老干姜愿意不？”

老干姜蹲在一边不吭声。

乔郎中一脸肯定地说：“一个傻子是养，两个傻子也是带，再说姜苗子已经很难找到像样的人家。”

“主意是好，可是乔郎中，你说要是给姜苗子和冬把亲事成了，这聘礼和酒席谁出呢？”老半的老鼠眼死死盯着乔郎中看，他的算盘乔郎中哪里知道？他之所以用两个外地的叫花子，完全是因为这俩人随时赶得走，要是冬与姜苗子成了亲，他们手上再有地契，那就是花子镇的人了，那样种多少果园也未必是他的。

“半山兄，这聘礼能有啥东西？顶多半口袋小米老干姜就收下了，常言说君子成人之美，这事跟治疥疮一个道理，不能只靠用刀割，要懂得放脓水。”

“我看乔郎中说的对，爹，您不差那点小米，那姜苗子也算咱家人了。”二姑娘银环也出来送乔郎中，听到乔郎中的话也插上了嘴。

“不行！”杏儿在边上耳朵也没闲着，“冬的哥哥秋还没老婆呢，哪有撇下老大，先给弟弟娶媳妇的。”

“大人商量事，哪有你们这些姑娘说话的份，都给我滚！”老半有点火。

“哟，还是我们家半山的事情，我明白了，合着你们啥事都没有，小米我们家出上，你们这些站着说话不腰疼的，现在这小米是小米吗，那是金子……”项西吼听到这里对着乔郎中掐起了腰，那样子又要开骂。

"半山兄,病从哪里来,就得从哪里治,医术上的道理是'不通则痛',其实跟很多问题的根源是一样的,小毛病可别搞成大麻烦。"看到项西吼又要对他吼,乔郎中夹起他的小药盒,灰溜溜地走了。

"随他们去吧,我们管不了,也不管了。"老半一屁股坐在凳子上说,"你们权当看到牲口配种不就行了。"

于是几个人又笑。

"咱们哪能听任两个傻子胡搞,花子镇的人以后要饭都没脸出门了,大姑娘小媳妇们也都不敢上街。"老扁说。

"那你说怎么办?"老半问老扁。

"再给姜苗子找婆家嫁出去啊。"

"哪有那么容易,这傻子还有谁要?"老半一脸鄙夷。

"不一定,这世道,总有男人不嫌弃的,这事得看老干姜同意不。"于是一帮人都看老干姜。

"姓姜的,这是爷们几个帮你张罗,再不想办法,这事传出去,姜苗子就砸你手里了,别说一斗小米,两块地瓜人家也不见得要,要快,赶快把她打发出去。"

老干姜说:"我没意见,把傻子嫁出去,我也一关纸草店的门,出门要饭去。"

老半跟老扁说:"你赶马车去趟盐场,把冬送郑矬子那儿拉几天碌碡,赚来的工钱给我。等姜苗子嫁走,再把冬放回来。"

杨三赶着马车,车上还有老扁,拉着秋和冬一个劲地往东跑。约摸跑出去四十多里,冬就看到一大片盐池子星罗棋布,大老远泛着闪闪的波光,这已经是琅槐地界的最东边了。这片盐田的东边就是大海。杨三领着秋和冬见了一位晒盐的灶户头。灶户头拍了拍冬的胸脯和肩膀,说:"这小子行,看在老半的份上留下吧。"

秋就嘱咐冬,让冬不要胡思乱想,这都是老半东家的面子,干时间长了会有工钱。也没什么要手艺的活,每天就是在盐池子里拉碌碡。窝头虾酱狗杠鱼随便吃,让冬一定要好好在这里干……

冬似懂非懂点点头,就问了一句:"这里离姜苗子有多远?"

秋说:"很远很远,你不要再想纸草店那个傻丫头了。你这样下去,人家就没法嫁人了,你也千万别试着自己回花子镇,路很远,你个傻子迷路了就坏事了。"

杨三和老扁拉着秋回来跟老半交差后，老半笑了，眯着眼睛说：“冬，你说半老爷会拿你个傻子没办法吗。”

9

没想到花子镇半月以后又出事了，那对傻子在大街上又摞在了一块。有人看见冬的屁股在乱草里就像两个大蘑菇。花子镇的女人们惊得像见了瘟神，哭天喊地如丧考妣。老半听后死活不相信，这么远的路程一个傻子是咋回来的？但果然是冬又回来了，脚板上全是盐巴，还有血泡。镇公所那位亲家也生气了，登门跟老半说：“这样不行啊半山兄，这会让人笑话，你什么样的长工找不到，为什么非得可怜个叫花子傻子。”

老半说：“我真有点喜欢这个傻子，这个傻子是我儿子了，我就不信了，我会拿一个傻子没办法，杨三，你再把他送回盐场，跟郑矬子说一下，把这个傻子用铁链子拴碌碡上，再也别让他跑了。”

姜苗子领着黑豆去追杨三的马车，没追上，杨三的大马车一溜烟跑没影了。

花子镇少了一个傻子，却没有清静下来。姜苗子天天在街上哭哭啼啼，披头散发跟鬼一样，这个傻子打也不行，骂也不行。动不动还把老半的大腿抱起来叫“爹”，老半有时都要哭了：“苗子，我不是你爹，你是我姑奶奶，你说那个傻子有啥好，过两年你长得大点，爷一定给你找个好人家。”

“你能找个肯为我吃屎的男人吗？你把冬给我放回来，你不放回来花子镇我一把火给你烧了你信不信！”姜苗子抱着老半的大腿恶狠狠地说。

“我信，有啥事是你姜苗子做不出来的。”老半看到黑豆也恶狠狠地盯着他，气更不打一处来：“老干姜，这条狗也姓姜吗？”

“苗子，你和冬不合适，秋和冬得想办法活，你得争取找个好人家一块养活你爷爷，这兵荒马乱的年头咱先想怎么活，不能只顾自己高兴你知道吗？”老半开始苦口婆心地劝姜苗子。

“我就要冬这个叫花子，他心地好着呢。”姜苗子哭哭啼啼抱着老半的腿就是不撒，最后还是老干姜过来生生把她拖走了。

“这对傻子。”老半摇摇头走进了青砖大院，看到街上一堆人在笑着看他的狼狈样，他很生气："笑什么笑？你们还不如这对傻子呢！"

陆续有媒婆走进纸草店，给姜苗子提亲却不敢声张，提亲的对象不是老光棍就是老瘸子，姜苗子感觉事情不好，就问老干姜，老干姜说准备把她嫁出去。姜苗子说："我已经有男人了。"老干姜一巴掌打过来："儿女亲家要有父母之命媒妁之言，哪有自己做主的？"

姜苗子说："我就要那个傻子！"

第八章

1

冬走了多少天，姜苗子数不过来。姜苗子一个人走在了花子镇的大街上，没人再牵她的手，天在逐渐变凉。姜苗子没事去找杏儿，杏儿不爱搭理她。她就去找皮二婶。皮二婶在给泥蛋和小芸做棉袄和裤子，姜苗子就趴在一边看。没几天，姜苗子就用剪刀就在一张烧纸上剪出了棉袄的样子，还有裤子的样子，然后拿去让皮二婶看，皮二婶看了很惊奇，一个劲地盯着姜苗子说："你真是个傻子吗？"

姜苗子一脸苦笑，眼泪流了下来，她没有布料与棉花为冬做御寒的衣服。姜苗子万万没想到，那个傻子冬不见了，自己又开始怕黑，冬似乎把她身体里许多东西都拿走了。冬不在的日子里，姜苗子变得更傻。姜苗子不明白到底是什么东西把她和冬拴在了一起，冬不见了会让她如此难受。姜苗子一直在想，这个傻子到底有什么好？他是那样傻，但冬不见了，她却觉得这个傻子没什么不好，冬竟然是个完美的傻子，有冬在，姜苗子感觉什么都好，没了冬，姜苗子的每一天都是煎熬。一开始，她是喜欢冬的钱还是喜欢冬的人呢？现在姜苗子才明白，冬就是块地，她埋进这块地里才是姜苗子，要不就是死苗子。

她忽然就想起了冬那双赤着的脚。一天，她去找杏儿，说要做一双鞋子，杏儿说："你哪里会做鞋子？"姜苗子问："做鞋子比做纸人纸马难吗？"杏儿没办法就拿出了许多鞋样，又用剪刀给她剪了许多糨褙。

那天在媒婆的带领下，两个男人又把半袋子小米给老干姜扛了过来，老干姜又赚了。从他们和老干姜的交谈中，姜苗子听出那个老头是离这里很远的牛家庄的一个牲口经纪，四十六岁了，家里日子过得本来不错，但民国十七年，大冬天黄河在利津王家院决了口，他们那个村子给冲没了，他出去卖牲口不在家，老婆孩子却全都冻死在河堤上，而他爹冻死在树杈子上，临死还在啃树皮。这几年连年灾荒大水，老百姓地都种不下去，牲口再便宜也没人要，这让他有了用武之地，据说大半个山东的牛都让他赶到青岛卖给日本人了，他手里有了钱想续弦，却没人肯嫁，都说他生儿子会没屁眼。

“这怎么会呢？我冻死的那两个孩子都有屁眼，我就不信这个邪了，一定再生个给他们看看！”

那家伙跟老干姜说着，老干姜向他连连竖大拇指。

那人掀起门帘把歪着的脑袋伸到了姜苗子的房间里，这是个看上去比老半都老的老头，老半天姜苗子才发现这个老头原来是在打量自己，他是个斜眼，看什么都歪着头。姜苗子手里的针一下子就在手上攮出血来，她吓坏了，如果生个儿子没屁眼，那不是小孩，那是布袋。于是就问那人：

“你会吃屎吗？”

老斜眼送来几块布料，都不太好，但有一块缎子面的，皮二婶和几个老婆子那天拿着布料就在姜苗子身上比量，要给苗子做一身火红火红的嫁衣。姜苗子就问：“我带着冬一块嫁过去行吗？”几个老婆子和老干姜哭笑不得。但无论姜苗子愿意不愿意，她很快就会离开花子镇，这是事实。姜苗子问：“我还能见到冬吗？一面也行。”没人吭声。

天在变冷，想起冬那双一直光着的脚，姜苗子再也不出门了，用什么能暖和那双脚呢？除了鞋子如果还有其他东西就好了，姜苗子都想把那双跑了许多路的脚一直揣在怀里。姜苗子越来越恨自己，她竟然连双鞋子都没为冬做过，想起那双把自己背回来的脚板姜苗子就开始落泪。再过几天，那双没有鞋子的脚板就会踩着霜雪奔跑，想到这里姜苗子越来越急，她看着自己手中的东西不太像一双鞋子的时候就开始哭，自己哪里会值二斗小米呢？如果真嫁给冬，会把冬的一辈子都害了，自己天生就只配嫁给那个老斜眼。一双鞋在她手里是做了拆，拆了再做。手上满是针眼与血泡，最后鲜血把雪白的鞋底都染红了。油灯下，她一个劲地唉声叹气，姜苗子能为冬做什么呢？想到这里她就开始伤心，也越来越急。那双脚板长在冬的身上，但姜苗子却感到了钻心的凉。她做的哪是一双鞋子呢？她恨不得把自己怀中的体温用针线缝进去，那样她的冬就不会冷了。想到这里姜苗子才发现自己的泪吧嗒吧嗒滴到了鞋帮上，油灯下她卖力做着那双鞋子，怎么看，她都感觉不对劲，但又说不出哪里不对劲。

后来她终于明白，她做的那双鞋子只能穿在一只脚上，她跺着脚哭了，于是就开始拆，拆烂了，她又去找杏儿……

2

鞋子做好的时候，姜苗子的婚期也近了。姜苗子还是没见到冬。姜苗子变得目光呆滞，面容就像她糊的纸人。她的双手上满满都是血泡。看到她做的鞋子许多人都不吭声，那双鞋子上到处是姜苗子的血。傻姑娘的长处应该是糊纸人纸马，而不是做鞋子。她做的鞋子歪歪扭扭，但好歹做成了。姜苗子的眼睛在油灯下熬得血红血红。姜苗子把鞋子做得很大，姜苗子说，冬只要穿在脚上不冷就行了，她拿着鞋子去找杨三，让杨三找人给冬捎过去，顺便告诉冬，以后别种小米了，姜苗子又被卖了。

天刚亮，花子镇的人就看到纸草店门口停了一顶花轿。一个斜眼的男人带着瓜皮帽穿着马褂和几个轿夫蹲在了墙角，纸草店大门紧闭。老半、乔郎中、老扁等人陆续赶来了，敲开门一个劲地向老干姜抱拳恭喜。杏儿和皮二婶等一些女人围在姜苗子身边，姜苗子穿了火红的缎子面的夹袄和棉裤。乍一打扮，许多人吓了一跳，纷纷啧啧赞叹。

——天！这丫头要不是傻子该多好？

姜苗子虽然不大情愿，但还是被人扶出了纸草店门口，那个卖牲口的斜眼男人脑袋又歪向了一边，眼珠子却盯紧了她的脸。姜苗子看到男人笑了，问新郎官："你会为我吃屎吗？"

杏儿扶着姜苗子抬腿上轿的那一刻，花子镇的人就听到街的那头传来一阵"咯噔咯噔"的巨响，像打雷，又像一个巨人的脚步。于是大家都扭头向街的另一头看，"咯噔咯噔"声走近了，出现的景象让他们瞠目结舌，继而他们都纷纷捂上了嘴巴……

——那个叫冬的傻子，散了工就会被郑矬子锁在碌碡上，他竟然拉着一只石碌碡走了四十多里回到了花子镇。他赤着脚，一双血迹斑斑的新鞋子用绳系了，挂在他脖子上晃晃悠悠，冬舍不得穿这双鞋子，这是他这辈子收到的最好的礼物，当听说姜苗子又被卖了，他夜里拖着碌碡就往回走。

姜苗子不敢相信这一幕，那是冬吗？胳膊和腿已被锁链子磨得血肉模糊，一双光着的脚板沾满了泥土，小腿上还裹着盐巴。姜苗子笑了，突然间她像一团火飞奔在花子镇的大街上，她把头上插的花也扔在了地上。隔着老远，她张开双臂就扑了上去——冬！

——姜苗子！冬的双臂张不开，胳膊上缠着两条锁链，被拴在碌碡的铁箍上。没人知道他拖着一只大碌碡是如何走到花子镇的，谁也不知他用了多长时间。姜苗子扑上去在冬的脸上亲了一口，冬的脸上全是白白的汗渍和盐渍。

苟大富、老扁还有杨三等人都被眼前这一幕惊呆了。其实把轮箍从碌碡上解下很简单，但傻子不懂。杨三过去几脚就踹了下来。冬胳膊上的锁链松开了。老半听到外面直嚷嚷，出门看到眼前的这一幕大惊失色，一屁股跌倒了，费了好大劲才从地上爬起来。

姜苗子抱着冬，嘴巴一个劲地啄在冬的脸上，冬从没见过这么好看的姜苗子，一个劲揉着眼睛看。冬的脖子上挂着那双鞋子，姜苗子领着他就钻进了花轿，跟轿夫们说："抬走吧。"然后就放下了布帘。斜眼男人不明白怎么回事，上来掀开布帘扭着脑袋往里看，看了老半天他才看明白，冬和姜苗子都坐在了花轿里，嘴巴按在了一起，而且姜苗子已经把冬的裤子褪了下来……

花子镇这条街上一时间鸡飞狗跳，媒婆、老半、郎中、老扁、皮二婶等人乱作一团……

花轿没有抬走姜苗子和冬，最后抬着半口袋小米上路走了。

3

一对傻子跟花子镇所有人的对抗还没有结束。太阳西垂近黄昏，据说很快有好戏上演，花子镇的人都往老半家场院赶。马厩后边没多久围了一大片，一群人叽叽喳喳就等着戏台上大幕拉开的那一刻。一场事关礼义廉耻的声讨大会即将上演，花子镇是个穷地方，是叫花子的老窝，但这不代表就允许伤风败俗。一对傻子把花子镇搅和了个乌七八糟，老少爷们都感觉臊得慌。老半说了，对这两个傻子首先要说服，第二要说怕，不能打，不能骂。要让他们知道羞耻，还要让他们知天理、敬人伦。于是一帮婆娘就把姜苗子围在了中间，轮流给姜苗子上课。

“姜苗子，你知道不知道，在以前你这可是坐牢的大罪……”

“会让你骑木驴……”

“甚至让你下油锅都不稀罕……”

“你这样就是个破鞋、贱货……”

“你把花子镇的女人都羞死了你知道不，要不是你是个傻子，我们早拿剪子攮死你了！”大姑娘金环恶狠狠地骂着姜苗子。

“你们才是傻子！”姜苗子歪着脑袋不吭声，可能在傻姑娘姜苗子的眼中，这群人本来就是傻子。起码，姜苗子一直认为自己不比他们傻。

“你不傻为啥老跟冬睡觉？”有个婆娘数落姜苗子。

“我跟冬睡觉怎么了？你也可以跟冬去睡觉啊！”

那位大嫂臊得满脸通红，她哑口无言蹲了下去。

“你睡觉为啥不一个人，非得去找冬那个傻子？”一位大婶噌地就站了起来。

“你睡觉是一个人吗？你们家小孩说了，你们一家人睡在一张炕上，半夜里他爹就爬你被窝里了。”

一群女人再也憋不住了，哈哈地笑了起来。那位大婶拍拍屁股走人了。

“姜苗子，你那只是跟冬睡觉吗？你们两个不害臊的为啥光着屁股摞一块……”

“我们要小孩呀，你们这些不值钱的抱着孩子没人要，我有了小孩老干姜再卖我也没人要了，你们都有小孩了，为什么我们不能有？”姜苗子还是不服软。

“你才不值钱姜苗子！我们要小孩是和我们男人的事，冬是你男人吗？”

“冬不是我男人是你男人吗？”

傻姑娘姜苗子把一个个的围攻者都打败了。还有一个不服，那就是项西吼，她呼地站了起来，指着姜苗子的鼻子就骂：“姜苗子，你个不要脸的扫帚星，你和冬那样就像一对狗……”

“我和冬哪样了？”

“那样就是那样……”

“那样是哪样啊？”姜苗子真有点不明白。

“呸，老娘我都说不出嘴，你和冬大白天光着屁股摞在一起……”项西吼要是再吼一句，就会跳起来。

“那你和老半要小孩怎么要啊，是隔着八丈远吗？”

“姜苗子，老娘让你气死了，你和我们不一样，我们都是晚上！”

“白天不更明快，晚上你们看得见吗？”

这时吴文贵他媳妇吴三嫂慢慢悠悠地说了：

“姜苗子，你不懂，要小孩这事，是不能让人看的。”

“要小孩有什么可看的？你闭上眼睛不就行了。”

那些人不吭声了，看来油盐不进的姜苗子这关不好过，一堆女人都望着老半。老半懊恼地跺了一下脚：“这哪是个傻子啊！”没办法老半就找到孙来旺，跟孙来旺耳语。老半跟镇公所苟振经又耳语了几句。孙来旺拍案而起：“孩儿们，把侯五绑了！给我狠狠地打！”苟振经也火冒三丈：“刁民，反了，混账玩意，来人把侯五绑起来送县上下大狱！”

侯五立即从人群中跪着爬出来冲苟振经就磕起了头：“不关我的事啊苟老爷，都是杨三闲得没事干，教冬做些见不得人的男女丑事……”

杨三一听也从人群里走出来，磕头如捣蒜：“您别听侯五胡说八道啊苟老爷，主意是侯五出的，我只是在边上帮了几句腔，是他和冬说的姜苗子那里有个窟窿，冬把东西放进去就有小孩了……”

“不要说了！”苟老爷一阵吹胡子瞪眼，“把这两个男盗女娼鸡鸣狗盗的畜生给我狠狠地打！”

在花子镇，苟老爷说话还是极有分量的，人群里窜出几个大汉用绳子把杨三和侯五绑了起来，侯五和杨三的裤子被褪了下来，一群婆娘看到屁股露了出来都捂起了眼睛。一块四指宽的板子就递到了老六爷孙来旺手上，孙来旺撸起袖子就走过来，侯五和杨三吓得面如黄土，老六爷身上有武功，说不定一板子就让他们两人残废了。老半赶紧拦住孙来旺，把板子夺了过来，递到苟振经的手上，这板子是老半平时没事坐在地上打豆子用的。苟振经又交还给老半，老半说还是你来，苟振经说你来。老半说一人一个，你先打。

苟振经拿着板子站在趴在地上的两人跟前，犹豫上了：“先打哪个呢？”

侯五就说：“您先打我苟老爷，我屁股没肉，您下手轻一点。”

苟老爷说：“还是把你留给老半吧，老半力气大。”

苟老爷在杨三屁股上一顿板子。杨三一开始鬼哭狼嚎地喊，后来不喊了。苟老爷没劲了，开始喘粗气。苟老爷打累了，不打了。就把板子交给了老半。

老半拿着板子晃到侯五面前。侯五吓坏了，开始求饶：“叔，叔！您可下手轻着点，我从小是您看着长大的，活到这个岁数没饿死也不容易，您看我那屁股上一点肉都没有……”

“不容易，我让你不好生要饭过日子！”老半恶狠狠一板子打在侯五屁股上。“啪！”

侯五疼得两头都翘起来了，这头是脑袋，那头是脚。

“我让你从小不学好净想些歪门邪道！”老半恶狠狠又一板子落在侯五屁股上。

“我娘！疼死我了，王老半，你这是要杀人呀！”

“我让你净琢磨些见不得人的玩意……”

“哎呀王老半，咱俩没仇啊，你下手咋这么狠？”

冬吓坏了，他知道一会就轮到自己了。他的脖子开始往回缩，双眼直勾勾地看着一声声尖叫的侯五。

老半这些年没挨饿，正愁有劲没处使，冲着侯五的屁股“噼里啪啦”一顿乱揍，侯五嚎得跟杀猪似的。老半打了一会打累了，不打了，侯五趴在地上一个劲地呻吟，就在这时，他看到冬的眼睛像死鱼一样盯着自己，于是更来气：“冬！让你坑死了你个傻子，你和姜苗子找个没人的地方也行啊。”

打完了侯五，老半在场院里踱了几步说：“咱拿姜苗子没办法，咱对冬有办法。你们几个把冬绑起来，让苟大富早早把铺子关了，带上杀猪的家伙，给冬杀头猪看看。”

一会儿的空，满脸络腮胡子的苟大富来了，地排子车上还绑了一头猪：

支起了大案板，被捆着的猪正叫得声嘶力竭。苟大富拿起一把尖刀，在铁杵上嘶啦嘶啦磨了几下笑着说：“杀猪了杀猪了，先杀猪，再杀冬。”

冬的黑眼球又不见了，脸像一张黄纸。

苟大富的尖刀一下就捅进了猪的喉咙，鲜血咕嘟咕嘟像喷涌的泉水就淌进了一个大盆里。那头垂死挣扎的猪嚎得瘆人，冬开始打摆子……

冬感到手心发麻，眼珠彻底停止了转动。冬忽然想起了一个地方，枪声像放鞭炮，冬看到了成堆成堆的死人，有的趴在地上，脑袋不见了，血喷出去老远……

冬一头歪倒在地，不省人事，口中吐出了白沫。

4

冬还是被乔郎中救醒了，他看到披头散发的姜苗子想往这边扑，被人死死拉住了。冬还看到乔郎中拎着长衫站在一边，摊着手劝大家："你们别吓他，他是被吓傻的。"

乔郎中说什么，老半就要反着做。老半若无其事地走过来拍了拍冬的脸说："冬，苟大富杀完了猪，就杀你。"冬看到那头猪已经被苟大富剥了皮，苟大富用尖刀一下子划开了猪的肚皮，于是血淋淋的五脏六腑被苟大富掏了出来，冬又看到了肠子……

冬变成了木偶，浑身没有一丝动作，他又回到了地狱。那里到处是饥饿与杀戮，四处喷溅着鲜血，墙上到处是血手印，一股股殷红的鲜血像爬虫在地上迷失了方向，冬又想起了瓮城里那个漂亮姐姐，她俏皮的鬼脸和头上好看的发卡一直印在冬的记忆里，冬不明白为什么善良与温暖总是像露珠一样短暂，在冬眼里，最危险的不是四条腿的狗，而是两条腿的人，冬就像一截木桩栽倒在地……

冬被乔郎中救醒的时候，他看到老半那张一直在讪笑的脸，他身后那群人在笑，像极了妖魔鬼怪，就像那些差点把姜苗子当排骨吃了的人。老半说："冬，刚才大富要杀你我没让，他说光割你的小鸡鸡就行了。"

冬夹紧了双腿："不要割冬的小鸡鸡，冬留着尿尿。"

老半说："一定要割了去，你光到处乱放。"说完上来就扯冬的棉裤。

冬的腿夹得更紧了说："冬不乱放，割了冬会很疼。"

老半说："你老放姜苗子那里，一定得给你割了，大富拿刀来。"

苟大富拿着刀就走过来，老半就扯冬的棉裤。冬夹着腿就在地上打起了滚，一边打滚一边喊："冬不敢了，冬再也不敢了。"

老半说："你还跟姜苗子光着屁股钻草垛不？"

冬嚎叫着："冬不敢了，冬以后和半老爷一样，光着屁股钻马厩。"

老半一愣："我什么时候光着屁股钻马厩了？"

冬哭着说道："冬看见半老爷和马寡妇光着屁股钻马厩，才和姜苗子钻的草垛……"

冬的话音未落，老半就听到身后那帮人"哧哧"地笑喷出来……

5

花子镇乱套了，一对傻子无缘无故制造了许多故事。从第二天起，就再也没人见到马寡妇。听人说，马寡妇天没亮就走了，用两个箩筐挑着自己的两个孩子要饭去了，在一层薄雾里单薄的背影消失得异常仓皇。人们都知道，马寡妇即便能活下来，也不会回到花子镇了。

老半多少天没出门，听说项西吼把他的脸抓得比西瓜皮还要花。老半感到不可思议的是，一个傻子竟然知道他的许多秘密。秋忽然找不到冬了，他听人说那帮人在场院杀猪吓唬冬就急急忙忙往这边赶，因为他知道冬就是吓傻的。他跑到场院的时候，老半和冬都不见了。人群开始散去，只有苟大富在收拾他的家什。看到满地的血，秋问冬去哪里了。苟大富没好气，说他把冬宰了。秋急了，跟苟大富干了起来。苟大富被秋摔了几个跟头恼羞成怒，抄起刀就奔秋走过来，说捅死你个叫花子就像碾死只蚂蚁，被牛成和老扁等人死死抱住了，秋于是跑掉了。

秋隐约听说，冬把老半的底给揭出来了。他感觉事情有点不好，他和冬是外乡来的叫花子，就等于是苟大富刀下的猪，怎么宰是人家的事情。秋感觉自己最好揣着地契先离开花子镇，这样对冬也好，对姜苗子也好。在老半家做扛米汉这么多年，他们家一点工钱都不给是说不过去的，起码老半应该给他点上路的盘缠。

天越来越冷，老半还是不露面。尤其是冬，还是不知被藏在了哪儿。或者是，冬已经有了不好的结局。已是深冬，果园里那些枝枝杈杈在寒风里瑟瑟发抖，但秋的眼睛还是很容易就能找到那棵桃树，披着棉袄呆坐在果园前的秋陷入了沉思，他想到这好好一家人出来逃荒，却落得今天这步田地，不禁就泪眼迷离。

杏儿又来到了果园，站在秋的身后发呆。秋不明白的是杏儿肩上背了包袱。秋不解地望着她。杏儿说："一块走不好吗？何必惦记这块地，收多少果子也不是你的。"

秋"扑通"一下跪在了杏儿面前："少奶奶，秋只是个长工，一个叫花子，出格的事就是给个胆也不敢去做，还请少奶奶跟东家递个好话，把冬放了，让我们上路吧。"

杏儿的脸上没有任何表情，回头走得无声无息，秋望着那鬼魂一样消失的背影，心里阵阵发毛。

老半终于露面了，脸色却是异样的冷与阴森，以至于让秋感觉，这不是他印象里那个东家。

"东家，冬去哪了？他是个傻子，往老爷脸上抹灰了，老爷还得多担待，该打就打，该骂就骂，别丢了性命就是……"

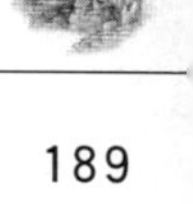

"我哪知道那个傻子去哪了,这花子镇乱七八糟的什么人都有,就他和姜苗子那点事,多少人想除掉他,他嘴里胡说八道把我都害苦了,你东家大奶奶还每天都要找他问话呢。"

"东家,不行您就放我们哥俩走吧,我这每日每夜给您干了这些年,工钱多少结一点就行。"

老半听到秋要走,还要结一下工钱便一阵冷笑:"我没钱啊秋,要是管吃管喝再花钱雇人,这花子镇谁都想干,哪轮得到你这个外乡叫花子?我家就这堆东西,你看你愿意拿啥就拿啥吧。"完了他又说道:"你要看清现在是个什么世道,有饭吃就是撞了大运了,叫花子路上每天都饿死多少。"

"东家,那块地怎么办?"秋问。

"那是我们家杏儿的地,杏儿他爹闯关东去了,我还没问地契怎么就到了你的手上,不会是抢劫或勒索吧?这片果园才几年,结了多少果子,你们兄弟俩又吃了多少饭?那片果园就算是你的,你的果子也换粮食吃了,你没吃亏。你总得有数啊秋,没有你半老爷在,那片坟地哪来的果园?你留着你的地契吧,从现在起,果园的房子不让你住了,吃的也没有了,你爱咋活咋活,我等着你和我打官司……"

"东家,您也不能这样寒人心,我这没日没夜也给您干了好几年,那么大一片果园我给您留下了,工钱一个不给也就罢了,我再把亲弟弟搭上……"

"你跟我算账是吧秋?我还真想跟你算算,我就问你,我们家铜锣你给我扔哪去了?你要滚,最好现在就滚,都反了你了,我家姑爷你都敢打!"老半拿起一个茶壶就想往地上摔,想了想,还是拿起一个茶碗摔在了秋的脚下,"滚,找你弟弟你应该去报官。"

秋木然地走出了青砖大院,脑袋里嗡嗡直响。项西吼用手指点着他骂了什么,他也没听见。看到杏儿抱着胳膊看着他,秋身上又多了几分寒意,不由得裹了裹棉袄,他把双手插进了袖筒,缩着脖离开了青砖大院。

这个少奶奶,为了那块地还是把偷饺子那件事捅给了老半,秋终于信了郎中那句话:青砖大院里没好人。

秋无法忍受自己的弟弟就这样不明不白不见了。现在能把弟弟还给他的似乎只有镇公所,镇公所平时就一个人,他是老半的亲家。苟振经让他写个东西,他好往县上报。秋是个叫花子,字都不认识,哪里会写什么东西。然后苟振经就在纸上写了写,让他回去,就再也不理他了。秋不止一次地问苟镇长:"我弟弟去哪了?"小老头苟振经火了,骂道:"花子镇每年走失这么多叫花子，我知道他们去哪了？何况你是个外地叫花子，又不归花子镇管，滚！”秋于是灰溜溜地从镇公所出来了。

秋在花子镇由衷地感到了冷，那天，背着铺盖卷，肩上搭着讨饭布袋他就来到了老半家门前，突然，他“扑通”跪在了老半家的青砖门楼下边。秋是一个叫花子，他能用上的资源现在只有自己的一双膝盖。秋感觉如果一个地主身上真有他乞求的那种“善”的话，这是他唯一能够施加压力的一种方式，老半或许会开恩把冬放出来，或者是，老半会动用他的力量把冬从花子镇找出来。

秋现在走也不是，留也不是，他心急如焚，如果把自己的弟弟就这么丢了，他对不起爹娘。一个叫花子在叫花子的老窝感到了无奈和无助。孙来旺、老扁、杨三、侯五那些人都冷冷地看着他。这对外乡的叫花子来花子镇抢了他们不少饭吃，他一个人竟然能干几个人的活，每天都不停歇。

项西吼把一桶脏水泼在他面前，毫不理会，走进了门楼掩上了大门。

6

已是腊月了吧？寒风钻进秋的破棉袄，像小刀一样在冬的肌肤上来回地刮。秋的鼻涕都淌了下来，秋顾不上去擦，任由那些东西在自己的鼻尖上冻成冰碴。秋想趁着自己的嘴巴还没有失去知觉，把该说的话说出来，于是他口中呼着大团的热气喊道：“大富大贵的半老爷，秋和冬往您脸上抹灰了，您大人不计小人过，救救冬，我感您一辈子大恩大德……”

杏儿还是那样，抱着双臂在青砖门楼下静静地注视着秋，眼里布满了酸楚和绝望，她看到一个男人在乱世里无奈又无能的一面，这是果园里那个健壮潇洒的男人吗？怎么变得如此窝囊？或许，这就是许多叫花子活着的姿态。

杏儿忽然对向往的要饭生活有所恐惧了。

跟以前的娘一样，秋这次感受到了什么是走投无路。他是个乞丐，在花子镇安稳了一段时光，但他没有亏欠任何人，包括天与地，包括花子镇的乡亲，如果他在花子镇付出了汗水，又把弟弟的性命搭上的话，他只有用死来表达自己的控诉，如果这真是一个漠视性命的世道，他生无可恋，他的悲惨在于，他只拥有这一种对抗的能力。如果见不到冬，他一定死在老半家门口，这就是秋的决绝。他竟然相信，围观的人越多，老半的压力就会越来越大，但在贫穷最底端的花子镇，花子们遵循的规则从来不是道义。秋习惯了乞讨，却没习惯乞求，渐渐地，他的膝盖失去了知觉。花子镇有太多叫花子，他们都认识秋，那些人在秋的身边围成一圈，他们对着秋指指点点，但没有一个肯上前把秋扶起来。或者是，他们乐于欣赏财主老半遇到的每一次麻烦。

孙来旺进了青砖大院一趟，出来后上前来劝了劝秋，说道："你这样不行啊秋，老半不会吃你这一套，你还是先回果园里去。"

"六爷，我只要我弟弟冬，或者是你们告诉我他现在没事。"

"老半的确不知道，他还以为冬回果园了。"孙来旺叹了口气走了。

跪在那里瑟瑟发抖的秋突然就听到了零星的鞭炮炸裂声，快过年了，欢乐在贫穷的花子镇就像这鞭炮一样零星。秋还听到纸草店那个傻子姑娘在一声声撕心裂肺地呼喊："冬！"秋看到一个披头散发像野鬼一样的姑娘跑过街巷，她的前边还有一条黑狗在嗅来嗅去。

寒风卷起阵阵浮土往秋的身上扑，秋开始摇晃。

——你不要命了秋！

杏儿突然就冲出门楼从地上拖秋，但秋纹丝不动，任凭杏儿怎样拖拽。杏儿没有办法，于是把自己的头巾摘下来裹在了秋的头上，她听到秋的口中喃喃着："把冬还给我……"最后秋一把把杏儿推了个趔趄。杏儿看着秋，最后也在秋的前面跪了下来。大门呼啦打开了，项西吼窜出来拿着棒槌对杏儿一顿乱打，一个人就把杏儿拖进了门楼里。银环也出来了，看了看秋就往回跑，一边跑一边叫："爹，咱家不能摊上人命啊，你快去找冬……"天太冷了，花子镇围观的那些人感觉这出戏越来越乏味，于是纷纷离开了。

老半最后还是出来了，他围着秋转了一圈说："我真是小瞧你这个叫花子了，你说你那个傻子弟弟把花子镇祸害成什么样了，你东家又是费了多少心思？你现在竟然跟我要人，花子镇这么大我上哪去找？好心收留你兄弟俩这么多年，当着这么多人的面你诬赖我，我是那种杀人越货的人吗？找不到冬，你会让我赔钱是吧？你继续跪，看你东家会不会认输。"

老半背着手径直走进了青砖大院，掩上了门。

入夜，秋忽然感到脖颈里一丝冰凉。一些雪花静静地从秋眼前飘落。雪花越来越大，像许多扯碎的棉絮，地上已经发白。秋这时即便想站起也做不到了，他的关节已经变得僵硬，同样僵硬的还有身上的肌肉。

7

被锁在小磨房里的杏儿早上被项西吼放了出来。看到门外已是茫茫一片白雪的时候杏儿慌了，哭喊着冲向门外。她看到一群人在对一个跪着的雪人指指点点，杏儿扑过去，但已经变得僵硬的秋一下子歪倒在了雪地里，杏儿的眼泪就一把把在雪地上砸出了坑儿。

老半出来看了一下，他围着那个僵硬的"雪人"转了几圈，在雪地上留下一圈脚印，他把毡帽的帽檐拉得再低也遮不住脸上的疤痕，那是项西吼赐予他的。老半心里在骂一个人，他现在是没办法做什么的。这件事，他有自己的盘算。他向自己的大门走去，他在门楼下回过头来，看了看冻死在大街上的秋，又看了看众人，什么都没说，然后回到了门楼里边，再也没出来。

有人从秋的身边走过，说了句："在这里冻死一个叫花子，快过年了，真是丧气。"

一领破席把秋卷了，杨三和腊月抬起就往果园走。秋死了后，想必杨三自然就又成了老半家的长工，又可以天天看到二姑娘银环了。杏儿挎了篮子在二人后边跟着，篮子里一摞纸钱一壶酒，杏儿边走边抹眼泪，她跟老半说，秋也在家忙了这些年，我去送这个同乡一程，老半咬着旱烟袋没吭声。

雪已经不下了，西北风就像一只咆哮的野狗，浮雪被风裹着扑在人身上，杨三和腊月在一棵果树底下挥起了镢头，但树底下一片冻土，镢头抡上去只不过一个白印。寒风呼呼地吹，树杈子上的积雪一个劲往两人袄领子里落，杨三一扔镢头，对杏儿说："快过年了，谁给你们家弄这个。"杨三走了，哑巴腊月也不干了。两人把手插进袖筒缩着脖子回到镇子里。

两人走了也好，走了杏儿才能没命地哭。杏儿自己挥舞着镢头哭着哭着就把心里话说出来了："秋，你个王八蛋，说死就死，也不跟人商量一下，你还没告诉我地契是怎么回事呢？俺爹俺娘怎样了……"眼泪一把把流下来，冰水儿让杏儿的脸都皴裂了。杏儿抹一把就哭，抹完了泪还往外涌：

"你个该死的秋，连你都不活了，杏儿怎么能活得下去，谁带我去找爹娘，谁带我回家啊！"

西北风很快就把杏儿嘤嘤的哭声淹没了。快过年了，怎么也得让这个犟孙入土为安，不能让这家伙埋在雪窝子里。这土都冻成石头了，杏儿就去小茅屋那里找干柴禾，抱了一大捆过来，杏儿想把冻土烧化了，就用火镰打起火来，把柴禾一把把往上添。火苗子在裹着秋的那卷席子边腾起来。然后杏儿再去抱柴禾，再把柴禾往火上添，添着添着就听到席子里好像有响动。她没在意，继续添柴草，但又确切地听到席子里在响。杏儿吓了一跳，扒开席子就看，她忽然看到秋眉毛上的霜雪在动，于是她就把手放在秋的鼻孔下，再扒开秋的棉袄在胸口上听……

杏儿尖叫一声就坐在了雪里，然后就用力拖秋。她拖着秋往小茅屋去，秋硕大的身躯把雪地里的泥土与树叶犁了出来，在雪野里像一条伤疤歪歪扭扭。

把秋拖进小茅屋，费力地放倒在炕上，杏儿就开始在灶膛里生火，然后拉风箱。她要把炕烧得热热的。炕烧热后，她就去扯秋身上湿漉漉的棉袄和棉裤，杏儿看到了秋最难看的那东西。顾不得难为情了，杏儿把破被褥全盖到秋身上，把秋的破鞋子脱下来一扔，秋的双脚比雪都凉，杏儿干脆解开自己的棉袄揣进了怀中……

秋“死”了以后终于看到了地狱的模样。死了以后他才明白死亡世界是一个巨大的冰窟窿，四处壁立着刀刃一样的冰凌，泛着耀眼的寒光。秋想走出这个冰冷的世界，但这些坚冰硌得自己浑身生疼，这些冰凌像刀剑一样挡住了秋的要饭路，向前迈一步都需要格外小心。那些东西会穿透他的身躯，或者会把他劈成两半。

秋又看到满地的死人，一群黄皮的鬼子在冲人群开枪，那些人的前心后背一个个血窟窿。他又看到东洋刀高高地挥舞起来，像切萝卜一样切掉人的头颅。秋看到了满地的血，又看到火车站那个像圆帽子一样的楼顶。他看到爹爬上铁路钻进了铁丝网后回头又望了他一眼，秋又看到娘那一脸的凄苦，满头的头发像乱草，秋还看到自己的身后老是跟着一个大脑袋男孩，在四处寻找吃的……

秋忽然就咳嗽起来，他感觉一种火辣辣的液体倒进了自己的喉咙。秋顿时感觉自己的胸膛里燃起了火。这让他有了力量去翻越那座冰山。他看到太阳像一张惨白的贴纸挂在冰山顶上，他光着脚板走在冰上，看到娘在冲他笑。娘问他：“冬去哪儿了秋？”秋答不上来，娘不理他，扭头就走，秋在后边追，但秋感觉自己的腿已经僵硬得不能弯曲，那些冰与雪正在围上来，让他也变成一坨冰。秋看到自己的娘走远了，秋哭了，一个劲地喊：“娘，娘……”

秋感觉自己已经是块冰，从脚开始，再到大腿，再涌上腰际，他在凝固。

但他又感到钻进了一个柔软的怀抱，好像触摸到了娘的胴体，秋的眼泪淌出了眼角，但娘给他舔去了。

“娘，我再也不让你走了！”

于是秋把自己的娘抱得更紧。

秋睁开眼的时候，他的地狱不见了。他半天没明白怎么回事。但是头上旋转的屋顶他很熟悉。他终于明白自己还是在果园，小茅屋里正烟雾缭绕，他听到有个熟悉的女声在屋后面喊：

——来人啊，秋没死，他又活过来了！

但是呼啸的西北风还是把她的声音淹没了。

一会儿一张好看的脸趴在秋的面前，当看到秋睁着眼睛的时候，她笑了。问道：“秋，你饿不饿？”

8

大年三十那天，是花子镇鞭炮声最稠密的一天。老半来了，和颜悦色地看了看裹在被窝里的秋，秋还不能下地，腿上长满了冻疮。秋听到铁链子“哗啦哗啦”直响，才看清冬也来了，只是脚上拴了铁链。秋叫了声：“冬……”

冬把热气腾腾的饺子端给了秋。叫了声：“哥……”

“没事吧秋，福大命大造化大，好好养着，别的以后再说。”老半坐在炕沿上一个劲地和秋说着过年的好话。他叹了口气又说：“哎呀，人得看清自己啊秋，叫阵的时候也得看清对手，你看，我们又救了你一条命，谁欠谁的你伤好了咱再算，好好歇着吧。”

老半走到门口，看了一眼冬：“冬是个好孩子，你哥照顾不了你，你还跟我走。”说完牵着冬的手出了门，一阵锁链子“哗啦哗啦”直响，冬跟着老半走了。老半心里想，这兄弟俩他要好好攥着。

现在的花子镇把秋分成了两个人，一个是死去的秋，一个是活下来的秋，活下来的秋一直在眨眼皮。他看到杏儿在屋里老是晃来晃去，就问：

“你是怎么救的我？”

杏儿没吭声，径直把热汤热粥端到秋的身边。

秋终于敞开了话匣子，把在济南城遇到杏儿爹娘的经过全说了出来。杏儿感觉自己也掉进了地狱，哭得昏天黑地，爹娘是死是活？秋说不清，但杏儿的心越揪越紧，一把眼泪一把眼泪地抹个不停，她感觉自己的希望坍塌了。秋躺在那里默默无语。

“别哭了杏儿，你要果园这张地契，我给你就是，我们也没花多少钱，只是把自己的娘搭进去了。”炕上的秋说。

“秋，光有地契我能活下去吗？我还要果园，更要种果园的人。”杏儿给秋掖了掖被角，一头扎在秋身上的被子哭个不停。

第九章

1

春暖花开了。已是到了耕种时节，花子镇逃荒的人陆续回来了。很多人发现花子镇少了一个傻子。于是一个公开的和一个隐藏的故事被人传开了，那个故事与离开花子镇的马寡妇有关。秋活了下来，而且冬也找到了。在春天，秋身上的冻疮奇痒难忍，他已经好久没有去青砖大院，杏儿也很少来，老半和项西吼看得她越来越严。果园里又是一片花海，他开始忙碌，那天他在果园里听到了哭声，于是顺着哭声找来找去，杏儿蹲在一棵果树下哭得浑身颤抖，花瓣雨一层层地往下落，显得杏儿的身影更加单薄与憔悴。杏儿抬起脸看秋的时候满脸泪痕，秋问她怎么救的自己，杏儿不说。就像杏儿追问自己爹娘和弟弟的消息，秋也是无法给她准确回答。现在的杏儿也开始做噩梦，秋向她描述了一座人间地狱，这让杏儿对自己憧憬的逃亡之旅愈发恐惧，她心里的希望之火在奄奄欲熄。那天红的粉的花瓣不停往两人脸上或身上扑，这让杏儿感觉未来更加迷离，这个活得窝窝囊囊的长工是否能带她踏上寻找之旅？秋只是站在那里不吭声。

他的地契不见了，包括那件破棉袄，是谁拿走了呢？秋使劲想自己是怎么活过来的，他醒来的时候身上一丝不挂，小茅屋里只有杏儿在忙来忙去。没了那张地契，他在花子镇的存在就有了疑问。想起济南那个老叫花子，秋不知道杏儿是自己的活菩萨还是掘墓人。

“杏儿，见到我那张地契了吗？”

杏儿的脸上满是泪痕，她怔怔地看了秋好久，一句话都不说。她挎起了篮子，身影消失在层层叠叠的落花雨里，再也没有来过。

花子镇人多的日子，老半不愿意上街了。一些娘们偷笑着对他指指点点，那个疯丫头见了他就跟他要男人，连同她的黑狗把老半追得屁滚尿流，把老半的毡帽都追丢了好几次。

老半心里说，这是两个傻子吗？这是两个祖宗。

姜苗子披头散发的在街上蹿，有几次她长长的指甲差一丁点就抓到老半的脸，姜苗子现在知道冬就在老半家院子里，因为黑豆嗅来嗅去嗅到老半家门口就停下蹲下来。黑豆不敢进老半家的院子，老半家有一条更大的狗，眼睛向黑豆露着凶光。

现在的冬在哪里，花子镇已经很多人知道，但姜苗子肯定不知道。天暖了，项西吼也把老半和马寡妇的事情给忘了，老半就把冬牵到院子里，用铁链子锁在猪舍的门上。他和秋说，这样时间一长，冬就能把姜苗子给忘了。老半最希望的是冬把他看到的所有东西都忘掉。一是哑巴腊月，二是傻子冬，他俩才是老半最需要的人。秋也想不出更好的办法，就同意老半把冬拴起来。那天疯丫头在外面喊——冬！冬挣脱不开，拖着铁链子就爬到了猪舍顶上，猪舍前边是厕所，冬站在了高处，没想到第一眼看到的却是茅房里项西吼白花花的屁股，项西吼看到猪舍顶上的冬，提着裤子就蹿了出来——老半，赶快把你这个傻爹给我弄其他地方去！

老半其实更应该叫“老办”，他是遇到事情很有办法的这么一个人。冬天天白吃饭不干活这不是老半能容忍的事情，老半就把冬牵到了他们家碾坊里，他把冬用锁链绑在了碾杠上，这样被绑着的冬既能给他推碾磨面，又跑不了。就是被姜苗子找到，两个人也摞不到一块。

老半还是老半，他老半那么大的家产一没纳妾二没填房，不就和马寡妇那点事吗？你们一群叫花子知道了又如何？老半这天倒背着手走在大街上，脸上乐乐呵呵，他手里提了一个布袋，布袋里明显装了一只瓷碗，还有俩窝头。秋又在他的果园里忙起来，“一亩园，十亩田”，去年果园收的果子让老半赚了。老半心说，这哥俩绝对值得留，可惜有一个是傻子，老半又一想，这哥俩要都不傻，他还真控制不了。

老半背着手就来到碾坊前，用钥匙打开小铜锁，推门一看，院子里碾棚底下，冬推碾正推得满头大汗，一碾盘的玉米，已经碾了个差不多，老半很高兴，冬干活从来不使懒耍滑。但看到许多玉米粒子掉在了地上，老半又生气了：“你个该死的冬，推碾的时候不是跟你说用笤帚往里扫着点吗！”于是老半弯下腰去，把那些玉米一粒粒捡起来，再放到碾盘上。

老半把冬从碾杠上解下来，在一棵树底下让冬坐了下来，老半从布袋里拿出了窝头和咸菜，冬吃得狼吞虎咽。

“慢点吃，又没人和你抢，你个朝巴（傻子），放心吧，窝头半老爷能管你一辈子。”老半拍了一下冬的脑袋。

看着吃着饭的冬，一脸慈祥的老半就掏出了旱烟袋，一边往荷包里填着烟叶子一边问：“冬，半老爷好不好啊？”

“半老爷很好，就是不让冬见姜苗子。”冬满嘴里窝头，嘟囔着说。

“让你俩见了面跟狗似的在街上接尾巴吗？”老半往冬头上敲了一烟袋锅子。

冬不吭声了。愣愣地看着老半。老半摇摇头叹了口气：“你个傻子太愁人了，得把你放哪里呢？没有半老爷，你和姜苗子在街上胡搞早被那些叫花子打死了。”

“谢谢半老爷胡搞。”冬大概不明白什么是胡搞。

老半一烟袋锅子又敲过来：“老爷没有胡搞！”

老半揪着冬的耳朵说：“冬，你个傻子，你和姜苗子胡搞就是胡搞，老爷胡搞不叫胡搞，就是胡搞了你也不能告诉别人，要不割掉你的舌头！”

冬被半老爷彻底弄糊涂了，冬闹不明白的是，为什么老半和马寡妇在草堆里乱滚就可以，他和姜苗子在草堆里就会挨打，于是冬就说：

“老爷没有胡搞，冬也没有胡搞，冬知道了。”

“不一样，你和姜苗子胡搞了。”

“老爷，别锁冬了，冬不是狗。”

“不行，早晚等那个傻闺女嫁了人……”

“老爷，姜苗子为什么不能嫁给冬？”

“你是朝巴啊冬，你们两个朝巴怎么过日子？再生个小朝巴吗？再说你哥秋还打光棍哩，现在能成亲的都是什么样的人家？叫花子连饭都吃不饱，哪有钱娶媳妇？”

老半正和冬斗着嘴。吴文贵他媳妇背着一只破口袋走进了院子，看到老半叫了一声：“老爷……”

老半说：“有事啊他三嫂？”

吴三嫂说：“我想用用碾。”

老半说：“你先用三嫂。”

2

碾棚里吴三嫂用笤帚把老半家的玉米扫到一边，堆得整整齐齐，半边碾盘腾了出来，三嫂把自己口袋里的东西“哗啦”一声倒在碾上，老半一看不吱声了。三嫂口袋里倒出来一些碎石块一样的东西，大的像砖头，小点的像核桃，有的长了绿毛，有的长了红毛，一些黑乎乎瓦片一样的东西细一看原来是地瓜干，三嫂把这些东西在碾台上摊开，吃力地推起了碾，碾盘底下“咯吱咯吱”直响，她纤细的身材都快瘦成麻秆了，在巨大的石碾子面前更显瘦小。

老半看着那些东西心里也一阵难受，他站起身，默默地走向碾台，把一边自家那部分没碾好的玉米和那些东西掺在了一块，三嫂抬头不解地看着老半，老半说：“没多少东西三嫂，不要分你的我的了。”

“谢谢半老爷，您真是大善人。”

三嫂低头给老半鞠了一个躬。老半问：“你们都去哪要饭了，文贵呢，回来了没？”

三嫂说，她和文贵走到沂源就分开了。外边老打仗，路上死人一堆堆的，讨不到东西吃，文贵领着老大上了西南，我领着老二和妮儿去了临沂，一直到了河南商丘，回来的路上实在没吃的，就把妮儿卖了，换了半袋子瓜干回来，文贵和老大到现在没回来，也不知死活……说到这里，三嫂鼻腔里一阵抽搐。

老半半天没吭声，又从边上自己的口袋中挖出两瓢玉米倒在了碾上，看三嫂推得吃力，帮三嫂推了起来，一边推一边聊：“三嫂，文贵不回来，就不要再出去要饭了，地里要再没收成，就在我家做工吧。”

“谢谢半老爷。”三嫂推着推着碾泪花儿就在脚下摔成了八瓣儿。

“三嫂，女人要饭可不能死心眼啊……”老半的手在三嫂的手上拍了两下，看三嫂没有反应，就放在上边再也不挪开了。

老半默默地抓起了冬手上的铁链，把冬牵出了院子，看到巷子里有棵高大的榆树，敞开链子上的锁，就把冬环抱着拴到榆树上，再锁上。然后老半回身又进了院子，把门掩上，闩好了。

冬坐在树底下无所事事，他只能围着树转圈。不能离开树干三尺，无聊的冬看到了地上的蚂蚁窝，冬羡慕那些小蚂蚁，小蚂蚁们太自由了，想去哪里去哪里，小蚂蚁们要是能和冬说话就好了，冬会告诉它们很多小秘密。冬就这样看着小蚂蚁们来来回回跑。有许多蚂蚁爬上了树，冬有时就用手指挡住它们的去路，那些小蚂蚁就爬上了冬的手指，冬看着爬到自己手指上的小蚂蚁，就问它：“喂，你认识姜苗子吗？”小蚂蚁看着他只是动了动头上的触须，冬把自己的手指放到树上，让小蚂蚁跑走了。

冬看到许多蚂蚁来来回回进出地上的一个窝，从不理会自己。冬突然生气了，他感觉那个蚂蚁窝很像花子镇，许多人在出出进进，他解开裤子对着蚂蚁窝就撒起了尿，蚂蚁的窝很快就毁了，许多蚂蚁漂在了水上，和一些草棍打着旋儿被冲出老远，冬弯下腰看得出神，这是冬第一次做坏事，他突然对着水流中那些无助的小蚂蚁开始笑……

冬忽然听到一个熟悉的声音在喊——冬！他看到一个披头散发的身影从巷子的头上一闪而过，身后还跟着一条黑狗，冬叫了一声姜苗子，然后起身就追，才发现自己被拴在树上，他就使劲踢树，树纹丝不动，他恨透了这棵树，就趴上去用牙咬，把自己的牙硌得生疼。

冬没办法，那棵树冠盖如云，把冬头顶上的天空都遮住了，冬能做的只有抱着树干往树上爬。冬拖着铁链子终于爬上了树杈，冬想自己爬高了姜苗子就能看到自己了。但他首先看到的是一个很奇怪的场景，碾棚里，半老爷把一个女人放倒在了碾盘上，他光着屁股站在女人的两腿中间气喘吁吁……

躺在碾盘上的女人三嫂看到树杈上的冬在往下张望，突然就一声凄厉而骇人的尖叫……

老半怎样都想不明白，让花子镇鸡犬不宁让自己灰头土脸的竟然是两个傻子。吴三嫂那声凄厉的尖叫让他的命根子立即缩成了一截绳子头，再也不能用了。他考虑再三，把秋叫了过来。

老半跟秋说，老把冬拴着不是个事，你与我都被人笑话。我看这样，河对岸那个土窑是咱们的，自从皮小七死了后再没人去过。土窑后边是一片荒场，就是草多了点，长虫耗子也多了点，你和冬带上点粮食去那里住一段时间，在那边种点果树，开点荒，这边有事我叫你，没事你在那边，千万别再让冬过来，花子镇要饭的人都回来了，人多了他再和姜苗子搞在一起，人家非要他的命不可……河上那桥被烧后早被流水冲得无影无踪，三年两年也建不起来，等段时间那个傻姑娘嫁了人，冬也就把她忘了，咱爷们那时也就安稳了。老半这样说。

秋能说什么呢？他感觉自己等于是被老半赶出了花子镇。自从被杏儿救活，他就找不到缝在棉袄里的那张地契了。包括他那身破衣服，都不见

了。他不知是被人拿走了还是连同他的破袄一块被扔掉了。要是被人拿走，是被谁呢，是老半还是杏儿？想到这里，他不禁倒吸一口凉气，他现在已经没有任何底牌。要想在花子镇呆下去，他只有处处听命于老半。他已经给老半建好了一片果园，自从被杏儿救活，他已经彻底对老半和花子镇臣服了，甚至对老半有点感恩。

3

老半把他的皮划子拖了出来，土匪的气筏子被皮小七打爆后被桥柱子挡住了，被苟大富捞了上来，苟大富用炭火把两块胶皮补在了上边，跟新的一样，又能用了。苟大富自己留了一个，又孝敬了老半一个，被老半好一顿夸。这气筏子听说是海盗从青岛的日本海军手里买的，摁着船舷按几下就能鼓起来。第二天秋卷了铺盖带上冬，老半又扛来两袋子吃的，秋和冬走到河边，划着皮划子就下了那条阔大的河。不明就里的冬踏上皮划子的那一刻，还不停地回头望着花子镇，秋撑着划子走到河中央，冬老觉着还有半个冬留在了岸上。

那座土窑已经开始坍塌，这个生产砖头的土窑主人到底是谁已无从考证。但那时琅槐北部这块地面上不缺土地，缺的是人口。需要说的是，土地与粮田是两个概念。有的土地根本不长粮食，在充满大片盐碱的沼泽滩上，芦苇与茅草是最常见的主人。秋站在土窑顶上往北看，大片芦苇与茅草正随风起伏，一汪汪黢黑的沼泽正冒着水泡，在远处的大路上，仍能看到许多花子在往南行进。

土窑上堆满了破碎的砖头。一些蛇盘成牛粪一样的一堆堆在晒着太阳，窑下的灌木上也有许多蛇倒垂下来。冬很兴奋，他和秋一样自小不怕蛇，冬在草丛中追得一些花蛇乱窜，不一会儿就捉了一条花蛇向秋跑来，秋没理他，现在哥俩还没必要吃蛇。

土窑下有几眼窑洞倒是能遮风挡雨，里边也是长虫耗子乱窜。秋还在里边拣了许多铜炮仗，也就是弹壳，这肯定是当年皮小七留下的，他在墙上发现了许多弹坑。想到这里秋有点害怕，谁知道土匪还会不会回来？面对这块地方，秋突然有了想法。他和冬有的是力气，秋开始和冬清理土窑上的砖头，秋决定把朝阳的那个窑洞堵起半边，这样的话，就是一个不错的房子，哥俩住在里边。秋想，剩下的那几个，要是作为仓库能盛满粮食就好了，想到这里秋一笑。

秋和冬的到来，让许多花蛇和老鼠都溜走了，破窑洞成了哥俩的家。对于家，秋和冬从来不讲究，他们连坟都住过。秋把镰刀扔给冬，命令道："冬，你把这片草割倒，那片也割倒，割不完不给你吃饭。"

4

秋现在俨然成了东家，冬成了他的长工。冬就这样，只要给饭吃，让他干啥都行，虽然他干活的样子不好看。冬把大片大片的芦苇和茅草割倒晒干，然后铺到窑洞里边，又暖又软。

冬冲着那些杂草挥舞起镰刀，傻子冬不太懂干活的姿势，但姿势不重要，能把草放倒就行了。冬在草丛中看到花蛇喜欢用镰刀把它们挑起来，让那些东西缠上镰刀或者是他的手腕，看到这些东西冬好像就想起了什么……

冬很卖力，每天在土窑周围割着茅草，现在没人说他是傻子，也没有人打他，更没有人用铁链子拴住他。他很兴奋，但冬笨笨的脑袋总觉着还有什么东西留在了河对岸。冬在使劲想的时候，他突然听到了河对岸有人在喊——冬！

冬站起来的时候看到一个披头散发的身影领着一条黑狗在河对岸疯跑，一边跑一边在喊——冬，你在哪里啊？

冬站起身就挥舞起了镰刀："姜苗子，冬在这里啊！"

姜苗子也听到了冬的声音，她把手搭在眉上往这边看，确定对岸站着的是冬的时候，就哭喊着从岸上往下跑，但这条水面很宽的河拦在了两人面前。于是她又跑到岸上，顺着流水往下跑，冬在对岸也跟着跑，冬和姜苗子为什么要沿着流水跑呢？两人都希望跑着跑着流水就不见了，或者是跑着跑着在河面上就会见到一座桥，姜苗子跑出去很远，冬也跑出去很远，但河水越来越宽，也没有看到桥，姜苗子就往回跑，冬也往回跑，两人又顺着河水来的方向跑出去很远，河水比他们想象的还要长，他们还是没有看到桥。最后姜苗子跑不动了，冬在河对面也跑不动了，姜苗子在河这边一屁股坐下来，冬在河那边一屁股坐了下来。黑豆也累得吐出了舌头，趴在地上"呼哧呼哧"喘起了粗气……

第十章

1

“冬，真的是你吗？你走近点我看看！”

冬于是跑到滩上，姜苗子也跑到滩上，这样冬的鼻子眼睛姜苗子总算看到了，姜苗子的鼻子眼睛冬总算也看到了。于是姜苗子就哭了，姜苗子的哭有很多是假的，但这次是真的，她哭得把天上的白云都惊得溜走了。她哭得肩膀一抖一抖的，说：“冬，你藏猫猫藏到哪里了，我和黑豆怎样找都找不到。”

冬在河对岸喊道：“我被藏到一个有很多很多粮食的地方了。”

姜苗子哭着说：“你会游水吗冬，快游过来，我想亲你了。”

冬说：“我不会姜苗子，你也别下水，水会把你冲走的。”

姜苗子说：“冬，你好像长高了。”

冬说：“姜苗子，你瘦了。”

姜苗子说：“冬，你赶快舀水吧，你把水舀干了我就过去。”

冬说：“你让老半给你架桥吧。”

姜苗子说：“老半又不是黑豆，怎么会听我的话呢，我还是找老干姜给我架吧。”

第二天天刚亮，冬就听到河那边有人在喊：“冬！快起来。”

冬就揉揉眼起来跑到岸边，他看到姜苗子已经不披散头发了，又扎起了小辫，还穿上了最好看的那身红衣服，姜苗子在那边喊：“冬，我好看吗？”

冬说：“我看不清啊姜苗子，你像一团火苗子！”

姜苗子在那边一噘嘴:“冬,那边是不是也有个女傻子啊?”

冬说:“没有女傻子啊,只有长虫和老鼠,你爷爷给你架桥吗?”

姜苗子说:“老干姜说给我用纸糊一个。”

冬说:“什么时候能糊好啊?”

姜苗子说:“你傻啊冬,老干姜给我糊好了,我没走到中间,老半个王八蛋就会点火烧了。”

2

花子镇每天都有许多人从河边走,听到两个傻子在互相喊话把嗓子都喊哑了,都笑坏了。有人告诉老半,老半“哼”了一声,然后就往河边走。老半一边走一边说:“人和人是不一样的,你看,一条河把两个傻子分开啥事都没有了。”老半来到河边看到姜苗子无奈地望着河水,幸灾乐祸地说:“姜苗子,你不去那边找那个傻子吗?”

姜苗子瞪着老半说:“老半,你给我架座桥,要不我让黑豆咬死你!”

老半气得胡子都飘起来了,冲着姜苗子一掀衣襟:“我还给你修座庙呢,找你爷爷老干姜去!”

姜苗子恶狠狠地伸出长指甲的手指就去扑老半:“你不给我架桥,我抓花你的脸!”

老半哪能和个女傻子打起来,于是就躲,黑豆也叫着往上扑,老半就跑,两个人一条狗在河滩上就转起了圈。姜苗子和黑豆追来追去,老半毡帽又跑掉了,又露出了猪尿泡样的脑袋。老半没办法,喘着粗气就停下来,向姜苗子挥了挥手:“姜苗子,桥是一定要架的,但架桥需要很多很多的钱,你让冬使劲干,让他把那边变成果园,咱就有钱架桥了。”

于是姜苗子就朝对岸喊:“冬,你快干,你把那边变成果园了,老半就有钱修桥了!”于是冬在那边干得越来越起劲。

破土窑内飘起了炊烟,秋和冬没事就一声吼一声啸,河对岸人迹罕至的那片荒凉的原野也就被唤醒了。不管怎样,姜苗子总算每天能看到冬,心里不再那么空。虽然这仍是一种让她极其失望的距离。对两个傻子来说,花子镇从来都是不近人情的,他们的期望本来就不高。

秋和冬在对岸开始沿着河奔走,一片满目疮痍遍布蛇穴鼠窝的河岸在秋心里有了蓝图。哥俩每天早上就忙碌起来,把这里平一下,再把那里垫一下。收拾出一块空地,秋又育起了树苗,一桶桶水被秋从河里挑上来。河边那些灌木和不成材的小树全被秋砍了,秋竟然用这些小树扎了一个不大的筏子,有事的时候就撑着来到河对岸,但他得把筏子藏到草丛里,别让姜苗子发现,让她看见了,又会缠着他把她载过来和冬在一起。冬挥舞着镢头在河沿上又刨起了坑。姜苗子在河对岸总是跟着冬的身影走,看不到冬了就会在河对岸喊:"冬,你去哪里了?"

"我在这里呀姜苗子!"冬会马上跑出来。姜苗子就喊:"冬,你什么时候回来?"

冬就说:"秋说老半家打场晒粮的时候。"

姜苗子说:"杏儿说你哥就是老半的一条狗。"

秋在河对岸听见很生气,却只是无奈地摇摇头。

冬就喊了:"秋不是老半的狗,冬才是,老半经常用铁链子拴着冬。"

"冬,你在那边种小米……"

去了河对面开荒的兄弟俩,似乎还把一个人的心带走了。那个宁愿去要饭也不愿做少奶奶的杏儿姑娘经常领着她未来的男人来到河边,二斗现在好歹不让她背着了,自己满地乱跑玩得很开心。这家伙说的第一句话就是骂娘,而且和项西吼一个腔调。同样,在这家伙的三角眼中,谁都是叫花子,他最爱看的是他家的狗把叫花子撵得到处乱跑。

杏儿在河边溜达,眼睛却不停地往河对岸瞄,总在寻找着那个身材颀长的小伙。她也在盘算一个日子,在等着麦田由绿变黄的那一天。

姜苗子跟杏儿说:"你让冬他哥撑船过来把咱们接过去。"

杏儿不屑地冲她白了白眼:"我和你不一样,我不想男人。"

姜苗子说:"你也是老半的一条狗,母的。"

杏儿一把就抓起了姜苗子的小辫:"还不都是让你个傻子害的。"

姜苗子也去抓杏儿的小辫,杏儿比她个头高,她踮着脚也抓不到。杏儿把姜苗子的小辫抓乱了,又仔细给她辫起来,二斗在一边拍着巴掌说:"好啊好啊,叫花子打架了……"

杏儿说:"姜苗子,你把那小子推河里淹死吧,他将来比老半都坏。"

姜苗子说:"那是你男人,淹死你不成寡妇了?"

"姜苗子,我给你撕烂了嘴……"

杏儿还要打姜苗子,姜苗子就跑,到最后杏儿还是把姜苗子追上了。拧得姜苗子"哇哇"地哭,姜苗子都是睁着眼睛哭,这次闭上了:"你们都爱欺负傻子，本来不是傻子，都让你们欺负傻了。”杏儿一把搂起了姜苗子，也掉泪了：“我还不如你们傻子呢……”

3

要收麦了。今年总算能收点麦子，虽然麦田里的那些麦子比山羊胡子稠密不了多少，但总算把琅槐大地铺满了金黄，连年天灾水患，这应该是二十世纪三十年代那片田野最高光的时刻，这应该是那些年间农人最希望看到的景象，没旱没涝，说不上风调雨顺，但总算有点收成。虽然地多是租种的，虽然那时产量并不高，但有几把粮食就能守住家，就能守住希望。

财主王老半无疑是麦收季节最显贵的核心，他从灾民手中用粮食换来了太多土地，有了粮食，他还会继续换土地。然后再把土地还给他们继续耕种，从民国九年起这齐鲁大地就是连年灾荒，土地和牲畜都不值钱了。但无论年景怎样，是否有灾害，他都会有收成。花子镇有几个不欠他王老半粮食的呢？那大片绫罗绸缎一样的金黄有多少不是他家的呢？这遍野的忙碌有几人不是在为他收获？想到这里王老半脸上的笑意用光板抹都抹不平。

他又点上了旱烟袋。人活到他这个份上，还有他这份收敛，已经说明他和那群叫花子是不一样的。

琅槐地面有古话，“穷也不过三辈，富也不过三辈”，他王老半一辈子就彻底翻身了。身逢乱世，必定会英雄辈出。什么是大户人家？深宅大院、大骡子大马，这些老半都有。还有大片的好地他自己留着，雇人耕种。这个时节他的场院里多少人在帮他忙碌，光靠腊月那几个长工是不够的，还得雇多少麦客和短工，这其中就有老扁和杨三。一马车一马车麦个子在往他家里拉，老婆孩子连杏儿齐上了阵，他自己也摸起了镰刀，秋已经顾不上河岸边的荒地，也天天长在了老半家的麦田里。秋想把冬带过来，老半没同意。说花子镇现在人多，他和那个傻丫头到了一起，没准又会出事。你白天过来，晚上回去给他做饭。现在老半喜欢秋，但又得防着秋。秋和杏儿都长大了，离得近了，老半就会找理由把两人拆开。

大片大片的麦子已经收到老半的场院里，老扁和腊月赶着牲口拉着碌碡没日没夜地给他打场。趁着天好，把麦子晒干入了库就算收了，淋了雨就会发霉，那样在粮食贩子那里就卖不上好价钱。还有一群婆娘坐在镰刀后边，镰刀朝上，刀刃向外被镶在了一块木板上。那些婆娘们把麦穗儿怼齐，攥在手中用铁笊子在麦秸上梳上几把，许多麦叶就被梳掉了。于是手中的麦秸闪亮起来，把麦穗在镰刀上割下来扔出去，麦秸一捆捆就被捆起来。琅槐地面上土房子最多，麦秸都会被盖在房顶上，老半过日子瓷实是出了名的，麦秸也不会放过。

麦粒儿合着糠被堆成小山，大场院里老半就甩起了簸箕，一簸箕甩出去，麦粒儿落了下来，麦糠却飘走了。老半连头都不回，有人一木锨又给他倒在簸箕里，老半手腕一抖又甩了出去，麦粒儿堆出了山脊，麦糠飘来荡去，就像做工的人们不平而又凌乱的心思……

有人说钱是老半的爹，粮食是老半的娘，老半竟然一点都不恼。

守着堆成山的麦子，但做工的还是吃的窝头咸菜。这就是老半，在老半眼里，粮食是吃的，但粮食更是财富。人有了粮食，心里才不慌，不怕荒年，也再不用出去要饭了。有了粮食，说话才有底气，关起门来，只要有的吃，管他外边谁坐天下，谁是皇帝老儿。那些长工们不这样想，他们只觉得粮食除了填饱肚子没别的用处。不，这是一个人活在世上的尊严，有粮食你就是老爷，没粮食你就是孙子，在别人眼里，你不过是一条哈巴狗。老半太理解叫花子那个卑贱了，还有那个憋屈。一个叫花子的脊梁肯定是弯曲的，只有靠别人的施舍才活得下去。所以在老半眼里，粮食不只是粮食。他是活得有人样的起码保证。

财富是一个子儿一个子儿攒起来的，粮仓是一粒粒粮食堆起来的。不节省，都敞开肚皮吃，吃得蹲不下，腰弯不下去，有啥意思呢？老半常说，什么是吃饱了？不饿了就叫吃饱了，不是吃撑了叫吃饱了。老半吃饭都是和长工短工们在一起，老半永远是最先放下筷子的人，抹抹嘴，讲的就是这些道理。

老半不愧是老半，思想就是有高度，认识就是更深刻。那些做工的人面面相觑，一个劲地啧啧赞叹，怪不得人家是财主，咱只能给人家做工。

老半那些话，以前杨三在的时候听得耳朵都磨出了茧子，杨三捧着老半家里的饭碗，晃荡晃荡，这粥清得像水，都能照出人影来，底下没有几粒高粱米，喝这样的粥，哪有力气下地干活呢？杨三端着饭碗说我“活见鬼”了。众人说，你在哪里活见鬼了？杨三说鬼在老半家的饭碗里，我刚要喝粥，就看到碗里有个人在冲我挤眼，我仔细一看，那不是老半他爹吗。

众人于是就哈哈大笑，老半只能干咳一声，讪笑着离开。

许多麦子在老半的大场院里摊开了，闻到米香那些做工的人都使劲抽着鼻子，有人想，这么多粮食老半这辈子吃不完，二斗这辈子也吃不完，老半心里想，叫花子才只想到吃。作为一个财主，有了粮食腰杆子才硬，才能和体面人物说上话，老半现在还不是大地主，但老半认为这个目标不远。太阳落了山，一车车麦个又卸到场院里，老半跟秋说：“就剩六里沟那块地的麦子了，应该也熟了，有点远，关键是马车进不去，到处是烂泥，只能用小推车推，你天不亮就得去割，杏儿也去，我推着小推车随后就到，今天吃完晚饭你在小推车上绑几道边杠，把车子绑宽一点，咱一车推不了两车就回来了。”

秋不好说什么，冬不会做饭，在河那边也不知吃了没有。秋生着闷气就找木杠，找了一堆就用锯子割。杏儿在小磨房里也不露面，但秋知道，杏儿一定有很多话要和他说，他也有许多话跟杏儿说。只是老半一点机会都不给，人家救过秋一条命，秋欠人家的大恩哩。

秋就在小推车上打起了主意，他把许多棍棒绑在了小推车上，琅槐地面上小推车是主要的运输工具，家家麦收秋收都要绑上边杠，这样就会多装许多东西。他绑的绳扣全是死扣儿，完了又去咸菜缸里捞了许多盐水，洒在那些绳扣上。

4

五月里天老早就泛起了鱼肚白。秋撑着他心爱的筏子回到河对面，胡乱睡了一觉，就早起给冬做了一锅高粱粥，然后撑着筏子又回到河对岸，还得藏好，让姜苗子发现找人把她载过河就麻烦了，再说也危险。秋就这样，似乎天生没有偷懒的习惯。

秋带着草绳和镰刀赶到六里沟老半家的麦田前，天竟然还不算太亮。没想到杏儿比他还早，已经坐在地头。秋来的时候她正把脸埋在臂弯里，抬起脸看秋的时候满脸的泪痕。两人都长大了，这样呆在一起竟然有些局促。杏儿抽了抽鼻子，把一捆草绳系在腰上，拿起镰刀沙沙就割起了麦子。秋也在地上铺上一根草绳，也挥起了镰刀。

东边的天空开始出现朝霞的色彩。杏儿站起身望了一下，她的面庞又秀丽了不少，只是两只大眼睛仍然痴痴的，看秋的眼神里明显有些无奈。她又把腰弯了下去。平整的麦田像一块豆腐，被她和秋切出峡谷一样的空隙，他们身后铺满了麦个，两人都没有说话，足前只有镰刀砍麦秆的沙沙声，像一种低微的细语充满幽怨。

率先打破沉默的还是秋："秋本来是死人，被你救活了。"

杏儿仍然只是低着头，两条大辫子垂在胸前，似乎没兴趣接秋的话茬："你还是叫少奶奶吧，老半说二斗到了十岁就把亲事给我们办了。"

秋无语。杏儿割得飞快，一会就把秋甩在了身后，只留给秋一个好看的背影，那饱满的身材把单薄的衣衫撑出一段迷人的曲线。秋的手下和步伐也加快了。麦子被片片放倒，杏儿就在他身边。

许久，杏儿在一捆麦个上坐了下来，静静地望着前方。秋也坐下了。

秋干咳了一声说："你是怎么救的我？"

杏儿说："没有啊，你还是一个死人，只是会干活。"

秋有点恼，一下把镰刀砍进泥土里："我只不过是个叫花子，到哪里都是讨饭。"

杏儿半天没吭声，眼睛静静地望着前方出神。

"其实我也是死人，每天像活在棺材里，根本喘不过气来。"说完又把脸庞埋进膝盖上的臂弯里抽泣起来。

秋也没话可说。秋多希望自己有老半那样的本事，有改变许多事情的能力。但他和冬的挣扎仅限于活下去。杏儿想的是逃出去，逃出去又能怎样？这样的世道，也是死路一条，听郎中说过，胶东那边韩复榘正和"胶东王"刘珍年打得热火朝天，往那边走，子弹可不长眼。

"你真想出去要饭？"秋问。

"我就是要饭来的啊秋！"杏儿的眼睛忽然亮了起来。

"你这样的要不成饭，你出去就会被人抢了去，被人卖到窑子里。"

"你胡说，你和你那弟弟一样，除了吃就知道配种。"

"你才胡说，冬只不过是个傻子，他是要着饭长大的，也是受着惊吓长大的，怎么你们这些人看着他活两天就那么难受。"秋忽地站了起来，冲杏儿瞪起了眼睛。

杏儿不敢说话了，仰脸望着秋："你要干什么？我可是你的救命恩人。"

"你也害过我，你告诉老半我偷饺子吃的事情了。"

"你不说我都忘了，我回去就告诉他，让他打断你的狗腿。"杏儿想到这事咯咯笑了起来。

秋一下子握住了杏儿的长脖子："我现在就掐死你，刨坑把你埋了谁都不知道。"

杏儿说："你掐死我吧，掐死我那块地也不是你的，你不掐死我你是我儿子。"

"少奶奶，我是你爷爷。"秋从来没这么嚣张过。

"你是我儿子，你亲口叫我娘来。"杏儿说。

秋一下子把杏儿扑倒在麦田里，把杏儿压在了身下，嘴巴对着杏儿的嘴巴问："杏儿，我的地契呢？"

"你说什么？"杏儿把镰刀挂在了秋的后颈上，"我黄花大闺女钻你被窝里暖你的身子，就是为你的地契？你有地契那块地是你的吗，从我身上滚开！"

秋无趣地爬起来。

杏儿坐在那里又开始垂泪，手指不停地在脸上揩来揩去。

"那张地契我认识，但找遍了你身上没有，铺盖卷里也没有。"

"我缝棉袄里了。"

杏儿不禁睁大了眼睛："你那破棉袄里外全是湿的，还有破棉裤，都被项西吼抱走扔掉了。"

秋一声叹息。

"秋，你说我爹我娘我弟还活着没有？"

"谁知道呢，鬼子在济南看到穿草鞋的就杀，你爹腿脚又不好，关节都是弯的，走路颤颤巍巍……"

杏儿哭了，哭声像纺车的轴儿响个不停。秋不知所措。

"哭吧杏儿，这年头就是哭能随便，哭声比蝗虫还多。"

"你让我哭，我偏不哭。"杏儿竟然扯过秋的衣襟擦起了泪，秋只得坐得更近一些。于是杏儿又说：

"那年冬天你为什么非得死，连你都活不下去了，杏儿怎么活？"

"我娘临死的时候说过走投无路，真是这样，这世道，无论你怎么走，怎么闯，到处碰得头破血流，你就转啊转，走啊走，看到点亮光儿，就奔过去，奔着奔着才明白那是颗星，看得见，远着呢……"

杏儿又抽泣起来："俺爹娘就是亮光儿，就像两盏灯，俺觉着灯灭了，它又亮起来了，俺去追的时候它又灭了，秋，下次死的时候咱一块。"

秋对杏儿摇摇头："前边只要有一丝亮光，咱们就得奔着往那里走，俺爹说，世上总有好地界，咱只是没找到。想活就得找下去，找着了，你是活人，闯不过去，你就是死尸，人活着，就是为喘这口气，你爹娘可能不在了，或许

还留在济南，或许坐火车下了关东，所以你还得熬，你熬不下去了，爹娘再回来，那不又是一截子断肠子伤心雨。”

杏儿抬起泪眼望着秋：“有本事你带我去要饭，去闯关东找我爹娘。”

秋坚定地点点头。

“说话算数，谁不算数是我儿子！”杏儿突然提起了精神。

“我是你爷爷杏儿。”

“你是我儿子。”

“你爹是骗子。”

“你爹你娘都是骗子。”

秋又把杏儿扑倒在麦个上，两人的鼻尖眼看就要对在一起，秋问：“杏儿，你怎么救的我？”

“咯咯咯咯……”杏儿笑了，忽然脸颊又是一片绯红，“就这样救的你，不过你没穿衣服，你身上比死人都凉，我都差点被你冰死。”

“还有呢？”

“没有我给你暖脚，你脚早烂掉了，我揣了大半天，你的脚趾头才会动，我把那壶烧酒给你灌下去你就开始咳嗽了，天太冷了，没有我暖被窝，你根本活不过来，俺这样做可不是稀罕你，俺就想问问俺爹娘到底咋样了。”

“世上没人对叫花子这么好，除了俺娘……”

“哎呀不要说了，羞死了，你拱在人家怀里一个劲地叫我娘，所以你是我儿子了，喂，你别乱动，老半家会验红的，快起来，老半来了。”

“他到晌午能来就不错。”秋趴在杏儿耳边说了许多。

“咯咯咯，你比老半还坏……”杏儿又笑了，把拳头一个劲在秋肩上敲。

杏儿忽然看到秋的眼里淌出了泪，她用自己小巧的嘴巴吸掉了，然后说：“带我出去要饭，你就捡个媳妇，留在这里，我就是你少奶奶。”

秋紧紧地攥起了杏儿的手，然后把杏儿拉了起来。杏儿问：“说好了？”

秋点点头。杏儿突然站了起来，一缕绚烂的朝霞就披在了她的身上。杏儿张开双臂后，一把就扯下了头巾，一头浓密的黑发一下就泻满了双肩，似乎有一大团东西从她起伏的胸脯里被吐了出来，杏儿似乎又看到了希望。跟一个自己喜欢的叫花子上路讨饭，谁说还是凄凉的呢？透过五彩的云层，阳光正一缕缕扑过来，金黄的麦田变得无比的妖娆……

秋慢慢跪在了她的脚下：“除了我娘，没人对我这么好过，我发誓，决不撇下你一个人，我不是老半的狗，我做你的狗。”

阳光底下，秋看到杏儿披了一身金光弯下腰来，杏儿的嘴巴在秋的额头上亲了一下，轻轻地问：“那你的傻子弟弟呢？你是撇下他还是撇下我？”

杏儿在知道确切答案后，忽然欢快地在麦浪里奔跑起来：“杏儿有儿子了，杏儿有儿子了……”

气急败坏的秋站起来就追：“杏儿，我是你爷爷！”秋从来没感到朝霞这么好看过，他想追上杏儿，彻底把这头小鹿驯服，最后他和杏儿滚倒在麦田里，身下滚出一片金黄的地毯……

5

老半从炕上爬起来时，老婆项西吼睡得还像一条死狗。太阳刚露脸，他吃了一个窝头就来到院子里，先把青砖门楼下的门槛提子提出来，然后推起秋绑好的小推车就往外走，却是死活出不了门。原来秋把小推车绑得比大门口宽了好多，他横竖调对就是出不去。他嘴里一个劲地骂着秋，只得把小推车推回来，往下解那些秋绑在上边的棍棍棒棒。但那些绳扣却是怎样都解不开，老半纳闷，秋系的这些绳扣儿全是死扣儿不说，为啥还如此坚硬？

就这样，老半把秋绑好的小推车拆了重新绑好后，想到自己的儿媳妇和那个叫花子在一起时就慌了，推起小推车就往几里地外的那块麦田赶。

老半赶到时，杏儿在地的这一头，秋在地的那一头，都在埋头割麦子，一片地已经被他们放倒了大半，杏儿开始捆麦个。老半感觉不对劲，又感觉啥事也没有。

每次秋撑着他的筏子往河对面赶，冬就往筏子上爬。秋就把他轰下来，被轰下来的冬就会躺在滩上打滚。每次姜苗子看到秋回到花子镇冬没回来，就伸出老长的指甲去抓秋，秋被她和黑豆追得狼狈逃窜。秋去和老半说，老半脸拉得老长：“不能再让他俩到一块，除非你有钱把姜苗子娶回家给冬。”秋一下子泄了气。

这几年过得飞快。河对岸一长溜果园又成型了。在一个春天里一些细碎的花儿在对岸开得星星点点，杏儿说那是一长溜儿花围巾，而姜苗子说那些花是一只只眼睛，杏儿仔细一琢磨还真像，那一朵朵太像姜苗子的眼睛了，一直在盼着冬走过来。那兄弟俩不光在河对岸又种出了一片果园，还开出了一大块农田，秋和冬还从那片沼泽里挖出许多黑泥，埋在田里当肥料。高粱和玉米被两人种了起来，秋还会把收获的那些东西一筏子一筏子运回花子镇的青砖大院。这样，老半对他的脸色才越来越好，他才能够经常见到杏儿。只是姜苗子的年龄虽然在长却是越来越傻，也没那么多话了。那天杏儿又给傻丫头姜苗子梳起了小辫，她发现十几岁的小丫头忽然就有了许多白发，杏儿一声叹息。她感觉，无论是花子还是傻子，都是人造出来的，包括她这个未来的少奶奶。

这几年，冬总算有饭吃，所以长高了不少。他的个头在长，但智商一直没长，很多时候他都是一个人呆在河对面，不是望着远处路上的叫花子队伍出神，就是望着河对岸的姜苗子出神。冬长高了，姜苗子也高了，两人却很少对着喊了。没事就坐在岸边或滩上，互相望着出神，老远望过去，就像两块对称的石头。

姜苗子总是望着冬先走进破窑洞，然后自己慢慢扶着树干站起来往回走，瘦弱的身材就像一片落叶飘在花子镇的街道上。还有她的那条黑狗，身材也像一块单薄的树皮被风卷着移动在花子镇的街巷中。

冬不知自己走入了怎样的一个世界。他的思考只限于吃饭与干活，他长大了，却是无话可说。田野很大，但冬的世界越来越小。他幼稚的思维也越来越混乱，有太多事情冬不懂，他不明白，那些人为何会如此痛恨自己和姜苗子在一起。老半让他不那么饿了，但他从姜苗子那里却收获了另外一种东西，这种东西是什么冬不会表达，但是冬觉得自己身上和心里的伤口开始愈合，姜苗子就像一只可爱的小动物，用舌尖舔着他身上每一寸肌肤，把他的遍体鳞伤给治好了。是姜苗子让冬感觉不那么冷了，也不那么害怕了，有了姜苗子，冬竟然很少再做噩梦，那些盘踞在他心中恐惧的东西在逐渐地离去。

冬看哥哥每次从花子镇回来都那么兴高采烈。秋每天都给他做饭，就像喂一头猪一样。然后冬会自觉地走进果园或者他们开出的那片荒地，劳作一番。当想起了什么，冬就会继续坐在河沿上，等着姜苗子的出现。他之所以这样做，是他明白姜苗子每天都想看到他，这跟他每天都想看到姜苗子是一样的，他没有种小米，姜苗子也没有再被买走，但姜苗子变得就像天上的一块云彩，他看得见，却摸不着。

那天姜苗子扶着树干站起来，忽然又哭了。对面的冬明明看得见，却像是在天边。姜苗子感觉那条河是一把闪着寒光的巨刃，把姜苗子一劈两半，一半在河的这边，一半在河的那边，冬心中的鬼在变少，而姜苗子心中的鬼多了起来，花子镇的那些人竟然坚决不让她和冬这两个傻子呆在一起，似乎所有的罪过都是来自她和冬。于是姜苗子哭着向冬喊:“冬，你说这河里的水，有干的那一天吗?”

冬没说话，依旧愣愣地望着姜苗子，风把他满头乱糟糟的长发卷了起来。

6

杏儿那天被秋撑着筏子接到了对面，姜苗子已经不再哀求了，花子镇的所有人都不愿意她和冬在一起。只有把他们这两个傻子分开，花子镇才会平安无事。她知道秋不会带她过河，杏儿也不会。她一句话都不想再和杏儿说。

杏儿给秋带来了新棉袄，还有冬的。但冬看到杏儿一个人过来，还是呆坐那里像块石头一样，连看都没看她一眼。秋领着杏儿在果园里转了一圈，杏儿望着这片果园没有丝毫激动，她知道这片果园的主人最终会是谁，在果园里，她也轻轻推开了试图调戏她的秋，她无法想象那样一个小叔子会在她和秋的生活中扮演什么样的角色。秋把果园里的一些瓜果填满了杏儿的篮子，又送杏儿坐上了筏子，秋撑着竹篙行驶到河中央的时候，似火的夕阳在河面上点燃了。杏儿看了看秋的筏子突然有了笑意，秋的筏子竟然有了像葡萄架一样的顶棚。杏儿说:“你要在上面插满鲜花就好了。”秋说:“那不成花轿了。杏儿低下头不语。”

“杏儿喜欢那样的花轿……”许久后杏儿说。

杏儿从筏子上迈下的时候，看到了呆坐在河岸上的姜苗子。姜苗子的脑袋靠在树干上冷冷地望着她。杏儿低头走开的时候，听到身后传来一句——

“你有两个男人，姜苗子一个也不能有。”

第十一章

1

老半没有给姜苗子和冬修桥，但决定在河对岸给秋和冬安一架水车。这样哥俩就不用从河里挑水浇庄稼与果园了。一架木制的水车很快就像一只大蜈蚣一样趴在了对面的河岸上。秋和冬每天没命地在上边踩，水车被踩得飞转，河水被一缕缕打上来流进水渠里。姜苗子看到冬忙碌的背影，脑袋靠着树干笑了。

那天老半忽然在青砖大院里哭了起来："我的娘啊！"项西吼也哭，金环银环都哭。花子镇的人纷纷往青砖大院跑，跑进去一看，原来是老半他娘死了。老嬷嬷近来不爱吃饭，老半狠了狠心给自己的娘捏了几个饺子，老太太可能吃得太急，一只饺子囫囵着就吞了下去，没想到一口气上不来，噎死了。

趁身子骨还没硬，来帮忙的一帮老婆子赶紧给老太太穿老衣裳，也就是寿衣。烟荷包一样的小鞋子套在粽子一样的小脚上。老半哭得像头大叫驴，嘴上在哭着，眼泪没淌下几滴，额头上汗珠却是渗出不少，他心里在盘算着什么，于是赶快吩咐杏儿带着哑巴腊月把这个藏好，把那个也藏起来，粮食、白面、香油、大豆……接下来的这几天，老半将不再是青砖大院里的主人，他是孝子，老半一声叹息："死爹死娘小抄家。"

孙来旺一声招呼，镇子上有头有脸的人纷纷放下手中活计都已过来，在老半家堂屋落座，商议丧事怎样举行，是怎么个章程。乔郎中被请过来执笔做文书，他根据老半家的亲戚朋友先写报丧帖，上书："恸惟，显妣故于民国二十二年某月某日某时，享年七十八岁，寿终正寝，讣，孤子王半山泣血稽颡……"

青砖大院中一干帮忙的早已是不请自到，因为青砖大院有饭吃。里柜上一声令下，老干姜指挥青壮年扎起了灵棚，灵棚上下黑白帐子扎上去，两条白布幔挽起大白花一朵，两头垂下三尺，灵棚中间一张八仙桌落定，上有老半爹娘的牌位，中间老干姜扎了一个精致的豪华大花圈，上书斗大一个黑色的"奠"。还有，老干姜把自己卖不掉的纸人纸马和积压的烧纸全弄到了老半家里。

杨三、老扁还有秋等人骑了小毛驴或是赶了马车，把丧帖送到老半的舅家姨家还有姑父表叔只要一竿子能拨拉得到的亲戚家，把老太太病殁的消息传到。

傍晚，老干姜作为"白帽子"也就是丧葬专家，又有了用武之地。他在前引领。老半在前打头，手托木圈盘一个，里边纸钱若干香烛几把，酒壶一只，老半这叫为自己的娘"指路"，一干人等哭哭啼啼，来到镇东土地庙，庙门前跪定，老干姜手扶王半山踏上木凳一条，老半把手中纸钱朝天一扬，纸钱纷纷扬扬乱飞，老半口中一声大哭："娘啊，西方大路去吧！"老半这是为自己的娘"送盘缠"。而后，一帮人把胸前白衣襟中兜着的白面小火烧都扔在地上，也有的偷偷窝起几块。然后伏在地上又一阵痛哭，老干姜搀扶起孝子王半山低头往青砖大院走，回到家，孝子贤孙散开……

青砖大院里人来人往，一干帮忙打杂人等毫不客气，竟然在老半院子当中盘起了锅灶，继续做起了送盘缠用的白馍和火烧，也为自己做起了饭。吃的是老半的米，老半的面，老半的咸菜，老半家的鸡蛋。更有人等去街上打来烧酒割来熟货小菜，这些自然从里柜上乔郎中手中借据支出，一帮人大快朵颐好不快活，老半看着只能是一声痛哭，甚至都岔了气。金环心疼上来说："别哭了爹，奶年纪一大把也是喜丧，小心哭坏了身子……"

"别理他。"银环跪在一旁顶了一下金环，"你还不知道他，他哪里哭的是咱奶，他哭的是自己的钱。"

里柜上陆续收受礼单钱物，外边一干帮忙闲杂人等跑腿购物陆续支出，一会要买肉，一会要买酒，一会没了这个没了那个，统统从乔郎中笔下支出。青砖大院里烈火烹油，酒菜食果不停地往上端，花子镇老少爷们吃得鼻尖冒汗，于是孝子王半山又失声痛哭……

几日后，出殡日期已定。这一天，王半山将用最隆重的仪式送走自己的娘。出殡之日，里柜上竟然给他请来了吹鼓手，毫不在乎这会花费王半山多少钱，哀乐高奏，王半山先拜里柜，后拜外柜，下跪磕头多少天了，自己的膝盖一弯就疼痛难忍。然后他跪在灵柩前边，头顶老干姜用白纸糊好的青瓦一块，面前有黑漆涂成的黑碗一只。自己的老舅，觉得王半山对自己的娘还算孝敬，就从王半山头顶把瓦揭下来，摔在地上，又用一把破刀把那只黑碗劈碎，这宣示王半山是一个合格的孝子。于是王半山失声痛哭，开口就是："我的娘啊……"直至棺木入土，新土埋向棺木，老半哭得死去活来，周围人把他拉开，其余孝子贤孙与女眷把哭丧棒柳枝一扔，然后衣襟中的花馍火烧作为孝心扔进坟中，于是众人铁锹掩土重新堆上新坟……

一场丧事终于曲终人散，青砖大院里一片忙碌后，桌椅凌乱，杯盘狼藉，一帮人七手八脚地拆灵棚，然后在老半家又大吃大喝三天。一向整洁的青砖大院似乎被翻了个，角角落落都被人找过了，吃的用的给他打扫了个一干二净。老半看到他藏好的粮食被翻了出来，香油也被翻了出来，有许多东西也不见了。碗筷当中有猪头肉，有猪下货，再翻一翻乔郎中给他记的账单，入不敷出，一向节俭的老半感觉无论从身体上还是从心灵上都遭受了一次大劫，于是几滴眼泪又滴了下来。

"我王半山平时做事也算积德，一帮人这么祸害我。"老半一声叹息。

2

"五月里天就这么热。"花子镇那些人被毒辣辣的日头烤得饥渴且焦躁，几只野狗趴在街上气喘吁吁地吐着舌头。河边那些水车已经很难从水位越来越低的河里汲上水来，像一个个丑陋的老农裸露着酱紫的脊背趴在河沿上。太阳比牛成的红炉还要炽烈，阳光下一些水汽在空中扭曲着升腾，田野里的景色朦朦胧胧就像蒙在一块毛玻璃后边，那些刚露土的玉米和高粱的叶片陆续打起了绺，孱弱的身躯开始扭曲，随时都会匍匐在正干涸龟裂的泥土当中。

田里的人们顶着破斗笠在田野里就像纤细的蘑菇在移动，斗笠上面都打了补丁，有些早已袒露出破碎的边缘，这样脑袋上更像长出了凌乱的枯草。那些人手中的锄头落下去就腾起一股尘土，像黄色的烟雾弥散开来。细碎的汗珠儿正在从他们赤铜一样的肌肤上渗出，一层又一层，直至汇成爬虫样的一条条往下淌。人们用破手巾一遍遍不停地擦，汗渍在破衣衫上变换着不规则的形状，眯起眼睛看一眼天空，太阳的光晕一层层地洒落，像闪亮的钢针锋利而灼热……

“多少天没下雨了？”有人问，似乎一个不好的年景正在到来，他们赖以活命的玉米和高粱即将被卷走。更重要的是，大旱一般都连着蝗灾，他们又看到了一个颗粒无收的年景。

孙来旺又穿上了他的道袍，他设了法坛开始祈雨。虽然老六爷经常让他们失望，但花子镇的老少爷们还是把希望寄托在了这位“大神”身上，希望他真的能祈求老天爷来一场透雨。所以花子镇的老少爷们都跪在一片大场院里，一磕头朝天撅起一大堆屁股，许多屁股上还打了花花绿绿的补丁，乍看上去就像一大片西瓜地。孙来旺手持桃木剑，口中念念有词：

祖师老爷坐莲台，
弟子双膝跪尘埃。
老君急急如律令，
东海龙王降雨来。
……

孙来旺又画了几张符，点火烧成灰，化在水中，这次自己喝下去了，然后闭上眼睛口中又念叨起来……

果然，东南天上飘过一朵云彩，漆黑一团就像锅底灰，于是场院里的人把脖子都扯得像丝瓜一样长，等云彩飘到头顶，老少爷们都屏住了呼吸。仰脸看着怔怔观望……

或许是太紧张，这时人群中不知谁放了一个屁，那团云很快就飘散了，大家面面相觑。于是孙来旺把桌上的点心花馍都倒进了随身的袋子当中，那是大家凑钱买的。一边收拾一边愤愤地骂道：“你们这群徒子徒孙心不诚，东海龙王生气了……”

“哈哈哈，东海龙王被屁吓跑了。”姜苗子抱着她的布娃娃在街上跳起来。

3

老半走在街上，笑脸堆得越来越灿烂，冲谁都点头哈腰。眼看又是一场竹篮打水的颗粒无收，财主老半走在街上不禁觉得脊梁有些发凉，他感觉身后是一双双饿狼一样的眼睛。那些家伙随时准备扑上来，把他撕成碎片。

天依旧无雨，树上的叶片都垂头丧气蜷缩起来。花子镇周围那些田地开始大片大片的龟裂，终于，纤细的禾苗一棵棵跌落在裂缝中间，一阵燥热的风吹来，干枯的身躯消失得无影无踪。

路上的浮土都烫脚，那些人蹲坐在地头，一脸的绝望，干裂的嘴唇不只是来自于干渴，更是因为内心的焦灼。

不会有新鲜的高粱与麦子填充饥饿的肚皮，花子镇飘起的炊烟将越来越少。在如今的花子镇，粮食不只是粮食，它成了活命的金丹，只要一提粮食，那些人的眼睛里就会喷出饥渴的火。

一月过去了，无雨。

两月又过，有几把星星点点的雨在花子镇外那条大路上砸出了许多泥碗儿。

青砖大院里，树荫下老半望望灼热的天空，拿着蒲扇开始转来转去。他现在很少出门，每天都有人拿着口袋前来借粮，老半都打发不完，老半说我有多少粮呢？还不是和你们一样天天窝头咸菜？老半知道，这粮借出去，基本等于打了水漂。更重要的，如果他开了借粮这个口子，会引来更多花子，甚至会引来土匪与散兵，那时的花子镇就会面临无法控制的局面，打砸与哄抢随时都会出现。而老半最深刻的担心还有，当花子镇变成了丛林，那些饥饿的叫花子就不再是人，而成了露着獠牙的猛兽……

老半又抬头看了看天，万里无云，一丝云彩都没有，大地上所有的东西似乎都接近了燃点，开始丝丝地冒起白烟。

那对傻子，已经给花子镇留下太多平静的姜苗子和冬，忽然又聚在了一起。那条有着宽阔水面的河，一夜之间干涸了，冬一觉醒来，那条河在他面前消失了，他眼睁睁瞅着最后一汪波光消失在太阳的炙烤之下。

姜苗子和冬欢呼着扑进河床的烂泥里，拥抱在一起久久不愿意分开。姜苗子用手掌捧起冬的脸看了好久，这个冬还是以前的冬，但模样又有点不一样，姜苗子摸摸这里，又捏捏那里，比以前结实了，也比以前高了许多，姜苗子都有点诧异：

“你真的是那个肯为姜苗子吃屎的傻子冬吗?”

说完姜苗子开始哇哇地哭。冬说：“你别哭姜苗子，我给你打爬连。”于是冬在柔软的河滩上一个侧翻连着一个，姜苗子笑了，抱着冬再也不撒手……

秋看到两人在河床的中央抱在了一块，不由得一声惊呼，他从河岸上跑了下来，一边跑一边喊：“冬，快回来！”

姜苗子扯起冬就向岸上跑去，消失在花子镇凌乱的街巷中。

4

花子镇的所有老少爷们都把希望寄托在了孙来旺身上，他们都希望花子镇这位传奇一般存在的大神，这次不会再让他们失望。孙来旺又画了很多符，烧掉后，又把纸灰化在一些碗中，让下边那些孝子贤孙都喝了下去，然后又挥起自己的桃木剑，在坛上一阵乱舞，口中念念有词。

半天过去了，跪在下边的人忽然看到老六爷的道袍飘了起来，有人一声惊呼，起风了！

众人抬头望向东南，东南一块天已经黑成了一块锅底。须臾，树叶开始刷刷作响，紧接着一些树影开始乱摇，地上厚厚的浮土也被吹了起来，飞沙走石中，许多人都迷了眼睛，四周一片朦胧，刹那间天上已是一片乌云翻滚……

蚕豆大的雨点“啪啦啦”就落了下来，在尘土里砸出一个个的泥碗儿。人群里一阵欢呼，

“老六爷，你太神了……”

老六爷于是更加神气，他闭上眼睛，又伸出两根手指，口中更加念念有词。雨水噼里啪啦打得梧桐叶子直响。人们享受地仰起脸，任雨水打在脸上，这真是久违的雨水啊……

忽然有人就听到了叮当的响声，有种东西落在了盆碗当中，继而又有颗粒从那些人的脸上滚落。有人伸开手掌，一种晶莹的东西就落在了掌心，那些人的神情于是又紧绷起来。

一些鸽子蛋大的东西开始从天上滚落。于是大地成了一种乐器，噼啪乱响，肥大的梧桐叶片瞬间就成了筛子，树上一些叶子开始掉落，把那些人的面孔与脊背打得生疼。——雹子！一声惊呼，人们开始四散躲避，一些东西在泥土里激起股股尘烟，鸡蛋大的冰雹瞬间滚落，房顶一阵阵“噗噗”的声响……

一个时辰的空，乌云散去，一弯彩虹若无其事地挂在了洁净的天空之上。惊魂未定的人们涌进了田野，农田里一层厚厚的冰雹像积雪在泛着寒光，田野里已像碾子碾过一样，一些在旱灾里仅存的禾苗都碎成了齑粉，那

片一人多高的茂盛的芦苇荡，忽然就成了平地。大地上千疮百孔，有许多冰雹深深地陷进了泥土，像一汪汪诡魅而酸楚的眼睛。

人群中鸦雀无声。过了好久一个女人才开始啼哭，于是哭声陆续传来，有些转身回家，打点收拾上路的行装。在这片多灾的地域，将不会收获一粒新鲜的粮食。

“老不死姓孙的真不是人玩意，你咋不从老天爷那里祈点棒子高粱下来，你瞧他求来的是啥玩意……”花子镇的大街上不断有女人在哭诉孙来旺的罪行。老六爷孙来旺为花子镇祈雨祈来了雹子，这让花子镇的老少爷们哭笑不得，不知这是诅咒还是嘲弄。但这场冰雹让他彻底走下了神坛，甚至还招来许多仇恨。有些女人还对着老六爷的背影指桑骂槐。

花子镇的人饭都快没得吃了，但老六爷那天又喝醉了，老六爷摇摇晃晃走在大街上，忽然一块砖头落在了他的后背上，老六爷摇摇晃晃回过头来，没看到人影，这时一块砖头又飞过来，重重地落在了他的头顶，刀枪不入的老六爷孙来旺，于是一头栽倒在地，昏了过去。

“大神”孙来旺在花子镇呆不下去了。但他不愁，他还有两个儿子留在了关东当兵，只是东北军到处驻扎，他不知道在哪里才能找到他们。但他还是简单收拾了一下行李，决定步行去黄县或蓬莱，坐船去大连或营口。

但没过多少天，老孙头却又回来了，不光他回来了，他的两个宝贝儿子也都回来了，爷几个变成了叫花子要着饭回来的。两个儿子身上还穿着东北军的军装，天虽然热，小儿子钢炮的狗皮帽子还歪歪扭扭扣在头上。

那天，有青岛来的买办在花子镇的街口为日本人招工，说是去东北的煤矿上做工，管吃管住，待遇优厚，一天好几块大洋。日本人总是让人觉得靠不住，但还是有些人报了名，孙来旺看见有点急，不停地拦阻那些人：“不能去，千万不要去，你们去了，被扔进矿井怕是再也回不来了……”

但老六爷的话现在已经没人相信。这关东再不好，祖祖辈辈多少代人都往那里奔，怎么会不行了？那里永远是金山。于是那些人还是陆续坐上马车，去南辛店再转火车奔青岛。于是大儿子孙铁枪对老六爷说：“爹，你这辈子就说了这一回实话，人家竟然还不信。”

老六爷一屁股坐在地上对着那些上了马车的人哭了：“你们这些狗日的孩儿们，你们还不知道，自从前年‘九一八’，东三省已经全让日本人给占了！”

当花子镇的人听说东三省全被日本人占了的时候都有点不太相信，那是多么大一片黑土地，能养活多少山东人？还有森林、矿山，全让日本人占了？以后老少爷们闯关东不行了？

没人确认，乔郎中不知道，连苟振经也不明白还行不行。如果闯关东都去不成了，对花子镇的人来说，等于又少了一条活路。

东三省让日本人占了，但孙来旺两个在奉张队伍上当兵的儿子都回来了，全枝全叶的，连汗毛都没少一根，于是许多人对着老六爷的背影竖起了大拇指："瞧人家爷们儿！终究是刀枪不入啊，连鬼子的子弹都打不着。"

听到这番议论，老六爷的脸上臊得像猪肝一样酱紫，回家对两个儿子用棒槌就是一阵乱打："你们这两个畜生，东三省丢了，你们两个都活着回来了，死一个老子脸上也有光啊……"

大儿子铁枪哭着说："爹，活着回来的哪只是俺哥俩，东北军 20 万人马，未放一枪一弹，就被小鬼子撵兔子似的全部撵出了东三省……"

对花子镇的许多人来说，他们的命运越来越清晰。去外边讨饭是一片兵荒马乱，逃亡之路是个死；留下来，颗粒无收让他们忍饥挨饿也是死。老半的门口开始集聚起来越多的人，那些人拿着口袋借不到粮，仍然不肯离去，这处青砖大院成了他们唯一活下去的希望。

一场爆发似乎接近了燃点，却又找不到释放的理由，似乎只需要一粒火星，一场大火就能熊熊燃烧。

5

终于出事了。

重新相聚的姜苗子和冬在巷子里钻来钻去，躲避着秋的寻找，两人不停地回头看看秋有没有追过来，最后在一棵高大的笨槐树下面停了下来，在巨大的阴凉里蹲下喘起了粗气。听到远处传来秋呼唤冬的声音，姜苗子看到槐树后边有个草垛，她开始往下抽草，抽出一个大窟窿，就让冬往里钻，然后自己也钻了进去，又把一些浮草扒过来把洞口盖好。这时两人就听到秋在外边一个劲地呼喊："冬，姜苗子，你们去哪里了，出来我带你们去掏鸟蛋！"两人没吭声，于是秋的声音渐渐远了。

一个鲜活的冬就这样在姜苗子面前。这个傻子离开她已经好久，都成了姜苗子梦里的神话。在黑暗的草堆里，姜苗子仔细摸着冬的脸，她怀疑自己是在做梦，这真的是冬吗？她一定要把这个傻子藏好，坚决不能再让人抢走，姜苗子紧紧地抱着冬说：

“冬，我终于摸到你了。”

“姜苗子，我也终于摸到你了。”

“你想我吗冬，我每天都在想你，你怎么就不能像黑豆，天天呆在我身边呢。”

“老半不让啊，老半说他可以胡搞，冬和姜苗子不行。”

“为什么要小孩就是胡搞呢？有个小孩，我一定像养黑豆一样养着他，你去了河那边，有个小孩在河这边陪着我……”

吴三嫂这些天饿得两眼发花，她知道，即便自己和儿子再出去要饭，也没了力气上路。这么热的天，他们八成会死在路上。她也拿着口袋去老半家了，老半家门口挤了好多借粮的，她敲开门，老半让她过几天再来。三嫂很生气，过几天，他和儿子小顺儿大概就没命了。自己的身子老半都拿去了，没想到老小子这么绝情。

这几天更是敲不开老半家的门，老半把大门锁得连只苍蝇都飞不进去。三嫂已经两天没吃饭了，想起自己和儿子的下场就直抹眼泪。早上起来，三嫂把枕头拆了，把里边的麦糠全倒了出来，墙上还有几个胡萝卜干，要是把这些蒸熟了和麦糠拌在一起或许能捏成个，她和小顺儿可能就会多活两天。

三嫂把胡萝卜和麦糠泡上，迈着小脚颤颤巍巍就来到屋后的草垛前收柴草，三嫂蹲下就再也不愿起来了，她把身子靠在槐树上。忽然就觉着有些虫子耀着光在眼前飞来飞去。接下来，三嫂就看到草垛在抖，三嫂以为自己饿眼花了，定定神还是看到草垛在乱抖，三嫂以为自己这是要死。于是她靠在树干上落起了泪。

没想到这时草垛突然呼啦一声倒了。两个光光的身子披了一层光斑摞在了一起，两个傻子从草丛里坐了起来，看到这些三嫂一愣神，紧接着又羞又臊，于是背过气去……

三嫂醒来的时候，两个傻子不知哪去了。三嫂想来想去，突然就嚎上了：“老天爷，你不让我这孤儿寡母活，也不至于让两个傻子来欺负我……”

三嫂的哭像曲儿，一会又像哨儿。哭来想去，她想到了马寡妇的下场，三嫂干脆把裤腰带往树枝上一搭，就上了吊。等有人发现，把三嫂抱了下来，三嫂已经没了气。于是花子镇的老少爷们都围了上来。花子镇积累许久的矛盾被彻底点燃了。

第十二章

1

侯五又横着走在大街上，他身后的叫花子也越来越多。现在他是花子镇的老大，老六爷孙来旺说话已经没人听，包括红枪会的那帮人。现在的侯五有点义愤填膺的样子，他一下子就成了一群穷花子的靠山，他让人把死去的三嫂用门板抬了，一群人就来到老半家门前。老半家大门紧闭，一帮人把老半家的门捶得山响。侯五说再不开就给我撞！这时老半开门了，一帮叫花子蜂拥而入，瞬间就在老半家的大院子里坐得满满的，满院子脑袋和破烂衣服就像垃圾场。项西吼和老半问这是咋回事，杏儿和银环也蹿了出来，哑巴腊月对着一堆人咿咿呀呀。侯五上来拍着胸脯对老半说："叔，花子镇平日里就你和苟振经说了算，今天不是了。今天我带大家来讨个说法，我就问一句，吴文贵家三嫂孤儿寡母的到底怎么你了，你把她逼死了，今天你没个说法，我还就是不信这个邪了……"

"猴崽子，你这是说啥呢？"

于是躺在门板上的三嫂被抬了过来。尸体的脖子上明显有勒痕，舌头也吐了出来。

"王半山，你今天不给个说法我们就不走了！"

"对，不走了！"

"这是明摆着欺负人，不给个说法我们不走了！"

大家七嘴八舌，叫花子们一阵阵群情激昂地掀起声浪来。老半终于明白了怎么回事，说道："这事你们找我找不着，他哥俩是给我干活不假，但他们犯了王法也算在我头上这没道理，你们应该先去把冬抓起来，该报官报官，该打死就打死。这不要紧，我去把那哥俩绑来！”老半要出门，但一群叫花子就是不给他让路。

老半最怕的一件事情终于来了。他知道自己遇上麻烦了，这事无论是否平息得了，这群叫花子都不好打发，于是他赶快让人把孙来旺和老扁叫来。

“你们这群叫花子是要造反啊？老娘报官把你们全抓起来！”项西吼叉起腰站在堂屋前的台阶上，气势汹汹污言秽语骂个不停，骂着骂着她又跳了起来：“你们欺负人也得看看时辰，这现在的王半山还是以前那个贩虾酱的叫花子嘛？欺负人，也得找个软和一点的，还不一块给老娘滚蛋……”说着说着，她就去墙角抄笤帚疙瘩，但这一次她一个叫花子都没骂走，而且越来越多的人涌进了她们家院子，就像看一场大戏。有几个婆娘已经和她对骂起来，挡着她的去路，就是不让她出门，眼看就要厮打在一块。

老半见状，厉声把项西吼喝退，又向大家堆起了笑脸：“各位爷们儿，勿动肝火，大家还是先回去，有我在，我一定把秋和冬绑来给大家一个交代，三嫂死了，她自己上的吊，这也的确怪我管教不周……”

不多会儿的空，老六爷孙来旺被人连同椅子一块抬来了，老头在椅子上歪头晃脑似睡非睡。老半过去“扑通”跪在了他面前：“你醒醒啊老六叔，侯五领了人来欺负我，我这日子没法过了。”

孙来旺坐在椅子上继续摇头晃脑，一仰脖竟然朝天打起了呼噜。老半怎么晃都晃不醒。这时银环和杏儿跑了过来跟着晃：“老六爷，你醒醒啊老六爷……”

于是老六爷睁开了眼睛：“怎么了丫头，你们俩是好孩子，怎么了这是？”

老六爷看了看满院子的人，有许多是他的徒子徒孙，多少都会两下子，他全枝全叶的两个儿子竟然也在跟着起哄。老六爷瞪起眼问：“你们这是干什么，要打家劫舍吗？”

一群人赶快跪在他面前说：“六爷，孙三嫂让他们欺负死了。”

“谁欺负死的？”

“老半家那个长工冬和姜苗子。”

“哦。”孙来旺一听低下头去又打起了呼噜。“你说怎么办啊老六爷，这事在花子镇没有过，你看这事……”老半继续晃，孙老六继续睡，或许是装睡不吭声，一群人继续晃。许久孙老六费了很大力气说：

“杀人偿命，欠债还钱，天经地义……”

老半“扑通”又跪在孙来旺面前：“老六叔，你说这事算在我头上我上哪说理去，他们应该去找种果树的那俩小子，剥皮抽筋我绝不阻拦，我不早已经把他们赶到河对岸去了吗？”

“半儿，你过来，我有句话要问你。”这时孙老六嗓音低沉地说。

老半把耳朵贴过去：“您说六叔。”

“我问你，红枪会弟兄冒死抢回来的那批官粮去哪里了？”酒后的孙来旺眼睛里一片血红，闪出一缕骇人的凶光。

王半山扑通一声又跪在地上：“你可冤杀我了六叔，你就是借我八个胆我也不敢打那批粮食的主意，上边沾着几十条人命呢，我自小跟在您屁股后边要饭，我是什么人你能不知道吗……”

孙来旺又把脑袋低了下去，继续打呼噜。老半继续一个劲地摇晃他的身子：“我的六叔，也就你能压住侯五，他这样子八成是要吃大户，你得管管他。”

“让他吃去。”孙老六一仰脖又打起了呼噜。

老半扭头一看的时候，侯五已经率人把一口大锅支了起来，当年叫花子吃不上饭聚众闹事就是把一口锅支在大户家门口。把水烧上，就等大户人家下米，若是大户没动静，叫花子们就跺着脚唱，眼下侯五那帮人已经唱起来，一群人一边唱还一边敲碗，满院子叮当乱响。

天是爹，地是娘。
叫花子几月不见粮。
肚子空空呱呱叫，
前心就要贴脊梁。
问一声狠心大户家，
你是黑心恶肚肠？
……

看到眼前这片乱七八糟，银环一声尖叫，拉着杏儿躲进了后边小院，把门一关，再也不敢出来。

老半摇摇头，没办法，只得走到院子里那几座粮囤前，把草苫子揭开一角，黄澄澄的玉米粒子“哗啦”流了一地，老半又从后院抬出一袋子地瓜干，于是一帮人赶快在锅里添水，粮食下进去，锅下点起了火。

2

冬去哪里了呢？秋像没头苍蝇一样在花子镇的大街小巷里乱蹿。秋想，如果真能藏好让人彻底找不到也行。就怕他被人逮到活活打死。秋看到老半家门口围满了人，也溜达过去。

玉米难煮，但半麻袋玉米已经被那些人吃了个精光，那些人把空碗放在身边，依然没有离去的意思。那口锅依然在冒着热气，底下的柴禾也没有熄。老半正在和侯五孙来旺等人吵成一锅粥，那意思，找不到冬，安顿不好小顺儿，三嫂就不能下葬，天这么热，三嫂身上已经发臭生了蛆。秋听到老半说："这事你们找我找不着啊，你们应该去找秋和冬，我又不是他们的爹，你们就是把他们兄弟俩大卸八块，我王半山也不会说半个不字，你们赖在我这里不走，确实是难为我了。"

"叔，你这样说可就不对了，平时我们跟秋打架，您说打狗也得看主人，怎么冬在人家草垛里做出这种丑事跟您就没关系了呢，再说了，我们把花子镇都找遍了，连冬的影子都没找到，您家里这深宅大院的，藏个冬还不容易？"

"猴崽子，你可不能这样欺负你叔，这次我要是把冬藏了，我祖上也是缺了八辈子德，这样，咱们等，我再给你们扛米，我看他能躲到哪里，但是可要说好，等冬出来，怎么处置由着你们，但这院子你们可得立马给我腾出来……"

"这该死的冬，他能藏哪里，我出去找去……"老半拔腿就往外走。

"叔，您这是要出去报官把你这些孩儿们都抓起来啊！"老半想出门，被侯五他们拦住了。

找不到冬，秋心急如焚。他回到小土窑的时候，冬还是没有回来，杏儿却一个人坐在了窑洞里，肩上背了包袱。杏儿盼望的逃走的机会终于出现了，而且千载难逢。

"就这么走了？"秋不甘心。

"你还想怎样，找着那个傻子带着他一块？"杏儿两眼瞪得像个杏核儿。然后沉默地盯着自己的脚尖。

"杏儿，我就这么一个弟弟，我不能撇下他……"

杏儿抬脸望着秋，一片嘴唇被她咬得失去了血色："秋，你是个王八蛋，在麦田你怎么说的!”

“这种节骨眼,你让我怎么撇下他?”

“有他在你跟前我不嫁给你,这日子没法过。”杏儿哭了。

秋叹了口气。撇下冬,他和杏儿私奔,这不是秋能做出的事情。

秋在杏儿面前爱怜地弯下腰来:“杏儿,要饭很苦,不是闹着玩的,外边到处在打仗,冬都能吓傻了,你可得想好了。”

“我没想跟着你享福,我就想跟你做着伴回老家,或者闯关东找爹娘去,我不做少奶奶,我就想给你这个叫花子做老婆,你说过的,只带我走。”杏儿的脸上挂了两条晶莹的泪痕。

“带着冬怎么就不行?”秋实在不理解杏儿的想法。

“你那弟弟只知道配种,是个祸害,我看都不敢看他一眼,你走不走?那帮人不只找他,也不会放过你。”杏儿还在抽泣。

“让他们打死我好了,我无法撇下自己的弟弟。”

“你骗了杏儿……”

杏儿背起自己的包袱跑进了干涸的河床,不停地擦着眼泪,向河对岸的青砖大院走去。

3

暗影里,姜苗子和冬已经躲了好几天。有冬在,姜苗子又成了欢乐的姜苗子。现在姜苗子和冬最纳闷的是,他们怎样才能有自己的小孩,按照侯五的说法,他们该有的都有了,但小孩还是不知道在哪里。

“小孩在哪里呢,侯五是不是骗咱们?”姜苗子百思不得其解。

“咱们的小孩肯定在树上,就跟种果子一样。”冬说。

“不是,小孩应该在我肚子里,就跟种地瓜一样,地瓜会慢慢地长大。”

“那他怎么出来?”冬问。

“上茅房的时候掉出来。”

冬将信将疑。

“唉,没有小孩,冬走了姜苗子还是一个人。”姜苗子说。

“冬走得再远也会回来的姜苗子,我走了是为给你种粮食,是给你出去要饭吃。”

暗影里姜苗子的眼睛忽然变得雪亮,她又把冬抱住,笑着说:“咱们已经有很多粮食了，你还是给我弄个和冬一样的小孩吧。”

姜苗子和冬已经藏了好几天，最后还是从那条阳沟钻了出来。两人又牵着手走在花子镇的大街上，姜苗子一路蹦蹦跳跳，走了没多远，看到杨三领着几个人拿着破碗正往老半家走，他们半路碰上了乔郎中，一块拉乔郎中去老半家吃饭，乔郎中摆摆手死活不去，他说那深宅大院湿气太重，去了容易犯病。乔郎中走着走着就看到了姜苗子和冬，脸色一下子就变了，赶快把冬拉到没人看到的地方说：“冬，你把花子镇都搅烂了，快去河对岸找你哥，老半和侯五那帮人现在都饶不了你，他们会要你的命，跟你哥说，走得越远越好！”

冬一听很紧张。这时冬看到街上跑过几个人扭住了姜苗子，一个劲地问冬在哪。姜苗子于是冲冬喊：“快跑啊冬，别让他们抓到！”于是冬撒腿就往河那边跑，那几个人竟然没怎么追。

“叔，你到底把冬藏哪了，你这么大的院子，我们替你找找咋地。”侯五摸着逐渐鼓起来的肚皮，还不忘跟老半谈判。

“猴崽子，冬又不是我家祖宗，我藏他干什么，你要找就找，要是在我这里找得到他，我随你的姓，要是找不到，你就领着这帮人滚蛋！”

“叔，这可就是你的不对了，大家在这里无非是替三嫂向您讨个说法，你说这孤儿寡母的，三嫂就这么不明不白地死了，您这家大业大的大财主，怎么也得替小顺儿想个办法。这帮老少爷们吃您这么点东西您可千万别心疼，难不成你看他们活活饿死？这老少爷们这么多年可没跟你怎么着，坟园那块地，还有河对岸那土窑到底是你们家的不是，您都种上果园了，这帮人放过一个屁没有？咱今天是就事论事，真要其他地界里的花子都赶过来讨您几顿饭吃，官府也不会说啥，但有侯五在，你放心叔，他们都不敢来。”

“好，猴崽子，我认，你也别吓唬我，我也是穷叫花子出身，家里就这么点粮食，顶多吃光了大家一块再去要饭，难不成你们会把这堆砖头从房子上扒下来吃了？至于坟园那块地谁家的明明白白，那姓付的盐商被人绑了票，你半叔筹钱赎人把家底都掏了个底朝天，人家祖坟这块地可是一块托付给我家杏儿照看的，再说地契现在在我手上，要不我拿出来给你看看？花子镇死了人就往那儿埋，我放过一个响屁没有？河对岸土窑那儿荒了多少年，不是住叫花子就是住土匪，你们早去占啊，早去种啊，现在你们眼红了，那是我雇人耗粮食开的荒！吃你的侯五，别跟我讲这个，见官见私我都不会草鸡……”

偌大的花子镇现在只有老半家能够飘起炊烟。这帮人显然把老半家当成了自己的家。或者说，他们在等老半和他们翻脸，最好是老半憋不住怒火一砖头拍在他们脑袋上，那将发生一场混战，然后老半这深宅子大院，就会被搜罗个精光。所以老半一个劲地捂项西吼的嘴巴，不让她多说话。吃去吧，他知道，镇公所苟振经那家伙只认银元，现在就指望大姑娘金环和女婿苟大富，能说动他爹苟振经，去县上找人。

但是报了官又能怎样？这是一帮灾民，官府也无可奈何。如果老半做得过分，就是为富不仁。最好的办法就是随便他们吃，把粮食吃光了，就自然散去了。

在孙来旺和乔郎中的主持下，好说歹说，吴三嫂终于被下葬了，但这帮人还是不走。甚至把杏儿房里的石磨搬到了院子里，那些人推得飞转。于是一瓢瓢玉米麦子都被磨成了面。老半都不明白自己把粮食藏得那么好，他们是怎么翻出来的。看着一帮叫花子吃着自己的东西，老半心疼地直嘬牙花子。他有什么办法呢？别说一帮人缠着他不让他出门，家里乱成这样，他也不敢走。

老半的院子里到处是一片吃饭吧唧嘴的声音，有的人一边吃一边打饱嗝，有的一边吃还一边放响屁。项西吼站在门前的台阶上一挥手绢，竟然挤出了一丝死人脸上的笑容：“大家别客气，灾年嘛，使劲吃，吃完了一块去逃荒……”

4

孙来旺不时也过来看看，在人空子里来回串，他期望的那批官粮一直没有出现，他也派徒弟们仔细盯着苟家米铺，米铺里也没有卖过。那是一批粒大饱满的东北高粱米，能救很多人的命。老半看到孙来旺的到来，诉起了苦。孙来旺于是冲着人群一声吼：“你们还有完没完？这粮食不管是谁的，都是救命的玩意，也不能可劲地糟蹋，这样坐吃山空，都一块玩完，垫吧点该上路就上路……”

但他那帮徒子徒孙毫无反应，现在的孙来旺和他红枪会的神话已经破灭，没人再理会他。那帮人望望侯五，侯五不说话，于是他们继续横七竖八躺在老半家院子里打着饱嗝，这里边也有孙来旺的两个宝贝儿子。老六爷摇摇头说："瞧你们这点出息，有多少粮食够你们吃的？你们跟侯五混吧，看他能把你们带到哪里。"他把烟袋锅子在鞋底磕了磕，往脖子后边一插，背起手向门外走去，老半怎么留都留不住。

"哈哈，老六爷，你那套老把戏过时了！"侯五得意地一阵狂笑。

"王半山，你放心吧，我们吃饱了，养肥了，就上路。"还有些人是不错的，一边吃，看着老半哭丧着脸，于是宽慰老半。老半心里说："去你们的吧，你就是想走，侯五个兔崽子也不让。"

"你可千万别心疼叔，您这是做善事呢，您一定能熬个长命百岁。"侯五吃着老半家的窝头，还从老半家咸菜缸里捞出了咸菜，有滋有味地坐在地上吃着，还不忘笑嘻嘻地安抚老半。

"去你娘的侯五，你他娘就不知道这庄户日子怎么过，一靠省，二靠勤。没有这两样非饿死不可，我这日子过得是不错，但这都是我从牙缝里一点点抠出来的，你们家祖上也是大户，但你爷爷不行，抽大烟，还逛窑子，房子卖了，地也卖了，你爹和你娘不要饭还能怎么着？"老半开始数落侯五的家史。完了对侯五说："吃吧猴崽子，别撑死了。"

"哎呀老半叔，这人啊得随大流，你说兵荒马乱的，这花子镇眼看都成叫花子了，就您还这么富着，肯定有人眼气，凭什么我们都穷了，你还在富着？还就是不走了半叔，您以前也是叫花子，明白什么是'吃大户'。"侯五虽然不动声色，但眼睛像狼一样盯着老半。

"吃就行猴崽子，就在你半叔这里吃几天饱饭吧，可吃完了你不还是叫花子？靠这个你们家还是翻不了身。"

"我×！"侯五把饭碗摔碎在地上，"我他娘就不服了，你王老半有啥能耐，不做叫花子才几天，我就在这里跟你执上了王老财主，我侯五也是走南闯北见过世面的，你休想随随便便把我打发走！"

"就当叔没说，吃吧猴崽子，粮食咱还有，虽然不多了。"

老半倒在炕上把手掌枕在后脑勺底下生起了闷气，他现在恨不得把冬连骨头都嚼成渣渣。真是百密难免一疏，怎么这河水就干了呢？老半还是怪自己太贪，其实果园有一个就行了。秋这家伙死了也好，那苟振经就会有把柄攥在他手里。没想到秋又被杏儿救活了，那犟孙拗起来也不好打发，所以他只能去他的好女婿手上要冬那个傻小子。冬虽然是个傻子，但不知为什么，老半的确有点喜欢他，再就是，他知道冬的银元去了哪里，他等着人家分他一点呢，没有钱，那就得要人。老半最怕的是冬落在别人手中，现在老半才知道，自己打错算盘了。早就应该把这兄弟俩赶走，而不是留在花子镇。

老半盯着屋顶胡思乱想的时候，忽然听到院子里猪在叫。他起来一看，院子里侯五他们竟然从猪圈里把老母猪绑了出来，扔在地上准备动刀子。老半叫了一声“天爷！”就从屋里蹿了出来，王二狗和几个人已经把刀子捅进了老母猪的脖子，鲜血像喷泉“呼哧”就喷了出来……

老半跌坐在地上哭喊着：“我的祖宗们，咱们不过是叫花子，不过年不办喜事，哪有吃肉的道理……”

项西吼也连哭带嚎，疯了似的窜出来，满院子追打侯五和王二狗，把两人追得到处乱窜：“你们怎么把自己的爹给杀了，这时候吃你们爹的肉，你们不是伤天害理吗！”引得院子里那些席地而坐的叫花子们一阵阵地笑。

回到屋里的老半看到一帮人在院子里拾掇自家的老母猪，猪皮一会就被剥了下来。老半感觉就像自己挨了刀子。他焦躁地在屋子里来回踱着步。他知道，如果再不想点办法给这帮花子一点颜色看，自己即便闯过这一关，以后也无法在花子镇立足。老半趴在了炕沿下，在炕下一个风口里边摸，摸来摸去摸到一根很细的麻线。老半就把这根麻线往外拽，于是一个布袋就被他从炕洞最深处拽了出来，上边落满了黑灰，老半轻轻拍一拍，一些草灰就飞入了老半的鼻腔，但是老半很喜欢这种味道，轻轻解开布袋的口袋，一阵金属的响动就传了出来，一些黑乎乎的东西被老半拿出来，他在衣服袖子上蹭一蹭，一块块银元就闪出了诱人的光芒……

老半从里边拿了八块，一想太多。又放回去三个，又觉得留下的太少。再拿出两块，还是觉得有点多。最后老半下了决心，把六块大洋攥在了手里。他把自己那个布袋系好，又用竹竿捅进了炕洞最深处。然后老半把地上的炕洞灰打扫得一干二净，站起了身，他无法出门，他在静静等待一个人的到来，老半一边等一边骂，平时没事一趟趟地跑，这有事了，姓苟的这老小子反而不露面了。

镇公所苟振经那天果然就走进了青砖大院。侯五没理会他，现在的侯五就是花子镇的老大，他打算吃完老半家，然后再带人把镇公所围了。这么多人吃不上饭，总得有个管的，谁知道他姓苟的有没有把上边赈灾的粮食给侵吞了？

荀振经走进来，老远就冲老半抱上了拳："半山兄，你可给我救了急了，要不这帮人就全去我那里了，您这真是慈悲为怀，救黎民于水火呀……"

5

这帮花子还是不敢把荀振经怎么样的。荀振经回到家后，荀大富凑了上来，问怎么办。荀振经就把那几块银元拿出来放到桌上，对大富说："你丈人这个抠门，这么几个钱就想搬动官府。"

荀大富问："那怎么办啊爹？"

荀振经说："你慌什么？再等等看，再敲敲他的竹杠，让你老丈人多掏点银元出来。"

荀大富说："金环可是天天鬼哭狼嚎地跟我闹。"

荀振经轻轻"哼"了一声："少安毋躁，在他们那边耗着最好，这时候官府也怕民变，那么多人真闹起来，他们连咱们家也会抢了。"

"爹，那怎么办，我已经偷偷去县上多少次了，警察局子里根本就不理这茬，有银元了，我再去趟。"

"你过两天再去你丈人那儿一趟，就说钱不够打点的，你让他多拿点出来。"

"给保安队这么多银元，咱们也心疼啊爹。"

"不用银元，银元归咱们了。"荀振经说。

"那怎么请保安队？"荀大富的眼睛瞪了起来。

"你怎么就这么笨，你再去局子里的时候，就说花子镇闹事的人当中有那个，不用一个银元，他们必来。"

荀大富有点不明白。

"你脑袋瓜子木头雕出来的？怎么一点不像我，你去县上就说这边有共产党率领红枪会闹事，他们不来也得来……"

6

一大锅猪肉在大锅里打着滚儿翻来覆去，所有叫花子端着饭碗围在锅前死死盯着锅里的东西，他们的喉结一直在动，并大口往腹内吞咽着口水，就等猪肉煮熟的那一刻侯五一声令下一哄而上。这帮人全然忘记了荀大富是怎么来的，又和老半谈了些什么。苟大富又让老半拿出许多银元，他说他一切已经打点停当，就等花钱。老半没法，摇摇头又趴到了炕洞下边。

杏儿又偷偷溜出去了，她溜出去的第一件事就是往河对岸跑去，河床里早已龟裂出一条条大缝，有的叫花子正在那些缝隙中捡着鱼干。那些果树上的果子一个都不剩了，杏儿挨个窑洞找，没有发现秋和冬的影子。有间破窑洞里地上散落着一些破碎的盆碗，炕上的席子被褥已经都不见了，只剩了乱草，又有耗子开始大摇大摆地出入。看样子已经好多天没人住了，杏儿的眼泪夺眶而出……

杏儿坐在土窑顶上望向远方，隐约能够望到大路上络绎不绝逃荒的人群。但不知道那里边有没有秋和冬。杏儿趴在自己臂弯里哭，她感觉花子镇不只是少了她最熟悉的人，她一下子就看清了自己的命运。她是否能够自己逃出花子镇踏上逃荒的路呢？杏儿忽然感觉，她内心一直在燃烧着的那两盏灯火，正在慢慢地熄灭……

杏儿哭得泪流满面。最后她站起来对着远方哭喊道：——秋，你是个骗子！你个王八蛋，赚了人家的便宜就这么走了……

被吃大户已经半个多月，上百口子人轮流吃。老半家院子里那几个粮囤几天就空了。老母猪的骨头架子扔得到处都是，苍蝇围得一群群的。老半跟没事似的在削着一根棍儿，侯五已经吃得胖了不少，脸上都放起了明光，他打着饱嗝剔着牙缝问：“叔，你这是干啥？”

“你说干啥，跟你们一块上路要饭还能干啥！”老半没好气地扭头对他吼道，然后又用棍儿指了指那半袋玉米粒子：“就剩这么些了，你们这些狗日的，连种子都吃没了，等着吧，冬天死的人会没地方埋！”

侯五不屑一顾地抬头看着天说：“堂堂的大财主半条街就这么点家底，谁信啊……”

老半挥起棍儿就要打侯五：“找去，去找，再找出一粒米我叫你叔！”王二狗领着几个人就去了后院，哪间房子都找了个遍，的确没找到，只找到了半袋子大麦种，提着过来了。

侯五吃得有点撑，一只手不停地摸着自己圆鼓鼓的肚皮，身子斜倚在一个立着的大碌碡上说：“你们有没有吃过驴肉啊？”

一听这帮人要杀牲口，老半急了：“我说，你们这些兔崽子可不能伤天害理，把牲口都吃了咱爷们还有翻身的那一天吗？拿啥来耕地打场？”

“你都要去要饭了叔，还要牲口干啥？”侯五剔着牙缝一脸的坏笑。

项西吼举着菜刀疯了一样从屋里跑出来:“谁要吃牲口,谁吃牲口老娘我一刀劈了他!”说完她举着菜刀气势汹汹朝侯五冲过来。

侯五一把把她推了个趔趄,说道:“把她和老半给我捆起来,她二闺女还有杏儿一块捆,别让二斗哭,哭就扔井里,你们听我的就吃香的喝辣的,吃完这一家咱去镇公所要粮食,要不来咱拉更多人去县上,去,牵牲口!”

老半和项西吼被捆了扔在地上,两人杀猪似的嚎。老半的手和脚被捆在了一块,趴在地上就像个被掀翻了的板凳,老半不停地骂:“侯五,你可别随你祖上伤天害理,你这是杀头的罪你知道不,你早晚会被千刀万剐,你早晚会被开膛破肚让人把你的黑心烂胆挖出来……”

几个人拿着绳子在满院子追杏儿和银环,两人一声声尖叫到处躲,二斗吓得嗷嗷地哭,青砖大院里乱作一团。

这时不知谁一声喊:“官兵来了!”

于是院子里那些站着的蹲着的还有七扭八歪横躺着的全都站了起来,都往大门口跑去,一堆人却挤在了大门口谁也出不去。于是有人开始爬墙。

忽然一声枪响,一些没跑掉的在院子里抱着头蹲了下来。几个穿着黑衣服歪带着平顶帽子的人端着枪就走进了院子。

于是有人尿裤子了。一个上唇上留着仁丹胡子的黑皮警察拿着马鞭就开始挨个抽,嘴里还骂骂咧咧:“你们怕什么,你们又没犯法,不就是想白吃饭吗,给钱就行了,没钱的统统枪毙!”于是有人一头栽倒在地。

7

当听说这帮人都是一群叫花子,个个都没钱的时候,这位县上来的官老爷骂了一句娘,一口痰吐在地上,又用大皮靴捻进了土里。然后问道——谁是带头的啊?

于是侯五被指证了出来。

这位县上来的警察老爷瞄了一下侯五:“你是带头的,一定是共产党了?”

侯五战战兢兢地说:“老爷,我是个叫花子,我们在吃大户……”

那位警察老爷看了一眼被捆在地上的老半和项西吼,又瞄了一下侯五:“你这么有本事,不像叫花子啊。”

“小的不是共产……”侯五话还没说完,嘴巴就失去了知觉,边上一个黑皮警察一枪托捣在他的嘴巴上，嘴里还骂骂咧咧："到底是不是？"

侯五的嘴里吐出了几颗带血的牙齿，还是说："老爷，我是个叫花子啊……"

没想到一枪托又捣在了侯五的嘴巴上，侯五的嘴里立即喷出了血沫子，侯五眼睁睁看到自己又有几颗牙齿掉在了地上的鲜血里。那个黑皮又问："你有钱没有？"

侯五哭了："老爷，有钱谁吃大户啊？"

"没钱你吃大户。"又一枪托捣在侯五的嘴巴上，侯五的嘴巴立即像被门缝挤了一样，肿成了面团。他赶紧低下头数了数又掉了几颗牙齿。

老半夫妇这时被人松了绑。他赶紧搬了一张椅子让那位穿皮靴的官老爷坐下来。那位官老爷嘴里还在骂骂咧咧："真他妈倒霉，来这么个穷地方，竟然全是叫花子，这么远的路，这么热的天，就没人给点车马钱茶水钱嘛？"

老半赶紧进了屋，又趴在了炕沿下，一会儿的空他捧出一堆银元，上边还都是黑乎乎的炕灰。"你们家的银元都在灶膛里吗？"那位官老爷脸色好看了点，拿起一块块银元在老半身上擦了擦，在嘴边一吹，又放耳朵上听了听，问老半："就这么点？"

老半又回屋里趴在炕沿下，这次刚用麻绳拖出来，就被一支枪筒子把整个布袋挑走了。

"他妈的，好好的钱弄这么脏。"外面那个警察官老爷把钱"哗啦"一声倒在桌子上，一阵乌黑的锅底灰腾起，官老爷一个劲地摆手扇着炕灰。老半内心的痛苦就像一把尖刀活生生把自己的心头肉挖走了。

这位官老爷把钱收好后就问老半："这钱你该出，我们给你解围来了。听说这里边有共产党，是谁啊？"

老半一个劲地说："老爷，这帮穷叫花子里边没有共产党，一个也没有，咱这块穷乡僻壤人口太少，人员不固定，听说共产党在小清河南边多一些……"

"那是你们家的人谎报军情了？"正在验着银元的官老爷冲老半露出了凶光，老半额头上渗出了汗珠。

"你们谁是共产党，不说统统带走！"官老爷掏出了枪，一帮人跪在地上不吭声，只是都把目光投向了老扁。

于是皮老扁从跪着的人群里被拎了出来，皮二婶和两个孙子哭着一个劲地往上扑，一个警察一枪托捣在了皮二婶的胸前，皮二婶跌倒在地，口中吐出了鲜血。不光是老扁，只要是参加过红枪会的，都要被带走，于是一大群人随便让几个警察绑，一群人用一条绳索绑成一串，谁也跑不掉。青砖大院里哭声震天。看到孙来旺那两个儿子还穿着没了领章和肩章的东北军军装，几个警察把枪管子顶在哥俩的脑门上一通揍，不是用枪托捣就是用脚踢："开小差逃回来的？你们的枪呢？东三省呢？"哥俩趴在地上连连求饶："饶命啊警察老爷，带着枪我们早让鬼子给毙了，上边下令不抵抗，我们有枪也没子弹，早扔山沟沟里了……"

被锁链锁了的皮老扁拖着条瘸腿被扔到官老爷面前，那位官老爷满腹狐疑地围着他转了几圈，就问老扁："你干什么的？"

"要饭的。"

"要饭以前呢？"官老爷问。

"吃奶……"于是一群人就笑。老扁说："我六岁就要饭了老爷，一直要到现在。"

"我问你干过什么坏事！"

"这不能说……"老扁吓得跪地上了。

"不说枪毙你！"警察老爷又掏出了枪。

"我说我说。"老扁红着脸看看周围的人，"我偷看过老半他媳妇在河里洗澡……"

那群警察和叫花子们都笑了起来。警察老爷生气了，又踢了老扁一脚："我让你拣大事说。"

"我说我说，八国联军上北平是我叫他们去的，日本鬼子打济南也是我叫他们去的。"

"去你妈的，看把你能耐的，你孩子们呢都干什么？"

"我生了七个孩子只活了仨，闺女嫁人也要饭去了，两个儿子一个在青岛领着工人闹罢工，被日本人打死了，只给我送回来两个孩子，另一个说是闹革命，跟土匪打仗刚死了没多久……"

"不要说了，你这样的没有两百块大洋出不来。"警察老爷把枪插了回去。

"哈哈，老扁你个孙子竟然有这种臭事。"门口一阵大笑，孙来旺这时进来了，头上又扎上了红头巾，短打的排扣红衣衫又穿在了身上，那几个黑狗子警察看了老头这身义和团的打扮就像个玩把戏的，一个个笑得前仰后合。老六爷看到他的两个儿子被绑了跪地上，还有许多他的徒子徒孙，从地上拎起棍子就挨个打:“你们这群不争气的尿包,我教你们武功是为了啥? 还不是让你们不受欺负,个个一身武艺,瞧你们这窝囊样……”地上一群跪着的男人被孙老六用棍棒扯得哭爹喊娘。

老六爷冲那群警察瞪起了眼:“兔崽子,你把他们抓了,剩下的这些老婆孩子怎么活? 这可是上百条人命!”

警察官老爷说:“他们里边有共产党,我要抓回去挨个审问,免不了大刑伺候。”

“你看这老家伙像共产党吗?”孙来旺指了指皮老扁对官老爷说。

“我看也不像,他儿子们是也行。”

“我说孩儿啊,这可不地道,人家两个儿子是共产党不假,但跟日本人和土匪对着干都死了,你把他弄进去,两个孩子活不了,你这不是赶尽杀绝吗? 再说了,你抓他回去,也领不着赏钱啊。”

“那你说怎么办? 我总得抓个回去交差。”

“你抓我啊,我还有两个儿子,人家两个儿子都没了。”老六爷一挺胸脯,“你知道我是谁不? 在大清官府就通缉我了,红枪会总舵有我的名字,我是这边红枪会的头,当年抢张宗昌官粮就是我组织的,还是共产党,你抓我回去赏钱大了去了……”

“老头,这可不是闹着玩的,共产党是要杀头的!”官老爷一听老六爷的话壶底帽子都快戴不住了,颤抖着双手把枪掏了出来,“张宗昌狗日的是国民党和共产党都抓,这韩复榘韩主席可不一样,只抓共产党,抓了就杀。老不死的你可要想清楚,我看你也不像,人家共产党可不玩装神弄鬼这一套……”

“我今天还就真是了,皮小七是我徒弟,我徒弟都是共产党了,我怎么就不是共产党,皮小七是啥我就是啥。”

“你别听他的,他哪里是共产党,我是皮小七她爹,我才是……”皮老扁一听孙来旺要替他顶罪,急了,连忙替孙来旺开脱。

“去你的老东西,皮小七有你这么熊包吗? 他是我教出来的,我就是共产党。”孙来旺看着皮老扁的草鸡样还在笑。

“我是!”

“我才是!”

……

警察们从来没见过如此景象，两个糟老头子争着说自己是共产党。警察官老爷说不管了，都带走。孙来旺厉声说："我们俩都抓，你们这几个人走不出花子镇！"果然，老六爷那两个儿子站起来领着一帮人往上围，警察老爷有点急，闹不好这要起民变。这时孙德安他媳妇领着仨小孩从地上爬了起来，女人整理了整理头发，说道："老爷，我们娘四个都是共产党，俺男人去要饭还没回来，求求你把我们也带走吧。"警察老爷看了看三个孩子当中两个是鼻涕虫，最小的还光着屁股，气不打一处来，"你以为有了牢房饭就饿不死了是吧？哪有那么容易，看到坐老虎凳、上夹棍你们娘四个都得尿了！"

警察老爷用枪指着孙来旺说："老头，你要是共产党我现在就可以毙了你。"

孙老六"呼啦"一扯胸前的衣服，大半块胸膛露了出来，上边布满了伤疤，不是枪伤就是刀伤。孙来旺说："你爷我会怕你这玩意？当年爷跟着义和团是从天津紫竹林的死人堆里爬出来的！"

这时苟振经匆匆赶来了，跟警察们一阵寒暄，还掏出了一盒昂贵的烟卷挨个分，然后在领头的那个警察耳边一阵耳语着什么。

"你真是红枪会的头？当年抢官粮是你指使的？"警察老爷问孙老六。

于是被绑着的那些人又都被放了，包括老扁和孙来旺的两个儿子。孙来旺却被绑了起来。地上那些人全站了起来，一个个虎视眈眈围了上来。几个警察赶紧拉起了枪栓，把枪筒子对着围上来的这群人。

"你们干什么？别再死人了！"老六爷对那些人一声怒吼。于是那些人一屁股坐在了地上。"我是糊弄了你们大半辈子，今天就说句实话，咱们打不过洋枪，庚子年间咱们吃大亏了，义和团兄弟们的死尸都堆成了山，我留下来干啥？这外边比监狱能好到哪里去？有买孩子的，又没有买老头的……"

看到两个儿子跪在自己面前失声痛哭，老六爷又叹了一口气："看看你们这帮人，我觉着活着真没啥意思，你们能养活得了我吗？你们自己都活得没个人样，哪顾得了老人孩子？饿都把你们饿傻了。不怪咱一辈又一辈的让鬼子和洋人欺负，是咱这些爷们真不中用啊！为了吃，你们啥事都做得出来，鬼子很快就会从北边打过来，我敢说，你们当中不少人会为了口吃的，去当汉奸……"

地上那些人都不吭声。孙来旺盯着老半看了大半天说："你到底算个啥人呢？看不懂……"他又瞄了瞄那几个警察，眼神很复杂："还有你们，也是熊包，鬼子来了，还能像对百姓这样横吗？"

几个警察也低头不语。

“我当年是跟他们交过手的，你们这帮人打不过……”

8

警察老爷们牵着孙来旺往镇子外面走，两个儿子和一帮徒弟们如丧考妣跟在后边哭天嚎地。孙来旺最后回头看了一下，“别哭了，没事的，我刀枪不入，监狱里那些刑具对我没用。我最好的徒弟是皮小七，他是对的，当初你们都应该跟他干，我希望你们以后都像他。这些天你们也吃饱了，别再难为老半了，他的确也没粮食了。”警察老爷上了马，戴了镣铐的孙来旺被拴在马屁股后头跟着走。

乔郎中从镇子里跑出来，追上孙来旺说：“老糊涂了，这么一把年纪还逞英雄。”

孙来旺说：“郎中，这大狱我该下啊，我身上背着那么多人命呢！我留下干什么，就这帮人，让我看不到活路啊……”

“你一把老骨头进去撑得住吗？瞧你那帮好徒弟……”郎中看着孙来旺眼神很复杂。

“郎中，这群人不光穷，而且还病，这病你治不了。我就纳闷了，我怎么就能教出皮小七那样的徒弟？当初我那样逼他，悔不该啊，要是老扁弄进去，皮家就没种了，我从年轻就在外拼杀闯荡，到老了还没闯出一条活路，老百姓还是这么难，我这套玩意的确不行，我认输了。我感觉皮小七的人还会来，太平军不行，捻子也不行，老蒋阎老西张少帅都不行，我感觉让他们带这帮人或许能行……”

“驾！”警察老爷一鞭子抽在马屁股上，拽着孙老六和几个随从消失在尘烟里。乔郎中在尘土里呆呆发愣。孙来旺一边走一边仰天大笑：“哈哈哈，皮老扁，你又上我的当了，我吃牢房饭去了……”

皮老扁拖着一条瘸腿没追上，一屁股坐在地上哭了：“姓孙的，你留下泥蛋、小芸我也养不活……”

花子镇的人越来越少。“吃大户”结束了，眼看没了活路，剩下的这些人开始打点行李上路。老人孩子能带上的带上，走不动的用小推车推着也得出去，出去还有一丝希望，留在家里就是一个等死。

那些小伙伴也都跟着爹娘上路了。姜苗子站在街口一个个地目送。她试图拦住他们："喂，别走了，外边很吓人。"

看着疯疯癫癫的姜苗子，那些人没好气地说："留下来等死啊，死了也没钱让你爷爷赚。"

看着他们一个个拖家带口走出花子镇的街口，姜苗子很伤感，她知道，许多人走了就回不来了："你们都走了，冬也不见了，谁陪我玩？"

"姜苗子，你给我们弄粮食我们天天在花子镇陪你玩好吗？"

"好啊，好啊，我给你们弄粮食，我家有很多很多粮食。"

"呸，你别吹牛了姜苗子！就你和老干姜那间纸草店，恐怕以后连纸人纸马都喂不饱。"

没人理会傻子姜苗子的胡言乱语。那些人三五成群还是走出了花子镇，顶着烈日，背影消失在大路上的漫天尘土中。

第十三章

1

离开花子镇多日。秋领着冬，连去哪里都不清楚。兄弟俩走出一个村庄，又在地平线上寻找另一处。他们讨到饭的机会越来越少，他们到来的时候，这个村庄往往已经送走了多少波花子，那些人看到叫花子的来临是那样冷漠，兄弟俩太年轻了，又壮实。这样的条件即使能讨到饭，也争不来别人的同情。

花子镇没有留住秋，但这几年对两个叫花子来说，的确是比较踏实的几年。在花子镇，秋一度看到了活下去的方向。但这个傻弟弟总是让自己脸面无光，那是一种他无法承受的羞耻。别的秋都能放弃，却无法放弃自己的傻弟弟，纸草店那个疯丫头把一切都搞乱了，包括花子镇。

那天冬跑回土窑，秋就对他一顿胖揍，打得他满地打滚。苟大富带人拿着刀和绳子已经过来几次，看样子只要找到冬交给那帮人，青砖大院就会没事。收拾好铺盖行李，秋连夜就和冬走了出来。秋知道，那帮人找老半的麻烦并不是因为冬，但老半绝对会把冬抛给那帮人把自己撇清。这些财主有势力心黑手辣啥事都干得出来。没了秋，他就种不成果园了吗？那块地契还是被他弄了去。被杏儿救活的那一天秋就懂得了老半，这是个笑面虎外加吝啬鬼。很难让这种人放弃什么，他慷慨的只是态度。他绝不是肯向一个叫花子妥协的人物。他收留兄弟俩，不只是需要他们的力气，最重要的是随时能赶得走。

花子镇本来是可以呆下去再安稳几年的。但早晚要离开，这道理秋明白。领着冬出来,秋依旧对冬连踢带打,一通数落。看到那么大个子的一个傻子,动不动就哭,秋也是心疼。现在冬是他那个家唯一的痕迹,没了他,秋都想不起自己曾经有个很好的家。

下一个花子镇在哪里呢?或者是,哪里才是秋和冬结束流浪的终点?秋不知道,冬更不知道。

冬是走几步一回头,继续望向花子镇的方向。秋就跟在他后边踢。走出去老远,冬突然回头就跑。秋问你干啥去?冬说我想去和姜苗子要小孩。秋又羞又恼,又一顿踢:"我还打着光棍呢,你就自己勾搭上女人,你干的那丑事不把爹娘羞死才怪!"

于是秋把冬拴了起来。冬不明白怎么又要饭了。再走出来冬才明白花子镇有多好,有吃的,能睡好,还有一个和他玩得很开心的傻姑娘。一路上冬老想着往回走,就这么跟那个疯丫头分别他有点不甘心。秋最怕他一个傻子偷偷跑迷了路,于是就用一根绳把他拴起来,自己牵着,晚上找大户人家的门楼与屋檐留宿也是,秋老是把他和自己拴在一起。

往北走人烟越来越少,往西走有黄河隔着。秋牵了冬只能往南去。一边走,秋一边叹气,路上这么多要饭的,哪里有那么多饭等着他们?那些本来在家做饭的人都成叫花子了。有些人走着走着就走不动了,坐在路边树下想休息一会,就再也起不来,脑袋一歪靠在了树干上,最后麻秆一样的两条腿伸直了,苍蝇就嗡嗡围了上来。这样的情景,秋以前见过很多,冬那个傻子也见过很多。

天空似乎是被太阳火炼出的琉璃。大地一片赤黄,浮土乱飞。天一直不下雨,连地头一些野草都枯萎了。走着走着,秋看到一个死人躺在路沿下,被一领破席子裹了,他的同伴们肯定是没力气挖坑把他埋掉,就扔这里了。秋走过去了,却想起了死人脚上的鞋子,于是他把那双鞋子从死人脚上扒了下来,然后在死人面前磕了一个头。秋在脚上试了一下,但还是扔给了冬,冬蹬在脚上还算合适。

一路上,秋懒得搭理冬。这个傻弟弟不光毁了哥俩的生活,更毁了秋一个更美好的希望。想起这些,又饥又渴的秋就想起一片茂密的果园里,果子把枝头都压弯下来,还有个好看的身影在绿叶与果子中间冲他笑,但秋很欣慰,他把杏儿留在了花子镇,是为了让她活下去。

冬那天把空碗伸到了一位大嫂面前,那位大嫂挺着大肚子。大嫂很生气,夺过冬的棍儿就打冬:"这么大的个子跟一个挺着大肚子的老娘们要饭,你是个傻子嘛，你怎么好意思的，你干点啥不好？”冬于是就说：“冬是傻子啊……”大嫂继续打，于是冬抱着脑袋就跑，冬跑远了，大嫂把棍儿扔给了他：“我看你是装傻！”大嫂恨恨地说。冬不明白，为什么总有人说他是傻子，而又有人不相信他是傻子。

冬在花子镇呆了几年，似乎懂了一些事情。他突然觉得，人分两种，一种是饿的，一种是不饿的。就像他一样，一个是挨饿的冬，挨饿的冬就是个纯粹的傻子，不挨饿的冬，就在心里惦记着姜苗子。人一旦饿肚子久了，不光会傻，而且会变坏。

继续往前走，琅槐地面的村庄陆续多了起来，讨到饭吃的成功率也高了起来。再往南走，秋和冬突然就看到了铁路，两条长长的大铁轨闪着阳光蜿蜒到天际，于是一段惨痛血腥的记忆又被撩上了哥俩心头……

冬的眼睛直直地望着两条大铁轨，似乎又看到一些让人惊恐的画面，他问：“哥，咱这是去哪里？”秋许久没吭声，有人告诉秋，这条铁路叫“胶济线”，往东就去了青岛，往西就连着把冬吓傻了的济南城。

第十四章

1

偌大一个花子镇，在一个收获的季节里，基本没有见到新的高粱或玉米的影子。于是炊烟在那些矮趴趴的土房子间冒出的机会越来越少。树皮树叶都被吃光了。还是有人挎了篮子在田野里寻找，无论是什么小草，只要芽儿一冒出地表就被挖走了。那些芦草或茅草的草根，也都被饥民们挖出来吃掉了。

在许多人眼里，要饭都成了奢侈的事情。在花子镇，留守的一些人都是迫于无奈。比如家中有老弱病残拖累，比如像老扁身上有残疾，带着两个不懂事的孩子，不得不和老婆子留下来忍受饥饿的煎熬。

虽然老婆贾新荷的肚子已经鼓了起来，但乔郎中的心情却好不起来，他这阵见得最多的就是死人。今天有人把死人抬出去，明天他们又倒下了，于是也被抬了出去。白幡与丧布成了花子镇街头最常见的景物。

这让他心头笼罩的阴云越来越厚。他觉得，花子镇自己也待不下去了。贾新荷问他："你为什么不走？你一个郎中去哪里都饿不死，你是在等谁吗？"

郎中不吭声。

每天还是有太多灾民来到他的药铺，这对乔郎中的自尊是一种严重的伤害。因为那些灾民的症状除了浮肿就是营养不良，他无计可施。乔郎中想，要是自己身后一个个小药盒里装的全部是粮食就好了。他连去野地里采草药都采不到了，野菜都快被吃光了。

他还是经常出诊，被人叫到一个个垂死的灾民家里。有一次他开出的药方竟然是小米与红糖。但那户人家看了无计可施，他们能搞到的只有树皮与树叶。杨三不知从哪里搞了许多树叶摆在街上叫卖，一捆捆的。乔郎中告诉他，有些树叶能吃，有些有毒不能吃，杨三没好气。能搞到的树叶就这些，他说一片树林子里树上的人比蝗虫都厚。

乔郎中现在留在花子镇不是，离开也不是，花子镇有太多人欠他处方和草药钱了。有些人甚至死去也没能够还他的钱。现在已经有更多的人离开，许多人又要死掉了，他那摞单子又成了无主的死账，对着这摞按了手印的白条乔郎中无计可施。所以他干脆把药铺给关了。

乔郎中不得不为出路想办法，妻子贾新荷不明白他为什么老是呆在花子镇。他说舍不得花子镇的这些乡亲，他走了，就没人给他们看病了。贾新荷冷冷地说，你大概是在等打花鼓的那个回来给你当二房吧？

乔郎中好久没吭声。

照这样呆在花子镇，早晚一天得饿死。在花子镇守了三代的药铺该关就关，他决心往南去，找一个富庶或饥荒少一点的地方，他这套手艺饿不死。

但他面临的现实是，他的确没粮食吃了。

乔郎中起初没在意，他认为在花子镇，还轮不到他挨饿。连年的兵匪灾乱，钱和粮食在花子镇都已经越来越稀罕，那些灾民即便两手空空来到药铺他也不能不给他们看病。他拿了那堆欠单去找老半，他想把白条全部抵给老半，让老半给他点粮食。老半听了后摇摇头，他说现在的青砖大院已经不是以前了，被侯五那帮人给祸害惨了。再说你那些条子变不成钱或粮食，走了的回不来，留下的活不了。说到这里老半叹了口气，说你是真傻啊兄弟，你这是做的什么买卖？

买卖？乔郎中听到这里很生气，他乔郎中从来没有把妙手行医看成买卖，而看成治病救人。他与老半无法沟通，更无心理会老半二姑娘银环的“崩漏带下”。他拿着那摞条子就走出了青砖大院。

花子镇的许多人见到他都面有愧色，都欠乔郎中的钱呢。但有人招呼乔郎中去家里看病，乔郎中还是背起小药盒跟人走了。

乔郎中出诊依然没带回钱，贾新荷说你跟人要几个鸡蛋也行。郎中半天没吭声，许久后问：“你在花子镇还见得到鸡吗？”郎中只带回了几个菜窝窝。但他怀孕的妻子却咽不下去，那里边一点粮食也没有，只有捣碎的棉花籽，用南瓜糊在一起。如果一个郎中饿死了，这会是奇闻，会辱没他祖上的道行，郎中想到这里很害怕。

“咱得走，要不会死在花子镇。”贾新荷说。

贾新荷对他的脸色越来越难看，嘴上不嫌他窝囊，却是一脸的鄙夷。第二天她就拿起那一摞条子，四处讨债去了，无论如何得讨回点上路的盘缠，筹备点粮食。

一个挺着大肚子的女人摇摇晃晃走在大街上，手里拿着一堆纸。许多人家已是人去屋空，留下来的已经没有钱或粮食，郎中的妻子越想越可怕，偌大的花子镇，竟然找不出她和腹中的孩子最需要的二斤小米，她甘愿用手中的一半白条来换这东西。天热，她和肚子里的孩子都要吃东西，但她连个用粮食做的纯窝头都找不到，每天还得跟人吵架吵得口干舌燥、急火攻心，她感觉到了世道的凄惨。她腹内空空走在大街上，忽然感到一阵晕眩，仿佛天上出现了无数个太阳，她终于一头栽倒在地，被人扶起时双腿间汪出了血……

花子镇还是找了几个鸡蛋给郎中送来，姜苗子指挥小孩上树掏了几个鸟蛋，她想要是冬在就好了，那家伙会抓蛇。但乔郎中说，晚了，孩子是死胎，生不出来。乔郎中说，如果能有二斤小米的话或许能够救他老婆的命，但老半拿来的只有玉米面，他的小米的确被侯五他们都吃光了。杏儿着了急在家推磨磨麦子，但没等打出糊糊，郎中的女人已经归了西，一尸两命。二姑娘银环听说后用网从自己院子里捕了一只老母鸡提着就赶到了药铺，乔郎中连看都没看一眼。

妻子太年轻，郎中没有为妻子准备寿材，有人欠郎中的钱还不了，就把自己的寿材让给郎中的妻子了，一帮人抬了出去。那些来帮郎中料理后事的人一声不吭，他们感觉现在不止欠郎中的钱，还欠郎中两条命。

2

一个蓬松着头发的小叫花又走进了花子镇，竟没人认得出这个叫花子是男孩还是女孩，她赤着脚，小腿上也是一片泥垢乌黑。见没有人理她，就走到井台上用辘轳打了一桶水，把脑袋趴进桶里咕咚咕咚喝了几口，然后又洗起了脸。当看到她腰间背着的花鼓的时候，花子镇的人们才想起了什么。

虽然已经长大了不少，但花子镇仍然有人认出她来。

于是许多人围上去，喜不自禁地叫了声——小细柳！

细柳仔细打量着这些人，现在的花子镇她是既熟悉又陌生。当有人问起她的娘的时候她哭了。她与娘那年走出去后遍野是逃荒要饭的灾民，没有人看花鼓舞。娘俩转悠着就去了河南要饭，那边年景也是不好，于是又顺着黄河故道进了安徽，那些地方更穷，她和娘在路上什么都吃，树叶树皮还有草种子，后来娘病了，娘那身新衣服越来越破，跳花鼓舞也不好看了，更赚不到钱了。腿老是肿，一摁一个坑儿，娘就再也跳不了花鼓舞了。后来娘说还得回到花子镇，说花子镇有人给咱治病，还不要钱……

于是她与娘就要着饭一路向北，到了临沂娘再也走不动了。娘的腿上开始烂，她笑着说这样回去给人当“二房”人家也不要了……深秋了，霜都下来了，她和娘睡在一条沟坎上，娘把一床破被褥都盖在了她的身上，等天亮的时候，娘再也叫不醒了。她哭着哭着就惊来了许多人，那些人帮忙把娘埋了，给她凑了点吃的，又指了路，她转转悠悠还是回来了。

皮二婶和她的好孙女抱头痛哭，她哭的是自己的儿子和儿媳，哭的也是自己还有个孙女。但皮老扁直跺脚：“瞧你养的这几个儿子，不是讨债鬼是啥？又留下一个孽债，咱现在拿啥养活？”

“爷爷，您别怕，我现在会要饭了，我出去要饭给您吃。”细柳一句话弄的老扁也差点哭了，她的孙女虽然长大了不少，话语仍透着稚气。

郎中好多天没开药铺的门，谁都敲不开。那天他把药铺的门一锁，把许多盒子搭在驴身上就准备走，但药铺前围了太多的人。郎中说，我认输了，你们的病我治不了。一群孩子抱着郎中的腿不撒手，郎中一口一口地叹气。姜苗子拦在乔郎中面前，问他为什么走，乔郎中说，因为我能治的了病，但治不了饿。姜苗子说，你还没治好我，还有人说我是傻子。乔郎中说，你不傻了，郎中也饿死了。乔郎中再抬起头的时候看到周围一群人都跪下了，不让他走。迫不得已，乔郎中把驴一拴就说：“不走了，我就再给大家开一服药，你们把驴杀了。”

一口大锅又在街当口支起来。锅里煮着整个被分解的驴，只是乔郎中的驴太小太瘦，没多少肉。但乔郎中让多添水，光喝汤也能救许多人。郎中自己没吃多少，把驴肉一个劲往细柳碗里盛。最后只剩了一张驴皮铺在地上，郎中看了看，说这是好东西。他把驴皮剪成一块块的叠好，用纸包了一大包塞给了细柳，让细柳放好了，谁也不给，找地方晒干，多少年也不会坏。最后郎中说：“你爹娘都没了，实在没什么可吃的，就让老扁给你用锅熬，兴许能保一条命。”

最后，乔郎中把他那堆账单欠条一把填进了炉火中。

那晚郎中在炉火旁呆到很晚，银环也不走。郎中轰她回家，她蹲在那里咬着牙说："姓乔的，你休想逃，你走了我就在井里下毒，花子镇这些老弱病残一个也活不了。"

郎中不吭声。许久说了句："皮小七昏迷的时候一直叫老师……"

银环把头埋在膝盖上哭了，她说："都是玉秀把一切搞乱了。"

郎中说："那你当初怎么不跟皮小七走，识字的年轻人都在外边轰轰烈烈。"

银环哭得更厉害了，说："那你当初怎么不娶玉秀？还不都是为了活得舒坦些？为什么女人都得轰轰烈烈，相夫教子有什么错？"

郎中说："许多人都觉着自己是对的，才有了这个不该有的混账年代。"

银环最后哭着跑回了家。

第二天天刚亮，有人就听到姜苗子在街上哭，出来一看，乔郎中找不到了。于是大家就顺着大路追，也没追上。

银环捂着肚子跌跌撞撞蹿出来跟杨三说："杨三，你要能把他追回来，我就嫁给你！"杨三骑上老半家的驴就去追了。没追上，杨三傍晚牵着驴回来了。

花子镇的那条河在人都出去逃荒快走光了的时候复归汹涌。河水从上游咆哮而至，像一匹受了惊吓的野马。有许多尸体卷在河水里沉浮漂流。秋雨滂沱而至，花子镇的街巷里泥泞一片……

3

老扁的黄狗不见了，泥蛋和小芸到处在找。现在的老扁哪还顾得上狗，他自己每天都吃不饱，更没东西喂他的大黄狗，大黄狗于是就成了野狗，自己到处瞎转悠找吃的。老扁那条好腿也开始肿，一摁一个窝儿，弹不起来。想起孙来旺他不是哭，就是骂。这个该死的孙老六，为什么替自己下大狱？明明该吃牢房饭的是他，生生被这该死的抢了去。他知道，孙来旺是怕他被抓了去，芸儿和泥蛋那两个革命后代就活不下去了，但他没下大狱，也想不出什么办法养活这几张嘴巴，现在又多了个细柳。自从白吃了人家老半家那么多饭以后，老半现在都不太搭理他和杨三，他两人是给老半家扛过工的，老半的底细他两个了解的多一些。项西吼在街上碰上两个人就骂，说他俩是喂不熟的白眼狼。那青砖门楼，两人是再没脸去了。

那天有人看见一条狗在镇子外的大路上趴了好几天，最后饿死了，跟老扁说很像你家那条。老扁想了想还是得去看看，是他的，他就拖回来给孩子们炖一锅好肉。老扁一瘸一拐走到镇子外，看到一条黄狗果然趴在了路中央。没错，是他的狗，当老扁把狗拖开的时候差点哭了。他的黄狗肚子底下压了三个玉米棒子，不知是从哪辆路过的马车上掉下来的。看来他的大黄生怕被人抢去，就压在了肚皮底下一动不动，直到自己饿死。老扁最后把自己的狗扛在身上，怀里揣了三个玉米棒子往回走，他走着走着就瘸得更厉害了，他要了一辈子饭，到最后连饭都要不成了，还把自己的狗都祸害了……

4

花子镇又死人了。皮老扁和老干姜领着几个老弱病残简单把白公事一做，把人抬出去埋了。那些人哭都没力气了，再说，现在这光景死个人还有哭的必要吗？刨坑都把人累坏了。老扁和杨三在街中央歇了起来。俩人都感觉自己是个糠了心的大萝卜。杨三说：“老扁叔，咱们死的时候还有人抬没有？”

“那时他们都回来了，有人抬，但谁知道有没有人哭啊？”

“死的时候要是能吃顿饱饭就好了，饿死鬼投不了胎啊。”

“你还投什么胎啊，再投了胎还要饭啊？”

“你们告诉我冬在哪，我让你们吃饱。”姜苗子听到两人的对话，抱着布娃娃凑上来搭话。两人连搭理这个疯丫头的力气都没有，都把头扭向了一边。

河岸上许多树的树皮被剥光了，像一个个赤身裸体的女人站在田野里，姿态丑陋而又扭曲。一棵巨大的榆树干脆被放倒，树叶和树枝都已被拖走。几个女人趴在树干上，正用镰刀吃力地削着树皮，把这些东西割回家晒干，然后上碾碾碎了，倒也能吃。但是榆树已经越来越难找了，槐树和杨树的树皮最难吃。老扁还是有办法的，他家院子里有一块南瓜地。地里有南瓜蔓或地瓜蔓，他每天就盯着这些满地爬的蔓子。他和女人每天都会在蔓上掐一点尖。不能掐的过多，掐多了这些蔓就死了。那他和皮二婶也就活不下去了。只要地瓜蔓不死，第二天就会有新的芽儿冒出来，有这片地瓜蔓儿，老扁和老婆竟然饿不死，细柳泥蛋和小芸也能吃个半饱。

苟大富的包子铺早就关门了。他住进了那片果园，而且在果园的周边种了许多刺槐，很快刺槐就长成了一圈带刺的墙，就连小孩也不敢往里爬，不然身上会被刺槐的刺划得一道道的。那天杨三和王二狗在大街上打起来了。因为他在街上发现了几摊马粪，那不是一般的马粪。那堆马粪里有许多牲口没消化的玉米粒子和黄豆，杨三一看，这简直是几堆能救命的马粪，他知道，里边那些粮食用水洗一洗淘一淘，说不定他和娘就能多活一天。她拿起粪筐刚要收的时候，被王二狗看到了。王二狗硬说是他先看到的，杨三认为明明是自己先看到的，于是两个人在大街上扭打到了一块儿，谁也不让谁。当两个人气喘吁吁没了力气蹲在地上的时候，马粪不知被谁收走了。

5

细柳要出去要饭，还要领着泥蛋和小芸，被姜苗子拦下了。姜苗子说我给你们算命了，你们饿不死。花子镇现在只有姜苗子每天劲头十足，她天天扎着块黑布帘，夹着她的布娃娃，拿着老干姜的木剑，头上贴了红纸或绿纸，一阵风从街的这头飘到那头，一阵风又从街的这头飘到那头。她说她现在是“仙姑”，能给你们变出吃的来，还一边跑一边叫：“仙姑下凡了，仙姑下凡了！”有人见了她这样子没好气，骂她：“姜苗子，你都多大人了，天天疯不说，每天还抱着布娃娃。”姜苗子就说：“这是仙姑和冬的孩子。”

许多小孩都不爱跟姜苗子疯。姜苗子就问：“你们怎么不玩了？”小孩们就说：“饿都饿晕了，没力气闹了亲仙姑。”姜苗子就说：“只要找到你们的仙姑夫冬，我就给你们变粮食吃。”那些小孩白一眼姜苗子，都不理她。小细柳就说，现在花子镇的神不是老六爷了，是苗子姐姐，你们都要信她。

于是姜苗子就学着孙来旺设坛讲法，一群小孩把她围在中间。姜苗子就开始在中间打摆子翻白眼，口里还念念有词，她念的那词小孩偶尔会听得清，无非就是：“老半王八蛋老半王八蛋……”念着念着她就开始掐着自己的布娃娃摇，一边掐一边摇，口里不停地念：“仙姑仙姑快显灵，拉泡屎出来再念经……”

让那些孩子们感到不可思议的是，她手中的布娃娃竟然真的拉起屎来——竟然是高粱米！

芸儿和泥蛋很纳闷，就问，姜苗子，你的仙姑为什么拉高粱米？姜苗子就说了:“仙姑在天上喝的是高粱粥,当然会拉高粱米了。”

于是那些孩子每人抓一把高粱米就往家里跑,家里的人看到高粱米,眼睛都亮出光来,但一个个却不敢声张。

姜苗子的布娃娃每天都拉高粱米,这让那些小孩感觉很奇怪。无论如何,姜苗子已经成了他们的大神,成了真的“仙姑”,而他们就得听姜苗子的要求,冬就成了他们的“仙姑夫”,小孩们在花子镇的巷子里天天喊:“你在哪里呀仙姑夫,仙姑想你了……”把一帮老头老太太气得哭笑不得。

姜苗子还是没有自己的小孩,但好在吴三嫂留下的那个孤儿“小顺儿”,每天跟在姜苗子的屁股后边,有一天姜苗子看到他在街上吃牲口的粪,就把他领回了纸草店,纸草店里有高粱粥。老干姜也很纳闷姜苗子哪来的高粱,姜苗子打死也不说,老干姜看着这高粱米明白了,姜苗子一定是和小孩偷的老半家里的。

6

银环肚子又疼了,疼得在炕上直打滚。而且又是要命的“崩漏带下”,一天天面如黄纸,虚汗尽出。项西吼和老半这才意识到,花子镇已经没有乔郎中了。项西吼就让老半到处给银环去抓药,也是邪门,二姑娘只吃乔郎中抓的草药有效果,别的药铺再好的草药都无济于事。银环天天赶老半去给她找乔郎中,这让老半去哪里找?

项西吼知道苟大富父子跟县上熟,就让金环和苟大富带银环去县上,苟大富说自己有点忙,让金环自己去,金环赶不了马车。老半知道姓苟的这户人家喜欢什么,无非就是钱,只得敞开钱匣子掏钱,果然,有了钱,苟大富痛痛快快赶着马车带她们去了县上的大药铺。没想到县上来的好药银环服了还是不行,疼得更厉害,汗珠儿把衣衫都打湿了。

杏儿每天都陪着她,给她端水熬药。青砖大院里,能和杏儿说话的就只有银环,而且还识字有文化。银环知道,杏儿很快就会是青砖大院的主人,而她,将是一位嫁不出去的大姑子,乔郎中这一走,她所有念想都成了空。

“二姐,真这么疼嘛?”杏儿问。

“我不光是肚子疼,我心里更疼……”银环说着说着哭了:“姓乔的凭什么说青砖大院里没有好人?他不也是见死不救,手上沾着那么多人命吗?他为啥连正眼看我都不看,我上过学堂,还识字,哪里比打花鼓的那个差,怎

么两个男人的魂儿都被她拐跑了……”

“你说什么呢二姐，你这样的多好的人家找不上，为啥老想着他呢，岁数又那么大……”

“你不懂杏儿，我懂，我恨的是他瞧不起我们这户人家，他心里装着穷人，你别看他那么高傲，他心里软着呢，我心里有他哪是一天两天，那么好的一个人说走就走，这花子镇还有什么值钱的？有他在我身上不疼，心里更不疼，我爹就是打死我我也得出去找他，宁愿要饭死在外边，你也要走，出去了，就能找着出路，这花子镇邪性着呢……”银环说着说着哭得更厉害了。

“二姐，你别这么说了，我已经是你们家的人了，哪里也不去，我还能上哪里去啊，我连我家在哪里都忘了……”杏儿说着说着也掉泪了。

“杏儿，我没有告密，皮小七抢官粮和在小土窑里养伤，都不是我告的密，你信吗？”银环满脸的泪痕，一脸的委屈。杏儿冲她点点头。

“告密的不是金环就是苟大富，还有苟振经。”

在花子镇留守的这些老弱病残眼中，姜苗子真的成了仙姑。看到姜苗子“飞”出来，许多小孩就仙姑仙姑地叫。姜苗子问：“你们找到仙姑夫了嘛？”于是大家就说：“吃饱了才有力气找仙姑夫。”姜苗子说：“那我问问仙姑。”然后她就又打摆子翻眼皮，装出仙姑附体的样子，把自己的鼻涕和眼泪全抹在人家身上，然后说：“仙姑说了，今天拉屎给你们吃，吃了仙姑的屎，你们就不饿了。”

于是她把自己布娃娃的屁股抠开，许多高粱米就流进对方的口袋里，不多，一次也就两捧，但这已经能够做一锅好粥了。然后姜苗子就神经兮兮地说：“你今天已经吃了仙姑的屎了，明天不许吃了。”

姜苗子从来都是花子镇的一块苔藓，有也行，没有也行，从来没有像今天这样，她成了花子镇许多人眼里的吉祥物。那些老人小孩见了姜苗子满脸就开了花，追着姜苗子要吃“仙姑的屎”。

姜苗子那天看到老半在青砖门楼下一个劲地叹气，就问：“半老爷，你吃仙姑的屎吗？”老半没搭理她就回院子里了。

老扁的女人皮二婶挎着篮子从坡里走回来，篮子里填着半篮子草种子，姜苗子在后边追，一边追一边喊：“老婶，你吃不吃仙姑的屎啊？”皮二婶回头看一眼姜苗子，就训上了：“姜苗子，你别疯了好不好，人都快饿死了，婶饿得两眼发花，都快站不住了！”皮二婶于是蹒跚着小脚往回走。但姜苗子还是追上了她，姜苗子说：“你闭上眼睛，我问问仙姑你什么时候死。”皮二婶气得直翻白眼，拗不过姜苗子纠缠，于是就闭上眼睛。姜苗子摸了摸皮二婶的额头说："仙姑说了，老半死了你也死不了。"皮二婶睁开眼的时候，姜苗子跑没影了，但老扁婶却喜形于色，她的篮子里多了许多高粱米。

——你可真是仙姑啊姜苗子！老扁婶一声惊呼。

侯五没有出去逃荒，他被枪托一顿捣得在床上半个月都爬不起来，嘴里的牙齿也全部掉光了。他现在恨王老半恨得牙根痒痒，吃大户是平常的事情，但他把官府找来了。但侯五说过，他不是个普通的叫花子。若说现在的侯五有什么想法，那就是让老半难堪。那天侯五一瘸一拐气哼哼地就来到了老扁家。他纳闷的是，老扁夫妇气色看起来不错，结果他看到老扁他女人在簸箕里收拾高粱米，侯五很奇怪他们家会有高粱米。于是侯五就抓起一把，侯五看着高粱米就陷入了沉思，他一眼就认出这不是本地的高粱米，它来自关东的黑土地，侯五寻思了寻思，在花子镇有这种高粱米的大概只有一户人家，除了曾经去东北贩虾酱的王老半，谁家还有呢？侯五想不通。

"王老半，你把粮食都藏哪里了呢？"吃大户的时候，他没在老半家吃到这种高粱米，侯五百思不得其解。

第十五章

1

一个村子一个村子地讨着饭，秋和冬顺着铁路一直往西走，刚放下没多久的生计又被两人拾了起来。两条铁轨在阳光底下闪着耀眼的光芒，冬感觉这两条铁轨是从天上垂下来的，爬上去可能就不会饿了，于是他就赤着脚在铁轨上走，但太烫了，所以冬就觉得老天爷没安好心。冬觉得老天爷那里光怪陆离的，他沿着两条大铁轨去过，那个世界里有许多妖魔鬼怪，还一直让他做噩梦。

姜苗子总是给他讲一些鬼的故事，姜苗子在讲这些故事的时候，往往自己就在打哆嗦，冬一点都不觉得害怕。冬见过的那些鬼比姜苗子描绘的要可怕得多，就在铁轨的那一头……

总有些人像鬼一样在马路边游荡，端着破碗，拿着棍儿，面容凄苦，走起路来就像一身身衣服轻飘飘的。组成这个世界的不是人，而是许多鬼，这些鬼的所作所为冬一点都看不懂，是那样的变幻无常，穷凶极恶，面目怪诞。冬甚至觉得自己的哥哥秋也是鬼。那天秋在一片荒地里顺着一棵藤蔓找吃的，一会儿他抱着几个野瓜从草地里跳了起来，一群难民和叫花子蜂拥而上来抢，秋和他们打了起来，把他们打得哭爹叫娘，鬼哭狼嚎。

秋看到冬呆愣愣地看着他，就跟冬说："冬，我争的不是吃的，是命，别人抢去了，别人就活下来，咱们就饿死了……"

总有些人露宿在田野间，身下一领破席，上边盖一床破被。清早起来，有些爬起来继续往前走，有些仍在那里躺着，或许，那些人再也爬不起来了。

那片旷野好大，前不着村后不着店，秋和冬一天多没讨到饭吃，两人一头扎在路边，秋呼呼睡了过去，冬感觉自己整个身体是一团棉花塞起来的，就在这时冬听到了哭声，他寻着哭声走过去，看到一个女人趴在地上，那人的姿势似乎一直在尝试拄着棍儿站起来，她的棍儿深深地插在了泥土当中，但一直站不起来，她拄着棍儿大口喘着粗气，一个小孩趴在她身上不停地啼哭。小孩的头上戴了虎头帽，一会喊娘，一会喊饿，于是冬把女人搀扶起来。女人坐了下来，身体斜倚在沟沿上气喘吁吁，冬赶紧上自己布袋里去翻，但里边什么都没有，他也一天多没吃东西了。冬无奈地往回走，但冬突然想起了济南城那个漂亮姐姐，冬那天也很饿，但漂亮姐姐的两大勺热粥让他感到了温暖。

冬回到哥哥身边，哥哥的布袋里还有一块地瓜，冬就去摸，摸出来就往娘俩那地方跑，被秋一把抓住了，秋一把夺过地瓜，抽了冬一个嘴巴："这是咱俩的半条命，不到坚持不住，谁也不许吃。"冬过来抢，秋就和他打了起来，冬哪是秋的对手，被秋打得乱叫。

秋又把冬拴起来，拽着继续往前走。一阵滚雷响起，雨水像鞭子一样抽在哥俩的脸上，脚下一片泥泞，两个人一个趔趄连着一个趔趄，乌云下夜幕低垂，冬还在回头看那娘俩，但逐渐地看不到了，连小孩的哭声也逐渐消失了，在他们的前方，马车店的一盏灯火像惺忪的眼睛眨来眨去……

2

马车店的廊檐下躺满了叫花子，马车店的老板为叫花子们准备了半锅高粱粥，每人一大碗，另有玉米窝头半块。冬喝了一碗，身上突然热乎起来，但那半块窝头冬没吃，偷偷藏了起来，哥俩看到一辆马车底下非常干爽，还铺满了干草，秋拽着冬就钻了进去。狭窄的空间里刚好能容下两个人的身子，秋一会儿就打起了鼾，在梦里，秋又梦到了自己的果园，还有杏儿那张明月般的脸……

冬却没睡，他看到秋睡过去，偷偷从马车底下钻了出来，揣着那半块窝头又向野外跑去，他赤着脚跑在烂泥里，完全不顾里边有许多瓦片石子扎得双脚生疼，他看到那个挨饿的小孩，就想起以前挨饿的自己，他得尽快赶过去。

这里似乎是那块沟沿，立着几棵杨树，到底是几棵冬数不过来，但冬没看到那娘俩，却看到一座孤零零的新坟。冬的手里握着半块窝头站在田野里，四处寻找，什么都没有，旷野里一片死寂，偶尔有啁啾的虫声从草丛里传来，明明是这地方，但冬又觉着不像，他站在黢黑的夜里又发起了呆。

“冬——”

秋的喊声断断续续传来，冬攥着半边窝头四处张望不知所措。

秋还是找到了他的傻子弟弟，又是一阵拳打脚踢。他怒不可遏地骂道：“你个傻子不知道路，到处乱跑什么，跑丢了谁顾得上找你?”冬攥着他的窝头垂头丧气地往马车店走，秋在后边不停地打骂。冬的心里越来越难受，冬感觉，自己挨饿不算什么事，但小孩的哭声却像刀子在自己心口上割。

哥俩一前一后走在星空底下，一弯新月如钩。

3

秋还是顺着铁路往前走，冬在他后边跟着。路上的火车一列列地交替穿梭，呜呜地冒着白烟。一些难民挤在车顶，那又是一些在寻找活路的人。一路上秋什么话都不说，一些记忆似乎又被他捡拾了起来。

在一处庄稼地前，玉米叶子刀剑一样交叉生长着，一片“刷拉拉”的声响。秋不走了，他确定就是这儿。虽然没了铁丝网，也没了驻军的帐篷。冬突然很紧张，紧紧地抓着哥哥的胳膊，眼球又停止了转动。他似乎又想起了一片翻开新土的地瓜地，又听到了“轰”的一声巨响，冲着这片玉米地，秋跪了下去，冬也跟着跪了下去。两人深情地磕了几个头，站起身后继续往西走。冬看到了火车站那个帽子似的圆顶，噩梦般的回忆似乎又被重新打开了，他迟疑着不敢向前，秋拽了他一把才跟上。

在火车站，秋和冬才看到了真正的难民潮，那些和兄弟俩一样的人正从四面八方滔滔不绝涌进火车站，似乎这座拥挤的火车站连接着天堂的入口。从火车站走进去，他们就会脱胎换骨。一些衣衫褴褛的难民在进站口挤成一团，秋只看到一张张面黄肌瘦的面孔在叠加堆积，一眼望不到边。这些面孔是秋读过最多的书页，一张张书页上都写满了凄凉。人们扶老携幼，背着铺盖卷儿，他们衣服上的补丁就像伤口，破了补起来，又被撕裂了，于是继续补，最后疼痛都没有了，只剩了浑身的麻木与卑微。有太多难民挽着裤脚，上边溅满了黄泥，秋不知道哪里又遭了灾，到底是什么灾……

秋紧紧拽着冬的手在人空子当中钻来钻去，秋也不明白，这么多人这是要到哪里去？都去闯关东吗？秋想，自己最好还是能扒上一列火车往北去，这是当年爹设定的闯关东路线。秋没去过关东，但听人说那是个好地方，有矿山，有森林，有数不清的大豆和高粱，那里的黑土地随便插一根树枝就能长成参天大树，皮老扁说那里是“棒打狍子瓢舀鱼，野鸡飞到饭锅里”，那里是一处可以安心种地的好地方，是庄稼汉们的天堂。

几年了，故地又重游。许多当年流血的伤口弥合了，现在又被血淋淋的撕裂开来。秋没想领着冬再去市里讨饭，哥俩最好就在这里扒上火车离开，别再让尘封的血迹重新在记忆里流淌成瀑布。秋只知道关东，但秋不知道哪是东三省。街上那些举着旗帜打着横幅游行的队伍群情高昂，他们把传单撒得满天飞，就像给死人的纸钱，一些年轻学生挥舞着旗子在高呼：

“打倒日本帝国主义！”

“九一八，国家之难，民族之耻！”

“有钱的出钱，有力的出力！”

“还我东三省！”

秋想，一定是日本鬼子又在哪里欺负中国人了。但这些事情秋感觉与自己没有关系，秋只是想找一个地方好好地种地。秋不解，火车站里这些人都走了，家里的地谁种呢？他们不一定都会种果树。

秋和冬重新逃亡与流浪的那年是公元 1933 年，山东大片地区在灾荒中得到了喘息，但黄河中下游爆发了二十世纪以来最大的一场洪水，黄河在河南考城决口，长垣县境内土匪姬七攻打铁炉村不下，遂扒开黄河河堤欲水淹铁炉村与前来剿匪的官兵，造成黄河大面积决堤，鲁西南 22 县受灾，灾情之惨重为数十年未有。

4

带着冬这个呆头呆脑的傻子，秋感觉极其不方便，这家伙只惦记吃，还有他那个傻子相好的。秋知道，如果是自己一个人一定能扒得上火车，但冬不行。秋打听来打听去，听人说想扒火车，就去找“红帽子”，秋不知道“红帽子”和“红枪会”有没有关系，秋想，如果在这里能碰到花子镇的人就好了，于是他让冬站在火车站的广场上，嘱咐他不要到处乱跑，自己找人去了。

这个地方墙上镶满了石头，冬记得来过。那时爹娘都在，但现在只剩他和哥哥。冬站在那旦，似乎又听到了满城的枪声和遍地的死尸，还有淌成一片的血迹。冬站在广场上，似乎又听到了小孩的哭声和惨叫声，他就呆呆地站在了那里，身上的破布条和头发都飘起来，就像风中的一棵树，有些衣着好看的女人看到他都一声声尖叫，这个叫花子就像来自另外一个星球，许多人不禁都看他一眼，他浑身泛着臭味，衣服早已变成一团破布。最后，一个一身黑皮的警察瞪着眼用棍子指着他，让他往边上站一站，冬才从痴呆中醒了过来，往边上挪了挪。

在这里，冬看到了许多衣着干净整齐的人，还有的女人晃动着腰肢，大腿在衣服底下若隐若现，冬不知道那是旗袍，他也不可能认识男人身上的衣服有西装和中山装，冬还看到许多人的头发都泛着油光，脚上的皮鞋都能映出人影。他感觉这些人自己看得见，却像云彩一样遥远，老半和苟振经这些人和人家一比就像马厩里的牲口。旋即却有几个讨饭的闯入他的眼帘，这才是他世界里的熟悉的映像，冬感觉一会儿看到了火焰的光亮，一会儿又看到了粪坑的肮脏。

傻子冬站在太阳底下，就像一棵肮脏的小树，看到火车站的人出出进进，一些光鲜富贵的有钱人与衣衫褴褛的难民交织在一起，冬在这时想起了那个漂亮姐姐，那是济南城留给他最温暖的记忆。冬笑了，笑容都有点灿烂，现在的冬已经长大了，他似乎看懂了世界的模样，人世间有多少大富大贵就会有多少乞讨与流浪，冬只不过是他们中微小的一个砂砾，压在冬心头的自卑与恐惧忽然释然了许多，他只是一个小叫花，无论繁华还是破落，都不需要存在感。

一个阔小姐在冬眼里就像天仙一样，比花子镇最好看的女人银环都要好看上千百倍，她的鞋子就像羊蹄子踩在水泥地面上笃笃直响，肩上还围着一条狗皮褥子一样的东西，从人力车上下来，立即有个叫花子端着饭碗伸到她面前，于是她顺手从自己身边的纸袋里拿出一个热包子放在他碗里，花子笑着低头走了没几步，却被另一个花子一把抢了过去，一窝要饭花子为一个包子在车站广场上追逐厮打起来。最终一个花子被摁在了地上，死死抱着那个包子不撒手，最后他把自己的一口黏痰吐在上边，他身上那些花子只好把他松开，气急败坏地走了，于是得了包子的花子盘腿坐在地上，然后把那个裹了自己黏痰的包子一口一口吃下去……

冬看到一个人在长椅上坐下来，他头上戴着一顶形状跟草帽差不多的帽子。那人在吃一块焦黄的面包，还拿着一根鸡腿在啃。这时冬才感到自己异常地饿，面包很快被那个人吃完，鸡腿啃了几口也被他扔在地上。那个人从包里拿出手绢擦手，冬想上前几步把那根啃剩的鸡腿捡起来，他的手眼看就要触到了，却被另外一个花子伸手捡了去，那个花子从地上抢了就跑，好几个花子在他身后追。冬嘟囔了一声，冬才不抢，冬是有很多钱的叫花子。虽然那只是曾经。

冬就感觉火车站是老天爷住的地方，这里既有花枝招展的神仙，也有浑身破破烂烂的叫花子。他站在哪里都感觉不合适。没有哪个花子和难民浑身比他更破烂。看到有的花子在翻拣广场边上的垃圾桶，冬于是也凑了过去，看垃圾桶里有什么东西。他感觉这里的世界不一样，垃圾桶里边许多乱七八糟的东西冬都从来没见过，他挨个咬一下，看哪个能吃。不能吃的他就一口一口往外吐。冬在一个小盒子里发现了一个小巧的刷子，又找了半块馒头一样的东西，还有一个锡包的软管，被捏得瘪瘪的。冬看这半块“馒头”很硬，还很滑，就尝了一下，连苦带涩，但他尝了一下软管里的东西是甜的，于是他就把那些东西挤在“馒头”上面，使劲咬了一口，结果卡在牙齿上了，费了好大劲才取下来。于是冬就说：“城里的白面卷子怎么这么难吃？”他拿着“馒头”端详过来端详过去。一个拉洋车的路过，看到冬的傻样笑了：“你傻吗，拿着块肥皂和牙膏在干啥呢？”

冬不知道什么是肥皂，也不知道什么是牙膏。反正这东西不好吃，冬又扔进了垃圾桶。继续找。翻来拣去，当冬捡到一只小纸包里的半块饼干的时候，冬仔细看了好久，那上边爬了小虫，但冬填进了嘴里，他终于品尝到了城里人的味道，对冬而言，那是一种曼妙的甜美。

秋看到火车站口拥挤了太多逃荒逃难的人，领着衣衫褴褛的孩子背着破烂的行李。那些人看起来不是叫花子，但秋知道，他们的命运不会比自己好多少。秋不敢进候车大厅，他看到黑皮的警察老爷拿了警棍转悠就害怕。他只能在那群难民里转悠打听。打听来打听去，那些人都是往南走。但秋想的是去关东，秋知道只有关东是天堂，地能随便种，荒也随便开。他听说北边正在打仗，但秋又觉得，再打仗，也得让老百姓种地。他和冬别的没有，但有的是力气。

秋点头哈腰打听来打听去，最后基本排除了像他这样一个叫花子能坐上火车的可能。多少身上比他整齐的人都无法得到一张火车票，“红帽子”要钱更多。一列列火车开出去了，火车顶上坐满了人，车厢与车厢间的缝隙里也塞满了像他这样的人，在路上，他们当中有的人将会从车顶上掉下来摔死。秋在回来的时候找不到冬了，秋在人空里到处钻到处找，有这么个傻子弟弟秋心里异常上火。秋感到很可悲，自己竟然有这样一个弟弟做累赘，自己又能好到哪里去。

当太阳西沉，火车站广场上的人越来越少。秋仍在四处乱转找着冬的身影，这时候他看到冬手里捧着一些东西跑了过来。秋长出了一口气，冬在垃圾桶里翻拣到两块肉骨头，虽然上边爬着蛆虫，但还有部分肉在上边。

在秋心里，总有那么块土地是属于自己的乐园。那个地方是一个叫“关东”的地方，那里的地谁开出来就是谁的。不像在山东，土地大多有了主人。秋领着冬沿着铁路继续往北走，一路讨饭或者捡着吃，虽然两人越来越瘦，身上的衣服也越来越破，但秋知道，这样走下去，离自己的天堂就会越来越近，因为很多人都去过那地方，秋不可能到达不了。

5

很快两人就出了德州，到了河北省的地界。秋现在不再把冬拴住了，这个傻子绝对不会认识回花子镇的路，他只有乖乖地跟着自己。秋想象过自己如果没有冬会是什么样子，但从来不敢想象冬没有自己会是什么样子。每当走进一个村子，兄弟俩的形象都会把村子里的人吓一跳，许多狗儿对哥俩叫得也是越来越凶，但总算多少能讨到点吃的。最让两人犯愁的不是吃，而是住。已经入秋了，晚上天气越来越凉，找个能露宿又避风雨的地方是越来越难……

出来已是多少日子，一路都在走，冬自然不明白，于是就问：“哥，咱这是去哪里？”

“这是咱爹当年带着咱下关东的路。”秋说道。

“去了关东，还能见到姜苗子的面吗？”

秋无语。

冬现在不知道自己离花子镇是近还是远，也不知离姜苗子是近还是远。他总觉着姜苗子在自己身后一个不远的村子里等着自己。让冬最舒心的是，姜苗子肯定不会再被卖掉了，他还是没给姜苗子搞到小孩，但他为姜苗子搞到了许多粮食，一个有许多许多粮食的地方被冬发现了……

那次在场院里，气急败坏的老半怕冬再乱说话，就把冬赶走了。后来冬被苟大富用铁链子锁了起来，然后冬被蒙上了眼睛，被牵到了一个地方。这个地方有很多粮食，但冬却一粒都吃不到，眼看就要饿死了，这时，一只小老鼠让他发现了秘密。

6

在这条要饭逃荒的路上，扶老携幼的难民都是往南走，只有哥俩是往北去。但秋看到有太多扛着枪的队伍在往北开拔。所以秋和冬就跟着队伍继续往北走。

秋领着冬继续向自己的梦想进发。他们竟然一路过了天津。在天津火车站，哥俩又开始了要饭，这时的火车站挤满了当兵的，冬听着有人在说，穿灰衣服的是西北军或者晋绥军，穿黄衣服的是中央军。看到冬端着饭碗，有些当兵的会在冬的饭碗里放点吃的。冬异常感激，不过冬的运气并不总是那么好，因为火车站聚集的逃难的人越来越多。

一路向北，铁路上往北跑的都是军列，一些当兵的坐在露天车厢里，后边还拖了许多炮车，他们都是向北开拔，而难民却都是从北边来。冬越来越纳闷，就问秋："哥，叫花子怎么越来越多?"哥俩又向北走了许多天，听说这个地方叫滦县。一路往南走的难民看到这对花子还在往北走，很奇怪，就问："你们这是去哪?"秋说："准备闯关东。"人家告诉他："长城以北已经都是日本人的地盘，关东和这边已经不是一国，现在是满洲国，日本鬼子现在限制逃难到关东的难民。我们这些闯关东的混不下去才回来的，地都被日本人霸占了，许多人都被扔进了矿井里不知是死是活，你还想去。"

这么长时间的风餐露宿，秋在快看到山海关的城楼子的时候感觉理想破灭了，他和爹的天堂都像一朵云彩一样飘散了。他去不了关东，对于他来说，种地现在成了一种奢望。他和冬，生来注定就是一对叫花子。

在秋的眼里，满山遍野都是土地，而且大片在荒芜。秋缺的是一把种子或粮食，更重要的是停下逃难的脚步。闯关东的梦想破灭了。秋准备一路向西，他听人说，顺着山脊上的那圈城墙往西，跟着逃难的人群，他们就能到老半说过的山西。

往西走，一路上秋时刻留意自己身边的那个傻子，生怕他跑没了影，但这个傻子又能去哪里了呢?

冬很纳闷，那片田野好像燃烧过大火，或者是遇到过飓风或猛兽的侵袭，一些树桩残缺着，还有些被烧成了焦炭。有许多坑，这些坑大多比冬刨的要深。有些坑边还有许多散落的弹壳，冬在附近捡到一个东西，一个铁锅子，这个铁锅子形状像斗笠，又像钹儿，黑乎乎的铁色。冬拿在手里端详来端详去，他扣在了头上，有带子垂下来，但他不会系，冬觉得这东西当个要饭的碗也不错。冬兴冲冲地，觉着自己发财了。再往前走，冬看到有一个地方被人挖开了，或者说，那里本来就没埋好，或者是又被人挖出来，他闻到了腐烂的气味。这种气味他很熟悉。冬看到土里出现了一个铁锅子，和自己手中这个不太一样，于是弯下腰去捡，他捡起铁锅子的时候却看到一个骷髅头，上边只有皱皱巴巴的皮蒙在上边。冬一个激灵，于是又把锅子扣在了骷髅头上。冬看到，这是好大的一个坑，一些尸体被拖了出来，有些衣服已经被扒走了。冬一声尖叫，抬腿就跑，这时他不知被什么绊了一下，冬摔了个狗啃屎。回头一看，是两条腿露出了泥土。那两条腿上的绑腿松松垮垮地垂着，冬一声尖叫爬起来就跑，跑出几步又停下了，他低头看了看自己的双脚，脚上沾了冰冷的泥巴。冬回头看了看，那双腿下面有一双完美的鞋子，那样的鞋子冬在花子镇从来没见过，于是他爬了回去，从那两条腿上脱鞋子，冬脱下一只鞋子的时候，看到了一只脚只剩了皮包骨头，跟树枝似的，冬合着眼睛又把另一只鞋子脱下来，扭头就跑，跑出去很远冬回头看了看，没有鬼追上来，于是他拍了拍胸口，把那双鞋子套在自己的脚上。有点挤，也有点沉，这鞋子像是牛皮的，翻着一层毛，冬的双脚一下子就舒服了好多。天逐渐地变冷，冬需要一双好鞋子。这时他听到了远处秋在喊：

"冬，你去哪里了?"

"我在这里!"

7

两个叫花子在异乡又开始了乞讨之旅。他们不知道的是，长城抗战已经结束了，关内关外逃荒的人群被鬼子追得漫山遍野地跑，因为里边往往夹杂了许多抗日武装，还有许多散兵或伤兵。那些人被搜出来后不是砍头就是枪毙，有的还被吊在了树上。随处可见的死人冬早就见怪不怪。走着走着，秋和冬忽然听到了枪声，一听到枪响，秋和冬就跟着逃难的人群没命地跑，就像一群被黄鼠狼撵得四散的鸡，有个伤兵在里边就喊，千万别往山上跑，鬼子的枪法很准，想保命就钻庄稼地或路沟……

秋和冬就看到满山遍野的难民在逃窜，枪声中一些难民跑着跑着就扑倒在地。“哒哒哒哒……”机枪声响起，田野里的玉米秸齐刷刷地断掉，一些人的身上喷溅出了鲜血，然后踉踉跄跄地倒地。秋拽着冬没命地跑，穿过一大片枯黄的玉米地，在一片开阔地后边他们看见了一座不大的破庙掩映在一片树林之中，破庙像被炮火摧毁了没多久，墙上有烧焦的痕迹。他领着冬就从破庙上一截断墙上翻了进去，破庙的院子里沉重的大香炉不知被什么推倒了，靠墙有一大片巨大的玉米秸堆成垛，于是兄弟俩就藏了进去，黑暗中，冬不停地爬，秋不知傻小子要爬到什么地方，就跟着往前爬，爬来爬去，他们感觉穿过了一堵墙，于是就走进了一座黑暗的厢房当中，秋和冬撩一下头上的蛛网，定神一看愣了，这时兄弟俩看到这房子挤满了逃难的人，还有许多当兵的，有的穿灰衣服，有的穿黄衣服，不是头上缠着绷带，就是胳膊大腿上缠着绷带，还有些躺在担架上……几个人蹲在窗前，手里的枪朝向外边，警觉地望着外边的公路。公路上刚过去一辆汽车，汽车顶上架着机枪，鬼子坐得满满的。屋子里的人大气都不敢出，一群人在里边大眼瞪小眼。看到兄弟俩爬进来，一个当兵的把食指放在唇边，示意两人不要说话，把手掌朝地上按了一下，示意两人蹲下……

在这间黑暗的屋子里冬猫了两天多，才明白这些人都没有东西吃。伤兵没有，逃难的百姓也没有。一个女人怀中抱着孩子，手却死死地捂着孩子的嘴巴，生怕孩子会哭出声。孩子的脸蛋憋得通红，有两个小孩爬到冬的面前，向冬伸出了小手，冬知道他们是饿了，但冬也没有东西吃。

秋也紧张地从窗户里望向公路，公路上陆续经过三个骑轱辘电驴子的鬼子，后边鬼子的汽车又开过来。秋不明白那是鬼子的封锁线。过了好久，秋才发现冬不见了。

冬拿着他的铁锅子，又爬过了那片玉米秸，他从那块断墙上翻了出来，眼前是一片开阔地，看到四周没人，冬干脆站了起来，顺着开阔地，拨着杂草到处寻找吃的，草上和树上的一些小果子不断地被他塞进口中，在远处，冬看到有几间房子在冒烟，于是一阵兴奋，端起他的铁锅子走过去。

这个小村庄的多数房子都已经塌了，或者被烧焦了，只有穿黄衣服当兵的出出进进。这些当兵的头上也顶着铁锅子，只是和冬手中的形状不一样，冬老远就闻到了饭菜香，端着铁锅子冲着当兵的点头哈腰，希望能从这些当兵的手里讨到吃的。当兵的看到有人过来，警觉地冲冬举起了枪，呜哩哇啦跟冬说起了什么，看到冬的铁锅子，却忍不住地笑。再往里走，冬看到一堵土墙下边坐了好几个当兵的，围着一个锅端着铁饭盒在吃饭，他们的枪支在了一起，冬端着铁锅子就走过去，脸上尽量地堆着笑。

看到他手中的锅子，那些当兵的都笑起来，围了上来。冬不知道他们笑什么，哇哩哇啦说的什么冬也听不懂，那些当兵的陆续把一些饭团放进他手中的锅子，冬抓起一个填进嘴里，冬从没有吃过这种饭，味道怪怪的。一群当兵的冲着他笑得前仰后合。这时候冬忽然看到一杆枪上静静地挂着一面旗子，脑袋里顿时一声霹雳。这面旗子他在济南见过，白旗子上一个圆圆的红烧饼。那一刻冬呆在了原地，他忽然觉得这些人和济南那些是一伙的，虽然他们的帽子不一样了，济南的那些是壶底帽子，他们的帽子在脑后飘着两片帽翅。冬又看到了自己梦里的恶鬼，于是他嘴里的咀嚼停止了。

没想到这时那群人盯上了他的脚，围着他的鞋子打量起来，冬一看，原来和他们脚上的一模一样。冬吓坏了，于是就赶紧从脚上脱鞋子，冬告诉他们，这鞋子不是他偷的，是捡来的。冬是个好孩子，只偷吃的，不偷东西。这时他看到有个当兵的抄起枪站了起来，枪上还有一把刺刀，那杆枪对准了冬的脑袋。冬听不懂这个小个子男人在说什么，但他差点晕过去。

这时一个鬼子站起来，把枪压了下去，又往冬的锅子里添了些饭团。笑着向冬指了指村子外边，冬端起有饭团的锅子开始往外边走。

看到冬走远了，十来个鬼子抄起枪，猫着腰跟在了冬的身后……

冬感觉自己像是去了一趟阎王殿，一个劲地用袖子擦着额头上的汗，他端着西北军的钢盔木然地往那座破庙走去，他不知该不该庆幸自己为哥哥和许多小孩讨到了饭，但是他知道，这些家伙没安好心。

冬走过那片开阔地，那座破庙就出现在冬的眼前。他身后跟着的那些鬼子，正端着枪走过来。

8

冬端着他的锅子木然地站在破庙的院子里，十来个鬼子也走了进来，这时鬼子看到了那堆玉米秸，用刺刀在里边一通乱扎，没有东西，于是一个鬼子拿出火柴在玉米秸上点起了火，火苗子于是腾起来。

这时一声枪响，那个点火的鬼子应声倒地，一个当兵的从那间屋子里跳了出来，挥舞着驳壳枪一声高喊："弟兄们，就十来个鬼子，把住庙门，别让他们祸害老百姓，跟他们拼了！”

于是一扇扇木格子庙门被推倒，当兵的一个个跳了出来，有的挥舞着闪亮的大刀，有的拄着单拐，黄衣服的灰衣服的一块往外冲，还有个穿白大褂戴眼镜的小伙子也蹿了出来，他胳膊上套着红十字，胸前挂着听诊器。枪声响了，有些伤兵倒下去，许多人端着枪还是从冬身边不停地蹿过去，冬一脸的木讷，端着钢盔里的饭团不知道自己做了什么事情。

两个伤兵还是没有守住庙门，有几个鬼子夺门而逃，于是在庙门前那片开阔地上，冬看到大刀抡了起来，一些没子弹的枪也抡了起来，一群人在那片开阔地上绞成一团，于是喊杀声、枪声、兵刃的相碰声响彻云霄，一些没有子弹和武器的伤兵就和鬼子撕扯扭打在了一起。有个伤兵手中攥着一个带木把的铁疙瘩也从屋里爬了出来，冬一声尖叫，伤兵没了一条腿，身下一片血迹……

陆续有鬼子倒下，但倒下更多的是伤兵。一个伤兵用头上的绷带死死勒住了一个鬼子的喉咙，像捆柴禾一样用脚死死地蹬住鬼子的身体，这时一个鬼子把刺刀扎进了他的后背。那个穿白大褂的小伙子手中没有枪，他和一个鬼子扭打在一起，鬼子狠狠扼住了他的喉咙，但他仍然用一把手术刀准确地划开了那个鬼子的颈动脉，鲜血喷了丈余高，鬼子一头栽倒在地。看着伤兵一个个拖着残缺的身体往上冲，破庙里许多老百姓也冲了出来，手中拿着石块和砖头，十来个鬼子眼看都倒在伤兵眼前，远处鬼子的一辆汽车驶了过来，车顶的机枪响起来——哒哒哒哒……

于是那群伤兵和老百姓像被割的麦子一样纷纷倒下去。

开阔地上一片尸体，一个鬼子倒地时刺刀扎进了一位伤兵的胸膛，但伤兵的一把大刀切进了他的喉咙。死去伤兵的身体就那样站立在地上，停止转动的眼球里还喷着怒火。

一群逃荒的老百姓被鬼子赶在了一起，汽车顶上的机枪虎视眈眈对着他们，在鬼子的驱赶下，老百姓开始整理起尸体，十几个鬼子的放一边，那群伤兵的放一边。有一个伤兵嘴中叼着半边鬼子的耳朵死去了，还有一个双手死死卡在一名鬼子的喉咙上不松开，怎么拽都拽不下来。一个穿白大褂的鬼子开始用钳子一根手指一根手指地掰，手指全掰断了，许多指甲还深深地陷进了皮肉里，最后那个鬼子仰天大哭……

那些老百姓被排成一排，机枪手拉起枪栓。几个伤兵互相搀扶着，力争让自己的站姿挺拔一些，但机枪响过，他们还是纷纷跌倒下去。接下来，鬼子在人群中仔细寻找穿军装穿军鞋的人，不管他们的衣服是国军的还是日军的，也不管是不是从死人身上扒下来的，统统枪毙。一个叫花子模样的人穿了黄呢子军裤，还套了一双大皮靴，这明摆着就是鬼子军官的下半身。他被一枪打在脑袋上，一头栽了下去。长城抗战之后，这片土地不允许一个中国军人驻扎，散兵不行，伤兵也不行。活下来的人都被赶到了那座破烂大殿里，庙门和窗户被钉死，然后鬼子们开始往门口堆玉米秸……

这座破庙很快就被一片火光吞噬了，那座大殿里传来凄惨的哭叫声。秋和冬猫在庙外不远处一片枯黄的玉米地里，一动不敢动，惊恐地望着庙里腾起的大火，火光在两人脸上闪来闪去。

十来个鬼子的尸体被蒙上了白布搬上了汽车。雨下起来，鬼子们坐上汽车都走了。秋猫在玉米地不知过去了多久，冬到处找残余的玉米棒子。秋雨还在淅淅沥沥，老百姓从远处许多村子里赶了过来，那些人一声不吭就在地上挖起了坑，有的帮着抬尸体。有人陆陆续续哭出了声，冬也拿起一把镢头，又抡了起来。只是秋的眼睛里向他喷出了怒火，几次想抡起镢头敲开他的脑壳，但被人夺下了。秋哭着说："他是个傻子！是个祸害……"一个大嫂说："你也不像个男人，你怎么活了下来，这么好的体格怎么不上去和鬼子拼命？"

秋心里说："我怎么会上呢？我只是个种地的。我死了，中国这么多土地谁种？谁来栽果树？老六爷孙来旺说中国很大，可是这么大的中国，找块能种的地怎么就越来越难……"

一座座新坟在开阔地上立了起来。秋在这些坟前跪下来，一个头一个头地磕了下去，额头上沾满了泥土。因为一个傻子，这么多人没了命，秋脊梁沟发凉，冬站在那里陷入了沉思，冬忽然觉得，活在他心里的那些恶鬼并不可怕，遇到了胆大的，他们也会像冬一样害怕。

秋不说话，更不去搭理冬。这个傻子弟弟让秋背负上了深深的羞耻感。秋无法再原谅他，那是多少条人命？很多时候秋对自己这个傻子弟弟无计可施。他好像来自天外，不属于这个人世，世上的规则对他统统无用。他还能闯出什么样的弥天大祸？

比如自己，因为这个傻子，现在沦落到如此艰难的田地。秋在心里萌生了一个想法，自己这个傻子弟弟不能再留了，最好除掉他，这傻小子能把天捅个窟窿。

现在的秋明白，这世上没有天堂，但总该有处让人活下去的地方，那个地方可能被大多数人遗忘了。要不路上这么多逃难的人不会四处寻找。现在冬让秋心里无比复杂，一个声音让他继续寻找，而另一个声音在强烈地要求秋往回走。路上有大队的难民正在向南去，听人说，那个地方叫北平，是皇帝住的地方，那地方到处红墙碧瓦，地上都用砖铺了起来。秋就问，那怎么种地？

皇帝家里不缺吃的，不用种地。那人跟他这么说。

第十六章

1

青砖大院被银环折腾了个鸡飞狗跳，她每个月都肚子疼，就像个黄脸婆。所以每个月那几天她想乔郎中就想得厉害，她咬着牙跟杏儿说，无论爹同意不同意，她想出去要饭，一定要找到乔郎中，反正姓乔的现在还打光棍，做不成夫妻，做丫鬟侍女也成。她又问杏儿："你去不去？"

杏儿说："不去，卖给你们家就是你们家的了。"

银环一撇嘴："哼，你给我装什么装？你和那个小长工眉来眼去谁不知道？"

想起那个长工秋，杏儿不吭声了。就像心尖被人揪了一下。

那天，苟大富提着一包东西就进了自己的老丈人家，跟老半说是上好的驴皮，熬出胶来专治银环的病。老半只是哦了一声，连瞧都没瞧，那包东西最后让银环给扔到猪圈里了，银环从来没有正眼瞧过她这个姐夫。

现在的杏儿出落得越发好看。过不了几天，她就要嫁给九岁半的二斗了。九岁半的二斗到现在还尿炕。世道不好，老半决定给他们成亲，越快越好。这亲一成，杏儿就是老半家里的人，老半也多了一个可以信赖的好帮手。在花子镇，杏儿将受到大多数人的羡慕。那些在老半家做工的长工短工，将都称呼她为少奶奶，这座青砖大院，她将是最终的主人。

杏儿心里时常还是在想那个长工。那个俊朗的小伙竟然是她在花子镇唯一的朋友。杏儿现在不愿去镇南那片果园。在那里她总会想起和一个长工在阳光底下的日子。但她无法原谅那个长工对她的不辞而别，他应该对自己有个交代。起码，秋还欠她一条命，怎样救的他，老半和项西吼一直在刨根问底。一切都是命，现在的杏儿时常这样宽慰自己。那哥俩现在到底怎样呢？有没有死在逃荒的路上？花子镇很多出去的人都没有回来。杏儿现在唯一感到安慰的是，自己活了下来，但这种活是与死没有两样的结局。

项西吼给杏儿弄来许多布料，在这个家庭中杏儿似乎从来没有受到这样好的礼遇。因为她离自己真正的角色越来越近了。杏儿没有娘家，她的嫁衣必须由项西吼帮忙制作。但杏儿决定给自己做一只新的红肚兜儿，她甚至在那只红肚兜上绣起了花，本来那上边应该绣一对鸳鸯，但杏儿还是在上边绣了一枝桃花，她也说不清自己为什么要绣一支桃花，但一想到最终要掀开这只红肚兜儿的人，杏儿又泄了气。

一缕阳光透过小磨房的小窗淌进来，杏儿坐在窗前就发起了呆。这是一个太多人无法选择的世道，何况是她。

又是一个冬天。老半的脸上终于洋溢出了笑容，"吃大户"给他带来的损伤已过，他正在慢慢地恢复元气。但他想起那头老母猪还是大为光火，好在那些小猪仔也慢慢长够了身量。儿子的大喜日子，老半决定宰一头。大旱已经结束，花子镇已经又有一些人回来了。但有些人注定回不来，又有一些房子会废弃了。想到这里老半就一声叹息。

2

兵荒马乱，老半决定这场喜事办得越低调越好。

过了冬至这天就交九了，一天比一天冷。花子镇那座最阔气的青砖门楼上贴上了火红的"喜"字，挂上了通红的灯笼。老半要为自己的儿子娶媳妇，老半家决定这天"点茶"，在琅槐地面上"点茶"是喜事前最重要的仪式。老半早已派了杨三、腊月等人到处给自己的亲戚朋友送帖子，青砖大院里盘起了灶，支起了大锅，苟大富和油坊的胡掌柜等人都来帮忙掌厨。皮老扁也帮着他出出进进。常言说：叫花子还有三个穷朋友。现在的老半已经不是叫花子，朋友自然少不了。于是这天老半的亲戚朋友都带着贺礼前来，鸡鸭鱼肉，白馍糖三角，还有烧酒与大段的莲藕。大食盒一层层摞得老高抬了过来，老半照单全收。镇子上和老半关系不错的一些人，那都是有头有脸的人物，他们都送来了贺礼，老半过日子抠门，但到了真正的大事上老半舍得一身剐。他早已腾出若干间屋子大摆宴席。镇子上和老半关系不错的一些叫花子也来帮忙端酒传菜。青砖大院里一片欢喜喧哗的猜拳行令声。

三天过后，是杏儿过门的大喜日子。老半大清早就起来挨户串门，大声吆喝着："今天二斗大婚，老少爷们，花子镇在家没多少人了，都不许生火，大家一起到我那里乐呵乐呵！"

杏儿没娘家，早已被老半安排到另外一户院落里。花子镇一群女人围着她转来转去，都一个劲地夸杏儿好看。杏儿知道，自己这个童养媳就像果园里的一枚果子，就要掉落到老半的篮子中了。她在花子镇已经生活了这么多年，她的爹和娘一直没有出现过，而且知道回乡路的那个长工也已经不知去向，花子镇将是她的唯一归宿。她的一生将是在花子镇做牛做马的一生，这一生看似有很多天，其实无非是重复堆积的一天。而这，已经是很幸运的了。

她的内心是曾有一丝亮光的，从果园里她看到那个一身青铜一样肌肉的叫花子开始，她最希望的事情是这个人会陪她走在要饭的路上，再凄凉凶险的路程，也会变得踏实与温馨，直至找到她的家乡，看看她的爹娘还在不在。哪怕是在讨饭的路上饿死，她也愿意躺在那个长工的怀中死去。

这一天，花子镇在一阵锣鼓喧天的演奏中醒来了，吹打声离杏儿临时栖居的小院越来越近。杏儿小屋里那些女人开始忙乱起来。一个精致小巧的花簸箩被用红包袱包了起来，一个面容苍老的女人用一根麻线在杏儿光洁的脸上绞去许多汗毛，这样杏儿就被"开脸"了，她已经是一个女人，不再是一个待字闺中的花苞儿。

一顶花轿落在小院门前，门口已经围了许多人。锣鼓还在敲打，唢呐还在吹。没多久杏儿就在两个老妈子的簇拥下，踩着满地的谷草出了门口。杏儿在人群前面忽然看到披头散发的傻丫头姜苗子。姜苗子看到好看得跟天仙一样的杏儿目瞪口呆，浑身瑟瑟发抖，她死死地抱住了自己手中的布娃娃，一句话也说不出来。杏儿看了她一眼，脸上挤出一丝惨淡的笑，然后就弯身钻进了花轿。她的小丈夫头上带了崭新的瓜皮帽，穿了长袍小马褂，胸前扎了朵大红花，看到杏儿进了轿子也要往里钻，被人笑着抱了下来，过了一会却又掀开布帘说："喂，杏儿，我要尿尿了，给大爷我解开……"杏儿没理他，花桥被人抬起离了地，颤颤巍巍地往前走，突然间，一声唢呐尖刻而凄厉地响了起来……

一缕红霞像炉火慢慢地被烧红了，花轿顶上一抹红绸带也飘扯了起来。

终于有人为九岁半的新郎官解开了裤子，所以二斗就在当街撒起了尿。

看到花轿和娶亲的人群走远，抹一把鼻涕，小少爷费劲地提上裤子追了上去。

一群人簇拥着花轿在花子镇的大街上转来转去。这个世道异常凄惨，但终于有这样一场婚事来临了，就像燃起了一堆不大的篝火。这堆火把许多麻木的面孔耀亮了，他们呆滞的眼神中也闪起了艳羡的光，在那年月谁家还能办这样的喜事呢？只有花子镇的老半财主。

抬轿子的那几个人看着过门的时辰，花轿终于落在了老半家的青砖门楼前。一捆捆谷草烧了起来，一身火红衣服的杏儿从花轿里探出了身子，在火堆上跨了过去，这样她身上的"穷鬼"也就被火光吓跑了，她也就成了老半家里的人。在那一刻，一挂火红的鞭炮噼里啪啦炸响了……

姜苗子没有胆量去看杏儿最华丽的出场，她一个人又去了河边，对着河对面那座土窑又失声痛哭，她是否有杏儿那样的一天？她的新郎官又去了哪里呢？

3

鞭炮燃毕，许多小孩钻进了鞭炮屑里寻找没有炸响的炮仗。新郎官二斗气势汹汹地叉起了腰："那是我家的，都给大爷我拿过来！"于是那些小孩乖乖地把手中的鞭炮递到二斗手里。

要拜天地了，却不知二斗去了哪里。突然一阵噼里啪啦炸响，在灶前烧火的人们抱头鼠窜，原来二斗趁人不注意，把一把鞭炮扔进了灶膛里。老半怒不可遏："这么小你就这么坏，要大了还了得……"就在他屁股上扇了两巴掌，二斗就哇哇哭了起来。项西吼见状上来就把老半推了个趔趄，又蹲下去擦着二斗的眼泪哄着他说："我的祖宗，你可不能哭啊，今天是你大喜娶媳妇的日子。"二斗挺起小胸脯说："老子才不娶个穷叫花子做媳妇。"

杏儿一个人静静地站在那里，等着与二斗拜堂。任凭花子镇的一群人围着她欣赏，杏儿脸上没有任何表情，就像结了一层霜。她现在是一个玩偶，被人指挥履行完所有进入婚姻的手续，然后接受别人或者命运的安排。

二斗还是被人拽过来，连哄带骗他还是被摁了下去跪在地上。两人跪下先拜了天，后拜了地。又拜了坐在椅子上的老半和项西吼，然后杏儿和二斗对拜了一下。礼毕，杏儿就成了新媳妇，一群人向杏儿讨起了喜食儿，杏儿从那只精致的花簸箩里把一把把小火烧儿爆米花儿扬向了天空，一群大人孩子趴在地上一阵哄抢，脑袋屁股挤成了一团。

青砖大院宴席重新摆上。那口大锅里白菜豆腐粉条粉皮儿猪肉片子各种丸子煮在一起，热气腾腾中气泡满锅，留在花子镇的人人有份，每人一大碗，在院子里自己找桌子随便吃，这就叫“请花红”。白馍、糖三角一笼屉一笼屉地往上端，老半很高兴，就像自己娶媳妇儿一样，一个吝啬了一辈子的家伙，终于在这一天展现出了一位财主的身价。都是花子镇的乡亲，就是平时有点龃龉，但还不是低头不见抬头见？常言说，远亲不如近邻吗！

听说有喜事，远近的花子老早就往花子镇赶，看着新媳妇下了轿。把青砖门楼围了个里三层外三层。一个个排队唱起了曲儿，有的打着快板，有的拉着二胡，把老半喜欢听的话都唱了出来，老半乐了个满脸开花，甚至抹起了老泪，作为一个曾经的叫花子，他有今天就是因为一直夹着尾巴做人，他是叫花子翻身的典范，正是因为他从来没有忘记自己也曾是一个叫花子。来者有份，花子们人手得到一个白馍，粉皮炖丸子每人两大勺。一个花子高兴得手舞足蹈，为老半唱道：

大富大贵王善人，
菩萨心肠下凡尘。
福寿康宁与天齐，
广结善缘施大恩。
……

听着听着，老半就提起袄袖子擦起了眼角，一个劲说道：“哪里哪里，大家都是花子啊。”

一天的人来人往，客人邻居最终一个个散去。青砖大院里喧嚣散尽。小油灯下，老半拨拉着算盘在计算几天来的进账与支出。而那些剩菜和剩下的白馍，他打发人用大铁桶盛了，给那些吃了上顿没下顿的人家，挨家挨户地送。

这是老半的青砖大院最精彩的一天。毗邻正北那三间大瓦房的是院子西侧两间厢房，也是杏儿和二斗的新房，早已被粉刷一新。项西吼一声巨吼，那些正在闹房的后生无趣地离去了。烛光中，那扇蒙了红纸的小窗上清晰地映出一个窈窕的身影。

一支红蜡烛在烛台上流淌着热泪，杏儿的脸在暗影里闪烁不定，二斗今天跑得太欢，似乎没意识到今天有什么特别，人一走，他也就不再闹了。杏儿早早给他洗了脚，然后给他脱光抱进了被窝，这小子一会就睡得像个死猪。杏儿静静地对着烛光出神，经过别人一天的摆弄，杏儿依然不相信自己就这样成为有夫之妇。在她的心中，婚礼应该充满浪漫与温情，应该具有许久的期盼与紧张。但这些都没有，她只不过是从一间房子进入了另外一间房子，然后身份就发生了变化。望着满屋还在闪着光的绸缎被面与“喜绫”，她感觉自己不过是被一场隆重的仪式送进了坟墓。

她就这样标定了自己的一生，没有任何反抗。

项西吼可能是看到了窗棂上杏儿的影子，在窗外冷冷地说道：“睡吧杏儿，把你的男人搂好，可不许欺负他，他爱蹬被子，你要把他冻着了我可不依。”

新娘子杏儿只得脱下衣裤也钻进了被窝，然后吹灭了蜡烛。新被窝真舒服，只是二斗的小脚丫总是在乱蹬，更可气的是他一把就揪住杏儿的奶子，并用嘴叼起来再也不撒口。杏儿想把他推开，又怕他会哭出声来。

杏儿迟迟没有入睡，在一生中最隆重的新婚之夜，她对着漆黑的屋顶发呆，在最深邃的黑暗处，她似乎看到了许多密密麻麻的果树枝杈。

窗户纸还是一袭淡淡的青，杏儿早早就从炕上起来，二斗尿炕了。半夜里杏儿梦见自己掉进了河水当中，更让杏儿恐惧的是，她看到一条望不到头的河，就像她以后数不清的日子。杏儿端着尿盆走出来的时候天还不太亮，但她已经听到姜苗子又在河边喊：“冬——”一声声撕心裂肺。杏儿听得心烦意乱，那两个被逼走的叫花子，现在也不知怎样了。

杏儿现在的角色变了。以前她和秋一样，顶多算老半家的佣人，而现在她成了老半家的少奶奶。老半和项西吼终究会老去，二斗还小，这么大的一份家业，终将会交给她打理。当杏儿在感叹自己命苦的时候，却有许多人在羡慕她，瞧，一个外乡的童养媳，终于成功霸占了这么多家产！

杏儿的身份变了，但日子过得还是一样。老半家每天还是窝头咸菜地瓜粥。杏儿每天晚上还得推磨到很晚，早上还是第一个起来，把二斗尿湿的被窝晾起来，然后把鸡舍打开，盛半瓢米糁子撒在院子里，看着满地的鸡鸭乱跑。不咸不淡的日子将像大山一样把杏儿埋葬，但杏儿会活着。

4

日子过得飞快，就要进入腊月了。杏儿这天打开大门的时候，看到一个花子睡在了门楼底下,像一堆垃圾堆在那里,泛着刺鼻的恶臭。如果不仔细看一眼的话,都很难看出他身上那堆布条曾经是衣服,而那堆蓬乱着的头发更像是一丛正在死去的荒草。那个花子腿上看样子还是有条棉裤的,但已经不见了大半,只有少许棉花围绕着大腿。杏儿感到一阵恶心,转身准备回屋拿吃的打发他走,但总觉得不对劲,她又回身走过去仔细打量了一下,然后一声惊呼:

——秋!

秋一个人回来了,没见冬。谁问也不吭声,包括老半。

"冬呢?"老半咬着旱烟袋,眼睛连看都没看一下眼前这个叫花子,他正在拼命啃窝头。老半半天没吭声,想必他已经猜到了冬的下场。老半一声叹息:"你活得也不容易,但可惜冬了。"

考虑再三,老半还是决定再次收留秋。他说这可是你自己愿意回来的,现在这花子镇的人大多都找不到活路,以后怎么做自己知道就行。还是回河对岸去吧,让少奶奶给你准备点吃的,没事别过来,过完年早下手,继续开荒,这边早把种子给你送过去。

秋一直蹲在那里没吭声,他已打定主意,如果老半不肯收留他,工钱也不给,他就在老半的门楼上吊死,或者,还有一条路,那就是当土匪。

秋扛着粮食,杏儿包了一些旧衣服把秋送到河边,秋上了老半家的皮划子,接过杏儿手中的东西,向杏儿深深鞠了个躬,自始至终没说一句话,也没看自己的少奶奶一眼。

知道杏儿一直在目送自己,皮划子到了河中央,秋突然唱起了讨饭歌:

高粱青青
麦穗儿黄,
望着炊烟寻米香,
顶着露水数星星,
天做被子地做炕,
娘的小叫花呀,
爹的讨饭郎。
……

那几个破窑洞还是老样子,临走之前秋和冬没摔碎的东西还在。秋拾掇拾掇,又在破窑洞里生起了火……

那天姜苗子领着黑豆来到河边看到对面飘起了炊烟,姜苗子的眼睛立即亮了起来，把手匝在嘴边高声喊道——冬！

天越来越冷，秋向北去，割了一堆芦草回来，在破窑里生火。冬天里，他无事可干，到了春天，他是否还有以前的干劲不得而知。一路走回来，一个人在土窑里面对着大片荒野，秋也变得有点傻。秋忽然明白了冬为什么傻，一个人卑微地在封闭的世界里太久，没有语言，没有交流，人慢慢地就成了傻子。傻子无非就是被遗弃的人或者是被抛弃的特殊物种。一个叫花子在讨饭路上奔波千里，忍受着鄙弃与欺凌每日战战兢兢提心吊胆，岂有不傻的道理。秋现在不敢去想冬，想起冬，想起回来时已经成了少奶奶的那个姑娘，他已经把自己的脑袋往墙上撞了无数次。

5

银环姑娘偷着往外跑又被抓回来好几次，老半真上手打她了，说她不要脸。银环捂着脸说你也不是好东西，马寡妇怎么回事？老半拿起笤帚疙瘩又往上扑，被项西吼拉开了，项西吼"扑通"一声跪在银环面前。一口一个亲姐地叫。

"二姐，那个人肯定还会回花子镇的，外边兵荒马乱，你出去了，他再回来……"杏儿劝着银环。

"他要和你的小长工一样就好了，别跟我装，你心里有啥我清清楚楚杏儿，你们跑的时候可带上我，我有盘缠。"银环在自己的闺房里偷偷跟杏儿说。

"二姐，你说到底是要饭好还是不要饭好？"杏儿叹了一口气。

"无论要不要饭，人活着，不是乞讨，就是乞求。"银环说完把脑袋靠在一边不吭声了，她的话对杏儿可能有些深奥。

银环的肚子又开始疼，这自然又是杏儿的事。这阵杏儿一直在喂银环吃一种东西，那东西在瓦罐里熬来熬去变得透明，汤汁越熬越黏稠，杏儿坚持让银环每天喝，说这东西凝血。还是有效果的，银环的脸色越来越好。银环就问是什么东西，杏儿说是驴皮。银环说姓苟的家里的东西我不用。杏儿说她跟小细柳要的，小细柳很大方，给了好几片大的。

银环不吭声了，许久又骂起了杏儿："你个糊涂虫，那是姓乔的给细柳保命的，我吃了姓乔的不是更瞧不起我？"

又隔了几天，小细柳拿着一摞驴皮来找老半。她说准备带镇子上的小孩出去要饭，她想用驴皮换点粮食，让小孩们吃顿饱饭养养劲儿。老半说，自从被吃大户以后，家里的粮食确实不多了，今年年景还不知咋样，不敢动。

让老半没想到的是，他话音刚落，银环就从后院拖了一麻袋粮食出来了，一边拖一边说："细柳，跟小孩们说说，咱开粥厂。"

老半气得直跺脚，又翻白眼，他现在疼的不是粮食，他现在怕的是再出乱子，尤其是引来土匪与散兵的侵扰。

满满几麻袋粮食被银环拽到大街上，看着一个个瘦骨嶙峋弱不禁风的孩子和老人围上来，银环就开始掉泪，他终于明白皮小七为啥"闹革命"。

那口叫花子专用的大锅又被支了起来，银环和杏儿一通忙活，生起了火，高粱米一瓢瓢倒进去，周围是一圈映得通红的期待的面孔……

老半家门口又设起了粥厂，花子镇的人激动得手舞足蹈。一个人走过。他看到锅里煮的是高粱米，不由心里骂："我就知道这王老半有家底，吃了他几顿，他心疼地叫来了官兵，让老子的一口牙没了。"他就是侯五，他在估算老半家的粮食到底有多少。侯五和王二狗已经托人找门路去了，那人跟他俩说，县上保安旅李团长说了，只要能搞到粮食，你们俩就是保安旅的人。

6

侯五再回来的时候说自己当兵了。与以往不同的是，他镶了一嘴明晃晃的牙齿。侯五说他在保安十六旅李团长队伍上干。他们团长叫李金山，没错，跟以前那个土匪是同一个人，许多人不知道的是他现在已经被招安了，是堂堂保安十六旅的团长。虽然他自己说现在是正规军，不干那些打家劫舍的事了，但以前是偷着干，现在是明着要。琅槐人都知道，他早年贩私盐被官府通缉，就投靠了巨定湖芦苇荡里的土匪，在一起绑票勒索打家劫舍。据说早年间被绑票的那个盐商，就是他勾搭土匪干出来的。近几年日本鬼子进了中国，一个黄埔军校六期的毕业生就在琅槐地面把这些土匪都收编了，还要了个番号"保安十六旅"，名义上是抗日队伍，但暗地里仍做着杀人越货的勾当。

镇子上留守的人听说侯五当了兵，都取笑他："侯五，你既然当了兵，没给你身军装，给你个平顶帽子也行啊，你瞧你，连根皮带也没有。"

"你知道啥？我是为李司令搞情报的，李司令现在缺粮，你们告诉我谁家有粮食。"

听说侯五来花子镇搞粮食，花子镇的人一撇嘴，有人说："侯五，你个没良心的，你来花子镇搞死尸还差不多。"

一场饥荒，花子镇留守的老人小孩竟然没饿死几个。侯五很奇怪，那些出去的人有半数都饿死在路上了。那天他在小顺儿口袋里竟然又发现了高粱米，东北的那一种，他更加坚信了自己的判断。

没几天，侯五就进了青砖大院，他那口假牙把老半耀得满眼一阵晕花，他知道猴崽子上门就没好事。侯五说他当兵了，老半打量了他一下，一脸不屑。但看到侯五身后站了两个一脸横肉的大汉，其中有个还戴着墨镜，老半就一阵哆嗦。老半知道这都是不好惹的角色，连忙上前点头哈腰。两个壮汉仰着脸不理他。

老半赶快跟杏儿说："还愣着干什么？倒水，倒水！"

"国难当头，匹夫有责！"老半刚转身，一个壮汉就在他身后一声吼，吓得老半一哆嗦，半杯子水洒出了不少。

老半忙回过头来一脸堆笑。

"宁做战死鬼，不做亡国奴！"

忽然另一个壮汉也一声吼。老半一缩脖，仰脸看了看壮汉，壮汉的大光头在阳光底下熠熠闪光，而且一只手还轻轻拍着插在腰间的盒子炮。老半的额头上立即渗出了汗珠，他看着侯五，还是不明白咋回事。侯五拍拍老半的肩膀说："叔，你知道东三省吗？"

"那我比你熟得多，当年和俺爹去贩虾酱，我跑了多少趟。"

"现在不是全让日本人占了嘛！"侯五一拍踩在凳子上的那条大腿，故作很可惜的样子扭过头去。

老半一听急了："那不是不能去卖虾酱了吗！"

侯五说："你别老是虾酱虾酱的好不好，我们大当家的李团长要抗日，要把他们赶出东三省，现在正拉队伍，要买枪。"

老半一脸疑惑："抗日，就凭你们？"

侯五又一拍大腿，搂着老半的肩膀晃到一边去说："这么跟你说了吧叔，我们李司令要拉队任，想从你这里借点粮食和钱。"

老半一听急了："你个猴崽子，你没数啊你，经过你们那一折腾，二斗又刚办了喜事，哪还有粮有钱？”

侯五一听：“那好吧，我们回去跟李团长说一下。”

三人抬腿就走。老半说等一下，老半和项西吼急急忙忙跑到后院，两人拖了两只麻袋来，放在三人眼前说：“饥荒年啊，谁家也没存粮，都出去逃荒了，地也没人种，就这些咧，两位大爷别嫌少……”两位壮汉没理他，麻袋里的东西连看都没看就走了。老半赶紧拉住侯五说：“猴崽子，你一定跟你们团长好好说一说……”

“放心吧叔，有我在，没事的。”侯五说。

这个冬天花子镇回来的人非常少，大街上空荡荡的。镇子上死了很多人，纸草店的生意也忙了起来。老干姜天天让姜苗子在家糊纸人纸马。姜苗子把那些纸人糊好以后，老干姜就教姜苗子拿了毛笔在上边画，把那些人的鼻子眼睛勾出来，再把衣服画上。姜苗子感觉老干姜画的人不好看，她觉得人的眼睛该这样才好看，鼻子该是那样，然后嘴巴……姜苗子把纸人画好了一个个立在那里，那天有个人进了纸草店买烧纸，这人站在那里就觉得不得劲，再看看那些纸人不禁汗毛倒竖，他把那些纸人端详来端详去，没错，全是花子镇以前那个傻子冬的模样！

许多人听说姜苗子扎了许多“冬”立在那里，都觉得瘆得慌。

姜苗子这阵做不了“仙姑”了。她已经没了力气爬进那个流水的阳沟。

大旱的那段日子，虽然河都干了，却无疑是冬和姜苗子最快乐的时光。姜苗子一个劲地问冬老半前段时间把他藏哪里了，冬说不清楚，那地方有许多棺材，窗子上爬满了草，这地方姜苗子越听越熟悉。

当冬当着许多人的面说出老半和马寡妇的事情的时候，老半脸上的表情就凝固了，一巴掌就扇在冬的脸上，“你个傻子胡说啥？”当老半听到后边有人吃吃地笑，就知道大事不好。

老半不知道冬还知道什么。似乎苟大富也非常惧怕冬知道的一些事情，尤其是银元。他就把冬锁在了一个地方，锁在这里，冬几天就会饿死了，一个叫花子饿死没有什么稀奇的。冬感觉这地方异常阴森，这是一间硕大的屋子，两扇窗棂上爬满了密密麻麻的草蔓子。当阳光从那里一星星点点透过来，冬才看清，这间硕大的屋子里到处是棺材和棺材板儿。这地方看起来好久没有人来过了，棺材和地上的浮土都老厚。冬感觉这地方太瘆人，这时外边一阵风，冬就听到一种声音像女人的笑，他抬头一看，是墙上大窟窿里一个生了锈的铁扇子在咯吱咯吱乱转。冬吓得抱起了肩膀，冬想跑，但一根铁链子把他缠在了柱子上。他怎么绕都离不开。

这间大屋子里有太多老鼠在跑来跑去，有些甚至爬到冬的脚上，对他这样一个“怪物”在这里感到很纳闷。

好几天了，老半没来，秋也没来。他倒是隐约听到了姜苗子在外边的街上喊：“冬——”于是他就高声向外边喊：“姜苗子，我在这里！”姜苗子肯定是听不到的，只有屋顶的灰扑簌簌地落下来。冬越来越饿，最后都没有力气围着柱子转来转去了，他感觉肚皮与脊梁骨贴在了一块，他腹中那个鬼又复活了，在拼命地刮他的肚皮。后来冬就在眼前看到了乱晃的星星，还有一些闪着荧光的小虫在乱飞，再往后，他似乎又看到了娘那张脸，因为饿，脸上的皮都皱在了一起。

冬忽然感觉头顶有东西落下来。抬头一看，原来是被摞起来的一只棺材上出现了一个小洞，一只老鼠正在洞里探头探脑，于是有东西就断断续续往下落。

当冬抓起一把看一眼的时候有点不相信自己的眼睛，头顶落下来的竟然是高粱米。冬用嘴巴咬了几粒，果然是高粱米。快要饿死的冬就一把把往嘴里填，用牙咯嘣咯嘣地嚼。

被拴着的冬趴下身去查看，他看到在墙角的老鼠洞前有许多高粱堆积着，一些棺材底下被老鼠咬出的洞里断断续续有高粱在往外淌，冬即便是傻子，也知道这些棺材里装的全是粮食。

姜苗子听冬这么一说的时候，就感觉这地方像她以前的家。自从自己的娘在棺材铺子里上了吊，她再也没有去过，那地方被官府贴着封条。刮风的日子，花子镇的人听到那里有个女人在发笑就头皮发紧。她越想越觉得是这个地方，她拉起冬就往那里跑，姜苗子看到门上挂着锁，锁都生锈了。但姜苗子知道，一条胡同里有个院子的后边连着苟大富的包子铺，从那儿也能进入自家的院子。而这个院子的东侧，就是以前一个小伙伴小豌豆的家，小豌豆和家里的人那年出去要饭一直没回来，院子一直荒着，但她家那个淌水的阳沟是能钻进去的，姜苗子就领着冬从阳沟爬了进去。院子里早已长满了比人都高的草，两人翻过一截墙头，再钻过一处早已破烂的篱笆，这个大院子里草更深，也更高，都有花蛇钻来钻去。这里姜苗子太熟悉了，她看到曾经自家的门上爬满了草，就把杂草拨开，她看到一把生了锈的铁锁。姜苗子对着这把铁锁歪着脑袋瞅来瞅去，想起了许多事情，幸亏她每天都抱着娘给她缝制的那个布娃娃，布娃娃的脖子上挂着的那个铜圈圈好像就是一把锁上的钥匙。这把钥匙现在仍然在布娃娃的脖子上挂着，姜苗子就把钥匙摘下来，试着往锁眼里捅，终于插了进去，动了几下，然后“啪”的一声，那把铁锁竟然开了。

于是姜苗子和冬就走了进来。冬说就是这里，一根柱子前的浮土里还残存着自己的脚印。这里的一切姜苗子太熟悉了，这儿曾经是自己的家。转来转去姜苗子就发现这间屋子的西山墙上被开了一个门，被许多棺材板儿挡着，不细心找根本看不到。这间以前爹和老干姜做棺材的大屋子，已经和苟大富的包子铺连了起来。

姜苗子掀开棺材板儿把手伸进去，摸出来的是一把高粱米。一会儿的空他们断定，老干姜和姜苗子的爹留下的这些棺材里全是高粱。姜苗子领着冬往里屋走，推开房门，姜苗子的泪就掉了下来，当年爹娘还有她用的被褥都还在，只是上边的浮土已经老厚。还有一些锅碗瓢盆，这些都是姜苗子所熟悉的。姜苗子拉开一个抽屉，竟然拿出一朵以前戴过的花插在了头上，问冬：“好看吗？”

7

这是谁的粮食呢？这么多，都放在姜苗子家的棺材里，姜苗子和冬搞不明白，姜苗子说：“肯定是俺娘成了神，怕俺挨饿跟老天爷要的。”两人似乎找到了自己的天堂，姜苗子和冬喜极而泣。两人紧紧地抱在了一起，冬有点纳闷：“这些粮食都是你们家的？”

“这儿以前就是我们的家，当然是我们家的，连这些棺材都是我们家的。”姜苗子肯定地说。

“也有冬的一份。”冬不高兴了。

“这我得和俺爷爷商量商量。”姜苗子说。

“不行，俺的银元都给你花了，你赔俺。”冬噘起了嘴。

“你忘了你以前有钱的时候那个劲了吗？我现在有粮食了，不怕你了，你去找别的女傻子做老婆吧。”姜苗子的脸色很神气。

“不行，俺先看见的，这一棺材是俺的，那一棺材是俺的，那一棺材也是……”冬急了，有了这些粮食，他和哥哥就不怕挨饿了。

一看冬分他的粮食，姜苗子直跺脚：“别，咱俩一分，那些人就会来抢，包括老半和苟大富。”

冬说:“那也不能都是你的。”

“你真是个傻子,我的不就是你的,你都为我吃屎了,我能看着你挨饿吗?”

冬想了想也是:“对啊,连你都是我用银元买回来的老婆。”

“谁是你老婆,我只是想和你要个小孩,你有了小米我再给你做老婆。”

“姜苗子你个坏蛋,你们家都这么多粮食了还跟我要小米。”

“对啊,有这么多粮食老干姜为什么还卖俺?这老头子太坏了。”

“肯定不是你爷爷的,八成是老半和苟大富家里的。”

“是俺家的就是俺家的,在俺家棺材里就是俺家的,一定是俺娘给俺从老天爷那里要来的,谁要俺也不给,就是老干姜也不行。”

“你现在跟老半一样了姜苗子,是大财主,你们家有这么多粮食,咱们拿出几个棺材分给那些挨饿的小孩吧。那样他们就不用出去要饭了。”

“不行的冬,那他们会抢咱们的粮食的,还有老半和侯五,他们就会把这些粮食全拉走。”

“那怎么办啊姜苗子,这么多粮食在这里,就都让老鼠吃了。”

“咱们就像老鼠一样,一点点把这些粮食运出去,哪个小孩不说咱们是傻子,咱们就给哪个小孩,谁说咱们是傻子,一点都不给他。”

“对,看哪个小孩还敢说咱们是傻子。”

“嗯,反正有粮食了,不怕挨饿了,咱赶快要小孩吧冬。”

姜苗子拍了拍被子上的土,就铺被子,让冬脱衣服。

8

两个傻子缠缠绵绵呆了几天,有冬在,黑暗中姜苗子一点都不害怕,黑影里,她和冬坐在炕上,什么都没穿。冬不说话,她也不说话。两人就是静静地望着。不知为什么,姜苗子忽然就感到了害羞,双颊火辣辣的烫。于是她一头又扎进冬的怀中,久久不愿起来,冬用手玩弄她的头发……

这是她生命中最温暖最美好的几天。虽然棺材铺的屋里很少透进阳光,但她守着一堆粮食,那是花子镇人人期盼的财富。唯一的不足是冬是个傻子,但姜苗子发现自己离不开这个傻子,每每越是被人歧视到底,这个傻子越是能让人喜出望外,甚至创造奇迹。这是世上唯一一个能给姜苗子带来温暖的家伙,那几天姜苗子和冬似乎结成了一个人,她紧紧地抱着冬再也不愿意松开，她的双唇亲吻过冬身上每一寸肌肤，双手摸遍了冬的每一块骨骼。这样她好把这个傻子的外貌和形状印在心里。她捧着冬的脸看了又看，又不停地把小巧的嘴巴啄在上边，然后姜苗子恶狠狠地把冬搂在怀里说："俺一点也不羡慕杏儿了，她虽然有两个男人，但就算拿一万个换你个傻子俺也不换！"

姜苗子光溜溜的身子也让冬感到异样的温暖和幸福，"吭哧吭哧"说了句："你真像俺娘姜苗子，俺娘也是这样搂着俺。"

"冬，以前是你娘搂着你，现在是俺搂着你，有了这些粮食，俺再也不让你出去要饭了。"

冬没吭声。

"俺再也不让你出去了。这里有这么多粮食，咱俩能吃到死。"

"不行啊姜苗子，吃饭得生火，一冒烟别人就看到了，还得打咱。"

"反正俺再不让你走了，不让你离开俺半步。"

冬说不行啊，俺还是得走，要不秋会找的，再见到冬，他会打。于是两人又不吭声了，两个傻子躺下来又开始默默地思考人生。

"苦，姜苗子觉得太苦了……"姜苗子忽然就哭了。哭了的姜苗子赤条条地抱着冬不撒手，怕哭出声，最后把手伸进嘴里。"俺不让你走，冬，你来花子镇干嘛？你来了，俺瘦了，你是你娘派来折磨姜苗子的吗？"

冬说："姜苗子，俺一定会让你胖的，总有一天俺会给你要很多饭，种很多地，栽很多果树，把你养得白白胖胖的，就像项西吼。"

"去你娘的冬，我才不像她，又老又丑。"

"那就像个大馍馍，跟气吹的似的，白嫩嫩，光溜溜。"冬思考了很久说，"大馍馍冬可喜欢了，冬吃一个不饱，那就再吃一个，吃多少也吃不够。"

姜苗子白了一眼冬说："你这个傻子这样喜欢人，真没劲。"

冬呆头呆脑地说："冬喜欢姜苗子就像喜欢大馍馍。"

姜苗子使劲亲着冬说："冬，你知道吗？在俺心里，你比黑豆好得多。"

"是真的吗？嘿嘿嘿，那你认识了冬还后悔吗？"

"一点都不后悔，冬，再苦俺也认了，你就是耗子药，俺也不觉得苦。"

"冬以前也觉得自己苦，有了姜苗子就觉着没那么苦了，俺还回来找你。"

但姜苗子还是幽怨地说道："俺还是不让你走，出去了就见不到你了，老半还会把你锁起来。"

"不会的。"冬说,"老半还要让冬干活呢。"

姜苗子说:"冬,我还是不让你走,你走了就不会回来了。"

冬说:"冬的脚板是铁的,但心比烤地瓜还要软,泡在水里,外边凉了,里边还烫嘴。"

姜苗子说:"冬,你就知道吃!"姜苗子不喜欢冬对爱情的表达方式,但她还是又和冬紧紧地抱在一起,许久许久没有松开。

"为什么他们那么不喜欢傻子呢?那些人连傻子都容不下,活该老天爷让他们遭灾。"姜苗子说完叹了一口气。

冬最后还是要走了,他把自己的破衣裳套在身上,说:"我要走了,姜苗子。"姜苗子说:"走吧冬。"但她拽着冬的手就是不肯松开。姜苗子说:"再呆一小会儿。"

但冬想到自己会挨打,还是挣开了姜苗子的手。没办法,姜苗子也穿好衣服起来,她在自己以前的家里给冬找了几件旧衣服旧鞋子,那都是自己爹留下来的。然后两人牵着手从里屋出来穿行在棺材中间,向门口走去,突然姜苗子又从后边搂住了冬的腰,抽抽搭搭又哭起来。

"冬,俺还是不让你走,俺担心走了再也见不到你了。"

"怎么会呢姜苗子,俺就是要饭要到天边也会想着姜苗子,跟山一样大的碌碡俺也能拖回来。"冬看着姜苗子的样子很是心疼。

"老半还会把你锁起来,藏起来。"

冬说:"老半只能锁住冬的腿,但锁不住冬,想姜苗子,河都挡不住,别说老半了。"

"冬,再呆一小会儿,就像小拇指那么小。"说着说着姜苗子又用嘴巴往冬的脸上啄,冬也紧紧地抱着姜苗子。

"姜苗子,你现在有这么多粮食了,你爷爷就不会卖你了,咱不种小米了。"

姜苗子怔怔地看着冬,她知道自己有了粮食,这个傻子就不那么担心自己了,他又会只惦记吃。姜苗子说:"不行,冬,两斗小米一点都不能少,你把小米交给俺爷爷,俺坐你的大花轿。"

冬点了点头。

"冬,要小孩,有了小孩,你走了姜苗子就不孤单了。"

于是冬抱起姜苗子,又向里屋走去。

9

自从离开棺材铺，姜苗子又有好久没看到冬了。姜苗子现在不得不承认自己是一个傻子。如果自己不是傻子，为什么会如此想念另外一个傻子呢？她不明白，那些人为什么不允许花子镇有两个傻子？他们为什么这么痛恨两个傻子在一起？花子镇的那些人看两个傻子是多余的，好像是外来的物种。现在只剩了一个傻子，姜苗子看花子镇也是座布满妖魔鬼怪的破庙，画着一些谁都不信的故事。

姜苗子感觉冬从她这里拿走了什么东西。要不她不会这么心疼，不，冬应该是把她的身体都掏空了。思来想去她也不明白。在一开始，她是喜欢冬的钱，她想把他的钱骗点过来。但姜苗子现在才明白，冬最值钱的是他的傻，冬的傻是那样迷人，自己喜欢的正是这个傻子的傻劲儿，他能那么远把自己背回来，还能拉着一个碌碡从那么远的盐场来找她。姜苗子真正的傻是喜欢上了冬，如果不是这样那她会是一个开心的傻姑娘，她本来是想让冬做她的俘虏，姜苗子让冬干啥冬就干啥，而现在，姜苗子感觉自己成了冬的俘虏。她心里想："该死的冬，你去哪里了呢？"

姜苗子又去河边了，她看到土窑那里又飘起了炊烟，还看到一个叫花子经常站在土窑顶上，那人像极了冬。姜苗子就一个劲地喊："冬，你为什么不理我啊?!"

在冬天，河边的风是那样锋利。姜苗子终于病倒了，昏昏沉沉躺在被窝里，嘴里一个劲地喊着"冬"。老干姜一摸她的额头，出去找地方抓药去了。

听说自己的"小仙姑"病了，花子镇的那些老太太和小孩都来了。他们摸摸姜苗子的额头却把手缩了回去，一个劲地说太烫了。巧妮儿和细柳一直陪着姜苗子，小顺儿趴在床头就说："仙姑姐姐，我又饿了。"姜苗子昏昏沉沉地说："仙姑给你们变不出高粱米了。"于是她看到那些人在抹眼泪。

皮二婶听说姜苗子掉魂了，她就在屋里跳起了大神，摇头晃脑地打着摆子，最后喃喃自语："王母娘娘观音菩萨快显灵，看看我们小仙姑的魂儿掉哪里了。"

"掉河对面了，你们把我送河对面吧。"姜苗子昏昏沉沉地说。

那些人站在姜苗子的床前都不吭声了，他们知道河对面没有冬。

10

那些人走后姜苗子哭了，她感觉自己浑身一根骨头都没了。她知道自己活不了几天。于是她就抱过了自己最好的那个伙伴布娃娃，她和冬还是没有自己的小孩儿。想到这里姜苗子的眼泪就不住地淌到布娃娃脸上。她的脸又碰到了布娃娃脖子上那个铜钥匙，哭得就更厉害了，她要是死了，谁给爷爷和那些小孩老太太弄高粱米吃呢？

这该死的冬是不是在生她的气，觉得姜苗子把那些粮食当成一个人的了呢？姜苗子想，把钥匙交给谁呢？交给爷爷老干姜？她觉着最好还是交给冬。

黑豆趴在床沿上看着掉泪的姜苗子眼珠里也是一阵阵凄楚。姜苗子就用干柴似的手一个劲地摸黑豆的头顶，小黑豆就把脑袋扎进姜苗子的怀里，让她随意地抚弄。

姜苗子最后把那只铜钥匙系在了黑豆的脖子上，说道："黑豆，你要是会游泳，就把钥匙交给冬吧，这辈子别让他再挨饿了，也别让那些小孩再挨饿了。"

姜苗子看到黑豆从她的床上跳了下去。黑豆已经是一条老狗了，也越来越瘦。黑豆向门外走去，走到门口又回头看了一眼床上的姜苗子，然后低头走了。

黑豆悠悠荡荡就来到了河边，这条河很少上冻，黑豆就用爪子试了试水，河水在冬天里肯定很冷，但黑豆还是跳进了水中，向对岸游去……

花子镇街上的那些野狗一条都不见了。花子镇的花子们把它们全都偷偷吃了。天这么冷，外边要饭的那些青壮年都不回来，真是没什么可吃的了。庄前村后，草根都让他们吃没了，老扁那天去地里扒开冻土偷偷在老半家田里拔了些麦苗煮了吃。

身上的热量越来越少，在墙根下怎么晒太阳都觉着冷。这时他们就看到一条湿漉漉的黑狗从河里走了上来，一边走还一边抖身上的水。脖子上还挂着一把铜钥匙，他们知道那是黑豆，是仙姑姜苗子的狗。但有人说了："不过是条狗，人都没什么吃了，还留着狗干啥。"

一群花子就开始在花子镇的大街小巷里追黑豆，棍棒和砖头一个劲地落在黑豆身上。黑豆一声声惨叫，四处夺路而逃，但身后的花子们越追越多。那些人都像鬼一样一声声怪叫，黑豆无路可走就往河边跑去，它想重新跳入冰冷的河水当中，但老扁和杨三还是追了上来，杨三往他的脊梁骨上狠狠砸了两杠子，黑豆再也站不起来了……

最后黑豆被装进了一条麻袋，棍棒雨点般地落在麻袋上，一些血迹淌了出来，最后黑豆的惨叫没有了，麻袋里一点动静都没有。

老扁把麻袋背在肩上就往家里走去，他的身后跟了一群快饿晕了的花子……

花子镇飘起一阵狗肉香后，一群花子抹着嘴从老扁家里走了出来。一张黑色的狗皮就被老扁钉在了墙上，血淋淋的那一面冲着阳光，颜色逐渐暗淡了下去……

冬日里少有这样的阳光，太阳底下一些残雪把河岸变得斑斑驳驳，水面上一堆跳动的银子在闪烁不定。杏儿和自己的小丈夫一前一后在树杈子底下来回溜达着。自从河对岸又飘起了炊烟，杏儿也偶尔来到河边，她希望看到一个熟悉的影子，但杏儿很少看到那个人钻出破窑洞，于是杏儿就唱起了讨饭歌，她看到的仍然只是缕缕炊烟从窑洞里飘散了……

但那天杏儿回头的时候却不见了二斗。杏儿就到处喊，喊来喊去还是不见二斗的影子，杏儿开始奇怪，最后慌了，于是就到处找，到处喊，老半也走了出来，到处喊着二斗的名字。还有项西吼，项西吼这次不敢跳起脚骂了，疯疯癫癫地在花子镇的大街小巷里钻来转去，最后二姑娘银环疯了似的也跑了出来……

二斗不见了。

青砖大院里一片混乱，最后杨三老扁和腊月等人也都加入了寻找的队伍，花子镇快被翻了个遍，没有，没有二斗的任何讯息。

老半的头皮开始发紧，黄豆大的汗珠开始从额头上渗出来。他在想是哪儿出了问题。

于是他想到了侯五。

第二天还是没有二斗的影子。项西吼和杏儿等人还是在花子镇到处乱转。最后秋也从河对岸过来了，到处找。老半就一脚迈进了侯五家的破烂院子。

“哟，叔，您怎么来了，稀客啊……”没想到侯五竟然在家。

老半没搭理侯五，想找个坐的地方。但实在找不到个可以落座的座位。老半开门见山：“猴崽子，二斗出事了。”

“不会吧叔，这光天化日朗朗乾坤，您再找找。”

“你真当土匪了猴崽子，也不怕老少爷们戳你的脊梁骨。”老半冷眼看着侯五。

“什么叫土匪啊叔，是抗日救国军。”

“花子镇咱祖上可都是要饭的出身，没出过土匪啊猴崽子。”

“得，叔，您说土匪就土匪，咱在家自己说说就行了。你说我这拖家带口一大家子，也没个出路，还净受大户人家欺负，国军和共军都不稀罕我这样的，我这都是被逼的。”

“花子镇这么多要饭的人家都饿死了？”

“叔，你这话我不爱听，穷人就只有要饭一条路吗？你知道外边啥形势吗叔，你看花子镇出去要饭的回来了多少？日本人早晚得过来，你说我这样的当汉奸人家也不要啊。”

“不扯这些没用的猴崽子，你打听打听这二斗是咋回事。”

“哎呦，这我得找道上朋友好好问问。”

老半从侯五家出来还是坐不住，于是就又往侯五家里跑，看到侯五在家里跟没事人似的，老半急了：“你倒是动身啊，你老在家里就能打听到二斗的下落吗？”

“你沉住气叔，你侄儿不是个一般的叫花子，你别看我窝在家里，我已经吩咐手下的其他叫花子们出去打听了，您回去等信就行了。”

老半回到家里，项西吼鬼哭狼嚎，用手指头戳着杏儿的额头骂杏儿是丧门星，心里老装着河对岸那个叫花子，杏儿低着头只掉眼泪。老半看到银环靠着门框抱着胳膊不吭声，把一只碗摔在脚下：“让你开粥厂，行了吧，知道厉害了吧？这么乱的世道，你爹夹着尾巴做人都做成这样，你给我滚，你现在就给我滚，要你的饭去，给人做填房当姨太太去！”银环一扭头就回屋收拾东西，项西吼哭着喊着追了过去。

杏儿知道如果找不到二斗，自己的死期就到了。老半一屁股坐在椅子上，没几分钟又起来了，来回踱着步叹着气，转了半天圈，他把炕上被窝里的暖脚罐子拖了过来，这是他娘用的，他娘死了他没舍得扔，他一直在自己被窝里用脚蹬着。“哐”的一声碎响，那个罐子被老半摔烂在地上，吓得一家人齐声尖叫，看到地上一堆银元乱滚，一家人都惊呆了。谁都没想到老半藏钱的地方竟然是一个臭烘烘的暖脚罐子，天天放在炕上，别人多看一眼都感觉恶心。老半捡起八块银元，感觉有点多，又放下两块，一想这不是疼钱的时候，全部揣在怀里，向侯五家走去……

侯五最后终于开口了：“二斗找到了，在李团长那里。”

果然不出老半所料，二斗就是被侯五这帮人绑去的。

“哎呀，但这事不好办叔，那李团长是什么人您也知道，原先您宅子的主人那个盐商就是被他撕了票，一家人才吓得去了胶东，这您也知道。”

“我的祖宗，不好办你想办法啊猴崽子，我攒了一辈子的钱都花上了，你可得救你二斗弟一条命。”

“我没办法，光银元是不行的，李团长还得要粮，你上哪去弄粮？”

“李团长要多少？”老半战战兢兢地问。

侯五伸出了两个手指头。

“两千斤？”老半的眼珠子瞪得溜圆。

“是两千石。”

“叔，这你可得谢我，没有我，你那青砖宅子李团长也得要了。”

侯五说完，老半差点瘫倒在地。

11

十辆大马车就停在青砖大院前，老半领着侯五、杨三、秋还有杏儿来到了马厩里，然后从东侧小门里进去，七扭八拐，就进了一处院子。正北一溜土坯房，这院子侯五和杨三都知道，这就是死绝户了的孙长胜家的院子，老半让人把一大片秫秸都挪走，于是两个大粮囤露了出来，全是黄灿灿的玉米，老半从腰上摘下一串钥匙打开门，几个人进去，一屋子里啥也没有，就有粮囤十来个，多数是麦子，其余的全是黄豆。侯五心里那个气，当年吃大户没找到老半的粮食，谁想到他把粮食藏在一个长麻风病的老绝户家里。老半说就这些家当了，两千石只多不少。然后麻烦老扁和杨三一块帮忙装车，还有秋。

装着装着老扁和杨三都不吭声了。那个哑巴腊月倒是没事人一样，看来这家伙一直知道老半的底细，只是说不出来。秋也一直叹气，有这么多粮食，但花子镇已经饿死了多少人。老扁说："咱们看轻了老半啊，花子镇的人家家出去要饭，平时跟老半借点粮都借不出来，你看就这些粮食，花子镇的人一年都吃不完，全便宜土匪他倒乐意了。"雇来的十辆大马车在孙长胜家门口装满了粮食。花子镇的人都围过来看，那些人都不敢相信老半藏了这么多粮食，他们也从来没见过这么多粮食。那些人都感觉不可思议，既然有这么多粮食，老半家为什么每天还是吃窝头咸菜？

这个每天都笑呵呵的王老半！

"你放心吧叔，送下粮食，我就把二斗给您接回来。"虽然侯五这么说，老半还是忐忑不安，嘱咐了一下秋和杨三，让他们也一块去。

拉粮食的马车一辆辆踏着尘土走了，老半站在村口手搭凉棚在等着马车拉着侯五和二斗回来。

日头落西，大路那头果真卷起了尘土，是一大队人马呼隆隆开了过来。有的扛着枪，有的拿着大刀长矛，还有的拿着锄头和镰刀，杂牌军里有人戴了平顶帽子穿着灰军装，还有些穿得跟叫花子一样。领头的是一匹高头大马，上边坐着穿灰军装的大人物，他的帽子上有一枚青天白日徽，看上去干练异常，却是天然带了一股杀气，他带着白手套挥舞着马鞭，脖子上还系着黑斗篷，在马蹄声里飘得老高，那样子就像一只吸血的蝙蝠从坟地里钻了出来，那人就是纵横琅槐地面，连官府都惧怕三分的大人物——土匪李金山，现在是保安十六旅的团长。

老半没看到自己的宝贝儿子，他回身就跑，李团长拍马上来，一马鞭把他抽倒在地。

李团长在花子镇的大街上摆起了香案，他毕恭毕敬上了三炷香。然后回过头来，跟边上人说："咱们今天是故地重游啊，当年咱们在这里被警备队杀得丢盔卸甲，栽了个大跟头，今天报仇来了，找不到偷银元的，把这花子镇杀个鸡犬不留！"边上的副官上来说："团长，咱们现在是正规军……"

"去他娘的正规军，张作霖张宗昌都是土匪出身！兵就是匪，匪就是兵！"

花子镇的大街上，土匪端了枪，老百姓围成了一圈。老半夫妇跪在街上，这时杨三和秋被押了上来，大冷的天杨三的棉裤被扒了，穿着一只蓝莹莹的花裤衩，花裤衩上绣满了蝙蝠，那料子很厚，帆布的。李团长用马鞭狠狠地抽在那条裤衩上，毫不理会瑟瑟发抖的杨三一蹦老高。李团长说："说不出裤衩里的银元被谁拿去了，你们一个也别想活，这曾是一个口袋，被这小子改成了裤衩，当年老子亲手埋在一棵小桃树底下的，结果银元不见了，让警备队打死那么多兄弟，还有我们大当家的崔老九……”

于是花子镇的老少爷们都明白了怎么回事。有人说怎么就看着这个李团长这么面熟，在哪里见过呢？这时被土匪从纸草店连同爷爷一块押出来的姜苗子一眼就认出来了：“卖耗子药的，哈哈哈，这是那个卖耗子药的！”

杨三和秋还有侯五把粮食送到李团长的团部时天还没过午，杨三千不该万不该站在树底下撒那一泡尿，李团长刚下马，就看到一个半吊子混小子棉裤褪到脚脖子上，一条花裤衩松松垮垮挂在屁股上。在李团长的团部，杨三和秋卸完粮食满头大汗，看看四周都是土匪没有女人，杨三冲着一棵树就撒起了尿，李团长把马交到马弁手里，看了一眼正在尿尿的杨三皱了一下眉头，就往屋里走去，忽然他觉得有什么东西在他心坎上揪了一下，于是就回过头来，死死盯住了杨三屁股上那条花裤衩，那是一条长在他心里的裤衩，上边绣满了蝙蝠，绝无仅有。于是李团长弯着腰围着杨三的屁股转了起来，杨三提上裤子，他又给他褪了下来。杨三说：“长官，您喜欢这裤衩，我给您脱下来。”接下来一顿马鞭落在了杨三的裤衩上，杨三光着两条腿一个劲地蹦。李团长问他的裤衩哪来的。就是因为这条裤衩里的东西，他当时差点被干爹崔老九当内奸给毙了。杨三战战兢兢说不出个子丑寅卯，于是李团长集合队伍直接开拔到花子镇。

大街上杨三的哭声就像破锣声。一个劲地说自己倒霉，怎么就抢了冬这么个口袋改成了裤衩。里边的银元哪去了，这他怎么说得清。于是土匪们就用枪押着大伙在镇子外刨起了坑，要是找不到银元和抢银元的人，就把大家都活埋了。杏儿项西吼老半还有老扁等人都被推了下去，在坑底一个劲地嚎，银环自己跳了进去。紧接着一干男女老幼都被赶到坑里。身体虚弱的姜苗子吓坏了，对李团长说：“卖耗子药的，你要干啥？”李团长火冒三丈：“什么卖耗子药的，叫团座！”

“好，蒲团，你这是要干啥？”

“找银元。”李团座发话了。

“你把他们都埋了就能找到银元吗？”

“那你说银元去哪了？”李团长走上来用枪指着姜苗子。

“大冷的天你攥着个铁疙瘩不嫌凉啊，我用布娃娃换你的，你暖暖手。”姜苗子摸了摸李团长的手枪。

“去你的，你个傻子，这玩意可不好玩，一枪就能把人的脑袋变成烂西瓜，快说银元哪去了。”

“哼，你把他们从坑里拉上来我就告诉你，要不我也跳进去。”姜苗子说着就要往坑里跳，被李团长拦腰抱了回来。

李团长枪一挥，那帮人被拉了上来。李团长问姜苗子：“快说，银元被谁拿去了？”姜苗子说：“被你仙姑夫拿去了。”李团长问：“谁是我仙姑夫？”姜苗子就说是冬。

于是秋被押了过来，一杆枪顶在他脑袋上，李团长问：“仙姑夫冬去哪了？”

秋说：“冬已经死了。”看到所有人都瞪大了眼睛望着自己，秋又想起了冬，秋忽然觉得留在这个世上是一种耻辱，末日就这么来了。他感觉自己心中的一块伤疤被人血淋淋地揭了下来，在枪口底下急火攻心一阵晕眩，然后一头歪倒在地，昏死了过去。

一声炸雷似乎在姜苗子耳边响起，她扑在秋身上一个劲地晃：“秋，你骗我，冬被你藏起来了，冬去哪了，你说冬去哪了！”

姜苗子还是被人拉开了。

姜苗子六神无主，李团长把枪顶在她脑袋上问：“银元去哪了？”

姜苗子忽然感觉周围这些人都没了动静，都变成了无声无息的纸人，她两耳间一个劲地嗡嗡直响。摇摇晃晃她坚持着没倒下去，然后说了句：“我们的钱被冬买了包子后，就变成瓦片了。”然后一头扎倒在地不省人事。

那么多钱得买多少包子？李团长手中的枪不由自主地朝天响了。花子镇的人抱着脑袋都瘫倒在了地上。于是苟大富被抓了出来，去苟大富家搜，没搜出银元。刚过完年，苟大富家里到处是花炮，土匪就在他脖子上挂满了花炮押了过来。一阵毒打后，土匪问他银元去哪里了？他不说。于是一个大炮仗放在他的头顶被点燃了。“啪”的一声，苟大富在地上打起了滚。几个土匪把他扶起来，又点上一个放在他的秃额头上。“啪！”苟大富又倒了下去。放了几个土匪们感觉不过瘾，把一串鞭炮点燃塞进了他的裤裆里，“噼里啪啦……”苟大富的裤裆里冒出了一阵青烟，然后他尿裤子了。

土匪们最后把一个很粗很大的大花雷塞进了苟大富的嘴里就要点火，这时金环扑了过来，从苟大富嘴里拔出大炮仗说：“我说我说，你们饶了我们吧，银元被他爹苟振经个老王八蛋拿去了。”

这时人们才发现不见了小老头苟振经。土匪一来，父母官不知躲哪里去了。金环扑在苟大富身上哭着说:“你们放了俺家孩他爹,我带你们找他爹个老王八蛋。”

一帮土匪用枪押着金环,金环带着他们往果园走去。于是就来到大户人家盐商的那座祖坟前。狭窄的墓道被一片杂草掩映着若隐若现。金环就往里边喊:“姓苟的,你个老王八蛋,俺一家都快没命了,你把人家的银元藏哪里了?”

“银元都在米铺的夹壁墙里藏着呢,你让他们全拿走吧。”

李团长说,你出来,不出来我们进去了。苟振经在里边说:“知道您现在是团长了,我和你们李云秋司令有私交,钱您拿走,放过我们吧。”

李团长说:“你出来说话,老子不杀你。”

“李团长,您是什么人我最清楚,没有我告密,你怎么能找得到皮小七。”

“原来是你个老东西,银元明明在你手上,你却非说皮小七拿了,让我白白折了那么多兄弟,共产党现在一直找我算账,你出来,咱有话好好说,我不要你的命。”

无论李团长和金环怎么劝,苟振经就是不出来。墓室里一阵响动,就没动静了。

“你一家人都在我手上,老东西你不出来,我把他们一个个毙了全给你填进去!”

金环顿时面如土色,趴在坟口向里边喊:

“老东西,你快出来跟人家好好说说,你不出来,我和大富死了不要紧,那些孩子谁养活?”金环在坟前叉起了腰又开始骂。

看墓室里没动静,于是李司令就摸出一个铁疙瘩,铁疙瘩上一根老长的木柄,李司令就把木柄上的盖儿拧掉了,不注意却让金环一把夺了过去,李团长懵了。没想到金环说:“你们等着,我进去把他赶出来,不出来我用这个锤子给他敲破脑袋。”

李团长说:“哦,有眼光,找到银元我们就走了,你们家这也算支援抗日有功,你可别一锤子打死他,好好把他劝出来,一切都好商量。”

金环看了看手中的锤子,掂着还挺沉。她拿着就往墓室里走,到了墓室门口李司令把她叫住了,顺便把木柄上的一根绳拉了出来,于是金环举着这个冒着青烟的东西就进了墓室。

苟振经在里边掏出了手枪,他知道今天这一关不好过,土匪只要下墓室,他准备一枪一个。没想到这时他看到,儿媳妇捧着一个冒烟的手榴弹就走了进来。

李团长和一群匪兵早在果树下趴了下来，只听“轰”的一声，那座上百年的青砖老坟一阵剧烈的抖动，一些青砖飞起了老高。一阵烟雾散去，青砖老坟整个塌了下去，把金环和她公公埋在了里边。

烟雾散尽，接下来的一幕让李团长很纳闷，他带着人上前一看，一些白花花的东西正从倒塌的坟头里哗哗淌出来，曾经的盐贩子李金山一眼就认出来，那是盐。但他还是蹲下去抓起一把舔了舔。

原来这座偌大的青砖老坟外边包裹了一些青砖，里边是一层泥土，最里边整个就是一个大盐坨。李司令到现在才明白，怪不得当年满满几船盐不翼而飞，原来被那个盐商都砌进了坟地里。李团长和一群土匪看了看周围这片坟地，就感觉这些坟头非常奇怪，琅槐地面的风俗，坟头是一点点添起来的，怎么这些新坟坟头都那么大呢？

——把这些坟头全部挖开！

李团长一声令下，于是一群匪兵开始挖坟头。让人没想到的是，许多坟头里面都埋了大缸。打开一个一看是盐，满满一大缸盐被油布和木盖密封好了，然后裹了一层草苫子，再埋上泥土，堆上坟头。再挖，在许多坟头里的一口口大缸里发现了粮食，还有一缸缸的香油，还有一坛子一坛子的高粱酒……

老半这些年到底攒了多少粮食呢？没人说得清。粮食是老半的财富，也成了老半的心病。兵荒马乱的，不知道放哪里好，考虑再三，他还是学盐商把粮食也藏进了坟里。这办法就被苟大富发现了，苟振经让苟大富带着哑巴腊月在果园里连夜挖坑，把几次克扣的“赈灾粮”也全埋进了果园。四处是抢粮的，不是官兵就是匪兵，而他们家粮铺的仓库基本都是空的。李团长这下发财了，他的队伍们短时间内不会再为粮食发愁了。怪不得秋和杨三都在果园外发现过大量的马车车辙，老半让秋在坟地里种果树，不只是要果子，更重要的是能把秘密掩盖起来。

老半跪在李司令面前，脑袋如捣蒜般往地上磕，一个劲地哀求：“这是两辈人的心血，一定给留点啊，要不一家人又得上路要饭。”

李司令一马鞭又把他的毡帽抽歪了：“国难当头，灾民遍野，你囤这么多粮食物资，该杀你的头！”

于是老半就问：“团长大人，那就把小儿放了吧，银元我让侯五全给你送去了。”

“本来想留给你活的，现在已经给你埋了，跟你说个地方自己去刨吧，你这样的就该断子绝孙，老子现在是正规军，为了抗日对付你们这些为富不仁的土豪劣绅还用绑票？”

老半嚎啕大哭，项西吼像烂泥一样瘫倒在地上。

几个人把侯五架了过来，提着一包银元给李团长奉上。李团长抓起一把看了看，就把银元都扔在了侯五脚下，说道：“贪财你还得有命去花，让他全吃下去！”边上一个副官凑上来说：“那是不是太浪费了？”

“笨，就咱们这帮弟兄，听说他肚子里有银元能不用刀一个个地给挖出来？”李司令说完挥了挥手。

于是侯五被摁在地上，一个土匪把一摞银元塞进他的嘴里，吃不下去，一枪托就给他捣喉咙眼里了……

光拾掇坟地里的粮食和其他吃用的东西，李司令的人马就用了三天。看着粮食和盐还有一坛子一坛子酒和油一车一车往外拉，花子镇的老少爷们都不敢相信眼前这一幕，这以要饭的叫花子闻名的花子镇，竟然是一座大粮仓！想起每年都会有那么多人饿死，甚至在要饭的路上回不来，这些人寒心透了顶，看到老半和项西吼抱成一团哭哭啼啼，竟然没有一个人搭理他们。

杏儿始终不敢相信眼前这一幕是真的，抱着胳膊低着头默不作声，连银环竟然也毫不知情，流着眼泪在哭自己的姐姐和弟弟。一群人围着他们指指点点：

“青砖大院没一个好人。”

匪兵们把老半家的粮食抢个精光后扬长而去。李金山李团长说了：“俺们现在是正规军，不是土匪，决定不杀你们，抢走的这些东西是为抗日。”

只是可惜了大姑娘金环，竟然跟公公苟振经合葬在了盐商的墓地里，而侯五，则被开膛破肚吊在了树上，肠子拖得老长都垂在了地上。

所有这些事情，老谋深算的老半都很难相信是真的。多少年来他的苦心经营，不知哪个环节出了问题就全盘崩溃。老半变得有点神志不清，经常恍恍惚惚地走在大街上，口里还念念有词，有些人能听清他在说什么：

“全没了，全没了……”

12

土匪走了，老半和项西吼似乎都疯了。秋什么也做不了，只能回到河对岸。他的粮食已经不多了，但还能坚持些日子，他知道现在青砖大院里也拿不出多少东西可以吃，他又看到了自己的命运。花子镇，不光是有一群叫花子才叫花子镇，而是凝结了太多乞讨的命运，现在的秋也已经不考虑种地，他是叫花子，他的命运在路上，就和冬一样。或者说，他压根就不该回来，而是和冬坚持下去。而他当初的想法是，哪怕回来再出去要饭，也要带一个人走。

这个秘密秋打算谁问也不说，无非是世上少了一个傻子，现在的他早已懒得愧疚。

那次从长城脚下往南走，秋听人说这是在密云境内，那个傻子无故害死了那么多人，秋都不敢去北平城，怕被人寻仇给抓起来，但那时的秋没了方向感，只得夹杂在难民群中继续往南走，路上又有几辆马车插了旗子在向北去，一群商人和学生坐在马车上，听说是去慰劳二十九军。马车上装满了锅盖大的烧饼和军鞋，还有一坛子一坛子的烧酒和大片的猪肉，冬站在路边看得都傻眼了，秋也有点相信，那个皇帝住的地方一定是丰衣足食。他和冬终于看到了一圈高大的城墙，听沿途的难民说，那高墙里边就是北平城，但秋知道，越是人蜂拥而去的地方，幸运的机会越是渺茫。跟随着许多难民进了北平城，秋看到最多的仍是四处涌来的难民和叫花子。那些拉洋车的来回奔跑，样子也是有气无力，似乎也是饥肠辘辘，看来北平城没有想象的那么好。趾高气扬的是那些穿着阔气的先生太太，能否从那些人手中讨出东西得看他们的心情，最多是几枚铜板，秋和冬现在最需要的不是铜板，是吃的。哥俩现在的装束站在街上都会引起路人的尖叫，他们不是人，也不像动物，既不像熊，也不像猩猩，两人倒像两株开了花的灌木，身上缠满了捡来的布条或包装袋，就算拿着钱去买东西吃也会被店家打出来。冬看到来回奔跑的汽车和电车就发呆，一个劲地说：“棺材竟然会跑。”这地方看上去比济南城大得多，有些人的穿戴也更加阔气，但沿街乞讨的花子和难民更多。秋和冬现在已经走过很多地方，每个地方都有每个地方的不同，但花子都是一样的，那就是衣不蔽体，肮脏瘦弱。

两个来自山东的花子稀里糊涂就来到了皇城根儿。但秋逐渐感觉到这是一座压抑的城，长城那边的国土都已沦陷，秋又隐约听街上的人说，冀东22县不许中国军队驻扎，鬼子倒是可以自由出入，这等于也是送给了日本人，秋和冬走过一座茶馆的时候，看到几个穿长衫的在里边唉声叹气，一个说："平津现在是无险可守，门户大开，照这样下去，平津乃至整个华北，都将落入日本人的手中，我们都将是亡国奴……"于是秋又听到了一声声叹息。

有太多人在街上行影匆匆一脸悲愤，似乎有什么东西被点燃了，秋和冬就听到整座城里爆发出了屈辱与痛苦的呼喊，大街小巷里处处涌动着悲怆的演讲和声嘶力竭的口号，许多学生模样的人在大街上撒传单，有许多人打着白横幅到处游行，一个个振臂高呼：

"宁做战死鬼，不做亡国奴！"

"国难当头，匹夫有责！"

13

秋就感觉这帮人是吃饱了没事做，他们哪来那么多力气呢？冬在地上捡了一大摞传单，递在秋的手上，跟秋说："哥，这都是钱，你去买东西吃。"秋没理他，顺手就把那堆纸摔在他脸上。

在北平城，秋和冬讨到的吃的东西很少。那些人总是往他们的碗里放钱。有一次一个人把一张纸币放在冬的破碗里，冬不认识这是什么东西，就去找秋，秋翻来覆去看了看知道这是钱，但不知道这是多少钱。拿着这张钱，穿得破破烂烂的秋去买东西吃被人家轰了出来。不过北平更大的好处是，找露宿的地方要容易得多，城门洞子里每到晚上都挤满了难民。秋和冬经常能找到漂亮的寺庙宅门住宿，还经常能够找到凉亭廊檐避雨。

秋和冬的饭大多数是靠捡，翻富人家扔出来的垃圾。穿行在胡同里不同于乡下，很多住户大门紧闭。哥俩没有勇气上前敲门，晚上露宿在一户人家的大门底下。兄弟俩把随身背着的那卷破棉被披在身上。冬一会儿就睡了过去。秋望着巷子顶上那溜窄窄的夜空，思绪又回到了花子镇，那盏还不太满的明月，像极了某个女子的脸……

那天秋就听说，这块地方是叫"海淀"，有许多学生从一个庙门一样的大院子里出出进进。天冷了，那些念书的穿了长衫都围了围巾，一些女学生黑裙子底下也都套了棉裤。有许多人的打扮秋和冬从来没见过。那些学生从校门里出来，摇着小旗子就上了街，口里喊的是："打倒日本帝国主义！还我东四省！”（1933年秋，日本已经侵占热河。）

“团结抗日，一致对外！”

什么叫地锅主意呢？冬不明白，冬觉着老半就是地锅主意，老半在果园里埋口锅，就能给秋和冬做出饭来。老半这个王八蛋太坏了，光欺负他和姜苗子。于是冬从地上捡起一面旗子也摇了起来。一边摇一边喊：“打倒地锅主意，还有老半和项西吼！”一些学生看到一个叫花子在摇旗子，不禁笑起来。于是秋也捡起一面小旗子一边摇一边喊。

秋蹲在了地上，把破碗放在面前，从地上捡了把旗子摇晃起来：“打倒日本帝国主义……”冬就问他：“哥，谁是日本帝国主义？”秋说：“不是苟大富就是侯五，还有杏儿……”想起杏儿，秋脸上的笑容消失了。

14

许多人看着这两个叫花子笑。许多男女学生见了秋和冬纷纷捂嘴，不知这俩怪物是从哪跑出来的。有两个女学生战战兢兢靠近哥俩，赶紧往碗里扔几个铜板，跳着脚绕开走了。

这时几个要饭的却走了过来，把冬的破碗踢到一边，然后抓起冬的两只脚脖子拖着就走，冬两条腿乱蹬，挣开了，退回了原地，又被人抓起脚脖子拖了出去，他又挣脱退回来，冬不知道这伙人拖着他要去干啥。还有两个也上来抓秋的脚脖子，秋站起来问：“怎么了这是？”

那几个叫花子就问：“你们是哪里的？谁让你们在这里要饭的？”

秋不明白：“要饭还分哪里的吗？我们是从山东来的。”

“姥姥！山东大叫驴跑北京城来要饭，你也不问问这是谁的地盘！”

听着有人叫秋是山东大叫驴，冬笑了：“嘿嘿，秋是大叫驴，那冬是大草驴了。”

秋还是不明白怎么回事，冲几个要饭的点头哈腰：“我们两天没吃东西了，在这里要点饭吃就走。”

那几个叫花子比秋和冬身上要干净得多，但也是破破烂烂，一个围着秋转起了圈：“哎呦喂，你看起来还像位爷，还这么横，敢在这儿要饭，你在旗吗？”

在旗？秋不知道什么是在旗，一脸的懵懂一头的雾水。

一个叫花子一个嘴巴子扇在秋的脸上：“小子唉，我今儿个就告诉你什么是在旗，我是正白旗，那个是镶黄旗，这北京城要饭的多是八旗子弟，外人来北京城要饭，得交岁钱。”

“你怎么打人，都是叫花子谁怕谁！”秋怕的是地主老财和土匪，从来不怕叫花子，对着几个要饭的一顿拳打脚踢，几个人没一会就被人高马大的秋给打趴在地，都倒在地上呻吟着一通乱滚。一个看到有个同伴还在边上站着看，就骂：“你站着不动是驴橛子啊，咱爷们今天遇上茬了，还不快去喊人！”

于是那个叫花子喊着跑远了：“哥几个快来人呀，旗人被乡下汉人给打了！”

秋拉起冬就跑，跑了没几步，一帮车夫拉着洋车围了过来挡在了他们面前，于是哥俩就往回跑，这时一大帮叫花子呼喊着围上来，刚才那几个陆续从地上爬起来，一个呻吟着说：“孙子唉，你有种，来北京城撒野来了，今儿个就让你见识见识，北京城是谁的天下！”

秋有点糊涂，他不明白脚下这块地界是北京城还是北平城。他更不明白的是，叫花子难道也分三六九等？要饭的竟然也能端起架子来。在这里，要饭竟然不能随便要。这些叫花子都像侯五，是叫花子里的霸。一群叫花子把秋和冬围在了中间，外围围着的是一圈黄包车，车夫都站到车子上抱着膀子面朝外，人堆里发生什么，外人看不见，更挤不进去。秋和冬就被围在了最中间，秋明白了，那些车夫也都是在旗的，这些人每人打他和冬一拳，他和冬就都不是叫花子了，是死叫花子。

于是他和冬抱起脑袋蹲在了地上，秋说了句：“叫花子的规矩，打架不许踢下裆，不许打脸，更不能撕衣裳，撕了没钱买……”一群叫花子扑上来对他和冬一顿拳打脚踢，冬一声声惨叫，真的像个大叫驴。

一个穿长衫的人领着几个黑皮警察过来了，一边走一边喊：“大学门口，不许滋事！”但他和几个警察就是挤不进人群。一群黄包车夫抱着膀子冷眼看着他们。一个警察于是就吹起了哨子，一群警察从四面八方涌来，把黄包车一辆辆全掀翻了，对着那群拉黄包车的和要饭的抡起警棍一顿乱揍……

一个带头的警察都打累了，“呼哧呼哧”喘起了粗气：“连叫花子都反了，老家都被日本人占了，还他妈在旗……”

一片人仰马翻，一群人鼻青脸肿躺在地上哭爹喊娘地叫，一群警察在喘着粗气。一个穿长衫围着围巾的人看着一阵唉声叹气，说了句：“豫才先生说得对，凡是愚弱的国民，身体再怎么健全茁壮也没用，亡国奴，大家都是亡国奴啊!”穿长衫的这位先生一脸悲愤,摘下眼镜擦了一下眼角。

“谁是亡国奴啊?”“大人物”终于出场了,一个一脸横肉的大汉拉着黄包车气喘吁吁赶了过来。在人群边上停下来,他不慌不忙从黄包车座位底下拿出一件衣服,不紧不慢穿在身上,竟然是一件黄马褂!这人的半边脑袋剃得溜光,没有扎辫子,一大片凌乱的头发披在肩上,他不慌不忙系上黄马褂的扣子,他的上半身是前朝最体面的行头,但下半身裤腿都挽到了膝盖,一双破鞋子前头露生姜,后面露鸭蛋。看到他这身打扮,几个警察忍俊不禁,交头接耳偷偷地笑了。

“你说,谁是亡国奴?”那位大人物挺起的派头怕是随时会瘪下去,两手攥起拳头挺着肩膀晃着胸脯走过来,他用眼角又扫了一下那位眼镜先生。

一群叫花子扑上来单膝跪在他面前:“佟二爷,您可得为小的们做主啊,您是咱大清的武举人,虽然现在家道中落了,但您虎威还在啊!”

武举人老爷劈胸一把揪过教书先生:“今儿个我告儿你孙子,我大清虽然亡了,但也轮不到你这乡下人埋汰是亡国奴,没有警察老爷在,我三拳两脚下去,你就得回家躺着。”

眼镜先生哭笑不得:“你那亡了的国又让宣统皇帝在长春给立起来了,你应该去找他,兴许会封你个一官半职,但就怕他这个皇帝做不了主,你老家那边其实是人家日本人说了算。”边上一群学生和警察都笑了。

“哼,姥姥!日本人有什么了不起,有本事跟爷比一下骑马射箭,今儿个别说了,兔崽子们,今儿的北京城还是姓冯的西北军说了算,这霉头咱认!可也不是由着人欺负,这两个山东来的同行也不容易,君子报仇,十年不晚,以后好好给我照看着,有那么一天,咱爷们还会阔起来,几位警察老爷赏个脸,也是我管教不严,你们抓了他们也是糟蹋粮食,几天又放出来,今天这亏我们就吃下去了,改天我请几位爷喝茶,散了散了……”

一群叫花子和拉黄包车的在几个黑皮警察地注视下,战战兢兢散去了。那位武举人穿着黄马褂拉着黄包车也走了。一个警察对着他的背影啐了一口:“都他妈穷得眼看就要当裤衩了,摆哪门子谱。”

叫花子们看看秋和冬,不吭声,都散去了。秋知道,他和冬再在北平城要饭已是呆不下去了。冬的鼻孔在流血,秋赶快从棉袄上揪一块棉花给他堵上。秋也是浑身疼痛难忍,直不起身来,一个劲地数落着冬,说他不看眼色。

听到秋说话,那个眼镜先生蹲下来,竟然一脸喜悦,问秋和冬:“怎么听着像胶东的?”

秋看着眼镜男人一身整洁的长衫比乔郎中都阔气,腕上还戴着手表,就讪笑着说:“小的家是胶东,种果树的。”秋听着眼镜男人也是胶东口音。

“韩复榘和刘珍年还在老家打不打?”男人问。

“不知道,我们一家从那次闹蝗灾就出来讨饭了,就剩了这兄弟俩,几次都差点饿死在路上。”

男人摇摇头一声叹息,不吭声,旋即走进了庙宇一样的校门。

阳光很快就从红墙碧瓦上消失了。天黑了下来,这时候秋和冬就看到那个眼镜男人站在台阶上冲他俩招手,腋下夹着一堆东西。秋和冬跑了过去。

男人把几件旧棉衣交给了秋说:“马上回山东去,别四处乱跑,时局不稳。”

秋不知道啥叫时局,男人还递给了秋一个硕大的纸包,秋打开一看喜出望外,纸包里包着三个硕大的厚饼,都有锅盖那么大。山东也有很多地方卖这种饼,花子镇的集市上都用刀一块块旋切下来卖,所以又叫“旋饼”,既干又硬,放多久都不坏。

秋立即趴到台阶上磕起了头:“多谢大慈大悲的大老爷。”男人一脸不悦,扭头就走,临走留下一句话:“靠跪是保不住命的,你们以后不好混,回山东去吧,安安稳稳种点地。”

秋发财了,看看四周没人夹起东西就走。冬急了,一个劲地跟在秋后边:“哥,我要跟你分家!”秋不理他,扭头就往一条胡同深处走,冬在后边紧紧跟着,一个劲地喊:“你个狗日的秋,我要和你分家!”

看看四周没有人秋在胡同深处停下了,回头对着冬就是一顿拳打脚踢:

“你他娘还跟我分家!”

“咱俩一个爹娘,你他娘骂我狗日的。”

“你是个傻子还这么利迷!”秋又是一顿踢。

冬不恼,他知道有吃的了,笑着往秋身上扑,抢烧饼吃。秋一个劲地举着躲。

最后秋给冬只掰了一角烧饼,冬三下五除二就咽下去了,还是眼巴巴盯着秋。秋把烧饼包好收起来。冬急了:“秋,我要和你分家!”

“分你娘的头!”秋气哼哼地说。

“你说了咱俩是一个爹娘……”

有了这些东西，秋忽然腰杆子硬了。他只给了冬半块饼吃，自己只吃了一点。他决定，不到万不得已，他绝不动用这些干粮，那他和冬都饿不死。这北平城连饭都要不下去，那就继续走。秋还是不相信，这么大的中华民国会没有他种果树和庄稼的地方。他还是决定离开北平城，他不想做一辈子叫花子。他希望尽快到达另一个传说中的天堂——山西。

还是讨到了点铜板，但他和冬只买了两个煎饼果子吃，死贵。秋不明白北平城怎么就没有卖窝头的，那些铜板本来能换一堆窝头和地瓜。怎么来的北平城，秋还准备怎么走。在路人的指引下，秋和冬出了北平城一路向北，又在山脊上看到了那圈城墙，城墙那边就是满洲国了。满洲国里很多种地放牧的农民都被赶到了这边来。他们组成了浩浩荡荡的难民潮，秋和冬就跟着他们走进了大山，他不知道那是太行山的北端，和燕山相连。哥俩也不知道这一路过了八达岭和居庸关，已经过了怀来……

15

冬看看两侧的大山只吐舌头。胶东没有这么壁立千仞的大山，花子镇的大平原上也没有。冬一个劲纳闷山上为什么没有果树。在张家口，秋和冬又讨到了一些吃的，继续往西去，又看到了许多路毙的尸体，还看到了一具具不知被什么啃光的白骨，秋知道那绝对不是野狗的罪行，在一个夜晚，一块山脊上晃动着无数绿幽幽的眼睛，于是路人都一阵惊恐，手里都攥紧了木棒，一声声长啸凄凉地响起，秋终于明白，那是野狼。

花子和难民越来越多。大路上除了他们的身影，少有本地的人走过。秋一直在思考什么是“亡国奴”。当秋感觉国要是亡了的时候，家也不复存在，秋倒吸一口凉气。那些从关外逃到关内疲于奔命的都是亡国奴吗？那他们一家早就是了。但他还是领着冬在后边义无反顾地往西走，看来山西真是个好地方，要不这些逃难的不会向西去。

一路向西走，这边的风太大了，因为脏，秋和冬的发丝都直立了起来。身上的棉袄棉裤更是千疮百孔。秋那天在路边看到一种干枯的植物，他认识，那是光光子花。秋知道它地下的花根能吃，找了块瓦片就拼命地刨，有那些花根，秋和冬又熬过了一天。但秋依然没动背上那两块烧饼，虽然冬一个劲地跟他要，还吵着和他分家。秋心里想，就你个傻子，没了哥哥四处找吃的，你几天就饿死了。

逃难的路上，秋认识了什么是工厂，工厂就是有烟囱的地方。秋一度在工厂门口转悠，他试图问工厂里需要不需要苦力。就他那副形象，很快被人赶开了。天已经冷了，秋在一幢房子后面的烟囱下坐了下来，秋很感激胶东老乡送的那几件旧棉衣，秋穿了一件在身上，把一件厚厚的棉袍给了冬，冬竟然有了“先生”的模样。烟囱底下总是热的，兄弟俩相拥着靠着烟囱又挨过了一宿。

冬在烟囱下醒来的时候，不见了秋。秋的包袱放在一边，冬就四处找，冬不知道这是什么地方，也不知道姜苗子在什么方向。但冬感觉应该不远。冬的肚子越来越饿，就在工厂后那一堆瓦砾里找。冬多希望那些石块能吃，最后他在一条小沟面前停了下来。一股乌黑的流水从工厂里淌了出来，泛着恶臭。但冬发现里边漂着菜叶，冬趴下身子就去捞，捞起一片填进嘴里，现在的冬大概早就没了味觉，一片菜叶咽下去。冬又趴下身子用手指去捞。他捞上来的似乎是几根粉条，他就吸溜进了嘴里，菜叶又随着流水来了。冬发财了！半块馒头就被他从水沟里捞了上来。虽然味道不怎么好，但对叫花子来说，味道实在不重要。冬吃得狼吞虎咽。

这时候冬听到了哭声，扭头一看，一男一女两个人歪倒在一块斜坡上，哭声来自女人怀中的孩子。冬的嘴巴只要一动，小孩就哭，冬的嘴巴停下了，小孩就不哭了。女人样子虽然看上去病恹恹的，但骂起男人来嗓门却出奇的高，他指着那个男人：“你个窝囊废，一点吃的东西都找不到，一家人活不过今天，跟着你出来逃荒，还不如领一条狗……”女人骂着骂着哭了，怀中的孩子哭得也越来越厉害，男人拄着棍儿有气无力，走进旷野深处，寻找吃的去了。

小孩的哭声越来越凄厉。冬走过去，看到孩子叼着女人干瘪的乳房还是在哭，女人没有半点遮掩的意思，抬头眼巴巴地望着冬，问道：“小爷，有吃的吗？”女人看到冬的嘴在动，以为冬有东西吃，但冬没有，冬摇摇头，木然的又蹲在那条水沟前，希望有吃的东西漂出来，水面上漂过来的只是几片纸。

小孩的哭声越来越凄厉，弄得冬心里很烦。他不时地望望秋那只包袱……

秋回来了，不知从哪块地里找来了几块萝卜。虽然不完整，但那东西对于现在的两人来说，绝对属于美味，秋的怀里还抱着几块白菜帮，还有几个裹着皮的玉米，虽然个头不大，但上面仍有许多不太饱满的玉米粒子，他的两手上沾了许多烂泥，一只指甲似乎掉了。秋把这些东西都放在了冬肩上的大布袋里。冬拿起萝卜就要向那母子跑去，被秋一个别腿绊倒在地上，冬摔了个狗抢屎。

秋没理会哭声，径直在后边押着冬往前走。冬在前边，哭声在后边，冬不住地回头，秋就在冬的屁股上来一脚。冬只得低头往前走。走出很远，冬听着哭声越来越微弱，回头就往回跑。秋又拦住了，冬一低头就撞在秋的胸口上，秋也是异常虚弱，没了力气，一个仰八叉倒在地上。冬说："你个狗日的秋，我要和你分家。"然后冬从包袱里抽出一块萝卜就跑向在斜坡上哭的那娘俩。秋抱着他的腿就把他放倒了。秋骑在冬的身上抡圆了手臂，巴掌一个个地落下来："我让你分家！"

"我让你狗日的。"

"我让你分家！"

"你个傻子害死那么多人，现在有善心了，我早就想除掉你这一害！"

"路上每天死这么多人，你能救得了哪个？你个傻子，自己先活下去才能想别的。"秋劈头盖脸把冬打了一顿，自己也累了，躺在一边喘粗气，他想，到了山西就好了。于是起来又押着冬往前走。

秋想这是什么地方？满眼的黄土，土山一个个壁立成山峦的形状。四周连杂草都没有，风吹过来，黄沙一个劲地往脸上扑。在一块黄土崖下，三三两两逃难的人在避风歇息，这里一堆，那里又一伙。这时，冬听到空中一声声凄惨地叫，抬起头来看了下，一棵枯树上堆满了团团黑影，若不是一些羽毛都被风鼓了起来，冬都认不出那是一只只老鸹。

过了一会，两只老鸹飞过来在冬头顶盘旋了几圈，大概是确定黄土崖下歇息的那堆垃圾一样的物体哪个是人，哪个会率先没了生命的气息。

看着兄弟俩走来，那些人干涸的眼睛泛起了光，当看清是两个衣衫破烂的叫花子，又失望地把头垂在了胸前。冬看到一辆小推车歪倒在一边，车上有一些破烂的被褥，车后一个老头仰面躺着。三个小孩在围着老头哭，冬看到他们的嘴唇都干裂了，一个较小的小孩只是用干枯的眼球看着他，一声不吭，他从棉袄上揪着棉花，然后填进嘴里，费力地咀嚼。而另一个男孩一个丫头趴在老头身上一个劲地叫："你醒醒啊爷爷，前边就有吃的了……"

"你起来呀爷爷，别睡了！"

"爷爷，我们饿！"

任凭两个孩子怎样摇晃，老头没有丝毫反应。两个小孩在路边跪了下来，齐声说："好心的大哥哥们，有吃的吗，我们已经几天没吃东西了。"

冬停下了，那个女孩大大的眼睛特别像小细柳。冬心里难受，于是回头看看秋，秋面无表情，推着冬继续往前走。

小女孩上来就把秋的大腿抱住了，仰脸看着秋："有吃的吗，哥哥，我饿！"秋犹豫了一下，但最后还是挣开了，哥俩低着头在路上走得悄无声息，像两根移动的木桩。孩子们的哭声在身后像锐利的金属锉来锉去，和着山口尖利的风，凝成一股股骇人的呼啸……

哥俩终于爬上了那块黄土梁，冬一屁股坐了下来，秋看了看四周无人，放下背上的包袱，拿起水壶跟冬说，你看着点，我去找点水。

又走出去多少里，秋就感觉这里的天空要比山东高远得多，风也要大得多。到处是黄土岗，静静地矗立着，有些像被斧子劈出来的一样，行走在沟壑之间，秋和冬头顶上的黄土压得哥俩喘不过气来，秋就纳闷这些土山为什么光秃秃的，连杂草都懒得生长。这地界荒无人烟，秋抬头望一望太阳，才想起他和冬已经几天没吃东西，这时他觉着那两个烧饼该动一下了。秋现在不敢离开那俩烧饼，随身背着，生怕冬个傻子偷吃或者做了善事。秋舔一下干裂的嘴唇望一眼四周，想，这地界肯定缺水，种什么都不长，更不用说种果树了。又走下一段路程，黄土坡越来越矮，前面是一片开阔的平地，寸草不生，秋看不到风，但秋能看到一些碎沙砾在地上滚来滚去，他和冬的头发都飘向了脑后，秋这才明白，这里的风不是猛兽，而是滔天的洪水奔流不息。四周渺无人迹，也没有路人走过，兄弟俩在一截土坡下猫起来，秋就去包袱里摸烧饼，这时他听到了马蹄声，终于看到有人赶着马车走过来，马车上横七竖八躺了人，还有一堆破烂一样的麻包和铺盖。秋就走上前去问："叔，去山西怎么走？"

马车上的人吆喝住牲口，看了他一眼没说话。

"大叔，去山西怎么走？我们是从山东逃荒过来的，想在这里找块地界做工。"

那人睥睨了他一眼："你说甚？"

秋说了句："去山西怎么走？"

"你娃没脑子的后生，这就是山西，前边就是大同，逃荒逃到这里八成脑瓜子出了毛病，我们这一家子正逃荒走西口，啥事呢这是？"

马车夫一挥马鞭赶着马车上路了，把愣愣的秋撇在了身后。

秋彻底崩溃了。这怎么会是山西？这怎么会是老半说的到处是大户人家的山西？这地方兔子都不拉屎，往下掘八丈都不见得出水，还种庄稼，种果树，像样的草都没几棵！风一吹，风沙都搓得脸疼！秋彻底崩溃了，一屁股坐在了黄土里，他的天堂又破灭了。

秋想了许久，他觉着还是回花子镇的好，那个叫杏儿的女孩似乎在他心尖上系了一根绳，不时地拽一拽，让他一阵阵地揪心。但冬怎么办呢？这个傻子天大的娄子都能捅出来，花子镇已经让他和姜苗子搅了个稀巴烂。在东边又害死了那么多人。

唉，可他是自己的弟弟啊！蝗灾后出来逃荒，一家就剩了这么两个果子。

秋感觉心口疼，或许是饿的，就叫冬："冬，过来，吃烧饼了。"

当他打开包袱的时候目瞪口呆，他发现少了一个烧饼，只剩了一个。他瞪起血红的眼珠望着冬："冬，你把烧饼送人了？"

"哥，我的不要了，你吃。"

"你的，哪有你的？一个烧饼咱俩怎么往回走？不活活地饿死在路上？你个傻子，你蠢到家了！"

"那几个小孩直喊饿，我就跑回去了。"

"去你娘的冬，你个傻子！"秋崩溃了，踩着黄土转起了圈。他扑到冬的身上一阵拳打脚踢。冬一阵惨叫，冬哭了："我要和你分家，秋，你不是人，你是鬼……鬼！"

"好好好，分家，分就分，我早就跟你在一块过够了，你都把我害成啥样了？分了好，互不牵扯，各走各的。"

两人的财产一共有一块干透了的烧饼，两只越来越萎缩的萝卜，还有未长成个的小玉米棒子一只。这些东西在渺无人烟的荒漠中已经不是食物，而成了救命的稻草，秋把那块烧饼掰开，一块大一块小。小的和两个萝卜在一起，大的和一只小玉米在一起。冬把那块大点的烧饼和两块萝卜抱在了怀里。

"原来你不傻。"秋气不打一处来，挥起巴掌又要打，秋自己都不理解自己的脾气为什么变得这么坏。

冬抱起那块烧饼就啃，烧饼早已干硬得像石头，冬啃不动，但冬没放弃，牙床上都渗出了血，那就是块石头，冬现在的肚子也需要。

秋把那块小点的烧饼和一只玉米收了起来，起身就走。

冬终于从那块烧饼上啃下一点碎屑来，却被呛得直咳嗽。看到秋大步流星地往回走，冬就叫哥，秋不理他。

冬急了，把萝卜放进肩上的布袋，拿着烧饼起身就追，秋回头就踢："分家了，别跟着我，你走你的，我走我的。"

冬于是停下了，继续啃烧饼。看到秋走出去，又远远地跟在秋的后边。冬哪能离得了秋呢？冬哪知道这是在哪里呢？这里又没有黑豆，他找不到回花子镇的路。秋看冬还跟着自己，回过身来又是一阵拳打脚踢："你别跟着我，你跟我回花子镇也是被人打死，你走你的吧。"秋回身就跑。

冬这才意识到事情的严重性，哥哥不要自己了。冬怎么能没有哥哥呢？冬哭了，在哥哥身后一阵追。

秋哪里还有力气，跑了几步跑不动了，弯着腰手扶着膝盖大口喘着粗气。冬追了上来，哭着说："哥，冬不跟你分家，冬是秋的狗，冬永远跟着哥哥。"

秋也哭了，一屁股歪倒在一块土坡后边："冬，无论是向前走还是向后，咱俩都活不了啊，咱家要绝户了。"

秋越哭越伤心，一把把地抹着眼泪和鼻涕，冬傻了，呆呆地看着自己的哥哥，哥哥从来没这么哭过，看到冬还在啃那块烧饼，秋扑到冬的身上又是一通打。

"吃，就知道吃，吃干净了还上哪里找？那是吃的吗，那是活下去的本钱！"冬抱起了脑袋，烧饼掉到了地上。

"冬不吃了，冬全留给哥哥，别打了。"

"冬……"秋哭着说，"你长大了，哥哥再也带不了你了，咱就是叫花子的命，死在路上没什么稀罕的，你看路上都死了多少人了，你走吧，哥要回花子镇，哥心里在那里有人。"

于是冬也哭了："你真不要冬了哥，冬不走，冬多听话啊，冬要跟着哥哥，咱种小米，买姜苗子。"

秋彻底绝望了，对着冬用巴掌和拳头又是一顿打："你个不要脸的冬，你还想着那个疯丫头，也就是你和她能做出那样的丑事来，我都让你丢人丢得没脸活在这个世上，你给我滚，不许回花子镇，你不滚我今天打死你……"

冬忽然有了力气，和秋打了起来，最后一脑袋把秋顶翻在地。秋半天没爬起来，冬哭着说："鬼，你是鬼，秋，你变成鬼了。"

"冬，你敢还手，我辛辛苦苦把你带到这么大，你敢还手打我，你说我是鬼，我今天就除了你这一害！"秋还是爬了起来，他两眼血红，抄起石块就扑上来，劈头盖脸把冬一顿乱砸。冬倒了下去，鲜血从冬的额头上和鼻孔里淌下来。

冬满头血污一动不动，他直愣愣地看着秋："哥，你真变成鬼了。"

鲜血从冬的额头和鼻孔里淌出来，秋慌了，赶快从自己的破棉袄上揪出棉花擦冬脸上的血。但鲜血还是汩汩地从冬的伤口里往外淌。慢慢地冬合上了眼睛，躺在地上没了动静。

秋这才意识到自己闯了大祸，一个劲地拍冬的脸："醒醒冬，吃点东西，咱往回走，听你的，哥不和你分家……"冬一动不动，秋不知所措，掰着冬的肩膀一个劲地摇晃："你醒醒啊冬……"

"冬不和秋分家，冬是秋的狗，跟着哥哥种小米……"冬喃喃着一句话没说完，就不说了。

"冬！哥哥错了，冬，你醒醒啊冬，你死了咱爹娘会在梦里吃了我！"秋哭了，一个劲擦冬脸上的血，冬还是不动，只发出微弱的声音，似乎还在叫姜苗子。

秋于是趴到冬的胸口上听，秋又听到冬气若游丝的声音："哥，咱在这里种小米，买姜苗子，买小孩……"

冬的声音弥散在风里，然后就没了声息。秋知道，即使冬醒过来，也绝没有在这片荒原上活下去的可能。入夜，黄土坡上冷得厉害，风不大，但是异常尖利。四周静得让人感觉恐怖，远处一声长啸传来，在一道黄土梁上，一匹野狼昂头冲着一枚残月在呼唤，于是秋看到一群狼走上了黄土梁，晃动着绿油油的眼睛，就像是一盏盏鬼火。秋的哭声比野狼的啸声更凄惨。

秋流着眼泪吃起了冬惦记了一路的那只烧饼，那东西现在变得比石块都坚硬，把秋的牙床硌得生疼，一些粉末不时会混入秋的气管，秋一阵阵剧烈的咳嗽。他必须吃点东西才有力气，他在等着和野狼进行一场肉搏。秋感觉自己和冬千里迢迢出来这么远，就是为自己找一块荒凉的坟地，他们家又一次感觉到了走投无路，于是他就不停地哭。狼群一直没有过来，散去了，可能是从秋的哭声中读懂了凄惨。泪眼迷离的秋坐在冬的身旁，把脑袋埋在膝盖上不停地哭。似睡非睡之间，他觉得自己又回到了花子镇，一个好看的女子像一只飘摇的风筝扑进他的怀中。这一夜，他想了很多，也暗暗下定了决心，他一定要活着走到花子镇。

东天又泛起了鱼肚白。秋忽然从梦中醒了过来，但是却不见了冬，冬去哪里了？冬把半块烧饼和两块萝卜放在了秋身边，不知哪去了。秋一骨碌爬起来，他在黄土里看到了斑斑血迹，于是秋就顺着血迹找，最后血迹不见了，冬是自己走了还是被狼拖走了呢？这里的风沙太大，秋看到地上的沙砾都是圆的。秋捶着自己的胸口喊：

“冬，你死哪里去了啊，快出来！”

太阳出来了，但很快被山口卷起的尘烟吞没了，像一张惨白的贴纸被风沙打磨得暗淡无光。秋没找到冬，山口的风卷起了漫天黄沙疾驰而过，秋什么都看不到。他把冬啃过的那半块烧饼还有两块萝卜放进自己的包袱里，背在了肩上，那曾经是兄弟俩所有的财产，现在只属于他自己。秋拄着棍儿往回走去，回花子镇的路怎么走，他已是一片模糊。他知道，这里是山西。离花子镇有无比遥远的距离。

风沙让秋抬不起头，他不时扯起袄领挡着扑脸的风沙，当他迈上一道黄土梁的时候回头望了一下，他似乎看到了一个熟悉的身影，转瞬就埋在了漫漫黄沙之中。

土窑里的秋想到这里，忽然听到河对岸姜苗子在呼唤冬的名字。于是秋抱着膝盖蜷缩到炕角里，他又把自己的脑袋往墙上撞去。

第十七章

1

“冬，你怎么不理我啊，河那边是不是又有了一个女傻子？”秋隔着河水就能看到纸草店那个傻丫头披头散发地站在河对面，她的眼睛越来越大，面庞越来越瘦，脸色也像她们店里的一张黄表纸。姜苗子看到河对岸经常有个穿着破破烂烂的花子出没，就知道冬肯定回来了，她扶着岸上的一棵棵树往河下走，踉踉跄跄，河里汹涌的水流却又让她无计可施。

“冬，你咋不理我啊！”

秋无法面对姜苗子。他不敢到河对岸去，那样姜苗子会揪住他不放追问他冬在哪里。花子镇，秋再一次回来是对还是错？

姜苗子现在才是真正的傻了。听到秋说冬已经死了的时候，她不相信，她感觉她的小傻子没那么容易死。但是她变得恍惚异常，一会儿哭一会儿笑，坐下去，又站起来，更让她无法理解的是，黑豆竟然也离她而去，再也没有回来。她是去了河对岸和冬在一起了吗？冬喜欢粮食，你把钥匙留下，把黑豆放回来也好啊。姜苗子夜里老做噩梦，她又开始怕黑，当她梦到冬和侯五一样被挂在树上的时候一声尖叫坐了起来，手心里全是汗。

姜苗子披头散发在街上游荡，她一个一个旮旯地翻。没了黑豆，她更丧失了方向感和目的性，破瓮里，草垛中，她都过去看一下，在街上悠悠荡荡，失魂落魄地转来转去。人们都不知她在找什么，皮二婶挎着筐走过，她都过去掀开看看筐里面有没有她的冬，最后姜苗子就趴到井沿上，往井里喊：

“冬，你在里边嘛?”井里传出一阵回音。姜苗子支棱起耳朵：“你说啥?”姜苗子甚至到人家羊圈和猪舍里去找，人家问她你在找啥啊姜苗子，姜苗子说，我在找冬。姜苗子在街上碰到一个人就问：

“你看到冬了吗?”

“你把冬藏哪了?”

“求求你把冬放出来好吗?”

她在街上看到疯疯癫癫的老半，“扑通”跪下去就抱住了老半的腿哭起来：“爹，亲爹，求求你把冬还给我吧!”老半摇摇头也哭了：“姜苗子，我不是你爹啊，你和冬都是我祖宗……”

姜苗子披头散发哭喊着在街上爬，爬着爬着就打起了滚：“求求你们了，把冬放出来吧，傻子是姜苗子的命啊!”匪兵过后，花子镇家家大门紧闭，不知哪家有人哪家去要饭了，街上一个人影都没有。一阵寒风裹着雪花吹来，姜苗子昏倒在大劫后的大街上。巷子的那头，老干姜瑟缩着脖颈走来，抱起自己的孙女，向纸草店走去。

在老干姜和一帮老太太的照应下，几大包草药喝下去，姜苗子竟然晃晃悠悠地爬起来了。但没有了冬再没了黑豆，姜苗子感觉自己已经走进了墓地。

姜苗子现在才明白什么刀子割人最疼，一种是离别，一种是思念。姜苗子是因为一盆子浆糊变疯的，是丢了一条狗和一个她喜欢的人而彻底变傻的。她没要过饭，但不代表她没有乞讨。花子镇的许多人讨的是饭，而她讨的那种东西除了冬谁也没有。

这该死的冬真是个傻子。为什么一点音讯都没有呢?明明河对岸还有人在生火做饭。姜苗子那天就晃晃悠悠来到了河边，她扶着树，还在一声声叫着冬，她的声音就像西北风里飘舞的一枚树叶，飘起来就无影无踪了。

“冬，我哪里惹着你了?”

姜苗子想，会不会是冬和黑豆出了什么事。这时她看到水面上已经开始结冰棱，就用脚在水面上试了试，冰层咯吱咯吱直响。紧接着姜苗子看到，河对面又飘起了炊烟。

风把姜苗子浑身都吹透了。回到家她又昏昏沉沉在床上躺下了。她忽然什么东西都不吃了。老干姜端着饭碗站在床前暗暗地垂泪，他为自己以前做的混账事痛不欲生，自己这个孙女虽然傻，但心地好着呢，老干姜现在觉得，姜苗子才是自己活下去的念头。

姜苗子躺在床上盯着房顶发呆。她想，冬是不是在河那边呢？他为什么不说话，他肯定是被那些人打得受了伤。更坏的结果是，冬变心了，他在河那边又遇上了一个女傻子，那个女傻子比她好看得多，她觉得无论如何也要去河对岸去看一下，找不到冬，她就和秋拼命。冬要是有了别的女傻子，肯定是嫌自己不好看了，于是她拿出那件最好看的红花袄和红花裤穿上，那是那个“斜眼”赠给她的。老干姜又去给自己找皮二婶来“叫魂”了，姜苗子拖着腿扶着墙往河边走去。

2

来到河边，姜苗子感觉自己就要飘起来，她如愿以偿，自己终于变成了一片树叶，一阵风就能刮到河对岸了。她扶着树干从河岸上走了下去，她把脚踩在了冰面上，她穿着火红的花袄花裤，就像一支火苗摇曳在寒风里，奄奄一息。

这条河很少结冰，但今年太冷了。姜苗子的脚踏上了冰面，脚下的冰在咯吱咯吱直响，她觉得没事，自己已经变得很轻了，她认为自己的脚少使点劲就能到河对岸了。

冬天没事可干，秋一个人窝在窑洞里，每天除了吃就是睡，老半给的那点粮食已经所剩不多。老半家出了那么大的事，他知道自己最好的选择还是重新上路去要饭。锅里煮着几块地瓜干，他正在往锅底填着茅草。这时破窑洞门上那块烂被帘就被风吹了起来，无意间他望到河面上一个红点正在往这边慢慢地移动。

秋一阵风似的跑了出来，一溜烟就跑下了河岸，他一看薄薄的冰层急了，在水边就喊了起来：

——姜苗子，千万别动！赶快往回走！

已经走到河中央的姜苗子站住了，她认出了那个人是冬的哥哥秋。她就问：“冬呢？”

这时姜苗子才注意到脚下的冰出现了一道道白纹，像蜘蛛网一样，正在慢慢地向四周扩散。

“姜苗子，你千万别动！”秋慌了，回头就往窑洞里跑，跑进窑洞抄了一盘绳子就蹿了下来，他把膀子抡圆了就把绳子往冰面上扔。

姜苗子站在冰面上，这时她听到自己的脚下咯吱咯吱直响。她感觉冰面在往下沉，一些水从冰缝里渗了出来。瞬间河水就淹没了她的脚面，紧接着“呼哧”一声她的双腿陷进了冰冷的河水当中，她的双臂扒在冰面上，但冰面在不停地塌陷，忽然，河水像一头野兽就喷出了冰面，巨浪瞬间就把姜苗子吞没了，碎裂的冰凌裹着姜苗子就向下游冲，洪水里的姜苗子似乎很想抓住什么，手在不停地乱舞，但是冰面在不停地碎裂，最后一股巨大的流水把姜苗子冲出去老远，她想站起来，但半边身子又陷了下去，冰面在不停地断裂，水流越来越大，一些冰块飞起老高，流水卷着姜苗子和许多冰凌迅速向下游奔去。

河岸上一声声惊呼，许多人在喊：“来人啊，救命！”秋在这边追，花子镇的许多人在河对岸追，有人扑通跳进河里却被冰层卡住动弹不得。

秋背着绳子一路跟着跑，姜苗子身上那点火红在流水与冰坨中起起伏伏若隐若现，他希望会有什么东西把姜苗子卡住，但逐渐地，那个红点像一盏灯火一样熄灭在冰水当中，消失得无影无踪。

把姜苗子吞噬的是一条冰冷的河。

气喘吁吁的秋一屁股坐在地上，一脸的茫然。他忽然明白自己身上已经背负了两条人命，一个是他的亲弟弟，另一个本来应该是他的弟媳妇。

太阳突然就从云层里闪出脸来，河面的冰层上于是闪过一道惨白的光。目光呆滞的秋有点不相信眼前的这一切。这时他听到对岸传来了哭声，有些老人和小孩还在喊着“姜苗子”和“小仙姑”。但最凄厉的是那个他最希望见到的女子，杏儿在对岸哭得就像打碎了多少碟儿碗儿，秋能看到她把脑袋靠在树干上，肩膀在抖个不停。

3

那个青砖大院大概只剩青砖了，里边的财富被打扫了个干干净净，杏儿都不知道这些日子是怎么熬过来的，已经过去两年多了，秋的荒地和果园已经开始生产粮食和果子，但显然很少，老半对他动辄就打骂一场。老半现在有点疯，每天和项西吼吵成一团，不是摔盆子就是摔碗，弄得鸡飞狗跳。现在已经守了寡的杏儿每天还得给他们熬汤做饭，端屎端尿。项西吼变得疯疯癫癫每天都指着她的鼻子骂，骂累了甚至趴在杏儿身上用牙咬。那眼神像刀子一样恨不得从她身上剜下一块块的肉来。杏儿要是一顶嘴，项西吼抄起东西就往她身上劈头盖脸地打。

银环无疑更失落，每天眼神里都充满了惆怅，街上还有人对她指指点点，这些她早已经习惯了。银环每天都面对许多因饥饿而变形的面孔，她在想被土匪抢走的那些粮食。没有郎中的消息，不知是死是活。能逃走的都逃走了，只有她无处可逃，想到这里银环又掉起了泪。老半见了她就骂，这些日子她天天跟那些小孩在一起，呆呆地看着那些孩子用砖头在墙上写下她教的那些字："牛""羊""花子镇"……还有两个字的含义银环也不是很明白，但她依然给小孩子们写下了，那就是"革命"。

姜苗子被河水冲走了，老干姜沿着河走出去很远，姜苗子活不见影，死不见尸。老扁安慰老干姜，说不定没事，被人救下来了，几天就回来了。看着老干姜依然在暗自垂泪，皮老扁说：

"你还伤什么心？一个傻姑娘，你就权当把她又卖给别人了。"

没想到老干姜"呜呜"哭了起来。

4

每天以泪洗面的杏儿被折磨得遍体鳞伤，那天就在房梁上吊了根绳子。花子镇，本来就是埋葬她的坟墓，早一点了结，也是少一点罪受。但她刚踩上凳子的时候，老半幽幽地闪了进来，仰脸看了一下她，不动声色地说："不要祸害这宅子了。"

"天无绝人之路，走吧。"老半叹了口气接着说，"这家散伙了，这些年也难为你了，你不是老想着要饭吗，去吧，你走了，我也要上路，我们本来就是叫花子。"说完老半悄无声息地飘出了房间。

杏儿简单地打点了一下行装，只拿了几件破衣服，把好的都给人家留下了，在镜子里照照自己的脸，发现有点好看，就在自己腮上抹了些锅底灰，用头巾把那一头秀发包起来。她拿了一根棍儿，确定青砖大院里没人阻拦后走出门。她一吐舌头，竟然差点笑出声来。

杏儿没跟银环告别。她背着包袱拿着棍儿走在街上的时候，花子镇那些人都知道她要干啥去。那些老人都说杏儿傻，劝杏儿留下来，外边兵荒马乱的，在青砖大院里能保住命，出去可就难说了。

但杏儿感觉没什么可担心的，她走到河沿上的时候才发现已经是春天。对面那片果园已是花团锦簇，像那个给老半做狗的长工从天上扯了一片云霞下来，杏儿从没感觉到阳光是如此明媚，树上的鸟鸣是如此好听。她故意沿着河沿往镇子外走，她就像一只被关了太久的小松鼠一路蹦蹦跳跳。她都没向对岸看一眼，但她要宣告，她一个人就要去要饭了，就像那个叫秋的长工说的，哪怕被某个恶霸强暴，哪怕被人卖进窑子，但她要一个人去要饭了，她又唱起了讨饭歌：

高粱青青，
麦穗儿黄，
望着炊烟寻米香，
顶着露水数星星，
天做被子地做炕，
娘的小叫花呀，
爹的讨饭郎。
拄着棍儿你就把路上，
……

但是杏儿还是感觉河面上一直有什么东西在跟着自己。她是不会回头看的。她已经是一个寡妇，而且已经是一个叫花子。她可以乞讨，但她不会向任何人低头。杏儿想好了，外边就是再乱，她死也要死得好看。但这时她发现自己的歌声被人接了过去：

别怕狗儿你往前走，
莫要回头望，
娘在这里泪汪汪。
送走小叫花，
回来讨饭郎，
铁脚板儿走天边，
前方大路粮满仓，
娘的小叫花呀，
白白胖胖就回家乡。

但她依然没回头，连看一下都没有，挺着小胸脯拿着棍儿继续往前走。但她走着走着听不到歌声了，身后也没了任何动静。她终于回头看了一下，她看到河面上一只筏子上面插满了野花，正准备往回划。杏儿突然就生气了，一扔棍儿就跑下了河岸，她“扑通扑通”踩着河水就迈上了筏子，用肩上的包袱不停地往那个长工身上抽打，继而扑进那个长工怀里，在那块结实的肩膀上恶狠狠地咬了下去……

在西天绚烂的晚霞底下，一个插满野花的筏子在流光溢彩的河面上就驶向了河对面。

5

“只有花啊，连张红纸都没有。”破窑洞已经被两人收拾得整整齐齐，秋有点不适应地说。

“有红纸你也不会写字。”杏儿嘲笑道。

但秋还是找了个破碗盛了半碗沙子，用三根干草代替香，又摆了两块刚从那片沼泽地里挖来的野红薯，再摆上半碗地瓜干儿，最昂贵的那半碗是秋自己打来的小鱼，两人就在这最简易的祭奠前磕了头，告慰了一下自己的爹娘。

春寒料峭，小油灯在破窑洞里忽闪忽闪。杏儿又抱了许多干草进来，把那简易的炕头铺得厚厚的，炕角里竟然还有老鼠在钻来钻去。但两人都在炕沿上坐了下来，秋竟然无比地局促，他只是一个每天为吃绞尽脑汁的家伙，这么好的待遇突然到来，他有点吃不消，他还是把杏儿的脚撩起来，褪下了鞋子，然后搬到了炕上，他把杏儿放倒，吹灭小油灯，整个人压了上去……

秋在果园里又翻起了地。杏儿在后边把种儿撒进去。秋又去那片烂泥塘里挑了许多黑泥，一堆堆堆在农田里。那片果园也结了不少果子藏在枝叶里，秋算了，有这片果园，有这片地，他和杏儿吃喝足够。

老半在对岸看到自己的儿媳妇跟秋在一起忙活，气急败坏地破口大骂。秋和杏儿都装没听见。老半骂了半天以后就不骂了：

“你们俩在一起过也行，但我还是你们的东家，有我在，我们很快就会东山再起。”

秋和杏儿依旧没有半点搭理他的意思。于是老半又开始骂：

“那是我的地，你们只是做工的，收了粮食和果子都归我，秋，别忘了你是个叫花子，在花子镇呆一天也是仗着有我在。”

秋和杏儿一直没搭理他，只顾忙自己的活。其实两人都很希望老半过来一趟，他们想好好和他算一笔账。

6

果树底下那些庄稼陆续长了起来，秋和杏儿每天都在田里弯着腰。脚下禾苗葱郁头顶硕果累累，两人都在期盼着一个彻底属于自己的丰收。他们忽然明白了，没有人是为了乞讨而活着，人生下来就该活着，如果活不下去，就该问问天，问问地，是什么把活路给堵死了，天是爹，地是娘，他们和老半都是这片土地的子孙，横竖是个死，该争的一定要去争，为什么花子镇粮食堆成了山，叫花子们还是饿死的命？因为他们没活明白。

项西吼疯了，以前跳着脚一个人能骂退一群叫花子。现在披头散发光着屁股就往大街上跑。哭哭笑笑，一会儿喊着自己的粮食，一会儿喊着二斗和金环的名字，花子镇的人见了都摇头叹息，这少了两个傻子，又多了一个更不要脸的。

老半也是一个劲地唉声叹气。他怎么也想不通，自己夹着尾巴做人一辈子，怎么就落了这么个下场。他每天还是溜达在花子镇的街上，但再也堆不出笑脸来。

秋每天都是一身汗水，这个破土窑前后周围竟然被他和杏儿收拾得一片生机盎然，前前后后瓜果遍地，杏儿看着枝头饱满的果子青油油毛绒绒，一脸的满足。而秋注视着土窑北侧那大片荒原在出神，那里是芦苇与茅草的世界。琅槐地面上这种无主的土地不是太少，而是太多。他忽然明白了，路是人走出来的，地是人开出来的。

他有的是力气，他还闯什么关东，梦想在哪里都会开花，他要让那片土地全部长满庄稼与果树。

第十八章

1

正值耕种季节，但是出去要饭的人回到花子镇的越来越少，一些可能永远回不来了，就像冬。老半的遭遇让回来的人很意外，他们更惋惜的是那些被土匪抢走的粮食，说起来花子镇的人都一声叹息，他们不明白明明活在粮仓上，却为什么都挣命似的出去要饭。

这饭越来越不好要了，北边正在闹鬼子，路上大批军队在向北开拔。看样子，闹不好随时会打到花子镇来。

这兵荒马乱的日子，若是要饭真成了问题，还真没了活路。

所以秋就是跟老半拼命也要保住这片果园和这片地，哪怕少给他交点租，也不能让他全部拿走。老半要是赶他走，那就得把这么多年的工钱拿来。

已是农历六月，外边闹鬼子的事情传得人心惶惶，都吓得不敢逃荒要饭了，那些闯关东的也不知在那边是怎样一种境况。这片沿河果园里果子已经缀满了枝头，有些已经染上了红晕，杏儿的脸庞被晒得黑红，两人每天都穿行在果园与农田之间。杏儿和秋都不太识数，但秋觉着应该不用再出去讨饭了，杏儿老想着出去要饭，这要饭的苦秋心里最明白。

对于秋来说，他等待的只是一个秋。

2

连日的暴雨，太阳终于出来了，但窑洞外那片果园还是浸淫在朦胧的水雾里。土窑顶上陆续有水流下来，杏儿摆了许多盆和碗，赤着脚在窑洞里忙来忙去。那天秋就听到远处似乎一阵滚雷传过来，他走出窑洞来，抬头看看天，根本不是下雨的样子。但他看到河里的水已经暴涨，已经快要溢上岸来，就感觉事情不太对，于是他跑到土窑顶上，四处张望，在西北处，他发现地平线上一大片东西在太阳底下泛着光亮，当他明白那是一大片水汹涌而来的时候就知道大事不妙。

那是民国二十六年(1937 年)，黄河在下游一个叫“正觉寺”的小村庄决口了，这个小村庄彻底消失在黄河的泥流当中。决口处最宽达七公里，周边蒲台、利津、广饶、博兴等大片地区一片汪洋。

秋和杏儿赶紧跑进窑洞收拾东西，这时发现，河水已经涌上来灌进了窑洞，瞬间就淹没了杏儿的小腿，杏儿还在收拾着能用的东西，秋拽着她就跑上了窑顶，往下一看，杏儿不禁一声惊呼。那条河不见了，周围已是一片洪水，滚滚黄汤从西到东就像一群脱了缰的野马在莽原上横冲直撞，主导天地间的颜色本来是青纱帐的翠绿，但是被那片卷着泥沙的黄在瞬间就撕扯得七零八落，秋和杏儿被眼前这一幕惊得目瞪口呆，土窑下边顷刻间就被洪水包围了，流水正在大片大片地拍打着土窑。杏儿一声尖叫，她看到一排巨浪从西北咆哮而来，那丈余高的巨浪顶上，一只老牛翻滚着被卷起又落在滔滔洪流当中……

土窑的身躯很快就塌陷了大半。土窑周围黄色的浊流像一匹匹狂风里的缎子在翻来卷去，那些泥流当中夹杂着大量的房梁房檩还有门窗箱柜，许多尸体一会露出脑袋，一会又漂出一条腿，沉浮翻滚当中，身上的衣服也就不见了。秋和杏儿发现一棵大树被连根拔起，在巨浪中翻滚着正冲过来，树杈子和树干上还有几个人在哀声呼救，但秋和杏儿毫无办法，眼睁睁地看着大树和人在水流中沉浮，直至上边一个人都不见了。

从土窑这边看过去，花子镇大片浸泡在汪洋当中，许多人爬上了树梢和屋顶，那些土房子在河水的冲刷下很快就坍塌了，水中的人挣扎着扑腾几下，须臾就消失在漩涡当中。

3

一进水，花子镇里乱成一团，就是神仙也算计不出这是从哪来的洪水。水流一开始是在花子镇的大街小巷中乱窜，老半发现后知道情况不妙，就开始到处喊人，往高处去，能带吃的带吃的，别的都不要了！但这时他发现项西吼不见了，银环也不见了。老半什么都没带，跑到柴房里，从墙上摘了一个驴套子下来，那东西死沉死沉，只有老半知道那里边装的是什么，这个“驴拥脖”现在是他最后的财富，老半就带这么一个东西，心急火燎地蹚着水就到处寻找项西吼。

老扁扶着自己的老婆子皮二婶在街上看着满地的流水不知所措，他到处呼喊泥蛋和小芸的名字，还有细柳。碰到杨三，杨三背着自己的老娘也在慌里慌张往外跑，杨三看到老扁走不快，就说了句，快走啊老扁。老扁的腿依然那样。杨三看到碾台子还在水面以上，把自己的老娘放在碾台子上。然后杨三又跑回来，背起老扁，把老扁夫妇也放在碾台子上，杨三说水要是没上来，你们就踩这石碾子上树。老扁说你别管我们了，你把老干姜再背过来，他腿脚也不好。

街上水越来越深，杨三来到纸草店就看到了老干姜，老干姜还在收拾东西，这个准备带上，那个也舍不得扔。杨三说，姜叔，你这些东西就是死人也用不着了！不容分说，背起老干姜就往外走，上哪去呢？水已经没了腰际，杨三在街上到处喊，到处是蹚着水惊慌失措的人们。

老干姜趴在杨三背上，老干姜说：“大事不好三儿，是黄河淹过来了，咱这里一片大平原，连块高地也没有。”背着老干姜杨三蹚着水也是满脸焦急：“那咋办姜叔？你上得了树吗？”

“大水必有大雨，树上也不保险，上哪里找船？”

“这时候你还开玩笑，咱这里从来就没渔民，哪来的船，走吧走吧，镇东杨树林子那边地势高一点。”这时老干姜就看到一个东西在杨三胸前晃来晃去，那是一把铜钥匙，曾经天天拴在姜苗子的布娃娃上边。老干姜越看这个东西越眼熟，就问杨三：“杨三，你胸前那是挂的什么？”

杨三就说：“这是在黑豆脖子上发现的。”

老干姜一下子想起了什么，就跟杨三说：“杨三，去棺材铺！”

4

杨三看到老扁正在指挥一些女人和孩子上房顶，老干姜就喊了声："别上房，土房子一冲就倒，去棺材铺！"

杨三领着一群人就把棺材铺的大门砸开了，老干姜用铜钥匙打开了盛棺材的大屋子，这里以前也是他的家。但老干姜压根没想到，那一口口棺材一个都没飘起来，都泡在水里纹丝不动。

老扁老干姜还有杨三把一口棺材打开，里边全是高粱米，而且是东北高粱米，大家都惊呆了。他们现在终于明白了姜苗子的高粱米是怎么来的，杨三就领着人开始把高粱米往外一捧捧扔在水里，终于，一只棺材飘了起来，几个小孩放进去，还是飘着，比船都好。

于是那些人就把棺材里的高粱米纷纷往水里扬，老扁站着没动，厉声喊道："你们这是在干什么？这是粮食啊，救命的粮食！"只有老扁一个人明白，这批高粱米应该就是儿子皮小七率人用命抢回来的那批官粮，苟振经爷俩怕人发觉没敢卖掉，偷偷藏在了棺材铺里，门上还贴了封条。

杨三说："扁叔，现在哪还顾得上粮食，先保命，你们那些人别闲着，赶快找撑杆。"

老干姜望着漂在水面上白花花的粮食呆若木鸡。他怎么也不明白自己的棺材里为什么会有这么多粮食，而且他还一个劲地要卖自己的孙女。

一口口棺材终于漂了起来，水面上漂了厚厚一层高粱米，白花花的。老干姜一捧捧捧起来，又可惜地扔进了水里，看到这么多高粱米顺着流水一层层被冲走了，老扁哭得更厉害了："多好的粮食啊！要了一辈子饭，从来没见过这么多粮食，你们这是拿刀子捅我，这是小七他们舍命抢回来的。"

最后一口棺材的高粱米还剩了一半，老干姜也嚎啕大哭，再也不让往外挖了，他整个人躺了进去，任凭杨三怎么拉就是不起来。他说："三儿，我打了很多棺材，怎么也得自己留一口，你把其余的推出去，当船用，最好让牛成用钉子连起来，只要不下雨就沉不了，我岁数大了就不拖累你们了，死在粮食上也值了，我得上那边去看看，傻丫头是不是在那边贪玩……"

老干姜的棺材里开始进水，他又嘟囔了一句："我有这么多粮食，为什么要卖孙女呢？"

洪水越来越深，眼看就及胸了。一口口棺材被杨三和老扁顺着大门往外推，老扁这时已经顾不上哭了，不停嘱咐棺材里的女人孩子，十几口棺材载着几十口子人就在街面上漂了起来，老扁指挥着往地势最高的地方划，有些人还在捞水面上的高粱米，被皮老扁喝住了，他知道那些东西涨了水比什么都沉。杨三再回头的时候，老干姜不见了。他的棺材没漂起来，他一个猛子扎下去，摸来摸去什么也没摸到，他从水面上探出脑袋的时候，身后的棺材铺已经坍塌了。

洪水在大街小巷里像头野兽钻来钻去，人群在街巷里挤成一团，身后是巨浪铺天而来，赶紧向另一头逃，没想到洪水从另一头排山倒海又涌过来，卷起许多小推车和石磨兜头就砸向了那些人的头顶……

许多人踩了梯子攀了树枝往老半的青砖房子上爬，这是最高的房子，也是最牢固的房子。无奈这房子的飞檐翘壁平时好看，却是溜光陡峭死活爬不上去。

忙乱的老半蹚着水像没头苍蝇一样到处寻找项西吼，一边走他一边向逃跑的人吆喝，别上房顶，上树！上树！他终于在大街的一头看见爬到一截土墙上的项西吼，这个疯女人还是一丝不挂。老半把她抱下来背着她就开始划水，项西吼不会爬树，他把一辆小推车竖起来，然后踩在上边把光着屁股的项西吼撮上了一间砖瓦的房顶，老半知道土房子是一泡就倒，砖瓦房就没事。把项西吼撮到房顶后他发现这两间屋子正是老干姜的纸草店，他眉头一紧就感觉不吉利。他自己没上房顶，就爬到了纸草店旁边的一棵枣树上，气喘吁吁的老半在枣树顶上摘下自己湿漉漉的毡帽，露出猪尿泡一样的秃顶脑袋。老半往下一看，自己这半条街的房子全浸泡在大水当中，正在纷纷塌陷，老半心口就一阵疼痛。他的场院，他的农具，他的种子，他的碾坊，都在滔天洪流当中没了踪影。倒是镇南那片果园里的果树上爬满了人，果树太矮，洪水眼看已经没了树梢，那些人在失声尖叫。他的马厩早就没了影，他的大骡子大马正在滔天巨浪里翻着滚。一群人还在他的青砖大院里往上爬，他说了句："蠢货，那房顶上全是溜滑的琉璃瓦，就是爬上去了也呆不住。"

老半靠在枣树上刚想喘口气，就听到项西吼坐在房顶上笑了起来："哈哈哈哈，发大水了，发大水了，你们这些叫花子全淹死了。"

"哈哈哈哈……"光着屁股的项西吼笑得都有点上气不接下气。

"我×你娘的，你住嘴好不好，老子我也是叫花子！"老半怒声骂道。

5

老半揉揉眼皮，不相信眼前这一幕是真的。他发现纸草店这两间瓦房在水流里移动起来，是真的，这两间瓦房的确驮着项西吼在慢慢地移动，而且离他越来越远，很快就漂到了街中央，疯婆娘项西吼仍然在笑："哈哈哈，发大水了，发大水了，你们的报应来了。"

属于老半的两间瓦房没漂多远就散架了，房梁和房檩在水里翻滚了一下，连同项西吼的大白肚皮都不见了……

抱着枣树的老半哭得像个孩子："我这是造的什么孽啊！"

问题来了，老干姜的一口口棺材载着女人小孩随着水流在漂，杨三和皮老扁顾了这口顾不了那口。有几口撞墙角上就裂了，就开始漏水。铁匠铺牛成这时手里举着一把铁钉，拿着锤子游了过来，三个人就把棺材往一起靠，然后牛成用铁钉往上边钉，他想把十几口棺材钉在一起，这样就安全了。皮老扁干这个也顺手，也接过锤子不停地钉，杨三就从树上折树枝，他把树枝和一些漂过的木棒也钉在棺材上边，一艘大船慢慢就有了雏形，水里许多人就开始往船上爬，皮老扁吼了声："先顾女人孩子，孩子是花子镇的根，女人还能下种！老的活下来也是糟蹋粮食。"

于是孩子被一个个送上了老干姜的棺材大船。这时杨三听到远处孩子们的啼哭，银环领着细柳等一群孩子正在几间房顶上向他招手，杨三一下子来劲了，起劲地喊了声："二姑娘，杨三掌舵划大船，接您仙女来下凡。"杨三和皮老扁还有牛成用长杆顶着这里撑着那里，就向银环和一群孩子驶过去，把她们一个个接到大船上，巧妮、泥蛋、小芸、小顺儿等一干小孩都在。银环看到自己湿漉漉的衣衫下，不该露的一些东西露了出来，杨三正在痴痴地看，银环一下子就捂住了胸，冲杨三瞪起了眼睛："看什么看？快干活！"

杨三和牛成想，卡在树之间不动是最好的结果。但水位一直在涨，许多屋脊都没了，树梢也在逐渐地被淹没。屋脊上的许多人都纷纷跌落在水中被冲走了。

老干姜做的棺材分三六九等，一些质量不好的开始漏水。牛成就开始骂："木匠的活计比铁匠差远了！"

世上已经没有老干姜了，老扁愤愤地说："这玩意本来是给死人准备的，不是给活人撑船的。"十几口棺材被连在一起，载了几十个小孩妇女在水面上漂来漂去，即便有几个漏水的棺材，也沉不了。就怕下雨，或者冲到大水流当中就难说了。船上的老弱病残还有小孩在拼了命地用手往外捧水。几个人用木棍和树枝向外撑着生怕撞在墙上碰个稀巴烂，但是情况越来越不好，一道闪电过后，瓢泼大雨夹杂着滚雷兜头盖脸浇了下来，棺材大船里开始有水，牛成托着下巴想，最好是把大船拴在一棵树上，但这时一些屋脊和树梢都已经被淹没了，他尝试了一下，都徒劳无功。当他看到大船吃水越来越深，水很快就会漫进船舱里，他决定试一试，他就摸了摸巧妮的头说："在船上好好呆着妮儿，看爹的。"他扯过一截绳子就跳进了水里，向一棵大树游去，他想把绳子拴在那棵树上，眼看就游到了，一根房檩却被水流卷了起来，重重地砸在他的头顶，牛成不见了。

老扁看到牛成跳下去大船的吃水浅了些，他就开始数船上的人头："这船上老皮家有五口，太多了。三儿，我活这么大年纪也值了，出去了要饭也走不动，你得把花子镇这些小孩带到个安全的地方，记住，你要了一辈子滑，这次不许了！"于是他也跳进了水里，汹涌的水流立即把他吞没了。

杨三就骂："你们这俩王八蛋，这么大一个家伙留给我一个人，诚心看老子的笑话！"一群小孩还在拍巴掌说："好玩好玩。"银环开始指挥他们，让他们别玩了快往外泼水。杨三感觉自己手中的长杆很难触到踏实的地方，他艰难地用长杆撑着这里顶着那里，大船在水中颠簸起伏着，水不时地从缝隙与船帮上涌进来，杨三让小孩们拼了命往外泼水，他一个人用长杆掌握着一个大家伙在波涛里漂来漂去，顺着水流，前边一片湍急的流水像万马奔腾，夹杂着许多杂物正滚滚向东……

银环说："杨三，你太能干了，你要早这样我就嫁给你了。"

"二姑娘，你放心，有我在，咱要都活了你嫁给我不？"

"那得看你能救几个小孩……"

大船在颠簸中都有点倾斜，许多棺材进了水，吃水也越来越深，似乎随时都会沉没。那些小孩在细柳的指挥下拼了命还在用手泼水。

银环从自己手腕上摘下那个金镯子，套在小细柳的手腕上，跟她说："姑姑吃了郎中留给你的驴皮，人情很大，这个镯子留给你，水退了换粮食吃。"

看到小细柳衣不蔽体，她把自己的衣服都脱了下来裹在细柳身上，赤条条站起来笑着对杨三说："杨三，小孩你救几个算几个，别自己偷着活，你不是老偷看姑奶奶洗澡，今天再让你看一次。"杨三回头一看，银环像只雪白的水鸟飞身就跃入了水中，溅起一片水花后也不见了。

杨三哭了："姑奶奶，你走了，我更没力气了。"但是杨三回头哭的空，他的大船上几个老太太也不见了，其中就包括他的老娘，杨三的哭声夹杂着闪电把漆黑的天空划裂了一道道口子……

棺材大船明显吃水浅了些，在水里仍然摇摇晃晃，杨三在水里不断拨开冲过来的杂物，但形势越来越紧急。雨越下越大，却冲不走杨三脸上的惊恐与无奈，他对着一群小孩哭得更难受："你们这些小鳖羔子，生在哪里不行，为什么单单生在狗日的花子镇……"

杨三还在用长杆撑着这里撑着那里，他现在最希望的是有一堵墙挡在他面前，不至于让船上这几十口子人冲到镇子外的那片洪流当中，那里边什么都有，光撞也能把这堆木头撞个四分五裂。

6

看阵势，大水很快就会漫过土窑的顶，秋和杏儿很快就会像鱼一样消失在惊涛骇浪中。两个人的周围还只剩磨盘大小的一点陆地。流水已经拍湿了他们的衣服，秋把杏儿搂在了怀里，抱得紧紧的。秋问："怕吗杏儿？"

"不怕，跟你这条老半的狗在一起一点都不怕，值了。"

"你才是狗，你个小寡妇。"

杏儿紧紧依偎在他的怀里，用手指堵住了他的嘴："我不是寡妇，我的身子你验过的……"

杏儿似乎在秋的怀中睡了过去。没多久，他听到秋说："咱死不了杏儿。"

杏儿睁开眼，顺着秋的手指望过去，秋扎的那只筏子竟然没被大水冲走，卡在了窑洞里，在水中若隐若现。

7

苟大富暗自庆幸自己有远见，在镇子后的河里捡了个皮划子。那东西无非就是有个洞，他早就粘好了。他把自己那没了娘的儿女放了进去，四处找了些吃的东西，他划着皮划子就往老半家驶去。来到老半家，他看到那个哑巴腊月坐着老半那只皮划子在水上漂了起来。哑巴腊月用一块木板划来划去，他还在水面上打扫老半家漂上来的一些物品，每捞起一个，哑巴还往里看一眼是什么东西，哑巴看到了杏儿和二斗的缎子面被褥还有花枕头在水上漂着就喜形于色，一件件地从水里往上捞，苟大富就冲他摆手，但哑巴听不懂。苟大富知道，那里边的棉花进了水死沉死沉。但哑巴不管这个，他忽然看到水面上有个罐子漂了过来，哑巴一手拽住了，往里一看，竟然是小半罐子豆种。哑巴腊月笑了，他就把豆种放到自己的皮划子上，他的小船上的东西已经摞得像一座小山，腊月就这样划着他的小船漂过了老半家的墙头，大街上的水流太大，一个浪头就灌进了皮划子里许多水，于是苟大富眼看着腊月和那堆小山样的东西淹没在了一个漩涡里。

“真是人为财死！”

苟大富一声叹息，拉着自己的几个孩子漂在花子镇的大街小巷里，苟大富嘱咐他们：“就是水上漂着金砖也不许捞。”他小儿子说花子镇除了俺姥爷谁家有金砖？苟大富说，你姥爷家现在穷得底朝天连银元都没了，他的大儿子说，银元我姥爷还有，我看见了。

没划出多远，苟大富就听到老半在叫：“好女婿，好女婿，快来救我啊！”

苟大富就看到他们家孩子的姥爷趴在一棵枣树上，大富就把皮划子划了过去，苟大富看到老半脖子上挂了个“驴拥脖”，那东西又叫驴套子。他大儿子就顶了顶苟大富说：“那里边都是银元。”

苟大富把皮划子划到枣树底下，就伸出了手：“来老丈人，你低头我把你抱下来，慢点慢点。”

老半就从枣树上往下滑，张开胳膊低下头来：

“幸亏有你好女婿！”

“放心吧老丈人，你低一下头。”没想到在老半低头的空，苟大富顺手就把驴套子从老半脖子上摘了过去，然后用船桨一顶枣树，皮划子就离开了。

苟大富说：“老丈人，你先在树上呆一会，我把他们几个送到高处就来接你。”

苟大富把那死沉死沉的驴套子放进皮划子里，转身就开始划水，身后的老半就在树上骂：“你们姓苟的这户人家，没有一个是人种！”

但没划几下，苟大富就感觉不对劲。可能是多了一个驴套子，他感觉这皮划子越来越鼓，他小儿子让他把驴套子扔了，他舍不得，继续往前划，没想到接下来“噗”的一声，皮划子上他补好的那个补丁开了，里边的气体哧哧往外冒，皮划子很快瘪了下去……

看到几个外甥和外甥闺女纷纷跌落在水里，老半无计可施，他希望只淹死苟大富一个人。但连同他的好女婿，一家人在水流里扑腾了几下就没了影。

8

大水终于没那么汹涌了，秋放眼望去，一片浩瀚的汪洋如镜面一样平整。只有地势稍高处有少数的高粱穗子能露出水面。那条河看来也被阻塞，没了汹涌的水流。秋和杏儿撑着筏子穿过花子镇的大街小巷，搜救被困的人们，把他们一个个从树上或房顶接下来，陆续送到远处露出的一片坡上，但秋想不出什么办法给他们弄吃的。虽是夏季，那些人衣不蔽体身上都滴着水，连饿带冻，呼号声都传出去几里外。在镇子外，秋看到一艘大船一样的东西，走近了才看出是许多棺材连在一起，棺材里细柳和许多小孩还在哭。但秋一直没找到杨三，秋把小孩们接到筏子上一趟趟陆续送走，在接细柳上筏子的时候，细柳指了指，他看到一条大粗绳系在一棵大树上，杨三的脑袋垂下来，整个身体卡在树杈上，而他浸在水里的那半截身子，被一把木犁的铧片子划开了，但也正是那把木犁正好卡在了大船和泥土之间，幸亏有这把犁冲了过来，但犁铧片子的利刃要了杨三的命。

9

"秋，你个王八蛋，还不把我从树上接下来！"秋看到了枣树上的老半，正想划过去。杏儿摇了摇头，筏子上的其他人也不同意。秋就撑了筏子准备离开，老半就在身后骂："秋，你个王八蛋，没有我，你早饿死了，你给我回来！"秋没理他，撑着筏子走远了。

"秋，你是个杀人犯，你跟大家说说，你把冬那个傻子弄哪去了，秋，你给我回来，救救我，救救我啊秋！"

秋于是回过头来，手里紧紧握着撑杆说：

"救你可以，你有粮食吗？"

秋撑着筏子走远了，任凭身后一片骂声碎在水面上。

树上的老半气哼哼地揪过几粒枣子，连同叶子填进了嘴里。

10

大水终于退去，但黄河裹挟的大量泥沙把农田淤积了。风一吹，这片本来就十分贫瘠的土地在一片黄沙中泛起尘雾。

秋的土窑都快被填平了。他开垦出的大片土地和河边那片果园都不见了，露出沙面的那些果树正在一棵棵死去。许多枝杈在沙面上像干尸伸出绝望的手臂。

秋抓一把细沙从手中漏出，眼中一片苍凉：

“你如愿以偿了少奶奶，天天嚷嚷着出去要饭，这下想不去都不行了。”

一听秋叫她少奶奶，杏儿生气地在他面前抖了一下要晾晒的一件破衣服。她的腹部已经逐渐隆起，秋无奈地看了一眼说：“这还没生出来，就已经是个小叫花了。”

秋和杏儿打点了一下行装，其实他们什么行装也没了。秋又从沙子里挖出一只破碗递到她手上。

“大爷大娘行行好，给点吃的……”杏儿弯下腰试了试，却笑出声来。

细柳等一帮小孩汇集在一起，他们就要跟着要饭的权威师傅秋上路了，一人拿了一根棍儿在跃跃欲试，甚至有点兴奋。

“站好了站好了，跟你们说，这次结伙出去要饭俺要定个章程，你们要听话，只要你们听话，咱活下去不难……”秋在给一帮小叫花训话。

秋小心地扶着自己怀孕的妻子，后边跟了一群衣衫褴褛的小叫花子，又踏上了要饭的路程。杏儿问：“咱还回来吗？”

“咱的地在这里呢，还有俺娘，有念想的地方就是家。”

于是杏儿带着一帮小孩唱起了讨饭歌：

高粱青青，
麦穗儿黄，
望着炊烟寻米香，
顶着露水数星星，
天做被子地做炕，
娘的小叫花呀，
爹的讨饭郎。
拄着棍儿你就把路上，
……

大路上络绎不绝逃荒的父老乡亲们在等着他们，他们的命运就像那时的局势一样让人捉摸不透。挑着担，推着小推车，手里拿了棍儿，他们又踏上了寻找活路的旅程。

第十九章

1

老半是最后一个留在花子镇的人，现在的老半除了一个青砖大院什么都没有了，那棵枣树上的枣子连同树叶都被他吃光了，吃得老半到现在还在拉绿屎。除了他的青砖大院，花子镇的房子全塌了，成了一片矮趴趴的废墟。青砖大院地势高，但老半清理里边的沙土也差点累死。他还是准确地找到了自己马厩的位置。那天他在没被冲走的石槽子下边拼命地刨，终于，他挖出两个破罐子，摔碎在地上，一看是钱，只不过是前清时期的铜钱，他的爹给他留下的。老半有点失望，这钱现在还能不能顶点东西？老半暗暗地骂道："抠门的死老鬼，连钱都藏过了期。"

老半终于见到了传说中的鬼子。这些人看起来也不是青面獠牙，有的还文质彬彬。那天大路上扬起的尘土里，一大队人马赶了过来，率先进入花子镇的是几辆电驴子。电驴子上插着膏药旗，驶到老半的青砖大院前停下了，一大队叫花子似的民夫拿着镢头铁锨拉着地排子车涌了进来，这些人不是花子镇的，但有些邻乡的人老半认识。多是些吃不上饭的叫花子。

老半早已跪在门口，他的面前摆着两半袋子铜钱，一个鬼子挎着东洋刀和颜悦色地走上前来，拿起一个铜钱看了看，看到绿锈粘在了白手套上，皱了皱眉头，又扔了回去。然后几个鬼子都没看老半一眼就迈进了青砖大院，前院后院看了一个遍，有个鬼子把东洋刀拄在地上，操着不太流利的中国话跟民夫的头说："明朝的建筑，有点可惜了。"

老半点头哈腰跟在后边说："对对对，我们祖上从河北枣强来这里垦荒就是洪武年间……”这时老半就看到脑袋上顶着铁锅子的鬼子把几个铁疙瘩捆在了一块，不知这是要干啥。看到领头的那几个鬼子转身往外走，老半忙跟着往外走，一边走一边向鬼子说：“太君太君，我愿为皇军效劳。”

走出老远鬼子终于听明白了老半的意思，回过头笑嘻嘻地就冲老半伸出了大拇指，又拍了拍老半的肩膀，老半觍着脸说：“对对对，愿为皇军效劳。”

老半刚说完，就听到背后“轰”的一声，老半一缩脖，慢慢扭过脖子看一眼，一片尘土漫天，原来他的青砖大瓦房飞上了天，许多檩条飞到高空还没落下来。老半半天没明白是怎么回事，但他的青砖大瓦房不见了，于是回过脸来说：“我×你姥娘啊太君！”

老半就看到一把东洋刀“刷”的一声出了鞘，那个鬼子抡圆了举起来，太阳底下于是就滑过一道闪电，老半两眼一片漆黑，然后昏倒在地。

老半醒来的时候，两个鬼子拄着东洋刀还在冲他笑。老半又看到一群民夫在他们家扒砖头，于是老半就扑进了人群，对着那群给鬼子扛活的人一声声痛骂：“汉奸！你们都是汉奸，日本人的狗……”那些民夫只是看着老半，一个个面无表情，手中继续扒他房子上的砖头。一两天的空，那群人把老半家的房梁房檩还有砖头装了好多地排车都拉走了。老半在那群民夫当中求爹爹告奶奶，但丝毫作用没有，他终于问明白了是怎么回事，他的太君们正在修炮楼，实在找不到砖头和木材，就过来把他的房子扒了。

老半从废墟里扒出了几件衣物和被褥，又找了一根棍儿拄着，他感到日子的虚无，就像做梦一样，他无论如何也搞不懂，转了这么多圈，他怎么还是一个叫花子？老半佝偻着身子吃力地走出了已经不复存在的花子镇，他都没回头看看这片废墟，就上了大路走上了要饭的行程。

尾声

黄河口的风来回地吹，于是那片天就被打磨得干干净净，不止是蓝，而且沉淀出古玉一样的透。这片新淤地黄得就像一锅玉米糊糊打翻在地。一阵风掠过，一片细沙滑过广袤的原野。

地平线齐刷刷如刀切出来的一般，不仔细看，看不到那个黑点，黑点越来越大了，再近一点就像一棵移动的树，再走近一些，一个身上挂满破碎布条的叫花子走近了。他的头发就像这片荒原上最常见的刺蓬棵。花子在这片荒原上四处张望，像在寻找着什么，他的瞳孔里充满了迫切与渴望。终于，他在这片荒原上找到一片废墟。或者说，这是一片废墟的底座，在风沙的埋藏与侵袭下，这片废墟越来越低矮，大部分已经埋藏在沙砾与杂草当中。花子拄着棍儿在废墟里穿来穿去，在找着什么，什么都找不到了，只有许多骇人的尸骨在风沙中隐约裸露着。有许多花蛇在大摇大摆地钻来钻去。但花子还是在沙土中寻找到了一些树桩，这些树桩看起来似曾相识，他就围着这片树桩转来转去，最后他在一棵树桩旁停住了，看到一枝倔强的绿苗正在破土而出的时候，他的眼睛亮了起来，那竟然是一棵小桃树！

那天一队八路军战士行军就走到了这里。他们已经在这片土地上浴血拼杀了几年，日寇与匪兵正在被他们逐步肃清。奉上级命令，他们来到这片被称为广北的地区垦荒驻军。这里竟然是他们无法想象的荒凉，走得又饥又渴，许多战士就摘下帽子不停地扇着风，当看到不远处黄沙中跳跃着一抹绿色的时候，他们纷纷跑过去，于是就来到了这片废墟，许多战士围着一棵小桃树就转了起来，他们很奇怪这里竟然有这样一棵小桃树。他们四处张望，看到一个叫花子，那个花子光着乌黑肮脏的脊梁在地上卖力地刨着坑，在他身后已经挖出了许多坑，就像大地上一双双干涸的眼睛。

“老乡，这是哪里啊？”一位战士问。

于是花子就抬起头来，下巴上的胡须老长老长，对啊，这是哪里啊？花子好像若有所思。

花子看到许多战士把枪支在了一起，坐在地上休息起来。忽然一个战士一声尖叫，他发现了草丛里有许多蛇皮，还发现了一块树枝上半截烤糊的木棍一样的东西。

花子正在大口吃着一位战士递过来的馒头，又接过了搪瓷缸子大口地喝着水。

有位战士就问：“你在这里干什么啊老乡，为什么刨这么多坑？”

“我在等姜苗子啊。”花子说。

后记

说实话，如果读者朋友在看完这本书至此的时候，我内心是幸福的，内心也是忐忑的。

我无比期待您的赞许，却又怕您看透我的拙劣。好在我自认为还有一份真诚向您和盘托出，尽管这部作品还有这样那样的瑕疵。

请原谅我把那栏一段历史又晾晒在您面前。虽然小说的使命并非还原历史，但历史在很多时候记忆的只是大事件，而非小人物的苦难与悲哀。

如果我们只是消费祖辈的苦难，那也是一种罪恶。在我们的迁徙与流民史上，字里行间早已是满目凄凉，如果我们只是读取苦难，那我们终将在压抑面前崩溃，而这绝非一本大众通俗读物的使命与担当。

那的确是一段冰冷坚硬的岁月，似乎太需要一盏温暖的火苗在摇曳。我想在这饥荒与离乱的故事中添加“爱情”因素。但人在肚子都填不饱的情况下还能有爱情吗？就像这本书里说的：“一旦饥饿久了，人世就变成了丛林，出没者就都变成了野兽……”

于是我决定，安排一对“傻子”为主人公来对那段晦暗的日子进行颜色涂抹。我认为，无论世间有多少苦难，“爱”的存在总是不绝于缕。在颠倒混乱的岁月里，能够保持人之初的善良本性，摒弃野蛮与自私的只有“傻子”。在这部小说长达三个月的写作过程中，关于“傻子”的塑造与爱情的雕琢一度让我陷入了困顿与迷茫。“傻子”冬太苦了，于是我总想让他幸运一些，他有了钱会怎样？他收获了爱情会怎样？虽然只是一个傻丫头的爱情……

关于书中人物的名字，一位相知多年的文友在读完初稿时也曾经问过我，是否借鉴了《红楼梦》里的“谐音格”，因为她觉得“杏儿”就是“幸儿”，“杏儿”的确是书中最幸运的人物。“老半”就是“老板”,一位有现代企业领导色彩的角色,我未置可否。其实关于书中两个土匪的名字“崔老九”与“李金山”,其来源就是当时横行鲁北的两个真实土匪,一个叫“崔九”,一个叫“李青山”,还有那个警备队长刘兆吉,也来自广饶历史上一个真实的名字——刘永吉。

如果您感觉这部讲述苦难的作品离奇、怪诞甚至富于神秘色彩的时候,那不是我刻意为之,而是来自我对那段历史的认识,虽然这种认识在一定程度上并不准确。

这部作品当中似乎没有十足的好人与恶人。好人有好人的毛病,恶人也偶尔会有些许“人性”的光辉闪现。文学首先是人学,我的思虑在于,怎样让这些人物真实地从那个年月当中走来,立体地站在读者面前。

对于“王半山”这个人物,为了摆脱地主恶霸的脸谱化形象,我选择从“人”的角度来剖析他,其性格中的吝啬与虚伪、狡诈与贪婪,包括被长工们戏弄的情节,都是通过实地采风得来的素材创作而成。而“秋”这一形象,我只是着力把他刻画成一个纯粹的“农民”,他的梦想只是找个地方安安稳稳地种地,但在那时的中国找这样一块地方极其艰难。因而闯关东不成后,他不得不重新回到花子镇。

用小说这种形式来讲述一个地区乃至中华民族百年来的历史风云与变迁,一直是我多年来的构想。记得德国作家莱辛说过:“喜剧是用笑而不是嘲笑来改善一切的。”《花子镇》中的人物体现出的愚昧、贪婪、自私、偏狭、邪恶等都是无法脱离于那个时代的。我并非热衷于描写当时一些国民或“贱民”的生存状态,而是因为这能让我们更好地理解旧中国是怎样一番积贫积弱。从内心讲,我是热爱自己塑造的这些人物的,我感觉他们像我的祖辈,我热爱他们就像热爱自己脚下的这片土地。

读者朋友们,《琅槐情话》三部曲是一部大型文学系列书籍。三部曲是各自独立的篇章,但都发生于一片叫“琅槐”的地域,叙写的都是发生在这片土地上的情感故事,希望大家继续关注!

一个写作者总有太多的话跟自己的读者说,但还是让我们在作品中进行灵魂交流吧。最后感谢山东大学出版社与广饶县委宣传部的大力协作与扶持!

刘玉林
2021 年 6 月